Über dieses Buch

Unter den Symbolen von Lamm und Büffel interpretiert Heinrich Böll das Schicksal der letzten drei Generationen in Deutschland. Eine Architektenfamilie – Erbauer wie Zerstörer – steht hier stellvertretend für das Schicksal eines ganzen Volkes, das in seiner inneren Zerrissenheit der Welt von jeher viele widersprüchliche Gesichter gezeigt hat.
»Böll hat weit ausgeholt. Die Vergangenheit wird aufgeblättert und fügt sich zu einem kunstvoll komponierten Bild. Die Züge unserer Epoche, unsere eigenen Züge, unsere Träume und Erlebnisse treten wie im Gleichnis vor uns hin. Böll predigt nicht, doziert nicht. Sein Roman hat einen hochgespannten Ton. Er ist eine breit dahinflutende, schmerzlich schöne Elegie vom Leben dieser unserer Zeit, von Hoffnungen, Leiden und Illusionen.
Das Buch hat Reife. Es ist aller Tendenz enthoben. Sein Klang ist voll, sein Sinn ist mild, seine Wahrheit ist entschieden und klar: die Wahrheit des Lammes, das geopfert wird, damit die Welt weiterleben kann.«   Karl Korn

Vollständige Taschenbuchausgabe
Droemersche Verlagsanstalt Th. Knaur Nachf.
München/Zürich
© 1959 Verlag Kiepenheuer & Witsch
Köln/Berlin
Graphische Ausstattung Hermann Rastorfer
Gesamtherstellung Richterdruck Würzburg
Printed in Germany
ISBN 3-426-00008-3

　1.– 50. Tausend Mai 1963
　51.– 75. Tausend August 1963
　76.– 95. Tausend Oktober 1963
　96.–115. Tausend Juni 1964
116.–135. Tausend November 1964
136.–155. Tausend August 1965
156.–175. Tausend Mai 1966
176.–195. Tausend März 1967
196.–215. Tausend Oktober 1967
216.–235. Tausend August 1968
236.–265. Tausend März 1969
266.–290. Tausend März 1970
291.–310. Tausend November 1970
311.–335. Tausend Juli 1971
336.–360. Tausend Januar 1972
361.–380. Tausend September 1972
381.–405. Tausend November 1972
406.–440. Tausend Februar 1973

Heinrich Böll:
Billard um halb zehn

Roman

Droemer   Knaur

1

An diesem Morgen war Fähmel zum ersten Mal unhöflich zu ihr, fast grob. Er rief sie gegen halb zwölf an, und schon der Klang seiner Stimme verhieß Unheil; diese Schwingungen waren ihr ungewohnt, und gerade weil seine Worte so korrekt blieben, erschreckte sie der Ton: alle Höflichkeit war in dieser Stimme auf die Formel reduziert, als wenn er ihr statt Wasser H_2O angeboten hätte.

»Bitte«, sagte er, »nehmen Sie aus Ihrem Schreibtisch die kleine rote Karte, die ich Ihnen vor vier Jahren gab.« Sie zog mit der rechten Hand ihre Schreibtischschublade auf, schob eine Tafel Schokolade, den Wolllappen, das Messingputzmittel beiseite, nahm die rote Karte heraus. »Bitte, lesen Sie mir vor, was auf der Karte steht.« Und sie las mit zitternder Stimme: »Jederzeit erreichbar für meine Mutter, meinen Vater, meine Tochter, meinen Sohn und für Herrn Schrella, für niemanden sonst.«

»Bitte, wiederholen Sie den letzten Satz«, und sie wiederholte: »Für niemanden sonst.« »Woher wußten Sie übrigens, daß die Telefonnummer, die ich Ihnen gab, die des Hotels ›Prinz Heinrich‹ war?« Sie schwieg. »Ich möchte betonen, daß Sie meine Anweisungen zu befolgen haben, auch wenn sie vier Jahre zurückliegen... bitte.« – Sie schwieg.
»Dummes Stück...« Hatte er das ›Bitte‹ diesmal vergessen?

Sie hörte Gemurmel, dann eine Stimme, die ›Taxi‹ rief, ›Taxi‹, das amtliche Tuten, sie legte den Hörer auf, schob das Kärtchen auf die Mitte des Schreibtisches, empfand beinahe Erleichterung; diese Grobheit, die erste innerhalb von vier Jahren, war fast wie eine Zärtlichkeit.

Wenn sie verwirrt war oder des bis aufs äußerste präzisierten Ablaufs ihrer Arbeit überdrüssig, ging sie nach draußen, das Messingschild zu putzen: ›Dr. Robert Fähmel, Büro für statische Berechnungen, nachmittags geschlossen‹. Eisenbahndämpfe, der Schleim der Auspuffgase, Straßenstaub gaben ihr täglich Grund, den Wollappen und das Putzmittel aus der Schublade zu nehmen, und sie liebte es, diese Putzminuten auf eine viertel, eine halbe Stunde auszudehnen. Drüben im Haus Modestgasse 8 konnte sie hinter staubigen Fenstern die stampfenden Druckereimaschinen sehen, die unermüdlich Erbauliches auf weißes Papier druckten; sie spürte das Beben, glaubte sich auf ein fahrendes oder startendes Schiff versetzt. Lastwagen, Lehrjungen, Nonnen; Leben auf der Straße, Kisten vor Gemüseläden: Apfelsinen, Tomaten, Kohl. Und am Nebenhaus, vor Gretzens Laden, hängten zwei Lehrjungen gerade den Keiler auf, dunkles Wildschweinblut tropfte auf den Asphalt. Sie liebte den Lärm und den Schmutz der Straße. Trotz stieg in ihr hoch, und sie dachte an Kündigung; in irgendeinem Dreckladen arbeiten, in einem Hinterhof betrieben, wo Elektrokabel, Gewürze oder

Zwiebeln verkauft wurden, wo schmuddelige Chefs mit herunterhängenden Hosenträgern und Wechselsorgen zu Vertraulichkeiten neigten, die man dann wenigstens hätte abweisen können; wo man um die Stunde, die man wartend beim Zahnarzt verbrachte, zu kämpfen hatte; wo für die Verlobung einer Kollegin Geld gesammelt wurde, Geld für einen Haussegen oder ein Buch über die Liebe; wo die schmutzigen Witze der Kollegen einen daran erinnerten, daß man selbst rein geblieben war. Leben. Nicht diese makellose Ordnung, nicht diesen Chef, der makellos gekleidet und makellos höflich war – und ihr unheimlich; sie witterte Verachtung hinter dieser Höflichkeit, die er jedem, mit dem er zu tun hatte, zuteil werden ließ. Doch mit wem, außer ihr, hatte er schon zu tun? Soweit sie zurückdenken konnte, hatte sie ihn nie mit jemandem sprechen sehen – außer mit seinem Vater, seinem Sohn, seiner Tochter. Niemals hatte sie seine Mutter gesehen, die lebte irgendwo in einem Sanatorium für Geistesgestörte, und dieser Herr Schrella, der noch auf der roten Karte stand, hatte niemals nach ihm verlangt. Sprechstunden hielt Fähmel nicht ab, Kunden, die telefonisch anfragten, mußte sie bitten, sich schriftlich an ihn zu wenden.
Wenn er sie bei einem Fehler ertappte, machte er nur eine wegwerfende Handbewegung, sagte: »Gut, dann machen Sie es noch einmal, bitte.« Das geschah selten, denn die wenigen Fehler, die ihr unterliefen, entdeckte sie selbst. Das ›bitte‹ jedenfalls vergaß er nie. Wenn sie ihn darum bat, gab er ihr frei, für Stunden, für Tage; als ihre Mutter starb, hatte er gesagt: »Dann schließen wir das Büro für vier Tage ... oder möchten Sie lieber eine Woche?« Doch sie wollte keine Woche, nicht einmal vier Tage, nur drei, und selbst die wurden ihr in der leeren Wohnung zu lang. Zur Seelenmesse und zur Beerdigung erschien er natürlich in vollendetem Schwarz, erschienen sein Vater, sein Sohn, seine Tochter, trugen alle riesige Kränze, die sie eigenhändig am Grab niederlegten, lauschten der Liturgie; und sein alter Vater, den sie mochte, flüsterte ihr zu: »Wir Fähmels kennen den Tod, stehen auf vertrautem Fuß mit ihm, liebes Kind.«
All ihren Wünschen um Vergünstigungen kam er widerstandslos entgegen, und so fiel es ihr im Laufe der Jahre immer schwerer, ihn um eine Gunst zu bitten; er hatte die Arbeitszeit mehr und mehr herabgesetzt; im ersten Jahr hatte sie noch von acht bis vier gearbeitet, aber nun war ihre Arbeit schon seit zwei Jahren so rationalisiert, daß sie gut von acht bis eins getan werden konnte, ihr sogar noch Zeit blieb, sich zu langweilen. Kein Wölkchen mehr auf dem Messingschild zu entdecken! Seufzend schraubte sie die Flasche mit dem Putzmittel zu, faltete den Lappen; immer noch stampften die Druckereimaschinen, druckten unerbittlich Erbauliches auf weißes Papier, immer noch blutete der Keiler. Lehrjungen, Lastwagen, Nonnen: Leben auf der Straße.

Auf dem Schreibtisch die rote Karte; seine makellose Architektenschrift: ›... für niemanden sonst‹. Die Telefonnummer, die sie mühsam, in langweiligen Stunden, über ihre Neugier errötend, identifiziert hatte: ›Hotel Prinz Heinrich‹. Der Name hatte ihrer Witterung neue Nahrung gegeben: was tat er morgens zwischen halb zehn und elf im Hotel Prinz Heinrich? Eisige Stimme am Telefon: ›Dummes Stück‹. Hatte er wirklich nicht ›bitte‹ gesagt? Der Stilbruch stimmte sie hoffnungsvoll, tröstete sie über die Arbeit, die auch ein Automat hätte ausführen können. Zwei Musterbriefe, die in vier Jahren nicht geändert worden waren, die sie schon in den Durchschlägen ihrer Vorgängerin entdeckt hatte; einen für die Kunden, die Aufträge erteilten: ›Danken wir Ihnen für Ihr Vertrauen, das wir durch rasche und korrekte Erledigung des Auftrages rechtfertigen werden. Hochachtungsvoll‹; der zweite Brief, der zu schreiben war, wenn sie die statischen Unterlagen an die Kunden zurückschickte: ›Anbei die gewünschten Unterlagen für das Bauvorhaben x. Das Honorar in Höhe von y bitten wir auf unser Bankkonto zu überweisen. Hochachtungsvoll.‹ Blieben freilich für sie gewisse Variationen; für x hatte sie einzusetzen: Haus für einen Verleger am Waldrand, Haus für einen Lehrer am Flußufer, Bahnüberführung Hollebenstraße. Für y das Honorar, das sie nach einem einfachen Schlüssel selbst errechnen mußte.
Blieb noch der Briefverkehr mit seinen drei Mitarbeitern: Kanders, Schrit und Hochbret. Denen mußte sie die Aufträge in der Reihenfolge ihres Eintreffens zuschicken. »Damit«, so hatte Fähmel gesagt, »die Gerechtigkeit ihren automatischen Verlauf nimmt und das Glück eine repräsentative Chance hat.« Kamen die Unterlagen zurück, mußte das, was Kanders errechnet hatte, Schrit; was Hochbret errechnet hatte, Kanders; was Schrit errechnet hatte, Hochbret zur Überprüfung zugeschickt werden. Karteien waren zu führen, Spesenrechnungen zu buchen, Zeichnungen zu fotokopieren und von jedem Bauvorhaben eine Fotokopie in doppelter Postkartengröße für sein Privatarchiv herzustellen; – aber die meiste Arbeit bestand im Frankieren: immer wieder die Rückseite des grünen, des roten, des blauen Heuss übers Schwämmchen gezogen, die Marke sauber in die rechte obere Ecke des gelben Umschlags geklebt; sie empfand es schon als Abwechslung, wenn mal ein brauner, ein violetter, ein gelber Heuss darunter war.
Fähmel hatte sich zum Prinzip gemacht, nie länger als eine Stunde pro Tag im Büro zu verbringen; er schrieb seinen Namen unters Hochachtungsvoll, unter Honoraranweisungen. Kamen mehr Aufträge, als er in einer Stunde hätte bewältigen können, lehnte er die Annahme ab. Für diese Fälle gab es hektographierte Zettel mit dem Text: ›Infolge Arbeitsüberlastung sehen wir uns leider gezwungen, auf Ihren geschätzten Auftrag zu verzichten. Gez. F.‹

Nicht ein einziges Mal, wenn sie ihm morgens zwischen halb neun und halb zehn gegenübersaß, hatte sie ihn bei intimen menschlichen Verrichtungen gesehen; beim Essen, Trinken; niemals einen Schnupfen an ihm bemerkt; errötend dachte sie an intimere Dinge als diese; daß er rauchte, war kein Ersatz für das Vermißte: zu makellos war die schneeweiße Zigarette, nur die Asche, die Stummel im Aschenbecher trösteten sie: das war wenigstens Abfall, bewies, daß Verbrauch stattgefunden hatte. Sie hatte schon bei gewaltigen Chefs gearbeitet, Männern, deren Schreibtische wie Kommandobrücken waren, deren Physiognomie Furcht einflößte, doch selbst diese Großen hatten irgendwann einmal eine Tasse Tee, einen Kaffee getrunken, ein belegtes Brot gegessen, und der Anblick essender und trinkender Gewaltiger hatte sie immer in Erregung versetzt: da krümelte Brot, blieben Wurstpellen übrig und speckige Schinkenränder, mußten Hände gewaschen, Taschentücher gezogen werden. Versöhnliches zeigte sich hinter Stirnen aus Granit, die über ganze Armeen befahlen, Münder wurden in Gesichtern abgewischt, die einstmals, in Bronze gegossen, auf Denkmalsockeln späterer Geschlechtern von ihrer Größe künden würden. Fähmel, wenn er um halb neun aus dem Hinterhaus kam, brachte keine Frühstücksspuren mit, war – wie es einem Chef geziemt hätte –, weder nervös noch gesammelt; seine Unterschrift, auch wenn er vierzigmal seinen Namen unters Hochachtungsvoll zu schreiben hatte, blieb leserlich und schön; er rauchte, unterschrieb, blickte selten einmal in eine Zeichnung, nahm Punkt halb zehn Mantel und Hut, sagte: »Bis morgen dann« und verschwand. Von halb zehn bis elf war er im Hotel Prinz Heinrich zu erreichen, von elf bis zwölf im Café Zons, erreichbar nur für ›seine Mutter, seinen Vater, seine Tochter, seinen Sohn – und Herrn Schrella‹ ab zwölf beim Spaziergang, und um eins traf er sich mit seiner Tochter im ›Löwen‹ zum Mittagessen. Sie wußte nicht, wie er seine Nachmittage, seine Abende verbrachte, wußte nur, daß er morgens um sieben der heiligen Messe beiwohnte, von halb acht bis acht mit seiner Tochter, von acht bis halb neun allein frühstückte. Immer wieder war sie überrascht über die Freude, die er zeigte, wenn sein Sohn sich anmeldete; immer wieder öffnete er dann das Fenster, blickte die Straße hinunter bis zum Modesttor; die kleine Narbe über seinem Nasenbein wurde dann rot vor Erregung, Reinmachefrauen bevölkerten das düstere Hinterhaus, förderten Weinflaschen zutage, die im Flur für den Altwarenhändler bereitgestellt wurden; immer mehr Flaschen sammelten sich, wurden erst in Fünfer-, dann in Zehnerreihen aufgestellt, da die Länge des Flures nicht ausreichte; dunkelgrüner, starrer Staketenwald, deren Spitzen sie errötend, sich der unziemlichen Neugier bewußt, zählte: zweihundertundzehn Flaschen, leergetrunken zwischen Anfang Mai und Anfang September, mehr als eine Flasche täglich.

Niemals roch er nach Alkohol, seine Hände zitterten nicht. Der dunkelgrüne starre Wald wurde unwirklich. Hatte sie ihn tatsächlich gesehen, oder existierte er nur in ihren Träumen? Weder Schrit noch Hochbret oder Kanders hatte sie je zu Gesicht bekommen; die hockten weit entfernt voneinander in kleinen Nestern. Nur zweimal hatte einer beim anderen Fehler entdeckt: als Schrit die Basierung des städtischen Schwimmbades falsch errechnete, was von Hochbret herausgefunden wurde. Sie war sehr aufgeregt gewesen, aber Fähmel hatte sie nur gebeten, ihm die Rotstiftnotizen an den Rändern der Zeichnung als die von Schrit und die von Hochbret zu identifizieren, und zum ersten Mal wurde ihr klar, daß auch er offenbar vom Fach war: eine halbe Stunde lang hatte er mit Rechenschieber, Tabellen und gespitzten Bleistiften an seinem Schreibtisch gesessen, dann gesagt: »Hochbret hat recht, das Schwimmbad wäre spätestens in drei Monaten zusammengesackt.« Kein Wort des Tadels für Schrit, keins des Lobes für Hochbret, und als er – dieses eine Mal – das Gutachten selbst unterschrieb, lachte er; sein Lachen war ihr so unheimlich wie seine Höflichkeit. Der zweite Fehler war Hochbret unterlaufen, bei der Berechnung der statischen Unterlagen für die Eisenbahnüberführung an der Wilhelmskuhle, und diesmal war es Kanders, der den Fehler entdeckte, und wieder sah sie Fähmel – zum zweiten Mal innerhalb von vier Jahren – rechnend am Schreibtisch sitzen. Wieder mußte sie ihm Hochbrets und Kanders Rotstiftnotizen identifizieren; dieser Zwischenfall gab ihm die Idee ein, den verschiedenen Mitarbeitern verschiedene Farben vorzuschreiben: Kanders rot, Hochbret grün, Schrit gelb.

Langsam schrieb sie, während ein Stück Schokolade in ihrem Munde zerging: ›Wochenendhaus für eine Filmschauspielerin‹, schrieb, während das zweite Stück Schokolade in ihrem Mund zerging: ›Erweiterungsbau der Societas, die Gemeinnützigste der Gemeinnützigen‹. Immerhin unterschieden sich die Kunden noch durch Name und Adresse voneinander, gaben die beigelegten Zeichnungen ihr das Gefühl, an Wirklichem teilzuhaben; Steine und Kunststoffplatten, Eisenträger, Glasziegel, Zementsäcke, die waren vorstellbar, während Schrit, Kanders und Hochbret, obwohl sie täglich deren Adresse schrieb, unvorstellbar blieben. Sie waren nie im Büro gewesen, riefen nie an, schrieben nie. Ohne Kommentar schickten sie ihre Berechnungen und Unterlagen zurück. »Wozu Briefe?« hatte Fähmel gesagt, »wir wollen doch hier keine Bekenntnisse sammeln, wie?«

Manchmal nahm sie das Lexikon aus dem Bücherregal, schlug die Namen der Orte auf, die sie täglich auf Briefumschläge schrieb: Schilgenauel, 87 Einwohner, davon 83 röm.-kath., berühmte Pfarrkirche aus dem 12. Jh. mit dem Schilgenaueler Altar. Dort wohnte Kanders, des-

9

sen Personalien die Versicherungskarte preisgab: siebenunddreißig Jahre alt, ledig, röm.-kath. ... Schrit wohnte hoch im Norden, in Gludum, 1988 Einwohner, davon 1812 ev., 176 röm.-kath., Marinadenindustrie, Missionsschule. Schrit war achtundvierzig, verh., ev., 2 Kinder, davon 1 über achtzehn. Hochbrets Wohnort brauchte sie nicht nachzuschlagen, er wohnte in einem Vorort, in Blessenfeld, nur fünfunddreißig Omnibusminuten entfernt, und oft kam ihr der törichte Gedanke, ihn einmal aufzusuchen, sich seines Vorhandenseins zu versichern, indem sie seine Stimme hörte, ihn sah, seinen Händedruck spürte, doch sein geringes Alter, er war erst zweiunddreißig, und die Tatsache, daß er ledig war, hielt sie von solcher Intimität zurück. Obwohl das Lexikon Kanders und Schrits Wohnorte beschrieb, wie auf einem Ausweis die ausgewiesene Person beschrieben wird, Blessenfeld ihr vertraut war, blieben die drei ihr unvorstellbar, wenn sie auch monatlich Versicherungsbeiträge für sie überwies, Postanweisungen ausfüllte, Zeitschriften und Tabellen an sie verschickte; sie blieben so unwirklich wie dieser Schrella, der auf der roten Karte stand, für den er immer erreichbar war, der aber in vier Jahren nicht einmal versucht hatte, ihn zu erreichen.

Sie ließ die rote Karte, die zur Ursache seiner ersten Grobheit geworden war, auf dem Tisch liegen. Wie hatte der Herr geheißen, der gegen zehn ins Büro gekommen war und Fähmel dringend, dringend, sehr dringend zu sprechen verlangte? Groß war er gewesen, grauhaarig, mit leicht gerötetem Gesicht, roch nach exquisiten Spesenmahlzeiten, trug einen Anzug, der nach Qualität geradezu stank; Macht, Würde und herrischen Charme hatte der Herr auf eine Weise vereint, die ihn unwiderstehlich machte; in seinem Titel, den er lächelnd hinmurmelte, hatte es nach Minister geklungen – Ministerialrat, -direktor, -dirigent, und als sie leugnete, Fähmels Aufenthalt zu wissen, schoß er's heraus, rasch, legte ihr dabei die Hand auf die Schulter: »Nun, schönes Kind, sagen Sie schon, wo ich ihn finden kann«, und sie gab's preis, wußte nicht, wie es geschehen konnte, es ruhte so tief in ihr, das Geheimnis, das ihre Witterung so eingehend beschäftigte: ›Hotel Prinz Heinrich‹. Da wurde etwas von Schulkamerad gemurmelt, von einer Angelegenheit, die dringend, dringend, sehr dringend sei, etwas von Wehr, etwas von Waffen; er hinterließ, nachdem er gegangen war, ein Zigarrenaroma, das eine Stunde später noch Fähmels Vater zu einem aufgeregten Schnuppern veranlaßte.

»Mein Gott, mein Gott, muß das ein Kraut gewesen sein – ein Kraut!« Der Alte schnupperte an den Wänden entlang, schob seine Nase dicht über den Schreibtisch, setzte seinen Hut auf, kam nach wenigen Minuten mit dem Geschäftsführer des Zigarrenladens zurück, in dem er

schon seit fünfzig Jahren kaufte, und sie standen beide eine Weile schnuppernd in der Tür, gingen im Büro hin und her wie aufgeregte Hunde, der Geschäftsführer kroch unter den Schreibtisch, wo offenbar eine ganze Rauchwolke sich erhalten hatte, stand auf, klopfte sich die Hände ab, lächelte triumphierend und sagte: »Ja, Herr Geheimrat, das war eine Partagas Eminentes.«
»Und Sie können mir die besorgen?«
»Sicher, ich habe sie vorrätig.«
»Wehe Ihnen, wenn das Aroma nicht das gleiche ist, das ich hier gerochen habe.«
Der Geschäftsführer schnüffelte noch einmal, sagte: »Partagas Eminentes, dafür laß ich mich köpfen, Herr Geheimrat. Vier Mark pro Stück. Möchten Sie welche?«
»Eine, lieber Kolle, eine. Vier Mark, so hoch war der Wochenlohn meines Großvaters, und ich respektiere die Toten, hab meine Sentimentalitäten, wie Sie wissen. Mein Gott, dieses Kraut schlägt die zwanzigtausend Zigaretten tot, die mein Sohn hier schon geraucht hat.«
Sie empfand es als hohe Ehre, daß der Alte seine Zigarre in ihrer Gegenwart rauchte; er lehnte sich zurück im Sessel seines Sohnes, der zu groß für ihn war; sie schob ihm ein Kissen in den Rücken, hörte ihm zu, während sie der makellosesten aller Beschäftigungen nachging: frankieren. Langsam die Rückseite des grünen, des roten, des blauen Heuss übers Schwämmchen gezogen, sauber in die rechte obere Ecke von Briefumschlägen geklebt, die nach Schilgenauel, Gludum und Blessenfeld reisen würden. Exakt, während der Alte einem Genuß frönte, den er seit fünfzig Jahren vergebens gesucht zu haben schien.
»Mein Gott«, sagte er, »jetzt weiß ich endlich, was eine Zigarre ist, liebes Kind. Mußte ich so lange darauf warten, bis zu meinem achtzigsten Geburtstag – – nun lassen Sie, regen Sie sich doch nicht auf, natürlich, heute werd ich achtzig – –, also, Sie waren's nicht, die die Blumen im Auftrag meines Sohnes für mich bestellt hat? Schön, danke, später über meinen Geburtstag, ja? Ich lade Sie herzlich zur Feier heute abend im Café Kroner ein – – aber sagen Sie mir, liebe Leonore, warum hat man mir in den fünfzig Jahren, genaugenommen sind's einundfünfzig Jahre – – die ich bei denen kaufe, nicht einmal eine solche Zigarre vorgelegt? Bin ich etwa geizig? Ich bin's nie gewesen, Sie wissen es. Ich habe meine Zehner-Zigarren geraucht, als ich jung war, Zwanziger, als ich ein bißchen mehr Geld verdiente, und dann Sechziger, jahrzehntelang. Sagen Sie mir, liebes Kind, was sind das für Leute, die mit so einem Ding für vier Mark im Mund über die Straße gehen, in ein Büro kommen, wieder hinaus, als ob's ein Zigarillo für einen Groschen wäre? Was sind das für Leute, die zwischen Frühstück und Mittagessen dreimal den Wochenlohn meines Großvaters verrauchen, ein Aroma

hinterlassen, daß einem alten Mann wie mir die Spucke wegbleibt und ich wie ein Köter schnüffelnd hier im Büro meines Sohnes herumkrieche? Wie? Schulkamerad von Robert? Ministerialrat, -direktor, -dirigent – oder gar Minister? Den müßt ich doch kennen. Wehr? Waffen?«

Und plötzlich der Schimmer in seinen Augen, als wenn eine Klappe gefallen wäre: der Alte sank zurück ins erste, dritte oder sechste Jahrzehnt seines Lebens, begrub eins seiner Kinder. Welches? Johanna oder Heinrich? Über welchen weißen Sarg warf er Erdkrumen, streute er Blumen? Waren die Tränen, die in seinen Augen standen, die Tränen des Jahres 1909, in dem er Johanna begrub, des Jahres 1917, in dem er an Heinrichs Grab stand, oder waren sie aus dem Jahr 1942, in dem er die Nachricht von Ottos Tod erhielt? Weinte er an der Pforte des Irrenhauses, in dem seine Frau verschwunden war? Tränen, während die Zigarre in sanftem Kräuseln verrauchte, sie waren aus dem Jahre 1902; er begrub seine Schwester Charlotte, für die er Goldstück um Goldstück gespart hatte, auf daß es ihr besser gehe; der Sarg rutschte an den knirschenden Seilen hinunter, während die Schulkinder sangen ›Türmer, wohin ist die Schwalbe entflohen?‹; zirpige Kinderstimmen drangen in dieses makellos eingerichtete Büro, und die Greisenstimme sang es über ein halbes Jahrhundert hinweg; nur dieser Oktobermorgen des Jahres 1902 war wirklich: Dunst über dem Niederrhein, Nebelschwaden zogen tanzende Schleifen über Rübenäcker, in Weidenbäumen schnarrten die Krähen wie Fastnachtsklappern, während Leonore einen roten Heuss übers nasse Schwämmchen zog. Dreißig Jahre bevor sie geboren war, sangen Bauernkinder: ›Türmer, wohin ist die Schwalbe entflohen?‹ Grüner Heuss, übers Schwämmchen gezogen. Vorsicht, Briefe an Hochbret liefen unter Ortstarif.

Wenn es über ihn kam, sah der Alte wie blind aus; sie wäre gern rasch ins Blumengeschäft gelaufen und hätte ihm einen hübschen Strauß gekauft, aber sie hatte Angst, ihn allein zu lassen; er streckte seine Hände aus, vorsichtig schob sie ihm den Aschenbecher näher, und er nahm die Zigarre, steckte sie in den Mund, blickte Leonore an und sagte leise: »Glaub nicht, daß ich verrückt bin, Kind.«

Sie hatte ihn gern, er kam regelmäßig ins Büro, holte sie ab, damit sie sich an ihren freien Nachmittagen seiner nachlässig geführten Bücher erbarme, drüben auf der gegenüberliegenden Straßenseite, hoch über der Druckerei, wo er im ›Atelier seiner Jugend‹ hauste; dort bewahrte er Dokumente auf, die von Steuerbeamten geprüft worden, deren Reihengräber schon verfallen waren, bevor sie schreiben lernte; englische Pfundguthaben, Dollarbesitz, Plantagenanteile in El Salvador; dort oben kramte sie in staubigen Abrechnungen, entzifferte handgeschriebene Kontoauszüge von Banken, die längst liquidiert waren, las in Testamenten, in denen er Kinder mit Legaten bedacht hatte, die er nun schon um vierzig Jahre überlebte. ›Und soll meinem Sohn Heinrich die Nutznießung der beiden Gutshöfe Stehlingers Grotte und Görlingers Stuhl ausschließlich vorbehalten bleiben, denn ich habe in seinem Wesen jene Ruhe, ja Freude am Wachstum der Dinge beobachtet, die mir die Voraussetzung für das Leben eines Landwirts zu sein scheinen...‹ »Hier«, schrie der Alte, fuchtelte mit der Zigarre in der Luft, »hier hab ich meinem Schwiegervater das Testament diktiert, am Abend, bevor ich ausrücken mußte; ich diktierte es, während der Junge da oben schlief; er begleitete mich am nächsten Morgen noch zur Bahn, küßte meine Wange – Mund eines siebenjährigen Kindes –, aber niemand, Leonore, niemand nahm je meine Geschenke an, alle fielen sie an mich zurück: Güter und Bankkonten, Renten und Mietzins. Ich konnte nie schenken, nur meine Frau konnte es, und ihre Geschenke wurden angenommen – und wenn ich neben ihr lag, nachts, hörte ich sie oft murmeln, sanft wie Wasser floß es aus ihrem Mund, stundenlang: *wozuwozuwozu*...«

Wieder weinte der Alte, diesmal in Uniform, Pionierhauptmann der Reserve, Geheimer Rat, Heinrich Fähmel, auf Sonderurlaub, um seinen siebenjährigen Sohn zu begraben; die Kilbsche Gruft nahm den weißen Sarg auf; dunkles feuchtes Gemäuer und frisch wie Sonnenstrahlen die goldenen Ziffern, die das Todesjahr auswiesen. 1917. Robert, in schwarzen Samt gekleidet, wartete in der Kutsche draußen...

Leonore ließ die Briefmarke, violett diese, fallen; sie getraute sich nicht, den Brief an Schrit zu frankieren; ungeduldig schnaubten die Kutschpferde vor dem Friedhofstor, während Robert Fähmel, zwei Jahre alt, die Zügel halten durfte: schwarzes Leder, brüchig an den Rändern, und das frische Gold der Ziffer 1917 glänzte heller als Sonnenschein...

»Was treibt er, was macht er, mein Sohn, der einzige, der mir blieb, Leonore? Was macht er morgens von halb zehn bis elf im Prinz Heinrich; er durfte zusehen, wie den Pferden der Futtersack vorgebunden wurde – was treibt er? Sagen Sie's mir doch, Leonore!« Zögernd nahm sie die violette Marke auf, sagte leise: »Ich weiß nicht, was er dort tut, wirklich nicht.«

Der Alte nahm die Zigarre in den Mund, lehnte sich lächelnd im Sessel zurück – als wäre nichts gewesen. »Was halten Sie davon, wenn ich Sie fest für die Nachmittage engagiere. Ich hole Sie ab. Wir würden mittags miteinander essen, und von zwei bis vier, oder bis fünf, wenn Sie wollen, helfen Sie mir, bei mir da oben Ordnung zu machen. Was halten Sie davon, liebes Kind?«

Sie nickte, sagte »Ja«. Noch traute sie sich nicht, den violetten Heuss

übers Schwämmchen zu ziehen, ihn auf den Umschlag an Schrit zu kleben: ein Postbeamter würde den Brief aus dem Kasten nehmen, die Maschine würde stempeln: 6. September 1958, 13 Uhr. Da saß der Alte, er war wieder am Ende seines achten, am Anfang seines neunten Jahrzehnts angekommen.
»Ja, ja«, sagte sie.
»Ich darf Sie also als engagiert betrachten?«
»Ja.«
Sie blickte in sein schmales Gesicht, in dem sie seit Jahren vergeblich Ähnlichkeit mit seinem Sohn suchte; nur Höflichkeit schien eine verbindende Fähmelsche Familieneigenschaft zu sein; bei dem Alten war sie umständlicher, verziert, war Höflichkeit alten Schlags, fast Grandezza, nicht höfliche Mathematik wie bei seinem Sohn, der Trockenheit kultivierte, nur im Schimmer seiner grauen Augen ahnen ließ, daß er zu weniger trockenen Liebenswürdigkeiten fähig gewesen wäre. Der Alte benutzte sein Taschentuch wirklich, kaute an seiner Zigarre, sagte ihr manchmal Nettigkeiten über ihre Frisur, ihren Teint; sein Anzug zeigte wenigstens Spuren von Verschleiß, die Krawatte war immer etwas schief gebunden, Tuscheflecken hatte er an den Fingern, Radierkrümel auf den Rockaufschlägen, Bleistifte, harte und weiche in der Westentasche, und manchmal nahm er ein Blatt Papier aus dem Schreibtisch seines Sohnes, kritzelte rasch einen Engel hin, ein Gotteslamm, einen Baum, das Porträt eines draußen vorübereilenden Zeitgenossen. Manchmal gab er ihr Geld, Kuchen zu holen, bat sie, eine zweite Kaffeetasse anzuschaffen, und machte sie glücklich, weil sie den elektrischen Kocher endlich für jemand anderen als sich selbst einstöpseln konnte. Das war Büroleben, wie sie's gewohnt war: Kaffee kochen, Kuchen kaufen und was erzählt bekommen, das seine richtige Reihenfolge hatte: von den Leben, die da hinten im Wohnflügel gelebt, von den Toden, die da gestorben worden waren. Jahrhundertelang hatten die Kilbs dort hinten Laster und Licht gesucht, Sünde und Heil, waren Kämmerer, Notare, Bürgermeister und Domherren geworden; dort hinten war noch etwas von den strengen Gebeten späterer Prälaten in der Luft, die düsteren Laster jungfräulich gebliebener Kilbinnen und die Bußübungen frommer Jünglinge, in diesem dunklen Haus da hinten, in dem jetzt an den stillen Nachmittagen ein blasses, dunkelhaariges Mädchen seine Schularbeiten machte und auf seinen Vater wartete. Oder war er nachmittags zu Hause? Zweihundertzehn Flaschen Wein, leergetrunken zwischen Anfang Mai und Anfang September. Trank er sie allein, mit seiner Tochter oder mit Gespenstern? Vielleicht mit diesem Schrella, der nie versucht hatte, ihn zu erreichen? Unwirklich alles, weniger wirklich als das aschblonde Haar der Bürokraft, die vor fünfzig Jahren hier an

ihrem Platz gesessen und die Notariatsgeheimnisse gehütet hatte.
»Ja, da saß sie, liebe Leonore, genau an der Stelle, wo Sie jetzt sitzen, sie hieß Josephine.« Hatte er auch der Nettigkeiten über ihr Haar, ihren Teint gesagt?
Lachend zeigte der Alte auf den Wandspruch, der über dem Schreibtisch seines Sohnes hing, einziges Überbleibsel aus vergangener Zeit, weiß auf Mahagoni gemalt: *Voll ist ihre Rechte von Geschenken.* Sinnspruch Kilbischer wie Fähmelscher Unbestechlichkeit.
»Meine beiden Schwäger hatten keine Lust an der Juristerei, die letzten männlichen Nachkommen des Geschlechts, den einen zog's zu den Ulanen, den anderen zum Nichtstun, aber beide, der Ulan und der Nichtstuer, sind am gleichen Tag, im gleichen Regiment, beim gleichen Angriff gefallen, bei Erby le Huette ritten sie ins Maschinengewehrfeuer, löschten den Namen Kilb aus, trugen Laster, die wie Scharlach blühten, ins Grab, ins Nichts, bei Erby le Huette.«
Glücklich war der Alte, wenn er Mörtelspuren an den Hosenbeinen hatte und sie bitten konnte, diese Spuren zu entfernen. Oft trug er dicke Zeichenrollen unter dem Arm, von denen sie nie wußte, ob er sie nur seinem Archiv entnommen hatte oder zu wirklichen Aufträgen unterwegs war.
Er schlürfte den Kaffee, lobte ihn, schob ihr den Kuchenteller zu, zog an seiner Zigarre. Andacht kehrte auf sein Gesicht zurück. »Schulkamerad von Robert? Den müßte ich doch kennen. Schrella hieß er bestimmt nicht? Sind Sie sicher – – nein, nein, der würde ja niemals solche Zigarren rauchen, welch ein Unsinn. Und Sie haben ihn ins Prinz Heinrich geschickt? Das wird aber Krach geben, liebe Leonore, Stunk. Er liebt es nicht, wenn man seine Kreise stört, mein Sohn Robert. Der war schon als Junge so: liebenswürdig, höflich, intelligent, korrekt, aber wenn's über bestimmte Grenzen ging, kannte er keinen Pardon. Der wäre nicht vor einem Mord zurückgeschreckt. Ich hatte immer ein wenig Angst vor ihm. Sie auch? Aber Kind, der wird Ihnen doch deshalb nichts tun, seien Sie vernünftig. Kommen Sie, gehen wir essen, feiern ein wenig Ihr neues Engagement und meinen Geburtstag. Machen Sie keinen Unsinn. Wenn er am Telefon schon geschimpft hat, ist's ja vorüber. Schade, daß Sie den Namen nicht behalten haben. Ich wußte gar nicht, daß er mit ehemaligen Schulkameraden Umgang pflegt. Los. Kommen Sie. Heute ist Samstag, und *er* hat nichts dagegen, wenn Sie ein wenig früher Schluß machen. Ich verantworte das schon.«
Es schlug zwölf von Sankt Severin. Sie zählte rasch die Briefumschläge, dreiundzwanzig, raffte sie zusammen, hielt sie fest. War er wirklich nur eine halbe Stunde bei ihr gewesen? Eben fiel der zehnte der zwölf fälligen Schläge.

»Nein, danke«, sagte sie, »ich zieh den Mantel nicht an und, bitte, nicht in den Löwen.«
Nur eine halbe Stunde; die Druckereimaschinen stampften nicht mehr, aber der Keiler blutete noch.

2

Das war für den Portier schon Zeremonie geworden, fast Liturgie, ihm in Fleisch und Blut übergegangen: jeden Morgen Punkt halb zehn den Schlüssel vom Brett zu nehmen, die leichte Berührung der trockenen gepflegten Hand zu spüren, die den Schlüssel entgegennahm; ein Blick in das strenge, blasse Gesicht mit der roten Narbe über dem Nasenbein; dann nachdenklich, mit einem winzigen Lächeln, das nur seine Frau hätte bemerken können, Fähmel nachzublicken, der die einladende Geste des Liftboys ignorierte und, wenn er die Treppe hinaufging, mit dem Schlüssel zum Billardzimmer leicht gegen die Messingstäbe des Geländers schlug: fünfmal, sechsmal, siebenmal klang es auf, wie von einem Xylophon, das nur einen einzigen Ton hat, und eine halbe Minute später kam dann Hugo, der ältere der beiden Boys, fragte: »Wie immer?«, und der Portier nickte, wußte, daß Hugo ins Restaurant gehen, einen doppelten Cognac, eine Karaffe Wasser holen und bis elf verschwunden sein würde, im Billardzimmer oben.
Der Portier witterte Unheil hinter dieser Gewohnheit, morgens zwischen halb zehn und elf in Gesellschaft immer desselben Boys Billard zu spielen; Unheil oder Laster; gegen Laster gab es einen Schutz: Diskretion; die hatte ihren Preis, ihre Kurve, Diskretion und Geld waren voneinander abhängig, wie Abszisse und Ordinate; wer hier ein Zimmer bekam, kaufte diskrete Gewissen; Augen, die sahen und doch nicht sahen, Ohren, die hörten und doch nicht hörten; gegen Unheil gab es keinen Schutz: er konnte nicht jeden potentiellen Selbstmörder vor die Tür weisen, denn potentielle Selbstmörder waren sie alle; das kam sonngebräunt mit Filmschauspielergesicht, sieben Koffern, nahm lachend den Zimmerausweis in Empfang, und sobald die Koffer gestapelt waren, der Boy das Zimmer verlassen hat, zog's die geladene, schon entsicherte Pistole aus der Manteltasche und knallte sich eins vor den Kopf; das kam wie aus Gräbern dahergeschlichen, mit goldenen Zähnen, goldenem Haar, in goldenen Schuhen, grinste wie ein Skelett; Gespenster auf der vergeblichen Suche nach Lust, bestellten Frühstück für halb elf aufs Zimmer, hängten den Zettel ›Bitte nicht stören‹ draußen an die Klinke, türmten Koffer von innen vor die Tür und schluckten die Giftkapsel, und lange bevor erschrockene Zimmermädchen Frühstückstabletts fallen ließen, raunte es im

Haus: ›Auf Zimmer 12 liegt eine Tote‹, raunte schon nachts, wenn verspätete Bargäste auf ihre Zimmer schlichen und das Schweigen hinter der Tür von Zimmer zwölf ihnen unheimlich war; es gab solche, die das Schweigen des Schlafs vom Schweigen des Todes zu unterscheiden wußten. Unheil: er witterte es, wenn er Hugo eine Minute nach halb zehn mit dem großen Cognac, der Wasserkaraffe ins Billardzimmer hinaufgehen sah.

Um diese Zeit konnte er den Boy schlecht missen; Hände knäuelten sich auf seiner Theke, rechnungheischende, Prospekte einsammelnde Hände, und er ertappte sich immer wieder dabei, daß er um diese Zeit – wenige Minuten nach halb zehn – anfing, unhöflich zu werden; jetzt ausgerechnet zu dieser Lehrerin, der achten oder neunten, die nach dem Weg zu den römischen Kindergräbern fragte, ihre rote Gesichtshaut ließ auf ländliche Herkunft schließen, Handschuhe und Mantel nicht auf Einkünfte, wie sie bei den Gästen des Prinz Heinrich vorauszusetzen waren, und er fragte sich, wie sie in den Pulk aufgeregter Ziegen hineingeraten sein mochte, von denen keine es für nötig befunden hatte, nach dem Zimmerpreis zu fragen, oder würde sie, die jetzt verlegen an ihren Handschuhen zerrte, das deutsche Wunder vollbringen, für das Jochen zehn Mark Prämie ausgesetzt hatte: »Zehn Mark zahle ich dem, der mir einen Deutschen nennt, der nach dem Preis für irgend etwas gefragt hat.« Nein, auch sie würde ihm die Prämie nicht einbringen; er zwang sich zur Ruhe, erklärte ihr freundlich den Weg zu den römischen Kindergräbern.

Die meisten verlangten gerade nach dem Boy, der nun für eineinhalb Stunden im Billardzimmer bleiben würde, wollten alle von ihm ihre Koffer in die Halle, zum Autobus der Fluggesellschaft, zu Taxis, an den Bahnhof gebracht haben; mißlaunige Globetrotter, die in der Halle auf ihre Rechnung warteten, über Startzeiten und Ankunftszeiten von Flugzeugen sprachen, wollten von Hugo Eis für ihren Whisky, von ihm Feuer für ihre Zigaretten, die sie unangezündet im Munde hängen ließen, um Hugos guten Drill auf die Probe zu stellen; nur Hugo wollten sie mit lässigen Händen Dank winken, nur, wenn Hugo da war, zuckten ihre Gesichter in geheimnisvollen Spasmen; ungeduldig waren diese Gesichter, deren Besitzer es kaum erwarten konnten, ihre schlechte Laune in ferne Erdteile zu tragen, sie waren startbereit, um in persischen oder oberbayerischen Hotelspiegeln den Grad der Gegerbtheit ihrer Haut festzustellen. Schrille Weiberstimmen schrien nach Liegengelassenem; Hugo, mein Ring, Hugo, meine Handtasche, Hugo, mein Lippenstift; erwarteten alle, daß Hugo zum Aufzug flitzen, lautlos nach oben fahren und auf Zimmer 19, Zimmer 32, Zimmer 46 nach Ring, Handtasche, Lippenstift fahnden würde; und die alte Musch brachte ihren Köter an, der gerade Milch geschleckt, Honig gefressen, Spiegeleier verschmäht und nun spazierengeführt werden mußte, damit er an den Pfosten von Verkaufsbuden, an parkenden Autos, haltenden Straßenbahnen seine hündische Notdurft erleichterte und seinen absterbenden Geruchssinn erneuere; offenbar konnte nur Hugo des Hundes seelischer Situation gerecht werden; und schon hatte die Oma Bleesiek, die jedes Jahr für vier Wochen herüberkam, ihre Kinder und die stetig wachsende Zahl ihrer Enkel zu besuchen, schon hatte sie, kaum angekommen, nach Hugo gefragt: »Ist er noch da, das Jüngelchen mit dem Ministrantengesicht, der schmale und so blasse, rotblonde, der immer so ernsthaft dreinblickt?« Hugo sollte ihr beim Frühstück, während sie Honig schleckte, Milch trank und Spiegeleier nicht verschmähte, aus der Lokalzeitung vorlesen; verzückt blickte die Alte auf, wenn Straßennamen fielen, die ihr aus der Kinderzeit noch vertraut waren: Unfall am Ehrenfeldgürtel. Raubüberfall an der Friesenstraße. »So lange Zöpfe hab ich gehabt, als ich dort Rollschuh lief – so lang, mein Junge.« Zart war die Alte, zäh – kam sie nur Hugos wegen über den großen Ozean geflogen? »Wie?« sagte sie enttäuscht, »Hugo ist erst nach elf Uhr frei?«

Mit mahnend erhobenen Händen stand der Busfahrer der Fluggesellschaft in der Drehtür, während an der Kasse noch die Preise für komplizierte Frühstücke errechnet wurden; da saß der Kerl, der ein halbes Spiegelei verlangt hatte, empört aber die Rechnung zurückwies, auf der ihm ein ganzes berechnet worden war; noch empörter das Angebot des Geschäftsführers, ihm das halbe Spiegelei zu erlassen, zurückwies, eine neue Rechnung verlangte, auf der ihm ein halbes berechnet werden mußte. »Ich bestehe drauf.« Der reiste wohl nur um die Welt, um Belege vorweisen zu können, auf denen halbe Spiegeleier berechnet waren.

»Ja«, sagte der Portier, »die erste Straße links, die zweite rechts, dann wieder die dritte links, und dann sehen gnädige Frau schon das Schild: ›Zu den römischen Kindergräbern‹.« Endlich konnte der Fahrer der Busgesellschaft seine Fahrgäste einsammeln, endlich schienen sämtliche Lehrerinnen auf den rechten Weg gebracht, sämtliche fetten Köter zum Pissen geführt. Aber immer noch schlief der Herr auf Zimmer elf, schlief schon seit sechzehn Stunden, hatte das Schild draußen an die Tür gehängt: Bitte nicht stören. Unheil, auf Zimmer elf oder im Billardzimmer; die Zeremonie inmitten des idiotischen Aufbruchsgewimmels: Schlüssel vom Brett nehmen, Berührung der Hand, Blick in das blasse Gesicht, auf die rote Narbe über dem Nasenbein, Hugos ›Wie immer?‹, sein Nicken: Billard von halb zehn bis elf. Aber noch hatte der interne Nachrichtendienst des Hotels nichts Unheilvolles oder Lasterhaftes berichten können: der spielte tatsächlich von halb zehn bis elf Billard, allein, nippte an seinem Cognac, am Wasserglas, rauchte, ließ sich von Hugo aus dessen Kindheit erzählen, erzählte Hugo aus seiner eigenen Kindheit, duldete sogar, daß Zimmermädchen oder Reinmachefrauen, auf dem Weg zum Wäscheaufzug, an der offenen Zimmertür stehenblieben, ihm zuschauten, blickte lächelnd vom Spiel auf. Nein, nein, der ist harmlos.

Jochen humpelte aus dem Aufzug, hielt einen Brief in der Hand, den er jetzt kopfschüttelnd hochhob. Jochen, der hoch oben unter dem Taubenschlag hauste, neben seinen gefiederten Freunden, die ihm Botschaften aus Paris und Rom, Warschau und Kopenhagen brachten; Jochen in seiner Phantasieuniform, die etwas zwischen Kronprinz und Unteroffizier darstellte, war kaum zu klassifizieren: ein bißchen Faktotum und ein bißchen graue Eminenz, Vertrauter von allen, vertraut mit allem, nicht Portier und nicht Kellner, weder Geschäftsführer noch Hausdiener und doch von allem, sogar vom Kochen verstand er etwas; von ihm stammte das geflügelte Wort, immer dann ausgesprochen, wenn moralische Bedenken gegen Gäste laut wurden: »Was würde uns der Ruf der Diskretion nützen, wenn die Moral intakt wäre – was nutzt Diskretion, wenn es nichts mehr gibt, das diskret behandelt werden muß?«; etwas Beichtvater, etwas Geheimsekretär, etwas Zuhälter; Jochen, mit rheumagekrümmten Fingern, öffnete grinsend den Brief.

»Die zehn Mark hättest du sparen können, ich hätte dir tausendmal mehr – und unentgeltlich – erzählen können als dieser kleine Schwindler hier. Auskunftsbüro Argus. ›Anbei die gewünschte Auskunft über Herrn Architekten Dr. Robert Fähmel, wohnhaft Modestgasse 7. Dr. Fähmel ist zweiundvierzig Jahre alt, verwitwet, zwei Kinder. Sohn: 22, Architekt, nicht hier wohnhaft. Tochter 19: Schülerin. Vermögen des Dr. F: erheblich. Mütterlicherseits mit den Kilbs verwandt. Nichts Nachteiliges zu erfahren‹.« Jochen kicherte: »Nichts Nachteiliges zu erfahren! Als ob über den jungen Fähmel je etwas Nachteiliges zu erfahren gewesen wäre, und über den wird es niemals etwas Nachteiliges zu erfahren geben. Das ist einer von den wenigen Menschen, für die ich jederzeit meine Hand ins Feuer legen würde, hörst du, hier meine alte, korrupte, rheumaverkrümmte Hand. Mit dem kannst du den Jungen getrost allein lassen, der ist nicht von der Sorte – und wenn er von der Sorte wäre, würde ich nicht einsehen, daß man ihm nicht gestattet, was man schwulen Ministern gestattet – aber der ist nicht von der Sorte, der hat schon mit zwanzig ein Kind gehabt, von der Tochter eines Kollegen, vielleicht erinnerst du dich an ihn, den Schrella, der einmal ein Jahr hier gearbeitet hat. Nein? Du warst wohl damals noch nicht hier. Ich sag dir nur: laß den jungen Fähmel in

Frieden Billard spielen. Feine Familie. Wirklich. Rasse. Ich habe seine Großmutter noch gekannt, seinen Großvater, seine Mutter und seine Onkel; die haben hier vor fünfzig Jahren schon Billard gespielt. Die Kilbs, das weißt du wohl nicht, wohnen seit dreihundert Jahren in der Modestgasse, wohnten – es gibt keine mehr. Seine Mutter ist übergeschnappt, hatte zwei Brüder verloren, und drei Kinder waren ihr gestorben. Sie kam nicht darüber weg. Das war eine feine Frau. Eine von den Stillen, weißt du. Die aß nicht einen Krümel mehr, als es auf Lebensmittelkarten gab, nicht 'ne Bohne, und gab auch ihren Kindern nicht mehr. Verrückt. Sie schenkte alles weg, was sie extra bekam, und die bekam viel: die besaßen Bauernhöfe, und der Abt von Sankt Anton, da unten im Kissatal, der schickte ihr Butter in Fässern, Honig in Krügen, schickte ihr Brot, aber sie aß nichts davon und gab ihren Kindern nichts davon; die mußten das Sägemehlbrot essen und gefärbte Marmelade drauf, während ihre Mutter alles wegschenkte; sogar Goldstücke teilte sie aus; ich hab's selber gesehen, wie sie – das muß sechzehn oder siebzehn gewesen sein – mit den Broten und dem Honigkrug aus der Haustür kam. Honig 1917! Kannst du dir das vorstellen? Aber ihr habt ja alle kein Gedächtnis, könnt euch nicht vorstellen, was das bedeutete: Honig 1917 und Honig im Winter 41/42, und wie sie zum Güterbahnhof lief und darauf bestand, mit den Juden wegzufahren. Verrückt. Sie sperrten sie ins Irrenhaus, aber ich glaub nicht, daß sie verrrückt ist. Das ist eine Frau, wie du sie nur im Museum auf den alten Bildern sehen kannst. Für deren Sohn laß ich mich in Stücke schneiden, und wenn der nicht aufs zuvorkommendste bedient wird, gibt es Krach hier in der Bude, und wenn fünfundneunzig alte Weiber nach Hugo fragen, und er will den Jungen bei sich haben, dann kriegt er ihn. Auskunftsbüro Argus. Diesen Idioten zehn Mark zahlen. Du bringst wohl noch fertig, mir zu sagen, daß du seinen Vater nicht kennst, den alten Fähmel, wie? Gratuliere, du kennst ihn also und bist nie auf die Idee gekommen, daß es der Vater von dem sein könnte, der oben Billard spielt. Nun, den alten Fähmel kennt ja wohl jedes Kind. Der kam hier vor fünfzig Jahren mit 'nem gewendeten Anzug von seinem Onkel an, hatte ein paar Goldstücke in der Tasche – und hat hier, hier im Prinz Heinrich schon Billard gespielt, da wußtest du noch nicht was ein Hotel ist. Ihr seid Portiers! Laß den da oben mal in Ruhe. Der macht keinen Unsinn, richtet keinen Schaden an, der wird höchstens mal überschnappen auf die stille Tour. Der war der beste Schlagballspieler, der beste Hundertmeterläufer, den wir hier in der Stadt je gehabt haben, der war zäh, und wenn es drauf ankam, hart; der konnte Unrecht nicht ertragen, und wenn du Unrecht nicht ertragen kannst, bist du bald in der Politik drin; mit neunzehn war er drin; den hätten sie geköpft oder für zwanzig Jahre eingesperrt, wenn er ihnen nicht durchgegangen wäre. Ja, guck mich nur an; er kam davon und blieb drei oder vier Jahre draußen – ich weiß nicht genau, was da los war, hab's nie erfahren, ich weiß nur, daß der alte Schrella drin verwickelt war, auch die Tochter, mit der er dann später das Kind hatte; er kam zurück, und sie rührten ihn nicht an; er wurde Soldat bei den Pionieren, ich seh ihn noch vor mir, wenn er in seiner Uniform mit der schwarzen Paspelierung in Urlaub kam. Guck mich nicht so blöde an. Ob der mal Kommunist war? Ich weiß nicht, ob er's war – aber wenn schon; jeder anständige Mensch ist das mal gewesen. Los, geh frühstücken, ich werd' mit den alten Ziegen schon fertig.«

Unheil oder Laster; sie lagen in der Luft, aber Jochen war immer zu harmlos gewesen, hatte nie Selbstmord gewittert und es nie geglaubt, wenn verstörte Gäste die Stille des Todes hinter verschlossenen Zimmertüren von der Stille des Schlafs zu unterscheiden gewußt hatten; der tat korrupt und gerieben und glaubte doch an die Menschen.
»Na, meinetwegen«, sagte der Portier, »ich geh zum Frühstück. Daß du nur niemand zu ihm 'raufläßt, da legt er Wert drauf. Hier.« Er legte Jochen die rote Karte auf die Theke: ›Zu sprechen nur für meine Mutter, meinen Vater, meine Tochter, meinen Sohn und Herrn Schrella – für niemanden sonst.‹
Schrella? dachte Jochen erschrocken, lebt der denn noch? Den haben sie doch damals umgebracht – oder hatte er einen Sohn?

Dieses Aroma schlug alles tot, was in der Halle in den letzten vierzehn Tagen geraucht worden war, dieses Aroma trug man vor sich her wie eine Standarte: hier komm ich, der Bedeutende, der Sieger, dem keiner widersteht; einsneunundachtzig, grauhaarig, Mitte Vierzig. Anzugstoff: Regierungsqualität; so waren Kaufleute, Industrielle, Künstler nicht gekleidet, das war beamtete Eleganz, Jochen roch es; das war Minister, Gesandter, unterschriftsträchtig mit fast gesetzlicher Kraft; das drang ungehindert durch gepolsterte, stählerne, blecherne Vorzimmertüren, räumte mit seinen Schneepflugschultern alle Hindernisse weg, strahlte liebenswürdige Höflichkeit aus, der man doch anmerkte, daß sie angelernt war, ließ der Oma den Vortritt, die eben ihren ekligen Köter wieder aus Erichs, des zweiten Boys, Hand entgegennahm, half sogar dem grabentstiegenen Skelett das Treppengeländer erreichen und umfassen. »Gern geschehen, gnädige Frau.«
»Nettlinger.«
»Womit kann ich dienen, Herr Doktor?« – »Ich muß Herrn Dr. Fähmel sprechen. Dringend. Sofort. Dienstlich.«

Kopfschütteln, sanfte Verneigung, während er mit der roten Karte spielte. Mutter, Vater, Sohn, Tochter, Schrella. Nettlinger nicht erwünscht.

»Aber ich weiß, daß er hier ist.«

Nettlinger? Hab ich den Namen nicht schon mal gehört? Das ist so ein Gesicht, bei dem mir was einfallen müßte, was ich nicht vergessen wollte. Ich habe den Namen schon gehört, vor vielen Jahren, und mir damals gesagt: den mußt du dir merken, vergiß ihn nicht, aber nun weiß ich nicht mehr, was ich mir merken wollte. Auf jeden Fall: Vorsicht. Dir würde speiübel, wenn du wüßtest, was der alles schon gemacht hat, du würdest bis an dein seliges Ende nicht aufhören können, zu kotzen, wenn du den Film ansehen müßtest, den der am Tag des Gerichts vorgespielt bekommt: den Film seines Lebens; das ist so einer, der Leichen die Goldzähne ausbrechen, Kindern das Haar abschneiden läßt. Unheil oder Laster? Nein, Mord lag in der Luft.

Und diese Leute wußten nie, wann ein Trinkgeld angebracht war; nur daran konnte man Klasse erkennen; jetzt wäre der Augenblick vielleicht für eine Zigarre gewesen, aber nicht für Trinkgeld und keinesfalls für ein so hohes: den grünen Zwanziger, den er grinsend über die Theke schob. Wie dumm die Leute sind. Kennen nicht die primitivsten Gesetze der Menschenbehandlung, nicht die einfachsten Gesetze der Portierbehandlung; als wenn im Prinz Heinrich ein Geheimnis überhaupt zu verkaufen wäre; als wenn ein Gast, der vierzig oder sechzig fürs Zimmer zahlt, um einen grünen Zwanziger zu haben wäre; zwanzig von einem Unbekannten, dessen einziger Ausweis seine Zigarre und sein Anzugstoff ist. Und sowas wurde dann Minister, vielleicht Diplomat und kannte nicht einmal das kleine Einmaleins der schwierigsten aller Künste, der Bestechung. Betrübt schüttelte Jochen den Kopf, ließ den grünen Schein unberührt. *Voll ist ihre Rechte von Geschenken.*

Kaum zu glauben: dem grünen Schein wurde ein blauer hinzugelegt, das Angebot auf dreißig erhöht, eine dicke Wolke Partagas-Eminentes-Duft in Jochens Gesicht gepustet.

Blas du nur, puste mir nur deinen Viermarkzigarrenrauch ins Gesicht, und leg noch 'nen violetten Schein hinzu. Jochen ist nicht zu kaufen. Nicht für dich und nicht für dreitausend; ich hab nicht viele Menschen in meinem Leben gemocht, aber den Jungen hab ich gern. Pech gehabt, Freund mit dem gewichtigen Gesicht, mit der unterschriftsträchtigen Hand, eineinhalb Minuten zu spät gekommen. Du müßtest doch riechen, daß Geldscheine hier das am wenigsten Angebrachte sind, bei mir. Ich hab sogar einen Vertrag in der Tasche, notariell bestätigt, daß ich auf Lebenszeit mein Kämmerchen da oben unterm Dach bewohnen, meine Tauben halten darf; ich kann mir zum Frühstück, zum Mittagessen aussuchen, worauf ich Lust habe, und krieg noch einhundertundfünfzig Mark monatlich bar in die Hand gedrückt, dreimal soviel, wie ich wirklich für meinen Tabak brauche; ich hab Freunde in Kopenhagen, in Paris und Warschau und Rom – und wenn du wüßtest, wie Brieftaubenleute zusammenhalten –, aber du weißt ja nichts, glaubst nur zu wissen, daß man mit Geld alles erreichen kann; das sind so Lehren, wie ihr sie euch selbst erteilt. Und natürlich, Hotelportiers, die tun um Geld alles, verkaufen dir ihre eigene Großmutter für einen violetten Fünfziger. Nur eins darf ich hier nicht, Freund, eine einzige Ausnahme hat meine Freiheit: ich darf hier unten, wenn ich Portiersdienste tue, nicht meine Pfeife rauchen, und diese Ausnahme bedauere ich heute zum ersten Mal, sonst würde ich deiner Partagas-Eminentes meinen schwarzen Krausen entgegenprusten. Du kannst mich – deutlich und klar ausgesprochen – ein paar hundert und siebenundzwanzigmal am Arsch lecken. Den Fähmel verkauf ich dir nicht. Der soll ungestört von halb zehn bis elf da oben Billard spielen, obwohl ich Besseres für ihn zu tun wüßte; nämlich: an deiner Stelle im Ministerium zu sitzen. Oder zu tun, was er in seiner Jugend getan hat: Bomben zu werfen, um Drecksäcken wie dir den Hosenboden einzuheizen. Aber bitte, wenn er von halb zehn bis elf Billard spielen will, so soll er, und ich bin dazu da, dafür zu sorgen, daß niemand ihn stört. Und jetzt kannst du die Geldscheine wieder wegnehmen und die Platte putzen, und wenn du jetzt noch einen Geldschein hinlegst, weiß ich nicht, was passiert. Ich hab Taktlosigkeiten mit dem Schaumlöffel fressen und Geschmacklosigkeiten zentnerweise mit duldender Miene über mich ergehen lassen, hab Ehebrecher und Schwule hier in meine Liste eingetragen, wildgewordene Ehefrauen und Hahnrei abgewimmelt – und glaub nicht, daß mir das an der Wiege gesungen worden ist. Ich war immer ein braver Junge, war Meßdiener, wie du es bestimmt warst, und hab im Kolpingsverein die Lieder vom Vater Kolping und vom heiligen Aloisius gesungen; da war ich zwanzig und tat schon sechs Jahre in dieser Bude Dienst. Und wenn ich den Glauben an die Menschheit nicht verloren habe, dann nur, weil es ein paar gibt, die wie der junge Fähmel und seine Mutter sind. Steck dein Geld weg, nimm die Zigarre aus dem Mund, mach eine höfliche Verbeugung vor einem alten Mann wie mir, der mehr Laster gesehen hat, als du dir träumen läßt, laß dir von dem Boy da hinten die Drehtür aufhalten und verschwinde.

»Hab ich recht gehört? Du willst den Geschäftsführer sprechen?« Da lief er rot an, wurde ganz blau vor Wut – verflucht, hab ich wieder laut gedacht und dich möglicherweise gar laut geduzt; das wäre natür-

lich peinlich, ein unverzeihlicher Fehler, denn Leute wie Sie, die duze ich nicht. Was ich mich unterstehe? Ich bin ein alter Mann, fast siebzig, hab laut gedacht; ich bin ein bißchen verkalkt, vertrottelt und stehe unter dem Schutz des Paragraphen einundfünfzig, freß hier mein Gnadenbrot.
Wehr und Waffen? Die haben mir noch gefehlt. Zum Geschäftsführer bitte links herum, dann zweite Tür rechts, Beschwerdebuch in Saffian gebunden. Und solltest du je hier Spiegeleier bestellen, und sollte ich gerade in der Küche sein, wenn die Bestellung durchkommt, dann werde ich mir eine Ehre daraus machen, dir höchstpersönlich in die Pfanne zu spucken. Dann bekommst du meine Liebeserklärung in natura, mit zerschmolzener Butter vermischt. Gern geschehen, gnädiger Herr.
»Ich sagte ja schon, mein Herr. Hier links herum, dann zweite Tür rechts, die Geschäftsführung. Beschwerdebuch in Saffian gebunden. Sie möchten angemeldet werden? Gern. Vermittlung. Bitte den Herrn Direktor für Portier. Herr Direktor, ein Herr – wie war doch der Name? Nettlinger, Verzeihung, Dr. Nettlinger möchte Sie dringend sprechen. In welcher Angelegenheit? Beschwerde über mich. Ja, danke. Der Herr Direktor erwartet Sie. Jawohl, gnädige Frau, heute abend Feuerwerk und Aufmarsch, die erste Straße links, dann die zweite rechts, wieder die dritte links, und Sie sehen schon das Schild. *Zu den römischen Kindergräbern.* Keine Ursache, gern geschehen. Vielen Dank.« Eine Mark, die ist nicht zu verachten, aus so 'ner ehrlichen alten Lehrerinnenhand. Ja, sieh nur, wie ich das kleine Trinkgeld schmunzelnd annehme und das große ablehne. Römische Kindergräber sind eine klare Sache. Das Scherflein der Witwe wird hier nicht verschmäht. Und Trinkgeld ist die Seele des Berufs. »Ja, dort herum – ganz recht.« Sie sind noch nicht aus dem Taxi gestiegen, da weiß ich schon, ob's Ehebrecher sind. Ich rieche es aus der Ferne, kenne selbst die freieste aller freien Touren. Da gibt es die Schüchternen, denen man es so deutlich ansieht, daß man ihnen sagen möchte: ist ja nicht so schlimm, Kinder, ist alles schon vorgekommen, ich bin fünfzig Jahre im Fach und werde euch das Peinlichste ersparen. Neunundfünfzig Mark achtzig, einschließlich Trinkgeld, für ein Doppelzimmer, dafür könnt ihr getrost ein bißchen Entgegenkommen erwarten, und wenn euch die Leidenschaft gar zu sehr plagt, fangt möglichst nicht im Aufzug schon an. Im Prinz Heinrich wird hinter Doppeltüren geliebt... nicht so schüchtern die Herrschaften, nicht so bange; wenn ihr wüßtet, wer alles in diesen Räumen, die durch hohe Preise geheiligt sind, schon mit seiner sexuellen Not fertiggeworden ist, da gab's Fromme und Unfromme, Böse und Gute. Doppelzimmer mit Bad, eine Flasche Sekt aufs Zimmer. Zigaretten, Frühstück um halb elf. Sehr

wohl. Bitte, hier unterschreiben, der Herr, nein hier – und hoffentlich bist du nicht so blöde und schreibst deinen richtigen Namen hin. Das Ding geht wirklich zur Polizei, wird dann gestempelt, ist ein Dokument und hat Beweiskraft. Trau' nur nicht der Diskretion der Behörden, mein Junge. Je mehr es davon gibt, desto mehr Futter brauchen sie. Vielleicht bist du mal Kommunist gewesen, dann sei doppelt vorsichtig. Ich bin's auch mal gewesen, und katholisch war ich auch. Das geht nicht 'raus aus der Wäsche. Ich laß auch heute auf bestimmte Leute noch nichts kommen, und wer bei mir 'ne dumme Bemerkung über die Jungfrau Maria macht oder auf Vater Kolping schimpft, der kann was erleben. Boy, Zimmer 42. Dort geht es zum Aufzug, der Herr.

Auf die hab ich gerade gewartet, da sind die frechen Ehebrecher, die nichts zu verbergen haben, aller Welt zeigen wollen, wie frei sie sind. Aber wenn ihr nichts zu verbergen habt, warum müßt ihr dann so freche Gesichter machen und das Nichts-zu-verbergen-Haben so fingerdick auftragen? Wenn ihr wirklich nichts zu verbergen habt, braucht ihr's ja nicht zu verbergen. Bitte, hier unterschreiben, der Herr, nein hier. Na, mit dieser dummen Gans möchte ich nichts zu verbergen haben. Mit der nicht. Mit der Liebe ist es wie mit Trinkgeldern. Reine Instinktsache. Das sieht man doch 'ner Frau an, ob sich's lohnt, mit der was zu verbergen zu haben. Mit der lohnt sich's nicht. Kannst es mir glauben, mein Junge. Die sechzig Mark für Übernachtung, plus Sekt aufs Zimmer und Trinkgeld und Frühstück und was du ihr alles noch schenken mußt: lohnt sich nicht. Da kriegst du von 'nem anständigen ehrbaren Straßenmädchen, das sein Gewerbe gelernt hat, wenigstens was geliefert. Boy, Zimmer 43 für die Herrschaften. Ach Gott, sind die Menschen dumm. »Jawohl, Herr Direktor, ich komme sofort, jawohl, Herr Direktor.«

Natürlich sind Leute wie du zum Hoteldirektor wie geboren; das ist wie bei Frauen, die sich gewisse Organe herausnehmen lassen; da gibt es keine Probleme mehr, aber was wäre die Liebe ohne Probleme, und wenn sich einer das Gewissen 'rausnehmen läßt, bleibt nicht einmal ein Zyniker übrig. Ein Mensch ohne Trauer, das ist doch kein Mensch mehr. Dich habe ich als Boy ausgebildet, du bist vier Jahre lang unter meiner Fuchtel gewesen, hast dir dann die Welt angesehen, Schulen besucht, Sprachen gelernt, hast in nichtalliierten und alliierten Offizierskasinos den barbarischen Späßen besoffener Sieger und Besiegter beigewohnt, bist prompt hierher zurückgekommen, und deine erste Frage, als du glatt geworden, fett geworden, ohne Gewissen hier ankamst: ›Ist der alte Jochen noch da?‹ Ich bin noch da, mein Junge.

»Sie haben diesen Herrn gekränkt, Kuhlgamme.«
»Nicht willentlich, Herr Direktor, und eigentlich war's keine Kränkung. Ich könnte Ihnen Hunderte nennen, die es sich zur Ehre anrechnen würden, von mir geduzt zu werden.«
Krone der Unverschämtheit. Unglaublich.
»Es ist mir einfach entschlüpft, Herr Dr. Nettlinger. Ich bin ein alter Mann und stehe so halbwegs unter dem Schutz des Paragraphen einundfünfzig.«
»Der Herr verlangt Genugtuung...«
»Auf der Stelle. Ich rechne es mir, wenn Sie gestatten, nicht zur Ehre an, von Hotelportiers geduzt zu werden.«
»Bitten Sie den Herrn um Entschuldigung.«
»Ich bitte den Herrn um Entschuldigung.«
»Nicht in diesem Ton.«
»In welchem Ton denn? Ich bitte den Herrn um Entschuldigung, ich bitte den Herrn um Entschuldigung, ich bitte den Herrn um Entschuldigung. Das sind die drei Töne, die mir zur Verfügung stehen, und nun suchen Sie sich bitte den Ton, der Ihnen paßt, aus. Sehen Sie, mir kommt's gar nicht auf 'ne Demütigung an. Ich knie mich glatt hin, auf den Teppich hier, schlag mir an die Brust, ein alter Mann, der allerdings auch auf eine Entschuldigung wartet. Bestechungsversuch, Herr Direktor. Die Ehre unseres altrenommierten Hauses stand auf dem Spiel. Ein Berufsgeheimnis für dreißig lumpige Mark? Ich fühle mich in meiner Ehre getroffen und in der Ehre dieses Hauses, dem ich mehr als fünfzig Jahre diene, genau gesagt: sechsundfünfzig Jahre.«
»Ich bitte Sie, diese peinliche und lächerliche Szene abzubrechen.«
»Führen Sie den Herrn sofort ins Billardzimmer, Kuhlgamme.«
»Nein.«
»Sie führen den Herrn ins Billardzimmer.«
»Nein.«
»Es würde mich betrüben, Kuhlgamme, wenn das uralte Dienstverhältnis, das Sie mit diesem Haus verbindet, an der Verweigerung eines einfachen Befehls scheitern sollte.«
»In diesem Haus, Herr Direktor, ist nicht ein einziges Mal der Wunsch eines Gastes, ungestört zu bleiben, mißachtet worden. Ausgenommen natürlich die Fälle höherer Gewalt. Geheime Staatspolizei. Da waren wir machtlos.«
»Betrachten Sie meinen Fall als einen Fall höherer Gewalt.«
»Sie kommen von der geheimen Staatspolizei?«
»Ich verbitte mir eine solche Frage.«
»Sie werden den Herrn jetzt ins Billardzimmer führen, Kuhlgamme.«
»Wollen Sie, Herr Direktor, als erster das Banner der Diskretion beflecken?«

»Dann werde ich selber Sie ins Billardzimmer führen, Herr Doktor.«
»Nur über meine Leiche, Herr Direktor.«

Man muß so korrupt sein wie ich, so alt wie ich, um zu wissen, daß es Dinge gibt, die nicht käuflich sind; Laster ist nicht mehr Laster, wenn es keine Tugend mehr gibt, und was Tugend ist, kannst du nicht wissen, wenn du nicht weißt, daß es sogar Huren gibt, die gewisse Kunden abweisen. Aber ich hätte es wissen müssen, daß du ein Schwein bist. Wochenlang hab ich mit dir oben in meinem Zimmer geübt, wie man diskret ein Trinkgeld entgegennimmt, mit Groschenstücken, mit Markstücken und mit Scheinen; das muß man können: Geld diskret in Empfang nehmen, denn Trinkgeld ist die Seele des Berufs. Ich hab's mit dir geübt, war eine Mordsarbeit, dir das beizubringen, aber du wolltest mich dabei beschwindeln, wolltest mir weismachen, wir hätten zum Üben nur drei Markstücke gehabt, aber es waren vier, und du wolltest mich um eins beschwindeln. So ein Schwein bist du schon immer gewesen, du wußtest nie, daß es das gab: ›So was tut man nicht‹, und tust jetzt wieder was, was man nicht tut. Hast das Trinkgeldannehmen inzwischen gelernt, und sicher sind's nicht einmal dreißig Silberlinge gewesen.
»Sie gehen jetzt sofort zum Empfang zurück, Kuhlgamme, ich übernehme diese Sache. Treten Sie beiseite, ich warne Sie.«
Nur über meine Leiche, und es ist doch schon zehn vor elf, und in zehn Minuten wird er sowieso die Treppe herunterkommen. Ihr hättet nur ein bißchen nachzudenken brauchen, dann wäre uns das ganze Theater erspart geblieben, aber auch für zehn Minuten: Nur über meine Leiche. Ihr habt nie gewußt, was Ehre ist, weil ihr nicht wußtet, was Unehre ist. Hier steh ich, Jochen, Hotelfaktotum, korrupt, von oben bis unten voll lasterhaften Wissens, aber nur über meine Leiche kommt ihr ins Billardzimmer.

3

Er spielte schon lange nicht mehr nach Regeln, wollte nicht Serien spielen, Points sammeln; er stieß eine Kugel an, manchmal sanft, manchmal hart, scheinbar sinnlos und zwecklos, sie hob, indem sie die beiden anderen berührte, für ihn jedesmal eine neue geometrische Figur aus dem grünen Nichts; Sternenhimmel, in dem nur wenige Punkte beweglich waren; Kometenbahnen, weiß über grün, rot über grün geschlagen, Spuren leuchteten auf, die sofort wieder ausgelöscht wurden; zarte Geräusche deuteten den Rhythmus der gebildeten Figur an: fünfmal, sechsmal, wenn die angestoßene Kugel die Bande oder

die anderen Kugeln berührte; nur wenige Töne hoben sich aus der Monotonie heraus, hell oder dunkel: die wirbelnden Linien waren alle an Winkel gebunden, unterlagen geometrischen Gesetzen und der Physik; die Energie des Stoßes, die er durch die Queue dem Ball mitteilte, und ein wenig Reibungsenergie; alles nur Maß; es prägte sich dem Gehirn ein; Impulse, die sich zu Figuren umprägen ließen; keine Gestalt und nichts Bleibendes, nur Flüchtiges, löschte sich im Rollen der Kugel wieder aus; oft spielte er halbe Stunden lang nur mit einem einzigen Ball: weiß über grün gestoßen, nur ein einziger Stern am Himmel; leicht, leise, Musik ohne Melodie, Malerei ohne Bild; kaum Farbe, nur Formel.
Der blasse Junge bewachte die Tür, lehnte gegen das weißlackierte Holz, die Hände auf dem Rücken, die Beine gekreuzt, in der violetten Uniform des Prinz Heinrich.
»Sie erzählen mir heute nichts, Herr Doktor?«
Er blickte auf, stellte den Stock ab, nahm eine Zigarette, zündete sie an, blickte zur Straße hin, die im Schatten von Sankt Severin lag. Lehrjungen, Lastwagen, Nonnen: Leben auf der Straße; graues Herbstlicht fiel von dem violetten Samtvorhang fast silbern zurück; von Veloursvorhängen eingerahmt, frühstückten verspätete Gäste; selbst die weichgekochten Eier sahen in dieser Beleuchtung lasterhaft aus, biedere Hausfrauengesichter wirkten in diesem Licht verworfen; Kellner, befrackt, mit einverstandenen Augen, sahen aus wie Beelzebubs, Asmodis unmittelbare Abgesandte; und waren doch nur harmlose Gewerkschaftsmitglieder, die nach Feierabend beflissen die Leitartikel ihres Verbandsblättchens lasen; sie schienen hier ihre Pferdefüße unter geschickten orthopädischen Konstruktionen zu verbergen; wuchsen nicht elegante kleine Hörner aus ihren weißen, roten und gelben Stirnen? Der Zucker in den vergoldeten Dosen schien nicht Zucker zu sein; Verwandlungen fanden hier statt, Wein war nicht Wein, Brot nicht Brot, alles wurde zelebriert; und der Name der Gottheit durfte nicht genannt, nur gedacht werden.
»Erzählen, Junge, was?«
Seine Erinnerung hatte sich nie an Worte und Bilder gehalten, nur an Bewegungen. Vater, das war sein Gang, die kokette Kurve, die das rechte Hosenbein mit jedem Schritt beschrieb, rasch, so daß das dunkle blaue Stoßband nur für einen Augenblick sichtbar wurde, wenn er morgens an Gretzens Laden vorüber ins Café Kroner ging, um dort zu frühstücken; Mutter, das war die kompliziert-demütige Figur, die ihre Hände beschrieben, wenn sie sie auf der Brust faltete, immer kurz bevor sie eine Torheit ausspracht: wie schlecht die Welt sei, wie wenig reine Herzen es gebe; ihre Hände schrieben es in die Luft, bevor sie es aussprach; Otto, das waren seine marschierenden Beine, wenn er durch

den Hausflur ging, in Stiefeln, die Straße hinunter; Feindschaft, Feindschaft, schlug der Takt auf die Fliesen, schlugen diese Füße, die in den Jahren davon einen anderen Takt geschlagen hatten; Bruder, Bruder. Großmutter: die Bewegung, die sie siebzig Jahre lang gemacht hatte, und die er viele Male am Tag von seiner Tochter ausgeführt sah; jahrhundertealte Bewegung, die sich vererbte und ihn jedesmal erschrecken ließ; seine Tochter Ruth hatte ihre Urgroßmutter nie gesehen; woher hatte sie diese Bewegung? Ahnungslos strich sie sich das Haar aus der Stirn, wie ihre Urgroßmutter es getan hatte.

Und er sah sich selbst, wie er sich nach den Schlaghölzern bückte, um seins herauszusuchen; wie er den Ball mit der linken Hand hin und her rollte, her und hin, bis er ihn griffig genug hatte, ihn im entscheidenden Augenblick genau dorthin zu werfen, wo er ihn haben wollte; so hoch, daß die Fallzeit des Balles genau der Zeit entsprach, die er brauchte, um umzugreifen, auch die linke Hand ums Holz zu legen, auszuholen und den Ball zu treffen, mit gesammelter Kraft, so, daß er weit fliegen würde, bis hinters Mal.

Er sah sich auf den Uferwiesen stehen, im Park, im Garten, gebückt, richtete sich auf, schlug zu. Es war alles nur Maß; sie waren Dummköpfe, wußten nicht, daß man die Fallzeit errechnen konnte, daß man mit denselben Stoppuhren auch erproben konnte, wie lange man braucht, den Griff zu wechseln; und daß alles weitere nur eine Frage der Koordinierung und der Übung war; ganze Nachmittage lang, auf den Wiesen, im Park, im Garten geübt; sie wußten nicht, daß es Formeln gab, die man anwenden, Waagen, auf denen man Bälle wiegen konnte. Nur ein bißchen Physik, ein bißchen Mathematik und Übung; aber sie verachteten ja die beiden Fächer, auf die es ankam; verachteten Training, mogelten sich durch, turnten wochenlang auf knochenweichen Sentenzen umher, fuhren Kahn auf nebulosem Dreck, fuhren Kahn sogar auf Hölderlin; sogar ein Wort wie Lot wurde, wenn sie es aussprachen, zu breiigem Unsinn; Lot, so etwas Klares; eine Schnur, ein Stück Blei, man warf es ins Wasser, spürte, wenn das Blei den Boden erreichte, zog die Schnur heraus und maß an ihr die Tiefe des Wassers ab; doch wenn sie loten sagten, klang es wie schlechtes Orgelspiel; sie konnten weder Schlagballspielen noch Hölderlin lesen. *Mitleidend bleibt das ewige Herz doch fest.* Sie zappelten vorn an der Linie herum, wollten ihn beim Schlag stören, riefen: ›Los Fähmel, mach voran, los‹; unruhig strich eine andere Gruppe ums Mal, zwei schon weit hinterm Spielfeld, wo seine Bälle herunterzukommen pflegten, gefürchtete Bälle; sie kamen meistens an der Straße 'raus, wo jetzt gerade an diesem Sommersamstag 1935 die dampfenden hellroten Pferde das Brauereitor verließen; dahinter der Bahndamm, eine Rangierlok puffte kindlich weiße Wolken in den Nachmittagshimmel; rechts an der Brücke zischten aus der Werft die Schneidbrenner, schweißten die Arbeiter in Überstunden einen Kraft-durch-Freude-Dampfer zusammen; bläuliche, silberne Funken zischten, und Niethämmer, Niethämmer schlugen den Takt; in den Schrebergärten kämpften frisch aufgestellte Vogelscheuchen vergebens gegen Spatzen, blasse Rentner mit erloschenen Tabakspfeifen warteten sehnsüchtig auf den Monatsersten – die Erinnerung an die Bewegungen, die er damals gemacht hatte, sie erst brachte Bilder und Worte und Farben hervor; hinter Formeln war es verborgen, das ›Los, Fähmel, los‹, und er hatte den Ball schon an der richtigen Stelle liegen, nur leicht gehalten zwischen Fingern und Handballen, der Ball würde den geringstmöglichen Widerstand finden; er hatte sein Schlagholz schon in der Hand, das längste von allen (niemand kümmerte sich um die Hebelgesetze), es war oben mit Leukoplast umwickelt. Rasch noch einen Blick auf die Armbanduhr: drei Minuten und dreißig Sekunden, bis der Turnlehrer abpfeifen würde – und immer noch hatte er die Antwort auf die Frage nicht gefunden: wie kam es, daß die vom Prinz-Otto-Gymnasium nichts gegen ihren Turnlehrer als Schiedsrichter beim Entscheidungsspiel eingewendet hatten? Er hieß Bernhard Wakiera, aber sie nannten ihn nur Ben Wackes, er sah melancholisch aus, war dicklich, stand im Ruf, Knaben platonisch zu lieben, mochte gern Sahnekuchen und träumerisch süße Filme, in denen starke blonde Knaben Flüsse durchschwammen, dann auf Wiesen lagen, Grashalme im Mund, und zum blauen Himmel hinaufblickten, auf Abenteuer warteten; dieser Ben Wackes liebte vor allem eine Nachbildung des Antinouskopfes, die er zu Hause zwischen Gummibäumen und Bücherregalen voll Turnlehrerliteratur zu kosen pflegte, sie angeblich jedoch nur abstaubte; Ben Wackes, der seine Lieblinge Jüngelchen, die anderen Bengels nannte.

›Nun mach schon, Bengel‹, sagte er, schwitzend, mit bebendem Bauch, die Trillerpfeife im Mund.

Aber es waren immer noch drei Minuten und drei Sekunden bis zum Abpfiff, dreizehn Sekunden zu früh; wenn er jetzt schon schlüge, würde der nächste noch zum Schlag kommen, und Schrella, der oben am Mal auf Erlösung wartete, würde dann noch einmal Gelegenheit haben, ihm den Ball mit aller Kraft ins Gesicht, gegen die Beine zu werfen, die Nieren zu treffen; dreimal hatte er beobachtet, wie sie es machten: irgendeiner aus der Gegenpartei traf Schrella ab, dann nahm Nettlinger, der in seiner und Schrellas Partei spielte, den Ball, traf den Gegner ab, indem er ihm den Ball einfach zuwarf, und der traf wieder Schrella ab, der sich vor Schmerzen krümmte, und wieder nahm Nettlinger den Ball, warf ihn dem Gegner einfach zu, der Schrella ins Gesicht traf – und Ben Wackes stand daneben, pfiff ab, wenn sie

Schrella trafen, pfiff ab, wenn Nettlinger dem Gegner den Ball einfach zuwarf, pfiff ab, während Schrella wegzuhumpeln versuchte; rasch ging's, die Bälle flogen hin und her – hatte er als einziger es gesehen? Nicht einer von all den vielen Zuschauern, die da mit ihren bunten Fähnchen und bunten Mützen fiebernd vor Spannung auf das Ende des Spiels warteten? Zwei Minuten und fünfzig Sekunden vor Schluß stand es 34:29 für das Prinz-Otto-Gymnasium – und war dies, das nur er gesehen hatte, der Grund dafür, daß sie Ben Wackes, ihren eigenen Turnlehrer, als Schiedsrichter akzeptiert hatten?
›Jetzt mach aber, Bengel, in zwei Minuten pfeif ich ab.‹
›Zwei Minuten und fünfzig Sekunden, bitte‹, sagte er, warf den Ball hoch, griff blitzschnell um und schlug; er spürte es an der Wucht des Schlages, am federnden Widerstand des Holzes: das war wieder einer seiner sagenhaften Treffer; er blinzelte hinter dem Ball her, konnte ihn nicht entdecken, hörte das Ah aus der Zuschauermenge, ein großes Ah, das sich wie eine Wolke ausbreitete, anwuchs; er sah Schrella herangehumpelt kommen, langsam kam er, hatte gelbe Flecken im Gesicht, eine blutige Spur um die Nase; und die Listenführer zählten: sieben, acht, neun; provozierend langsam kam der Rest der Mannschaft am wütenden Ben Wackes vorbei; gewonnen war das Spiel, klar gewonnen, und er hatte vergessen, loszurennen und noch einen zehnten Punkt zu gewinnen; immer noch suchten die Ottoner den Ball, krochen weit hinter der Straße im Gras an der Brauereimauer umher; deutlich war aus Ben Wackes Schlußpfiff der Ärger herauszuhören. 37:34 fürs Ludwigs-Gymnasium verkündeten die Listenführer. Das Ah schwoll an zum Hurra, brandete über den Platz, während er sein Schlagholz nahm, es mit dem unteren Ende ins Gras bohrte, den Griff ein wenig hob, dann senkte, bis er den richtigen Winkel erwischt zu haben glaubte; er trat mit dem Fuß auf die schwächste Stelle, wo sich das Holz unterhalb des Griffes verjüngte; Schüler umringten ihn bewundernd, verstummten ergriffen; sie spürten: hier wurde ein Zeichen gegeben, wurde Fähmels berühmtes Schlagholz zerbrochen; tödlich weiß die Splitter, die an der Bruchstelle des zerbrochenen Holzes sichtbar wurden; schon balgten sie sich um Andenken, kämpften verbissen um Holzstücke, rissen sich Leukoplastfetzen aus den Fingern; er blickte erschrocken in diese erhitzten, törichten Gesichter, in diese bewundernden Augen, die vor Erregung glänzten, und spürte die billige Bitternis des Ruhmes, hier an einem Sommerabend, am 14. Juli 1935, samstags am Rande der Vorstadt, auf der zertrampelten Wiese, über die Ben Wackes gerade die Sextaner des Ludwig-Gymnasiums jagte, die Eckfähnchen einzusammeln. Weit hinter der Straße, an der Brauereimauer, waren immer noch die blaugelben Trikots zu sehen; immer noch suchten die Ottoner den Ball;

jetzt kamen sie zögernd über die Straße, sammelten sich auf der Mitte des Spielfelds, traten in einer Reihe an, warteten auf ihn, den Mannschaftsführer, daß er das Hipp Hipp Hurra ausbringe; langsam ging er auf die beiden Reihen zu, da standen Schrella und Nettlinger in einer Reihe, nebeneinander, nichts schien geschehen zu sein, nichts, während sich hinter ihm die jüngeren Schüler weiter um Andenken balgten; er ging weiter, spürte die Bewunderung der Zuschauer wie körperlichen Ekel und rief es dreimal: Hipp Hipp Hurra; wie geprügelte Hunde schlichen die Ottoner zurück, um den Ball zu suchen; es galt als unauslöschlicher Makel, ihn nicht gefunden zu haben.

»Und ich wußte doch, Hugo, wie scharf Nettlinger auf den Sieg gewesen war: Siegen um jeden Preis hatte er gesagt, und *er* hatte unseren Sieg aufs Spiel gesetzt, nur, damit einer der Gegner Gelegenheit fände, Schrella immer wieder mit dem Ball zu treffen, und Ben Wackes mußte mit ihnen im Bunde sein; ich hatte es gesehen, ich als einziger.«

Er hatte Angst, als er jetzt auf die Umkleidekabinen zuging, Angst vor Schrella und dem, was er ihm sagen würde. Es war plötzlich kühl geworden, fließende Abendnebel stiegen aus den Wiesen hoch, kamen vom Fluß her, umgaben das Haus, wo die Umkleidekabinen lagen, wie Watteschichten. Warum, warum machten sie das mit Schrella, stellten ihm ein Bein, wenn er zur Pause die Treppe hinunterging; er schlug mit dem Kopf auf die stählerne Treppenkante, der Stahlbügel der Brille bohrte sich ins Ohrläppchen, und viel zu spät kam Wackes mit dem Erste-Hilfe-Kasten aus dem Lehrerzimmer. Nettlinger, mit höhnischem Gesicht, hielt ihm den Leukoplaststreifen stramm, damit er ein Stück abschneiden könne; sie überfielen Schrella auf dem Heimweg, zerrten ihn in Hauseingänge, verprügelten ihn zwischen Abfalleimern und abgestellten Kinderwagen, stießen ihn dunkle Kellertreppen hinunter, und dort unten lag er lange, mit gebrochenem Arm, im Kohlengeruch, Geruch keimender Kartoffeln, im Anblick staubiger Einmachgläser; bis ein Junge, der ausgeschickt war, Äpfel zu holen, ihn fand und die Hausbewohner alarmierte. Nur einige machten nicht mit: Enders, Drischka, Schweugel und Holten. – Vor Jahren war er einmal mit Schrella befreundet gewesen, sie hatten immer zusammen Trischler besucht, der am unteren Hafen wohnte, wo Schrellas Vater in der Kneipe von Trischlers Vater Kellner war; sie hatten auf alten Kähnen gespielt, auf ausrangierten Pontons, von Booten aus geangelt.

Er blieb vor der Umkleidekabine stehen, hörte die wirren Stimmen, heiser in mythischer Erregung sprachen sie von der sagenhaften Flugbahn des Balles; als wäre der Ball in übermenschliche Höhen entschwunden.
›Ich hab's doch sehen, wie er flog, flog – wie ein Stein, von der Schleuder eines Riesen geschleudert.‹
Ich hab ihn gesehen, den Ball, den Robert schlug.
Ich hab ihn gehört, den Ball, den Robert schlug.
Sie werden ihn nicht finden – den Ball, den Robert schlug.
Sie verstummten, als er eintrat; Angst lag in diesem plötzlichen Schweigen, fast tödlich war die Ehrfurcht vor dem, der getan hatte, was niemand würde glauben, man niemand würde mitteilen können; wer würde als Zeuge auftreten, die Flugbahn des Balles zu beschreiben?
Rasch liefen sie, barfuß, die Frottiertücher um die Schultern geschlungen, in die Brausekabinen; nur Schrella blieb, er hatte sich angekleidet, ohne gebraust zu haben, und jetzt erst fiel Robert auf, daß Schrella nie brauste, wenn sie gespielt hatten; nie zog er sein Trikot aus; er saß da auf dem Schemel, hatte einen gelben, einen blauen Flecken im Gesicht, war noch feucht um den Mund herum, wo er die Blutspur abgewischt hatte, verfärbt die Haut an den Oberarmen von den Treffern des Balles, den die Ottoner immer noch suchten; saß da, rollte gerade die Ärmel seines verwaschenen Hemdes herunter, zog seine Jacke an, nahm ein Buch aus der Tasche und las: *Am Abend, wenn die Glocken Frieden läuten.*
Es war peinlich, allein mit Schrella zu sein, Dank entgegenzunehmen aus diesen kühlen Augen, die selbst zum Hassen zu kühl waren; nur eine winzige Wimpernbewegung, ein flüchtiges Lächeln zum Dank, dem Erlöser, der den Ball geschlagen hatte; und er lächelte zurück, ebenso flüchtig, wandte sich dem Blechspind zu, suchte seine Kleider heraus, wollte rasch verschwinden, ohne zu brausen; in den Putz an der Wand, über seinem Spind hatte jemand eingeritzt: ›Fähmels Ball, 14. Juli 1935.‹
Es roch nach ledrigen Turngeräten, nach trockener Erde, wie sie von Fußbällen, Handbällen, Schlagbällen abgetrocknet war und krümelig in den Ritzen des Betonbodens lag; schmutzige grünweiße Fähnchen standen in den Ecken, Fußballnetze hingen zum Trocknen, ein zersplittertes Ruder, ein vergilbtes Diplom hinter rissigem Glas: ›Den Pionieren des Fußballsports, der Unterprima des Ludwig-Gymnasiums 1903 – der Landesvorsitzende‹; von einem gedruckten Lorbeerkranz umrahmt das Gruppenfoto, und sie blickten ihn an, hartmuskelige Achtzehnjährige des Geburtsjahrgangs 1885, schnurrbärtig, mit tierischem Optimismus blickten sie in eine Zukunft, die ihnen das Schick-

sal bereithielt: bei Verdun zu vermodern, in den Sommesümpfen zu verbluten oder auf einem Heldenfriedhof bei Chateau Thierry fünfzig Jahre später Anlaß zu Versöhnungssentenzen zu werden, die Touristen auf dem Weg nach Paris, von der Stimmung des Orts überwältigt, in ein verregnetes Besucherbuch schreiben würden; es roch nach Eisen, roch nach beginnender Männlichkeit; von draußen kam feuchter Nebel, der über die Uferwiesen in milden Wolken herantrieb, aus der Gastwirtschaft oben sonores Männer-Wochenendgebrumm, Kichern von Kellnerinnen, Geklirr von Biergläsern, und am Ende des Flurs waren die Kegler schon am Werk, schoben die Kugeln, ließen die Kegel purzeln, triumphales Ah, enttäuschendes Ah klang durch den Flur bis in den Umkleideraum.

Blinzelnd im Zwielicht, mit fröstelnd eingezogenen Schultern hockte Schrella da, und er konnte den Augenblick nicht mehr länger hinausschieben; noch einmal den Sitz der Krawatte kontrolliert, die letzten Fältchen aus dem Kragen des Sporthemdes geradegezupft – oh, korrekt –, noch einmal die Schuhbänder eingesteckt und im Portemonnaie das Geld für die Rückfahrt gezählt; schon kamen die ersten aus den Brausekabinen zurück, sprachen ›von dem Ball, den Robert schlug‹.

›Gehn wir zusammen?‹

›Ja.‹

Die ausgetretenen Betonstufen hinauf, in denen noch Schmutz vom Frühling her lag, Bonbonpapier, Zigarettenschachteln; sie stiegen zum Damm hoch, wo gerade schwitzende Ruderer ein Boot auf den Zementweg hievten; stumm gingen sie nebeneinander über den Damm, der über niedrige Nebelschichten wie über einen Fluß hinweg führte; Schiffssirenen, rote Lichter, grüne an den Signalkörben der Schiffe; an der Werft flogen die roten Funken hoch, zeichneten Figuren ins Grau; schweigend gingen sie bis zur Brücke, stiegen den dunklen Aufgang hinauf, wo, in roten Sandstein eingekratzt, die Sehnsüchte vom Bade heimkehrender Jugendlicher verewigt waren; ein dröhnender Güterzug, der über die Brücke rollte, enthob sie für weitere Minuten der Notwendigkeit zu sprechen, schlackiger Abfall wurde ans westliche Ufer gebracht; Rangierlichter wurden geschwenkt, Trillerpfeifen dirigierten den Zug, der sich rückwärts ins rechte Gleis schob, unten im Nebel glitten die Schiffe nordwärts, klagende Hörner warnten vor Todesgefahr, röhrten sehnsüchtig übers Wasser hin; Lärm, der zum Glück das Sprechen unmöglich machte.

»Und ich blieb stehen, Hugo, lehnte mich übers Geländer, dem Fluß zugewandt, zog Zigaretten aus der Tasche, bot Schrella an, der gab Feuer, und wir rauchten schweigend, während hinter uns der Zug rumpelnd die Brücke verließ; unter uns schoben sich leise die Kähne

eines Lastzugs nordwärts, unter der Nebeldecke war ihr sanftes Gleiten zu hören; sichtbar wurden nur hin und wieder ein paar Funken, die aus dem Kamin einer Schifferküche stiegen; minutenlang blieb's still, bis der nächste Kahn sich leise unter die Brücke schob, nordwärts, nordwärts, dem Nebel der Nordsee zu – und ich hatte Angst, Hugo, weil ich ihn jetzt würde fragen müssen, und wenn ich die Frage aussprach, war ich drin, mittendrin und würde nie mehr herauskommen; es mußte ein schreckliches Geheimnis sein, um dessentwillen Nettlinger den Sieg aufs Spiel gesetzt und die Ottoner Ben Wackes als Schiedsrichter hingenommen hatten; fast vollkommen war die Stille jetzt, gab der fälligen Frage ein großes Gewicht, bürdete sie der Ewigkeit auf, und ich nahm schon Abschied, Hugo, obwohl ich noch nicht wußte, wohin und für was, nahm Abschied von dem dunklen Turm von Sankt Severin, der aus der flachen Nebelschicht herausragte, vom Elternhaus, das nicht weit von diesem Turm entfernt lag, wo meine Mutter gerade die letzte Hand an den Abendbrottisch legte, silbernes Besteck zurechtrückte, mit vorsichtigen Händen Blumen in kleine Vasen ordnete, den Wein kostete: war der weiße kühl genug, der rote nicht zu kühl? Samstag, mit sabbatischer Feierlichkeit begangen; schlug sie das Meßbuch schon auf, aus dem sie uns die Sonntagsliturgie erklären würde mit ihrer sanften Stimme, die nach ewigem Advent klang; *Weide-meine-Lämmer-Stimme*; mein Zimmer hinten zum Garten 'raus, wo die uralten Bäume in vollem Grün standen; wo ich mich leidenschaftlich in mathematische Formeln vertiefte, in die strengen Kurven geometrischer Figuren, in das winterlich klare Geäst sphärischer Linien, die meinem Zirkel, meiner Tuschefeder entsprungen waren – dort zeichnete ich Kirchen, die ich bauen würde. Schrella schnippte den Zigarettenstummel in die Nebelschicht hinunter, in leichten Wirbeln schraubte sich die rote Glut nach unten; Schrella wandte sich mir lächelnd zu, erwartete die Frage, die ich immer noch nicht stellte, schüttelte den Kopf.
Scharf zeichnete sich die Kette der Lampen über der Nebelschicht am Ufer ab.
›Komm‹, sagte Schrella, ›dort sind sie, hörst du sie nicht?‹ Ich hörte sie, der Gehsteig bebte schon unter ihren Schritten, sie sprachen von Ferienorten, in die sie bald abreisen würden: Allgäu, Westerwald, Bad Gastein, Nordsee, sprachen von dem Ball, den Robert schlug. Im Gehen war meine Frage leichter zu stellen.
›Warum?‹, fragte ich, ›warum? Bist du Jude?‹
›Nein.‹
›Was bist du denn?‹
›Wir sind Lämmer‹, sagte Schrella, ›haben geschworen, nie vom *Sakrament des Büffels* zu essen.‹

35

›Lämmer.‹ Ich hatte Angst vor dem Wort. ›Eine Sekte?‹ fragte ich.
›Vielleicht.‹
›Keine Partei?‹
›Nein.‹
›Ich werde nicht können‹, sagte ich, ›ich kann nicht Lamm sein.‹
›Willst du vom *Sakrament des Büffels* kosten?‹
›Nein‹, sagte ich.
›Hirten‹, sagte er, ›es gibt welche, die die Herde nicht verlassen.‹
›Schnell‹, sagte ich, ›schnell, sie sind schon ganz nah.‹
Wir stiegen den dunklen Aufgang an der Westseite hinunter, und ich zögerte noch einen Augenblick, als wir die Straße erreichten; mein Heimweg führte nach rechts, Schrellas Weg nach links, aber dann folgte ich ihm nach links, wo der Weg sich zwischen Holzlagern, Kohlenschuppen und Schrebergärten stadtwärts wand. Wir blieben hinter der ersten Wegbiegung stehen, nun tief in der flachen Nebelschicht drin, beobachteten die Schatten der Schulkameraden, die oberhalb des Brückengeländers sich wie Silhouetten bewegten, hörten den Lärm ihrer Schritte, ihrer Stimmen, als sie den Aufgang herunterkamen, dröhnendes Echo schwer genagelter Schuhe, und eine Stimme rief: ›Nettlinger, Nettlinger, warte doch.‹ Nettlingers laute Stimme warf ein wildes Echo über den Fluß, kam, von den Brückenpfeilern gebrochen, auf uns zurück, verlor sich hinter uns in Gärten und Lagerhallen, Nettlingers Stimme, die schrie: ›Wo ist denn unser Lämmchen mit seinem Hirten geblieben?‹ Lachen, vielfach gebrochenes, fiel wie Scherben über uns.
›Hast du gehört?‹ fragte Schrella.
›Ja‹, sagte ich, ›Lamm und Hirte.‹
Wir blickten auf die Schatten der Nachzügler, die über den Gehsteig kamen; dunkel ihre Stimmen im Aufgang, wurden heller, als sie auf die Straße kamen, brachen sich unter den Brückenbögen, ›der Ball, den Robert schlug‹.
›Genaues‹, sagte ich zu Schrella, ›ich muß Genaues wissen.‹
›Ich will es dir zeigen‹, sagte Schrella, ›komm‹. Wir tasteten uns durch den Nebel, an Stacheldrahtzäunen entlang, erreichten einen Holzzaun, der noch frisch roch und gelblich schimmerte, eine Glühbirne über einem verschlossenen Tor beleuchtete ein Emailleschild: ›Michaelis, Kohlen, Koks, Briketts.‹
›Kennst du den Weg noch?‹ fragte Schrella.
›Ja‹, sagte ich, ›vor sieben Jahren sind wir beide ihn oft gegangen und haben unten bei Trischlers gespielt. Was ist aus Alois geworden?‹
›Er ist Schiffer, wie sein Vater war.‹
›Und dein Vater ist noch Kellner da unten in der Schifferkneipe?‹
›Nein, der ist jetzt am oberen Hafen.‹

›Du wolltest mir Genaues zeigen!‹
Schrella nahm die Zigarette aus dem Mund, zog seine Jacke aus, streifte die Hosenträger von den Schultern, hob seine Hand hoch, drehte den Rücken ins schwache Licht der Glühbirne: sein Rücken war mit winzigen, rötlichblauen Narben bedeckt, bohnengroß waren sie – besät, dachte ich, das würde eher stimmen.
›Mein Gott‹, sagte ich, ›was ist das?‹
›Das ist Nettlinger‹, sagte er; ›sie machen es unten in der alten Kaserne an der Wilhelmskule. Ben Wackes und Nettlinger. Sie nennen es Hilfspolizei; sie griffen mich auf bei einer Razzia, die sie im Hafenviertel nach Bettlern hielten: achtunddreißig Bettler an einem Tag verhaftet, einer davon war ich. Wir wurden verhört mit der Stacheldrahtpeitsche. Sie sagten: ›Gib doch zu, daß du ein Bettler bist‹, und ich sagte: ›Ja, ich bin einer‹.«

Immer noch frühstückten verspätete Gäste, sogen Orangensaft wie ein lasterhaftes Getränk in sich hinein; der blasse Junge lehnte an der Tür wie eine Statue, der violette Samt der Uniform ließ seine Gesichtshaut fast grün erscheinen.
»Hugo, Hugo, hörst du, was ich erzähle?«
»Ich, Herr Doktor, ich höre jedes Wort.«
»Bitte, hol mir einen Cognac, einen großen.«
»Ja, Herr Doktor.«

Hart leuchtete Hugo die Zeit entgegen, als er die Treppe zum Restaurant hinunterstieg: der große Kalender, den er morgens zurechtzustecken hatte; die große Pappenummer umgedreht, unter den Monat, unters Jahr geschoben: 6. September 1958. Ihn schwindelte, das alles war geschehen, lang bevor er geboren war, das warf ihn Jahrzehnte, halbe Jahrhunderte zurück: 1885, 1903 und 1935 – weit hinter der Zeit war es verborgen und doch da; es klang aus Fähmels Stimme heraus, der am Billardtisch lehnte, auf den Platz vor Sankt Severin blickte. Hugo hielt sich am Geländer fest, atmete tief, wie jemand, der auftaucht, öffnete die Augen und sprang rasch hinter die große Säule.
Da kam sie die Treppe herunter, barfuß, wie ein Hirtenmädchen gekleidet, den Geruch von Schafsdung im schäbigen Gewand, das kollerartig über ihre Brust bis zur Hüfte herabhing. Nun würde sie Hirsebrei essen, dunkles Brot dazu, ein paar Nüsse, würde Schafsmilch trinken, die im Eisschrank für sie frischgehalten wurde; sie brachte die Milch in Thermosflaschen mit, brachte in kleinen Schachteln Schafsdung, den sie als Parfüm benutzte für die derb gestrickte Unterwäsche aus ungefärbter Wolle; sie saß nach dem Frühstück stunden-

37

lang in der Halle unten – strickte, strickte, ging hin und wieder an die Bar, sich ein Glas Wasser zu holen, rauchte ihre Stummelpfeife, saß da, hatte die nackten Beine auf der Couch gekreuzt, so daß die schmutzigen Schwielen an den Füßen zu sehen waren, empfing ihre Jünger und Jüngerinnen, die, wie sie gekleidet, wie sie riechend, um sie herum, mit gekreuzten Beinen auf dem Teppich hockten, strickend, hin und wieder kleine Schachteln öffnend, die die Meisterin ihnen gegeben, an Schafsdung wie an köstlichen Aromen schnuppernd, dann räusperte sie sich in bestimmten Abständen, und ihre Jungmädchenstimme fragte von der Couch herunter: ›Wie werden wir die Welt erlösen?‹ Und die Jünger und Jüngerinnen antworteten: ›Durch Schafswolle, Schafsleder, Schafsmilch – und durch Stricken.‹ Nadelgeklapper, Stille, ein Jüngling sprang zur Bartheke, holte der Meisterin frisches Wasser, und wieder warf die sanfte Jungmädchenstimme von der Couch herab die Frage: ›Wo liegt die Seligkeit der Welt verborgen?‹ Und alle antworteten: ›Im Schaf.‹ Schachteln wurden geöffnet, verzückt am Kot geschnüffelt, während Blitzlichter knallten, Pressebleistifte über Stenogrammblöcke huschten.

Langsam trat Hugo weiter zurück, während sie um die Säule herum aufs Frühstückszimmer zuging; er hatte Angst vor ihr, hatte zu oft gesehen, wie ihre sanften Augen hart wurden, wenn sie mit ihm allein war, ihn auf der Treppe erwischte, sich von ihm Milch ins Zimmer bringen ließ, wo er sie mit der Zigarette im Mund antraf, sie ihm das Milchglas aus der Hand riß, es lachend in den Abfluß entleerte, sich einen Cognac einschenkte, mit dem Glas in der Hand auf ihn, der langsam zur Tür zurückwich, zukam. ›Hat dir noch niemand gesagt, daß dein Gesicht Gold wert ist, pures Gold, du dummer Junge. Warum willst du nicht das Gotteslamm meiner neuen Religion sein? Ich werde dich groß machen, reich, und sie werden in noch schickeren Hotelhallen vor dir knien? Bist du noch nicht lange genug hier, um zu wissen, daß ihre Langeweile nur mit einer neuen Religion auszufüllen ist, eine, die je dümmer, desto besser ist – geh nur, du bist zu dumm.‹ Er blickte ihr nach, während sie mit unbewegtem Gesicht sich vom Kellner die Tür zum Frühstückszimmer aufhalten ließ; sein Herz klopfte noch, als er hinter der Säule herauskam und langsam ins Restaurant hinunter ging.

»Einen Cognac für den Doktor oben, einen großen.«
»Stunk in der Bude wegen deinem Doktor.«
»Wieso Stunk?«
»Ich weiß nicht. Ich glaube, der wird dringend gesucht, dein Doktor. Da, dein Cognac, und verdrück dich schnell, mindestens siebzehn alte und junge Weiber fahnden nach dir; rasch, da kommt wieder eine die Treppe herunter.«

Sie sah aus, als hätte sie zum Frühstück pure Galle getrunken, in goldfarbene Kleider gekleidet, mit goldfarbenen Schuhen, Mütze und Muff aus Löwenfell. Ekel breitete sich aus, sobald sie erschien, und es gab Abergläubische unter den Gästen, die ihr Gesicht bedeckten, wenn sie auftrat. Zimmermädchen kündigten ihretwegen, Kellner verweigerten die Bedienung, aber er, er mußte, sobald sie ihn erwischte, stundenlang mit ihr Canasta spielen; ihre Finger wie Hühnerkrallen, einzig menschlich an ihr war die Zigarette in ihrem Mund. ›Liebe, meine Junge, nie gewußt, was das ist; nicht einer, der mich nicht merken läßt, daß er sich vor mir ekelt; meine Mutter verfluchte mich siebenmal am Tage, schrie mir ihren Ekel ins Gesicht; hübsch war meine Mutter und jung, jung und hübsch war mein Vater, waren meine Geschwister; sie hätten mich vergiftet, wenn sie den Mut nur aufgebracht hätten, sie nannten mich: *so was dürfte nicht geboren werden* – hoch oben wohnten wir in der gelben Villa über dem Stahlwerk, abends verließen Tausende Arbeiter das Werk, wurden von lachenden Mädchen und Frauen erwartet, lachend gingen sie die dreckige Straße hinunter; ich kann sehen, hören, fühlen, riechen wie alle anderen Menschen, kann schreiben, lesen, rechnen und schmecken – du bist der erste Mensch, der es länger als eine halbe Stunde bei mir aushält, hörst du, der erste?‹
Sie schleppte Entsetzen hinter sich her, Atem des Unheils, warf ihren Zimmerschlüssel auf die Theke, schrie dem Boy, der dort Jochen vertrat, ins Gesicht: »Hugo, wo ist er, Hugo?« ging, als der Boy die Schultern zuckte, zur Drehtür, und der Kellner, der die Tür in Gang setzte, schlug die Augen nieder, und sobald sie draußen war, zog sie den Schleier vors Gesicht.
›Drinnen trag ich ihn nicht, Junge, die sollen etwas sehen für ihr Geld, sollen mir ins Gesicht schauen für mein Geld, aber die da draußen, die haben es nicht verdient.‹

»Hier, der Cognac, Herr Doktor.«
»Danke, Hugo.«
Er mochte Fähmel; der kam jeden Morgen um halb zehn, erlöste ihn bis elf, hatte ihm schon ein Gefühl der Ewigkeit verliehen; war es nicht immer so gewesen, hatte er nicht vor Jahrhunderten schon hier an der weißlackierten Türfüllung gestanden, die Hände auf dem Rücken gekreuzt, dem leisen Spiel zugesehen, den Worten gelauscht, die ihn sechzig Jahre zurück, zwanzig vor, wieder zehn zurück und plötzlich in die Wirklichkeit des Kalenderblatts draußen warfen? Weiß über grün, rot über grün, rot-weiß über grün, immer innerhalb des Randes, der nur zwei Quadratmeter grünen Filzes umschloß; das war sauber, trocken und genau; zwischen halb zehn und elf; zweimal,

dreimal hinunter, um den großen Cognac zu holen; Zeit war hier keine Größe, an der irgend etwas ablesbar wurde; auf diesem rechteckigen grünen Löschpapier wurde sie ausgelöscht; vergebens schlugen die Uhren an, Zeiger bewegten sich vergebens, rannten in sinnloser Eile vor sich selbst davon; alles stehen- und liegenlassen, wenn Fähmel kam, gerade um die Zeit, wo am meisten zu tun gewesen wäre: alte Gäste gehen, neue kommen; er mußte hier stehen, bis es elf von Sankt Severin schlug, doch wann, wann schlug es elf? Luftleere Räume, zeitleere Uhren, er war hier untergetaucht, fuhr unter Ozeanen her, Wirkliches drang nicht ein, drückte sich draußen platt wie an Aquarien- und Schaufensterscheiben, verlor seine Dimensionen, hatte nur noch eine, war flach, wie ausgeschnitten aus Ausschneidebögen für Kinder, sie hatten alle ihre Kleider nur provisorisch umgehängt wie diese ausgeschnittenen Pappepuppen, strampelten hilflos gegen die Wände, die dicker waren als Jahrhunderte aus Glas; fern der Schatten von Sankt Severin, ferner noch der Bahnhof, und die Züge nicht wahr: D und F und E, und FD und TEE und FT, trugen Koffer zu Zollstationen; wahr waren nur die drei Billardkugeln, die übers grüne Löschpapier rollten, immer neue Figuren bildeten: Unendlichkeit, in tausend Formeln auf zwei Quadratmetern enthalten, er schlug sie mit seinem Stock heraus, während seine Stimme sich in den Zeiten verlor.

»Geht die Geschichte weiter, Herr Doktor?«
»Willst du sie hören?«
»Ja.«
Fähmel lachte, nippte an seinem Cognacglas, zündete sich eine neue Zigarette an, nahm den Stock in die Hand und stieß die rote Kugel an: rot und weiß rollten über grün.
»Eine Woche danach, Hugo...«
»Nach was?«
Fähmel lachte wieder. »Nach diesem Schlagballspiel, nach diesem 14. Juli 1935, den sie in den Putz über dem Blechspind eingeritzt hatten – eine Woche danach war ich froh, daß Schrella mich an den Weg, der zu Trischlers Haus führte, erinnert hatte. Ich stand auf der Balustrade des alten Wiegehauses, am unteren Hafen; von dort aus konnte ich den Weg gut überschauen, der an Holzschuppen und Kohlenlagern vorbeilief, sich zu einer Baustoffhandlung hin senkte, von dort auf den Hafen zulief, der durch ein rostiges Eisengeländer abgesperrt war und nur noch als Schiffsfriedhof diente. Sieben Jahre vorher war ich zuletzt hier gewesen, aber es hätten auch fünfzig Jahre sein können, als ich zusammen mit Schrella Trischlers noch besuchte, war ich dreizehn gewesen; lange Schleppzüge ankerten abends an der Böschung, Schifferfrauen mit Einkaufskörben stiegen über die schwan-

kenden Stege an Land; frische Gesichter hatten die Frauen und Zuversicht in den Augen; Männer, die nach Bier und nach Zeitungen verlangten, kamen hinter den Frauen her; Trischlers Mutter musterte aufgeregt ihre Waren: Kohl und Tomaten, silbrige Zwiebeln, die gebündelt an der Wand hingen, und draußen spornte der Schäfer mit kurzen, scharf klingenden Kommandos seine Hunde an, die Schafe in die Hürde zu treiben; drüben – auf diesem Ufer hier, Hugo – leuchteten die Gaslaternen auf, gelbliches Licht füllte die weißen Ballons, deren Reihe sich nach Norden zu ins Unendliche fortpflanzte; Trischlers Vater knipste in seiner Gartenwirtschaft die Lampen an, und Schrellas Vater, mit dem Handtuch über dem Unterarm, kam nach hinten ins Treidlerhaus, wo wir Jungen, Trischler, Schrella und ich, Eis zerkleinerten und über die Bierkästen warfen.

Jetzt, sieben Jahre später, Hugo, an diesem 21. Juli 1935 – war die Farbe von allen Zäunen abgeblättert, und ich sah, daß an Michaelis Kohlenlager nur das Tor erneuert war; hinter dem Zaun verrottete ein großer Haufen Briketts, ich suchte immer wieder alle Windungen der Straße ab, um mich zu vergewissern, daß niemand mir gefolgt war; ich war müde, spürte die Wunden auf meinem Rücken, Schmerz flammte wie Pulsschlag auf; zehn Minuten lang war die Straße leer geblieben; ich blickte auf den schmalen Streifen bewegten sauberen Wassers, der den unteren mit dem oberen Hafen verband: kein Boot war zu sehen, blickte in den Himmel: kein Flugzeug, und ich dachte: du scheinst dich sehr ernst zu nehmen, wenn du glaubst, sie schicken Flugzeuge aus, dich zu suchen.

Ich hatte es getan, Hugo, war mit Schrella in das kleine Café Zons an der Boisseréestraße gegangen, wo die Lämmer sich trafen, hatte dem Wirt das Losungswort zugemurmelt: *Weide meine Lämmer*, und ich hatte geschworen, einem jungen Mädchen, das Edith hieß, ins Gesicht hinein geschworen, niemals vom *Sakrament des Büffels* zu kosten, hatte dann in dem dunklen Hinterzimmer eine Rede gehalten, mit dunklen Worten drin, die nicht nach Lamm klangen; sie schmeckten nach Blut, nach Aufruhr und Rache, Rache für Ferdi Progulske, den sie am Morgen hingerichtet hatten; wie Geköpfte sahen die aus, die um den Tisch herumsaßen und mir zuhörten; sie hatten Angst und wußten jetzt, daß kindlicher Ernst nicht weniger ernst ist als der der Erwachsenen; Angst und die Gewißheit, daß Ferdi wirklich tot war: siebzehn Jahre war er alt gewesen, Hundertmeterläufer, Tischlerlehrling, nur viermal hatte ich ihn gesehen und würde ihn nie wieder in meinem Leben vergessen; zweimal im Café Zons und zweimal bei uns zu Hause; Ferdi war in Ben Wackes Wohnung geschlichen, hatte ihm, als er aus dem Schlafzimmer kam, die Bombe vor die Füße geworfen; nur Brandwunden hatte Ben Wackes an den Füßen, ein Garderobespiegel zersplitterte, es roch nach verbranntem Schwarzpulver, Torheit, Hugo, kindlichem Edelmut entsprungen, hörst du, hörst du wirklich?...«

»Ich höre.«

»Ich hatte Hölderlin gelesen: *Mitleidend bleibt das ewige Herz doch fest,* und Ferdi nur Karl May, der den gleichen Edelmut zu predigen schien; Torheit, unterm Handbeil gebüßt, im Morgengrauen, während die Kirchenglocken zur Frühmesse läuteten, Bäckerjungen warme Brötchen in Leinenbeutel zählten, während hier im Hotel Prinz Heinrich den ersten Gästen das Frühstück serviert wurde, während Vögel zwitscherten, Milchmädchen auf Gummisohlen sich in stille Hauseingänge schlichen, um Milchflaschen auf saubere Kokosmatten zu stellen; motorisierte Boten rasten durch die Stadt, von Plakatsäule zu Plakatsäule, klebten rotumrandete Zettel an: ›Hinrichtung! Der Lehrling Ferdinand Progulske‹ – gelesen von Frühaufstehern und Straßenbahnern, von Schülern und Lehrern, von all denen, die morgens mit ihren Broten in der Tasche zur Straßenbahn eilten, die Lokalzeitung noch nicht aufgeschlagen hatten, die es in Gestalt einer Schlagzeile verkündete: ›Exempel statuiert‹, und von mir gelesen, von mir, Hugo, als ich gerade hier vorne an der Ecke in die 7 einsteigen wollte.

Ferdis Stimme am Telefon, war das gestern oder vorgestern gewesen: ›Du kommst doch, wie verabredet, ins Café Zons?‹ Pause. ›Kommst du oder kommst du nicht?‹ ›Ich komme.‹

Enders versuchte noch, mich am Ärmel in die Bahn zu zerren, aber ich riß mich los, wartete, bis die Bahn um die Ecke herum verschwunden war, lief zur gegenüberliegenden Haltestelle, wo auch heute noch die 16 abfährt; fuhr durch friedliche Vorstädte zum Rhein, vom Rhein wieder weg, bis die Bahn endlich zwischen Kiesgruben und Baracken in die Schleife der Endstation einbog. Winter müßte sein, dachte ich damals, Winter, kalt, regnerisch, bedeckter Himmel, dann wäre es erträglicher, aber hier, wo ich stundenlang zwischen Kleingärten umherirrte, Aprikosen und Erbsen sah, Tomaten und Kohl, wo ich das Klirren von Bierflaschen hörte, die Klingel des Eismannes, der an einer Wegkreuzung stand und Vanilleeis in bröckelige Waffeln spachtelte; das konnten sie doch nicht tun, dachte ich, konnten nicht Eis essen, Bier trinken, Aprikosen betasten, während Ferdi...

Gegen Mittag verfütterte ich meine Brote an grämliche Hühner, die auf dem Lagerhof eines Altwarenhändlers ungenaue geometrische Figuren in den Dreck furchten; aus einem Fenster heraus sagte eine Frauenstimme: ›Diesen Jungen, hast du gelesen, sie haben ihn...‹ und eine Männerstimme antwortete: ›Verflucht, sei still, ich weiß doch...‹ Ich warf die Brote den Hühnern hin, lief weiter, verlor mich zwischen Bahndämmen und Grundwasserlöchern, erreichte irgendwo

wieder eine Endstation, fuhr durch Vorstädte, die mir unbekannt waren, stieg aus, kehrte meine Hosentaschen nach außen: Schwarzpulver rieselte auf einen grauen Weg; ich rannte weiter, wieder Bahndämme, Lagerplätze, Fabriken, Kleingärtner, Häuser, ein Kino, an dessen Schalter eben die Kassiererin das Fenster hochschob. Drei Uhr? Genau drei. Fünfzig Pfennige. Ich war der einzige Besucher der Vorstellung; Hitze brütete auf dem Blechdach; Liebe, Blut, ein betrogener Liebhaber zückte das Messer; ich schlief ein, erwachte erst wieder, als lärmende Besucher zur Sechs-Uhr-Vorstellung in den Saal kamen, taumelte nach draußen. Wo war meine Schulmappe? War sie im Kino? Draußen an der Kiesgrube, wo ich lange gesessen und die triefenden Lastautos beobachtet hatte, oder war sie dort, wo ich den grämlichen Hühnern meine Brote hingeworfen hatte? Ferdis Stimme am Telefon, war das gestern oder vorgestern gewesen: ›Du kommst doch, wie verabredet, ins Café Zons?‹ Pause. ›Kommst du oder kommst du nicht?‹ ›Ich komme.‹
Rendezvous mit einem Geköpften. Torheit, die mir jetzt schon kostbar wurde, weil der Preis dafür so hoch gewesen war; Nettlinger erwartete mich vor dem Café Zons; sie brachten mich in die Wilhelmskuhle, schlugen mich mit der Stacheldrahtpeitsche; winzige Pflüge furchten meinen Rücken auf; durch die rostigen Fenstergitter hindurch konnte ich die Böschung sehen, auf der ich als Kind gespielt hatte; immer wieder war uns der Ball heruntergerollt, immer wieder war ich die Böschung 'runtergeklettert, hatte den Ball aufgehoben, einen ängstlichen Blick auf das rostige Gitter geworfen und hinter den schmutzigen Scheiben Böses zu spüren geglaubt; Nettlinger schlug zu.
In der Zelle versuchte ich, mir das Hemd auszuziehen, aber Hemd und Haut waren in gleichem Maße zerfetzt, ineinander verhakt, wenn ich am Kragen, am Ärmel zog, war es, als zöge ich mir die Haut über den Kopf.

Schlimm waren Augenblicke wie dieser; als ich an der Balustrade des Wiegehauses stand, müde, war mein Stolz auf die Stigmata geringer als der Schmerz; mein Kopf fiel aufs Geländer, mein Mund lag auf dem rostigen Gestänge, und die Bitterkeit des verwitterten Eisens drang mir wohltuend in den Mund; noch eine Minute nur bis Trischlers Haus, und ich würde wissen, ob sie mich dort schon erwarteten; ich erschrak: ein Arbeiter, mit seinem Henkelmann unter dem Arm, kam die Straße herauf, verschwand im Tor zur Baustoffhandlung. Als ich die Treppe hinunterging, umfaßte ich das Geländer so fest, daß ich den Rost in Flocken vor meiner Hand herschob.
Der heitere Rhythmus der Niethämmer, den ich vor sieben Jahren hier gehört hatte, hallte nur noch als müdes Echo wider, als Klopfen eines Hammers auf einem Ponton, wo ein alter Mann ein Fährboot aus-

schlachtete; Muttern polterten in einen Karton, Bretter fielen mit einem Geräusch, das den Grad ihrer Vermoderung kundtat, und der alte Mann beklopfte den Motor, lauschte auf die Töne wie auf die Herztöne eines geliebten Wesens, beugte sich tief in den Bauch des Bootes, brachte Einzelteile ans Licht: Schrauben, Deckel, Düsen, Zylinder, die er ans Licht hob, betrachtete, beroch, bevor er sie in den Karton zu den Muttern warf; hinter dem Boot stand eine alte Winde, Reste eines Drahtes hingen daran, morsch wie ein verrotteter Strumpf.

Erinnerungen an Menschen und Ereignisse waren immer mit Erinnerungen an Bewegung verknüpft gewesen, die mir als Figur im Gedächtnis geblieben war. Wie ich mich übers Geländer der Balustrade beugte, den Kopf hob, senkte, hob, senkte, um die Straße zu beobachten –, die Erinnerung an diese Bewegung brachte mir Worte und Farben, Bilder und Stimmungen wieder zum Bewußtsein. Nicht wie Ferdi ausgesehen hatte, sondern wie er ein Streichholz anzündete, wie er den Kopf leicht hob, um ja, ja – nein, nein zu sagen, Schrellas Stirnfalten, die Bewegung seiner Schultern, Vaters Gang, Mutters Gebärden, Großmutters Handbewegung, wenn sie ihr Haar aus der Stirn strich – und der alte Mann dort unten, den ich von der Böschung aus sah, der von einer großen Schraube gerade einen verfaulten Holzrest abklopfte, das war Trischlers Vater; diese Hand machte Bewegungen, die nur diese Hand machen konnte – ich hatte dieser Hand zugesehen, wenn sie Kisten öffnete, wieder zunagelte; Schmuggelware, die in dunklen Schiffsbäuchen verborgen die Grenze passiert hatte, Rum und Rosinen, Zigaretten und Schokolade, im Treidlerhaus hatte diese Hand Bewegungen gemacht, die nur sie machen konnte; der Alte blickte hoch, blinzelte zu mir herauf und sagte: ›Na, Söhnchen, der Weg da oben führt aber nirgends hin.‹

›Er führt zu Ihrem Haus‹, sagte ich.

›Wer mich besucht, kommt vom Wasser her, sogar die Polizei – auch mein Sohn kommt mit dem Boot, selten kommt er, sehr selten.‹

›Ist die Polizei schon dort?‹

›Warum fragst du, Söhnchen?‹

›Weil sie mich suchen.‹

›Hast du geklaut?‹

›Nein‹, sagte ich, ›ich habe mich nur geweigert, vom *Sakrament des Büffels* zu essen.‹

Schiffe, dachte ich, Schiffe mit dunklen Bäuchen und Kapitänen, die Übung darin haben, die Zöllner zu täuschen; ich werde nicht viel Platz brauchen, nur soviel wie ein zusammengerollter Teppich; in einem gerollten Segel versteckt will ich die Grenze passieren.

›Komm runter‹, sagte Trischler, ›da oben können sie dich vom anderen Ufer aus sehen.‹

Ich drehte mich, ließ mich langsam auf Trischler zugleiten, indem ich mich an den Grasnarben festhielt.

›Ach‹, sagte der Alte, ›du bist, ich weiß, wer du bist, aber deinen Namen hab ich vergessen.‹

›Fähmel‹, sagte ich.

›Natürlich, hinter dir sind sie her, es kam heute morgen mit den Frühnachrichten, und ich hätte es mir denken können, als sie dich beschrieben: rote Narbe überm Nasenbein; damals, als wir bei Hochwasser rübergerudert sind und gegen den Brückenpfeiler stießen, als ich die Strömung unterschätzt hatte; du schlugst mit dem Kopf auf die Eisenkante des Bootes.‹

›Ja, und ich durfte nicht mehr herkommen.‹

›Aber du kamst noch.‹

›Nicht mehr lange – bis ich mit Alois Streit bekam.‹

›Komm, aber duck dich, wenn wir unter der Drehbrücke hergehen, sonst stößt du dir 'ne Delle in den Kopf – und darfst nicht mehr herkommen. Wie bist du ihnen denn entkommen?‹

›Nettlinger kam im Morgengrauen in meine Zelle, er brachte mich an den Hintereingang, wo die unterirdischen Gänge bis zum Bahndamm führen, an der Wilhelmskuhle. Er sagte: ›Hau ab, renn los, – aber ich kann dir nur eine Stunde Vorsprung geben, in einer Stunde muß ich's der Polizei melden‹ – ich bin um die ganze Stadt herum bis hierher gekommen.‹

›So, so‹, sagte der Alte, ›ihr mußtet also Bomben schmeißen! Ihr mußtet euch verschwören und – gestern hab ich schon einen von euch verpackt und über die Grenze geschickt.‹

›Gestern‹, fragte ich, ›wen?‹

›Den Schrella‹, sagte er, ›er hat sich hier versteckt, und ich habe ihn zwingen müssen, mit der Anna Katharina abzufahren.‹

›Auf der Anna Katharina wollte Alois immer Steuermann werden!‹

›Er ist Steuermann auf der Anna Katharina – komm jetzt.‹

Ich stolperte, als wir an der schrägen Kaimauer entlang unterhalb der Böschung auf Trischlers Haus zugingen, stand auf, fiel wieder, stand auf, und die ruckhaften Bewegungen rissen Hemd und Haut immer wieder auseinander, verklebten sie, rissen sie auseinander, und der ständig neu gestachelte Schmerz hob mich in einen Zustand der Besinnungslosigkeit, in dem Bewegungen, Farben, Gerüche und tausend Erinnerungen sich ineinander verfingen, übereinander lagerten, bunte Chiffren von wechselnder Farbe, wechselndem Gefälle, wechselnder Richtung, wurden vom Schmerz aus mir herausgeschleudert.

Hochwasser, dachte ich, Hochwasser, immer schon hatte ich den Wunsch gespürt, mich hineinzuwerfen und auf den grauen Horizont zutreiben zu lassen.

Im Traum beschäftigte mich lange die Frage, ob man in einem Henkelmann eine Stacheldrahtpeitsche verbergen könne; Erinnerungen an Bewegungen setzten sich in Linien um, die sich zu Figuren fügten, grüne, schwarze, rote Figuren waren wie Kardiogramme, die Rhythmen einer bestimmten Person darstellten: der Ruck, mit dem Alois Trischler die Angel hochgezogen hatte, wenn wir im alten Hafen fischten, wie er die Schnur mit dem Köder ins Wasser schnellte, sein wandernder Arm, der das Tempo des Wassers anzeigte: grün auf grau gezeichnete genaue Figur; Nettlinger, wie er den Arm hob, um Schrella den Ball ins Gesicht zu werfen, das Zittern seiner Lippen, das Beben seiner Nasenflügel, es setzte sich um in eine graue Figur, die der Spur einer Spinne glich; wie von Fernschreibern, die ich nicht orten konnte, wurden mir Personen ins Gedächtnis stigmatisiert: Edith am Abend nach dem Schlagballspiel, als ich mit Schrella nach Hause ging; Ediths Gesicht im Park draußen in Blessenfeld, unter mir; als wir im Gras lagen, wurde es naß vom Sommerregen, Tropfen glänzten auf ihrem blonden Haar, rollten an ihren Brauen entlang, ein Kranz silberner Tropfen, den Ediths atmendes Gesicht hob und senkte: der Kranz blieb mir in Erinnerung wie das Skelett eines Meerestiers, auf rostfarbenem Strand gefunden und vervielfältigt zu unzähligen Wölkchen gleichen Ausmaßes, die Linie ihres Mundes, als sie zu mir sagte: ›Sie werden dich töten.‹ Edith.

Der Verlust der Schulmappe quälte mich im Traum – korrekt war ich immer –, ich riß einem mageren Huhn den grüngrauen Band Ovid aus dem Schnabel; ich feilschte mit der Platzanweiserin im Kino um das Hölderlingedicht, das sie aus meinem Lesebuch gerissen hatte, weil sie es so schön fand: *Mitleidend bleibt das ewige Herz doch fest.*

Abendessen, von Frau Trischler gebracht: Milch, ein Ei, Brot, ein Apfel; ihre Hände wurden jung, wenn sie meinen zerschundenen Rücken mit Wein wusch, Schmerz flammte auf, wenn sie den Schwamm ausdrückte und der Wein in den Furchen meines Rückens abfloß; sie goß Öl nach, und ich fragte sie: ›Woher wußten Sie, daß man es so machen kann?‹

›In der Bibel kannst du nachlesen, wie man es macht‹, sagte sie, ›und ich hab's schon mal gemacht, bei deinem Freund Schrella! Alois wird übermorgen kommen, Sonntag fährt er dann von Ruhrort nach Rotterdam! Du brauchst keine Angst zu haben‹, sagte sie, ›die machen das schon; auf dem Fluß kennt man sich, wie man sich in einer Straße kennt. Noch etwas Milch, Junge?‹

›Nein, danke.‹

›Keine Sorge. Montag oder Dienstag bist du in Rotterdam. Was ist denn, was hast du denn?‹

Nichts. Nichts. Immer noch liefen die Suchmeldungen: rote Narbe überm Nasenbein. Vater, Mutter, Edith – ich wollte nicht das Differen-

tial der Zärtlichkeiten errechnen, nicht die Litanei der Schmerzen abbeten; heiter war der Fluß, weiße Feriendampfer mit bunten Wimpeln; heiter waren auch die Frachter, rot gestrichen, grün und blau, brachten Kohle und Holz von hier nach dort, von dort nach hier; drüben am Ufer die grüne Allee, schneeweiß die Terrasse vom Café Bellevue, dahinter der Turm von Sankt Severin, die scharfe rote Lichtkante am Hotel Prinz Heinrich, nur hundert Schritte von dort bis zum Elternhaus; dort saßen sie gerade beim Abendessen, einer gewaltigen Mahlzeit, über die Vater wie ein Patriarch regierte: Samstag, mit sabbatischer Feierlichkeit begangen; war der rote Wein nicht zu kühl, der weiße kühl genug?
›Keine Milch mehr, Junge?‹
›Nein, danke, Frau Trischler, wirklich nicht.‹
Motorisierte Boten rasten durch die Stadt, mit rotumrandeten Zetteln, von Plakatsäule zu Plakatsäule: ›Hinrichtung!‹ ›Der Schüler Robert Fähmel ...‹; Vater betete beim Abendbrot: ›Der für uns ist gegeißelt worden‹, Mutter beschrieb eine demütige Figur vor ihrer Brust, bevor sie sagte: ›Die Welt ist böse, es gibt so wenig reine Herzen‹, und Ottos Schuhe, noch schlugen sie den Takt Bruder, Bruder auf den Boden, auf die Fliesen, die Straße hinab bis zum Modesttor.
Es war die ›Stilte‹, die draußen tutete, die hellen Töne rissen den Abendhimmel auf, furchten sich weiß wie Blitze ins dunkle Blau. Ich lag schon auf der Zeltbahn, wie jemand, der auf offener See gestorben ist und dem Meer überliefert werden soll; Alois hielt die Zeltbahn schon hoch, um mich einzuwickeln; weiß in grau eingewebt las ich deutlich: ›Morien. Ymuiden.‹ Frau Trischler beugte sich über mich, weinte, küßte mich, und Alois rollte mich langsam ein, als wäre mein Leichnam ein besonders kostbarer, nahm mich auf den Arm. ›Söhnchen‹, rief der Alte, ›Söhnchen, vergiß uns nicht.‹
Abendwind, noch einmal tutete die ›Stilte‹ freundlich mahnend, in der Hürde blökten die Schafe, der Eismann rief ›Eis, Eis‹, schwieg dann und spachtelte gewiß Vanilleeis in bröcklige Waffeln. Leicht federte die Planke, über die Alois mich trug, und eine Stimme fragte leise: ›Ist er das?‹ Und Alois sagte ebenso leise: ›Das ist er.‹ Murmelte mir zum Abschied zu: ›Denk daran, Dienstag abend im Hafen von Rotterdam.‹ Andere Arme trugen mich, Treppen hinunter, es roch nach Öl, nach Kohlen, dann nach Holz, fern klang das Tuten, die ›Stilte‹ bebte, dunkles Dröhnen schwoll an, und ich spürte, daß wir fuhren, rheinabwärts, immer weiter weg von Sankt Severin.‹

Der Schatten von Sankt Severin war näher gerückt, füllte schon das linke Fenster des Billardzimmers, streifte das rechte; die Zeit, von der Sonne vor sich hergeschoben, kam wie eine Drohung näher, füllte die große Uhr auf, die sich bald erbrechen und die schrecklichen Schläge von sich geben würde; weiß über grün, rot über grün rollten die Kugeln; Jahre zerschnitten, Jahrzehnte übereinander gehäuft und Sekunden, Sekunden wie Ewigkeiten serviert mit ruhiger Stimme; nur jetzt nicht wieder Cognac holen müssen, dem Kalenderblatt begegnen und der Uhr, nicht der Schafspriesterin und *So was dürfte nicht geboren werden*; nur noch einmal den Spruch hören *Weide meine Lämmer*, und von der Frau hören, die im Sommerregen im Gras gelegen hatte; ankernde Schiffe, Frauen, die über Stege schritten, und der Ball, den Robert schlug, Robert, der nie vom *Sakrament des Büffels* gegessen hatte, stumm weiterspielte, immer neue Figuren mit dem Stock aus zwei Quadratmetern schlug.

»Und du, Hugo«, sagte er leise, »willst du mir heute nichts erzählen?«

»Ich weiß nicht, wie lange es war, aber ich meine, es wäre ewig gewesen: immer, wenn die Schule aus war, schlugen sie mich. Manchmal wartete ich, bis ich sicher wußte, sie waren alle zum Essen gegangen, und die Frau, die die Schule putzte, war schon unten bei dem Flur, wo ich wartete, angekommen und fragte: ›Was machst du denn noch hier, Junge? Deine Mutter wartet doch sicher auf dich.‹
Aber ich hatte Angst, wartete, bis auch die Putzfrau ging, und ließ mich in die Schule einschließen; es gelang mir nicht immer, denn meistens warf mich die Putzfrau hinaus, bevor sie abschloß, aber wenn es mir gelang, eingeschlossen zu werden, war ich froh; zu essen fand ich in den Pulten und in den Abfalleimern, die die Putzfrau für die Müllabfuhr im Flur bereitgestellt hatte, genug belegte Brote, Äpfel und Kuchenreste. So war ich allein in der Schule, und sie konnten mir nichts tun. Ich duckte mich in die Lehrergarderobe, hinter dem Kellereingang, weil ich Angst hatte, sie könnten zum Fenster hereinschauen und mich entdecken, aber es dauerte lange, bis sie herausbekamen, daß ich mich in der Schule versteckte. Oft hockte ich da stundenlang, wartete, bis es Abend wurde, bis ich ein Fenster öffnen und hinaussteigen konnte. Oft blickte ich lange auf den leeren Schulhof: gibt es etwas Leereres als so einen Schulhof am späten Nachmittag? Das waren herrliche Zeiten, bevor sie herausbekamen, daß ich mich in der Schule einschließen ließ. Ich hockte da, in der Lehrergarderobe oder unterhalb der Fensterbank und wartete auf etwas, das ich nur dem Namen nach kannte: auf Haß. Ich hätte sie so gern gehaßt, aber ich konnte nicht, Herr Doktor. Nur Angst. An manchen Tagen wartete ich auch nur bis drei oder vier und dachte, sie wären jetzt alle gegangen, ich hätte schnell über die Straße, an Meids Stall vorüber und um den Kirchhof nach Hause laufen und mich dort einschließen können. Aber sie hatten einander abgelöst, waren abwechselnd zum Essen gegangen – denn aufs Essen ver-

zichten, das konnten sie nicht –, und wenn sie auf mich zurannten, roch ich schon von weitem, was sie gegessen hatten: Kartoffeln mit Soße, Braten oder Kraut mit Speck, und während sie mich schlugen, dachte ich: Wozu ist Christus gestorben, was nützt mir denn sein Tod, was nützt es mir, wenn sie jeden Morgen beten, jeden Sonntag kommunizieren und die großen Kruzifixe in ihren Küchen hängen, über den Tischen, von denen sie Kartoffeln mit Soße, Braten oder Kraut mit Speck essen? Nichts. Was soll das alles, wenn sie mir jeden Tag auflauern und mich verprügeln? Da hatten sie also seit fünfhundert oder sechshundert Jahren – und waren sogar stolz auf das Alter ihrer Kirche –, hatten vielleicht seit tausend Jahren ihre Vorfahren auf dem Friedhof begraben, hatten seit tausend Jahren gebetet und unterm Kruzifix Kartoffeln mit Soße und Speck mit Kraut gegessen. Wozu? Und wissen Sie, was sie schrien, während sie mich verprügelten. *Lamm Gottes*. Das war mein Spitzname.«

Rot über grün, weiß über grün, neue Figuren tauchten wie Zeichen auf; rasch verweht, nichts blieb; Musik ohne Melodie, Malerei ohne Bild; nur Vierecke, Rechtecke, Rhomben in vielfacher Zahl; klingende Bälle am schwarzen Rand.

»Und später versuchte ich es anders, verschloß die Tür zu Hause, schob Möbel davor, türmte auf, was ich finden konnte. Kisten, Gerümpel und Matratzen, bis sie die Polizei alarmierten, und die kam, den Schulschwänzer abzuholen; die umstellte das Haus, schrie: ›Komm raus, du Bengel‹, aber ich kam nicht raus, und sie brachen die Tür auf, schoben die Möbel beiseite, und sie hatten mich, brachten mich in die Schule, auf daß ich weiter geprügelt, weiter in die Gosse gestoßen, weiter *Lamm Gottes* geschimpft würde; er hatte doch gesagt: weide meine Lämmer, aber sie weideten seine Lämmer nicht, wenn es überhaupt *seine* Lämmer waren. Alles vergebens, Herr Doktor, umsonst weht der Wind, umsonst fällt der Schnee, umsonst blühen die Bäume und fallen die Blätter – sie essen Kartoffeln mit Soße oder Speck mit Kraut. Manchmal war sogar meine Mutter zu Hause, betrunken und schmutzig, roch nach Tod, dunstete Verwesung aus und schrie: *wozuwozuwozu*, schrie es öfter als alle *Erbarme dich unser* in allen Litaneien; es machte mich wahnsinnig, wenn sie so stundenlang *wozuwozuwozu* schrie, und ich lief weg, ein nasses Gotteslamm, lief durch den Regen, hungrig, Lehm klebte mir an den Schuhen, am Körper, ganz eingepackt in nassen Lehm war ich, hockte da auf ihren Rübenfeldern, aber ich lag lieber in lehmigen Furchen, ließ den Regen auf mich regnen, als dieses schreckliche *Wozu* zu hören, und irgendwer erbarmte sich meiner, irgendwann, brachte mich nach Hause, in die Schule zurück, heim in dieses Nest, das Denklingen hieß, und sie schlugen mich wieder, riefen mich *Lamm Gottes*, und meine Mutter betete ihre endlose, schreckliche Litanei: *Wozu*, und ich lief wieder weg, und wieder erbarmten sie sich meiner, und diesmal brachten sie mich in die Fürsorge. Dort kannte mich niemand, keins von den Kindern, keiner von den Erwachsenen, aber ich war noch nicht zwei Tage in der Fürsorge, nannten sie mich auch dort *Lamm Gottes*, und ich bekam Angst, obwohl sie mich nicht schlugen; sie lachten nur über mich, weil ich so viele Worte nicht kannte; das Wort Frühstück; ich kannte nur: essen, irgendwann, wenn etwas da war oder ich etwas fand; aber als ich auf der Tafel las: Frühstück 30 Gramm Butter, 200 Gramm Brot, 50 Gramm Marmelade, Milchkaffee, fragte ich einen: ›Was ist das, Frühstück?‹ Und sie umringten mich alle, auch die Erwachsenen kamen, sie lachten und fragten: ›Frühstück, weißt du nicht, was das ist, hast du denn noch nie gefrühstückt?‹ ›Nein‹, sagte ich. ›Und in der Bibel‹, sagte der eine Erwachsene, ›hast du da nie das Wort Frühstück gelesen?‹ und der andere Erwachsene fragte den einen: ›Sind Sie so sicher, daß in der Bibel das Wort Frühstück überhaupt vorkommt?‹ ›Nein‹, sagte der eine, ›aber irgendwo, in irgendeinem Lesestück, oder zu Hause, muß er doch das Wort Frühstück einmal gehört haben, er ist doch bald dreizehn, das ist schlimmer als bei Wilden; jetzt kann man sich eine Vorstellung vom Ausmaß des Sprachzerfalls machen.‹ Und ich wußte nicht, daß Krieg gewesen war, vor kurzer Zeit, und sie fragten mich, ob ich denn nie auf einem Friedhof gewesen sei, wo auf den Grabsteinen stand: ›Gefallen‹, und ich sagte, doch, das hätte ich gesehen, und was ich mir denn unter ›gefallen‹ vorgestellt hätte, und ich sagte, ich hätte mir vorgestellt, die dort beerdigt seien, wären tot umgefallen; da lachten sie noch mehr als bei dem Frühstück, und sie gaben uns Geschichtsunterricht, vom Anfang der Zeiten an, aber bald war ich vierzehn, Herr Doktor, und der Hoteldirektor kam ins Heim, und wir vierzehnjährigen Jungen mußten uns auf dem Flur vor dem Zimmer des Rektors aufstellen, und der Rektor kam mit dem Hoteldirektor. Und sie gingen an uns vorbei, blickten uns in die Augen und sagten beide: ›Dienen, wir suchen Jungen, die dienen können‹, aber sie suchten nur mich heraus. Ich mußte sofort meine Sachen packen und fuhr mit dem Hoteldirektor hierher, und er sagte im Auto zu mir: ›Hoffentlich erfährst du nie, wieviel dein Gesicht wert ist. Du bist ja das reinste *Lamm Gottes*‹, und ich hatte Angst, Herr Doktor, habe sie immer noch und warte immer darauf, daß sie mich schlagen.«

»Schlagen sie dich?«

»Nein, nie. Nur möcht ich so gern wissen, was der Krieg war, ich mußte ja aus der Schule weg, bevor sie es mir erklären konnten. Kennen Sie den Krieg?«

»Ja.«
»Haben Sie ihn mitgemacht?«
»Ja.«
»Was haben Sie getan?«
»Ich war Spezialist für Sprengungen, Hugo. Kannst du dir darunter etwas vorstellen?«
»Ja, ich habe gesehen, wie sie im Steinbruch hinter Denklingen sprengten.«
»Genau das hab ich gemacht, Hugo, nur habe ich nicht Felsen gesprengt, sondern Häuser und Kirchen. Das hab ich noch nie jemandem erzählt, außer meiner Frau, aber die ist schon lange tot, und so weiß es niemand außer dir, nicht einmal meine Eltern und meine Kinder wissen es. Du weißt, daß ich Architekt bin und eigentlich Häuser bauen sollte, aber ich hab nie welche gebaut, immer nur welche gesprengt, und auch die Kirchen, die ich als Junge auf zartes Zeichenpapier zeichnete, weil ich davon träumte, sie zu bauen; die hab ich nie gebaut. Als ich zur Armee kam, fanden sie in meinen Papieren einen Hinweis, daß ich eine Doktorarbeit über ein statisches Problem geschrieben hatte. Statik, Hugo, das ist die Lehre vom Gleichgewicht der Kräfte, die Lehre vom Spannungs- und Verschiebungszustand von Tragwerken; ohne Statik kannst du nicht einmal eine Negerhütte bauen, und das Gegenteil von Statik ist die Dynamik, das klingt nach Dynamit, wie man es beim Sprengen braucht, und hängt auch mit Dynamit zusammen. Den ganzen Krieg über hatte ich nur mit Dynamit zu tun. Ich verstand was von Statik, Hugo, verstand auch was von Dynamik, verstand eine ganze Menge von Dynamit, hab alle Bücher verschlungen, die es darüber gab. Man muß, wenn man sprengen will, nur wissen, wo man die Ladung anbringt und wie stark sie sein muß. Das konnte ich, Junge, und ich sprengte also, ich sprengte Brücken und Wohnblocks, Kirchen und Bahnüberführungen, Villen und Straßenkreuzungen, ich bekam Orden dafür und wurde befördert: vom Leutnant zum Oberleutnant, vom Oberleutnant zum Hauptmann, und ich bekam Sonderurlaub und Belobigungen, weil ich so gut wußte, wie man sprengen muß. Und am Schluß des Krieges war ich einem General unterstellt, der hatte nur ein Wort im Kopf: Schußfeld. Weißt du, was Schußfeld ist? Nein?«
Fähmel hob den Billardstock wie ein Schießgewehr an die Schulter, zielte mit der Spitze nach draußen, auf den Turm von Sankt Severin –
»Siehst du«, sagte er, »wenn ich jetzt auf die Brücke schießen wollte, die hinter Sankt Severin liegt, würde die Kirche im Schußfeld liegen, also müßte Sankt Severin gesprengt werden, ganz rasch, sofort und schnell, damit ich auf die Brücke schießen könnte, und ich sag dir, Hugo, ich hätte Sankt Severin in die Luft gesprengt, obwohl ich wußte,

daß mein General verrückt war, und obwohl ich wußte, daß Schußfeld ein leerer Wahn ist, denn von oben, verstehst du, brauchst du kein Schußfeld, und schließlich konnte es auch dem einfältigsten aller Generale nicht verborgen bleiben, daß inzwischen die Flugzeuge erfunden worden waren, aber meiner war verrückt und hatte seine Lektion gelernt: Schußfeld, und ich besorgte es ihm; ich hatte eine gute Mannschaft beisammen: Physiker und Architekten, und wir sprengten, was uns in den Weg kam; das letzte war was Großes, was Gewaltiges, ein ganzer Komplex riesiger, sehr solider Gebäude: eine Kirche, Stallungen, Mönchszellen, ein Verwaltungsgebäude, ein Bauernhof, eine ganze Abtei, Hugo – die lag genau zwischen zwei Armeen, einer deutschen und einer amerikanischen –, und ich besorgte der deutschen Armee ihr Schußfeld, das sie gar nicht brauchte; da knieten sich Mauern vor mir nieder, auf den Höfen brüllte das Vieh in den Ställen, und die Mönche verfluchten mich, aber ich war nicht aufzuhalten, die ganze Abtei Sankt Anton im Kissatal sprengte ich, drei Tage vor Kriegsschluß. Korrekt, Junge, immer korrekt, wie du mich kennst.«

Er senkte den Stock, den er immer noch auf sein imaginäres Ziel gerichtet hielt, legte ihn wieder in die Fingerbeuge, stieß die Billardkugel an; weiß rollte sie über grün, schlug in wildem Zickzack vom schwarzen Rand zum schwarzen Rand.

Dumpf erbrachen die Glocken von Sankt Severin die Zeit, aber wann, *wann* schlug es elf?

»Sieh doch mal nach, Junge, was der Lärm an der Tür bedeutet.«

Noch einmal stieß er zu: rot über grün, ließ die Kugeln auslaufen, legte den Stock hin.

»Der Herr Direktor bittet Sie, einen Herrn Dr. Nettlinger zu empfangen.«

»Würdest du einen empfangen, der Nettlinger heißt?«

»Nein.«

»Zeig mir, wie ich hier herauskomme, ohne durch diese Tür zu müssen.«

»Sie können durch den Speisesaal gehen, Herr Doktor, dann kommen Sie in der Modestgasse heraus.«

»Auf Wiedersehen, Hugo, bis morgen.«

»Auf Wiedersehen, Herr Doktor.«

Kellnerballett, Boyballett: sie deckten die Tische zum Mittagessen, schoben in genau vorgeschriebener Ordnung Teewagen von Tisch zu Tisch, legten Silber auf, wechselten die Blumenvasen aus; statt der weißen Nelken in schlanken Vasen demütige Veilchen in runden Vasen; nahmen Marmeladegläser vom Tisch, stellten Weingläser, runde für roten, schlanke für weißen, auf die Tische; nur eine einzige Ausnahme; Milch für die Schafspriesterin, sie sah in der Kristallkaraffe grau aus.

Fähmel ging mit leichtem Schritt zwischen den Tischreihen hindurch, schlug den violetten Vorhang beiseite, stieg die Stufen hinunter und stand dem Turm von Sankt Severin gegenüber.

4

Leonores Schritte beruhigten ihn; vorsichtig ging sie im Atelier hin und her, öffnete Schranktüren, hob Kistendeckel, schnürte Pakete auf, entrollte Zeichnungen; selten kam sie ans Fenster, ihn zu stören; nur wenn ein Dokument kein Datum, eine Zeichnung keinen Namen trug. Er hatte die Ordnung immer geliebt und nie gehalten. Leonore würde sie schaffen, sie häufte, nach Jahren geordnet, auf dem großen Atelierboden Dokumente und Zeichnungen, Briefe und Abrechnungen aufeinander; nach fünfzig Jahren noch zitterte der Boden unter dem Stampfen der Druckereimaschinen; neunzehnhundertsieben, acht, neun, zehn; schon war Leonores Stapeln anzusehen, daß sie mit dem wachsenden Jahrhundert größer wurden; neunzehnhundertneun war größer als neunzehnhundertacht, zehn größer als neun. Leonore würde die Kurve seiner Tätigkeit herausfinden, sie war auf Präzision gedrillt. »Ja«, sagte er, »stören Sie mich getrost, Kind. Das? Das ist das Krankenhaus in Weidenhammer; ich habe es im Jahr 1924 gebaut, es wurde im September eingeweiht.« Und sie schrieb mit ihrer säuberlichen Handschrift auf den Rand der Zeichnung 1924–9.
Magere Häufchen blieben die Kriegsjahre vierzehn bis achtzehn; drei, vier Zeichnungen; ein Landhaus für den General, eine Jagdhütte für den Oberbürgermeister, eine Sebastianuskapelle für die Schützenbrüder. Urlaubsaufträge, mit kostbaren Tagen honoriert; um seine Kinder sehen zu dürfen, hätte er den Generalen kostenlos Schlösser gebaut.
»Nein, Leonore, das war 1935. Franziskanerinnenkloster. Modern? Natürlich, ich habe auch moderne Sachen gebaut.«
Immer war ihm der Rahmen des großen Atelierfensters wie ein Wechselrahmen erschienen: die Farben des Himmels wechselten, die Bäume in den Hinterhöfen wurden grau, wurden schwarz, wurden grün; Blumen auf den Dachgärten blühten, verblühten. Kinder spielten auf Bleidächern, wurden erwachsen, wurden zu Eltern, ihre Eltern zu Großeltern; andere Kinder spielten auf den Bleidächern; nur das Profil der Dächerlinie blieb, es blieb die Brücke, blieben die Berge, die an klaren Tagen am Horizont sichtbar wurden – bis der zweite Krieg das Profil der Dächerlinie veränderte, Lücken wurden gerissen, in denen an sonnigen Tagen silbern, an trüben grau der Rhein sichtbar wurde und die Drehbrücke am alten Hafen drüben; längst waren die Lücken wieder geschlossen, spielten Kinder auf Bleidächern, ging seine Enkelin drüben

auf dem Kilbschen Bleidach mit Schulbüchern in der Hand auf und ab
wie vor fünfzig Jahren seine Frau dort auf und ab gegangen war –
oder war's nicht doch Johanna, seine Frau, die an sonnigen Nachmittagen dort *Kabale und Liebe* las?
Das Telefon klingelte; angenehm, daß Leonore den Hörer abnahm,
ihre Stimme dem unbekannten Anrufer Antwort gab. »Café Kroner?
Ich werde den Herrn Geheimrat fragen.«
»Wieviel Personen am Abend erwartet werden? Geburtstagsfeier?«
Genügen die Finger einer Hand, sie aufzuzählen? »Zwei Enkel, ein
Sohn, ich – und Sie. Leonore, werden Sie mir die Freude machen?«
Also fünf. Die Finger einer Hand genügten. »Nein, keinen Sekt. Alles,
wie besprochen. Danke, Leonore.«
Wahrscheinlich hält sie mich für verrückt, aber wenn ich's bin, bin ich's
immer gewesen; ich sah alles voraus, wußte genau, was ich wollte,
und wußte, daß ich's erreichen würde; nur eins wußte ich nie, weiß ich
bis heute nicht: warum tat ich es? Des Geldes wegen, des Ruhmes
wegen, oder nur, weil es mir Spaß machte? Was hab ich gewollt, als
ich an diesem Freitagmorgen, am 6. September 1907, vor einundfünfzig Jahren da drüben aus dem Bahnhof trat? Ich hatte mir Handlungen, Bewegungen, einen präzisen Tageslauf vorgeschrieben, von dem
Augenblick an, da ich die Stadt betrat, eine komplizierte Tanzfigur
entworfen, in der ich Solotänzer und Ballettmeister in einer Person
war; Komparserie und Kulissen standen mir kostenlos zur Verfügung.
Zehn Minuten nur blieben mir, bis der erste Tanzschritt getan werden
mußte: über den Bahnhofsvorplatz hinaus, am Hotel Prinz Heinrich
vorüber, die Modestgasse überqueren und ins Café Kroner gehen. An
meinem neunundzwanzigsten Geburtstag betrat ich die Stadt. Septembermorgen. Droschkengäule bewachten ihre schlummernden Herrn;
Hotelboys in der violetten Uniform des Prinz Heinrich schleppten
Koffer hinter Gästen her in den Bahnhof; vor Banken wurden würdige
Gitter hochgeschoben, rollten mit solidem Geräusch in Reservekammern; Tauben; Zeitungsverkäufer; Ulanen; eine Schwadron ritt am
Prinz Heinrich vorüber, der Rittmeister winkte einer Frau mit rosenrotem Hut; sie stand verschleiert auf dem Balkon, warf eine Kußhand
zurück; klappernde Hufe auf Kopfsteinpflaster; Wimpel im Morgenwind; Orgeltöne aus der geöffneten Kirchentüre von Sankt Severin.
Ich war erregt, nahm den Stadtplan aus der Rocktasche, entfaltete ihn
und betrachtete den roten Halbkreis, den ich um den Bahnhof herum
gezogen hatte; fünf schwarze Kreuze bezeichneten die Hauptkirche
und die vier Nebenkirchen; ich hob die Augen, suchte mir im Morgendunst die vier Kirchturmspitzen zusammen; die fünfte, Sankt Severin,
brauchte ich nicht zu suchen, sie stand vor mir, ihr riesiger Schatten
machte mich leise frösteln; ich senkte die Augen wieder auf meinen

Plan: er stimmte; ein gelbes Kreuz bezeichnete das Haus, wo ich Wohnraum und Atelier für ein halbes Jahr gemietet und vorausbezahlt hatte: Modestgasse 7, zwischen Sankt Severin und dem Modesttor; dort drüben mußte es sein, rechts, wo gerade eine Gruppe von Klerikern die Straße überquerte. Einen Kilometer betrug der Radius des Halbkreises, den ich um den Bahnhof herum gezogen hatte: innerhalb dieser roten Linie wohnte die Frau, die ich heiraten würde, ich kannte sie nicht, wußte nicht ihren Namen, wußte nur, daß ich sie aus einem der Patrizierhäuser nehmen würde, von denen mein Vater mir erzählt hatte; der hatte drei Jahre bei den Ulanen hier gedient, Haß in sich eingezogen, Haß auf Pferde und Offiziere, den ich respektierte, ohne ihn zu teilen; ich war froh, daß Vater nicht mehr erleben mußte, wie ich selbst Offizier wurde: Pionierleutnant der Reserve; ich lachte, ich lachte oft an diesem Morgen vor einundfünfzig Jahren; ich wußte, daß ich meine Frau aus einem dieser Häuser nehmen, daß ich Brodem oder Cusenius, Kilb oder Freve heißen würde; sie sollte zwanzig sein, kam jetzt, gerade jetzt, in diesem Augenblick aus der Morgenmesse, legte ihr Gebetbuch in der Garderobe ab, kam im rechten Augenblick, um vom Vater den Kuß auf die Stirn zu bekommen, bevor dessen dröhnender Baß sich durch die Diele zum Kontor hin entfernte; zum Frühstück aß sie ein Honigbrot, trank eine Tasse Kaffee; ›Nein, nein, Mutter, bitte kein Ei‹ –, las der Mutter die Balltermine vor. Durfte sie zum Akademikerball? Sie durfte.
Spätestens auf dem Akademikerball, am 6. Januar, würde ich wissen, welche ich nehmen wollte, würde mit ihr tanzen; ich würde gut zu ihr sein, sie lieben, und sie würde mir Kinder gebären, fünf, sechs, sieben, die würden heiraten und mir Enkel schenken, fünfmal, sechsmal, siebenmal sieben, und während ich den Hufen nachlauschte, die sich entfernten, sah ich meine Enkelschar, sah ich mich als achtzigjährigen Patriarchen über dieser Sippe thronen, die ich zu gründen gedachte: Geburtstagsfeiern, Begräbnisse, silberne und grüne Hochzeiten, Taufen, Säuglinge wurden in meine Greisenhände gelegt, Urenkel, ich würde sie lieben wie meine jungen hübschen Schwiegertöchter, die ich zum Frühstück einladen, denen ich Blumen und Konfekt, Kölnisch Wasser und Gemälde schenken würde; ich wußte es, während ich dort stand, bereit, den Tanz zu beginnen.
Ich sah dem Dienstmann nach, der mein Gepäck mit seinem Karren ins Haus Modestgasse 7 hinüberfuhr: den Schließkorb mit meiner Wäsche und meinen Zeichnungen, den kleinen Lederkoffer, der Papiere, Dokumente und mein Geld enthielt: vierhundert Goldstücke, den Reinertrag zwölfjähriger Arbeit, verbracht in den Baubuden ländlicher Unternehmer, den Büros mittelmäßiger Architekten; Arbeitersiedlungen, Industrieanlagen, Kirchen, Schulen, Vereinshäuser ent-

worfen, geplant und gebaut; Kostenvoranschläge durchgeackert, mich durchgewühlt durch das spröde Deutsch der einzelnen Positionen – ›und sollen die Holzvertäfelungen in der Sakristei aus bestem, astreinen Nußbaumholz ausgeführt, die Beschläge aus bestem Material ausgewählt werden.‹ Ich weiß, daß ich lachte, als ich dort stand, und weiß bis heute noch nicht, worüber oder warum, eins weiß ich sicher: mein Lachen entsprang nicht reiner Freude; Spott war darin, Hohn, vielleicht Bosheit, aber nie habe ich gewußt, wieviel von jedem in diesem Lachen enthalten war; ich dachte an die harten Bänke, auf denen ich abends in Fortbildungskursen hockte; Rechnen gelernt; Mathematik und Zeichnen; Handwerk gelernt, Tanzen, Schwimmen; Pionierleutnant der Reserve beim 8. Bataillon in Koblenz, wo ich an Sommerabenden am Deutschen Eck saß und mir die Wasser des Rheins wie die der Mosel gleich faulig erschienen; in dreiundzwanzig möblierten Zimmern gehaust; Wirtstöchter, die ich verführt und die mich verführt hatten; barfuß durch dumpf riechende Flure geschlichen, um Zärtlichkeiten zu tauschen, auch die allerletzte, die sich immer wieder als Falschgeld erwies; Lavendelwasser und gelöstes Haar; und in schrecklichen Wohnzimmern, wo Früchte, die nie gegessen werden durften, in grünlichen Glasschalen alt wurden, fielen harte Worte wie Schuft, Ehre, Unschuld, und es roch dort nicht nach Lavendelwasser; schaudernd las ich die Zukunft nicht mehr im Gesicht der Entehrten, sondern im Gesicht der Mutter, wo geschrieben stand, was man für mich bereit hielt. Ich war kein Schuft, hatte keiner die Ehe versprochen und wollte nicht mein Leben in Wohnzimmern verbringen, wo Früchte, die man nicht essen durfte, in grünlichen Glasschalen alt wurden.

Weitergezeichnet, wenn ich von Abendkursen kam, gerechnet und gezeichnet von halb zehn bis zwölf; Engel und Bäume, Wolkenbildungen und Kirchen, Kapellen; gotisch, romanisch, barock, Rokoko und Biedermeier – und, bitte, modern: langhaarige Frauenzimmer, deren seelenvolle Gesichter über Hauseingängen schwebten, während die langen Haare sich links und rechts der Türe wie ein Vorhang entrollten; genau in der Mitte überm Türeingang den scharfgezogenen Scheitel; bitte; da brachten mir in den arbeitsreichen Abendstunden schmachtende Wirtstöchter dünnen Tee oder dünne Limonade, forderten mich zu Zärtlichkeiten heraus, die sie für kühn hielten; und ich zeichnete weiter, vor allem Details, weil ich wußte, daß diese sie – wer waren sie, diese sie – am ehesten bestachen: Türgriffe, ornamentale Gitter, Gotteslämmer, Pelikane, Anker und Kreuze, an denen Schlangen züngelnd sich emporwanden und scheiterten.

Blieb mir auch die Erinnerung an den Trick, den mein letzter Chef, Domgreve, zu oft angewendet hatte: im entscheidenden Augenblick den Rosenkranz fallen zu lassen; wenn bei Ortsbesichtigungen fromme Bauern stolz den Acker zeigten, der als Bauplatz für die neue Kirche bestimmt war, wenn Kirchenvorstandsmitglieder voll biederer Schüchternheit im Hinterzimmer kleinstädtischer Kneipen den Willen kundtaten, ein neues Gotteshaus zu errichten, dann mit Kleingeld, der Uhr oder dem Zigarrenabschneider den Rosenkranz herausziehen, auf die Erde fallen lassen, ihn bestürzt wieder aufnehmen; darüber hatte ich nie lachen können.

»Nein, Leonore, das A auf Aktendeckeln und Zeichenrollen, auf Kostenaufstellungen bedeutet nicht Auftrag, sondern Sankt Anton. Abtei Sankt Anton.«
Mit zierlichen Händen, leisen Schritten schaffte sie Ordnung, die er immer geliebt, aber nie hatte halten können. Es war zuviel gewesen; zu viele Aufträge, zuviel Geld.
Wenn ich verrückt bin, war ich's damals schon, als ich mich auf dem Bahnhofsplatz des losen Kleingeldes in meiner Rocktasche vergewisserte, des kleinen Zeichenblocks, des grünen Etuis mit meinen Stiften, des Sitzes meiner Samtschleife; als ich am Rand meines schwarzen Künstlerhutes entlangtastete, weiter hinunter mit den Händen, an den Schößen des Anzugs entlang, des einzigen guten, den ich besaß, Erbstück von Onkel Marsil, der als junger Lehrer an Schwindsucht gestorben war; schon moosüberwachsen war der Grabstein in Mees, wo der Zwanzigjährige auf der Orgelempore den Taktstock geschwungen, im Schulhaus den Bauernkindern die Regeldetri eingebleut hatte; wo er abends, im Dämmer, am Moor entlangspaziert war, von Mädchenlippen träumte, von Brot, Wein und von Ruhm, den er sich von gelungenen Versen erhoffte; Traum, auf Moorwegen geträumt, zwei Jahre lang, bis der Blutsturz ihn überschwemmte und an dunkle Ufer trug, ein Quartheft mit Versen blieb, ein schwarzer Anzug, dem Patensohn vererbt, zwei Goldstücke, und am grünlichen Vorhang des Schulzimmers ein Blutflecken, den die Frau seines Nachfolgers nicht zu entfernen vermochte; ein Lied, von Kinderlippen dem hungrigen Lehrer am Grab gesungen; ›Türmer, wohin ist die Schwalbe entflohen?‹
Noch einmal zurückgeblickt auf den Bahnhof, noch einmal das Plakat betrachtet, das für einrückende Rekruten deutlich sichtbar neben der Spree hing: ›Militärpflichtigen empfehle ich meine seit langen Jahren eingeführten echten Normal-Unterzeuge, System Professor Gustav Jäger, meine echten Pallas-Unterzeuge, patentiert in allen Kulturstaaten, meine echte Reform-Unterkleidung System Dr. Lahmann.‹ Es war Zeit, den Tanz zu beginnen:
Ich überquerte die Straßenbahngleise, ging am Hotel Prinz Heinrich

vorbei, über die Modestgasse, zögerte einen Augenblick, bevor ich ins Café Kroner trat: die Glastür, innen mit grüner Seide bespannt, zeigte mir ein Bild: zart wie ich, fast klein, sah aus wie etwas zwischen jungem Rabbiner und Bohemien, schwarzhaarig und schwarzgekleidet, mit dem unbestimmten Air ländlicher Herkunft; ich lachte noch einmal und öffnete die Tür; gerade fingen die Kellner an, Blumenvasen mit weißen Nelken auf die Tische zu stellen, rückten in grünes Leder gebundene Speisekarten zurecht, Kellner in grünen Schürzen, schwarzen Westen, mit weißen Hemden und weißen Krawatten; zwei junge Mädchen, rosig und blond die eine, blaß und schwarzhaarig die andere, schichteten vorne am Kuchenbüfett Kekse auf, türmten Bisquits, erneuerten Sahneornamente, rieben silberne Kuchenschaufeln blank. Kein Gast zu sehen, sauber war's drinnen wie im Krankenhaus vor der Chefarztvisite, Kellnerballett, durch das ich als Solist jetzt mit leichten Schritten hindurchging; Komparserie und Kulissen standen für mich bereit; das war Dressur, war ausgezeichnet und gefiel mir, wie die drei Kellner von Tisch zu Tisch gingen, mit abgezirkelten Bewegungen: das Salzfaß hingestellt, die Blumenvase, ein kleiner Ruck für die Speisekarte, die offenbar in einem bestimmten Winkel zum Salzfaß zu liegen hatte; Aschenbecher, schneeweißes Porzellan mit goldenem Rand; gut; das gefiel mir; ich war angenehm überrascht; das war Stadt, hatte ich noch in keinem der Nester gesehen, in denen ich gehockt hatte.

Ich ging in die äußerste linke Ecke, warf meinen Hut auf den Stuhl, Zeichenblock und Etui daneben, setzte mich; die Kellner kamen aus Richtung Küche zurück, schoben lautlos Teewagen vor sich her, verteilten Sauceflaschen, hängten Zeitungshalter auf; ich öffnete meinen Zeichenblock, las – zum wievielten Mal? – den Zeitungsausschnitt, den ich auf die Innenseite des Deckels geklebt hatte: ›Öffentliche Ausschreibung, Neubau einer Benediktiner-Abtei, im Tale der Kissa gelegen, zwischen den Weilern Stehlingers Grotte und Görlinger Stuhl, etwa zwei Kilometer vom Dorf Kisslingen entfernt; jeder Architekt, der sich befähigt weiß, ist teilnahmeberechtigt. Unterlagen sind gegen eine Gebühr von 50 (fünfzig) Mark im Notariat Dr. Kilb, Modestgasse 8, erhältlich. Letzter Termin zur Einreichung des Entwurfs: Montag, 30. September 1907, mittags 12 Uhr.‹

Zwischen Mörtelhaufen stieg ich umher, zwischen Stapeln nagelneuer Steine, die ich auf ihre Brennqualität prüfte, schritt an ganzen Gebirgen von Basaltbruch vorüber, die ich zur Einfassung der Türen und Fenster vorgesehen hatte; ich hatte Dreckspuren am Hosenrand, Kalkspritzer auf der Weste; heftige Worte fielen in Bauhütten; waren die Mosaiksteine immer noch nicht geliefert worden, die ich für die Darstellung des Gotteslamms über dem Haupteingang brauchte? Zornausbruch, Skandal; Kredite wurden gesperrt, wieder flüssig; Handwerksmeister standen am Donnerstagnachmittag Schlange vor meiner Bude, Lohngelder für Freitag waren fällig; und abends stieg ich erschöpft in Kisslingen in den überheizten Personenzug, sank in den Polstersitz im Zweite-Klasse-Abteil, wurde in der Dunkelheit durch diese elenden Rübenbauernnester geschleppt, während die schläfrige Schaffnerstimme Stationsnamen ausrief: Denklingen, Doderingen, Kohlbingen, Schaklingen; Rübenberge, im Dunkeln grau wie Berge von Totenköpfen, lagen an Rampen zum Verladen bereit; weiter durch Rübennester, Rübennester; ich fiel am Bahnhof in eine Droschke, zu Hause in die Arme meiner Frau, die mich küßte, zärtlich meine übermüdeten Augen streichelte, stolz über Mörtelspuren strich, die meine Ärmel zierten; beim Kaffee, den Kopf in ihrem Schoß, rauchte ich die langersehnte Zigarre, eine Sechziger, und erzählte ihr von fluchenden Maurern; die mußte man kennen, waren nicht bösartig, vielleicht ein bißchen grob, ein bißchen rot, aber ich wußte mit ihnen umzugehen; denen mußte man hin und wieder einen Kasten Bier spendieren, ihnen auf Platt ein paar Witze erzählen; nur nie meckern; sonst kippten sie einem eine ganze Wanne Mörtel vor die Füße, wie sie es beim Baubeauftragten des Erzbischofs gemacht hatten, oder warfen vom hohen Gerüst einen Balken herunter, wie sie es beim Regierungsbaumeister gemacht hatten: der riesige Balken zersplitterte genau vor seinen Füßen. ›Glaubst du, ich weiß nicht, Liebste, daß ich von ihnen abhänge, nicht sie von mir, wo doch gebaut wird, gebaut, überall? Und natürlich sind sie rot, warum sollten sie's nicht sein? Hauptsache, sie können mauern, mir helfen, meine Termine zu halten; ein Augenzwinkern, wenn ich mit den Kommissionen auf die Gerüste steige, das bewirkt Wunder.‹

›Guten Morgen, der Herr. Frühstück?‹
›Ja, bitte‹, sagte ich, schüttelte den Kopf, als der Kellner mir die Speisekarte hinhielt, hob meinen Bleistift und skandierte die einzelnen Programmpunkte meines Frühstücks in die Luft, tat so, als hätte ich mein Leben lang nichts anderes gefrühstückt: ›Ein Kännchen Kaffee, aber mit drei Tassen Kaffee, bitte, Toast, zwei Scheiben Schwarzbrot, Butter, Orangenmarmelade, ein gekochtes Ei und Paprikakäse.‹
›Paprikakäse?‹
›Ja, Rahmkäse mit Paprika angemacht.‹
›Sehr wohl.‹
Es glitt lautlos über den grünen Teppich, das grüne Kellnergespenst, an grüngedeckten Tischen zum Küchenschalter hin, und die erste Replik kam prompt; die Komparserie war gut gedrillt und ich ein guter Regisseur: ›Paprikakäse?‹ fragte der Koch hinterm Schalter. ›Ja‹

sagte der Kellner, ›Rahmkäse mit Paprika.‹ ›Frag den Herrn, wieviel Paprika er im Käse haben will.‹
Ich hatte angefangen, die Front des Bahnhofsgebäudes zu zeichnen, zog mit sicherem Strich die Umrandung der Fenster auf unschuldig weißes Papier, als der Kellner zurückkam; er blieb wartend stehen, bis ich den Kopf hob, erstaunt meinen Stift vom Papier nahm.
›Gestatten die Frage, wieviel Paprika in wieviel Käse der Herr wünschen?‹
›Fünfundvierzig Gramm Käse, mit einem Fingerhut voll Paprika gut durchgeknetet – und hören Sie, Ober, ich werde auch morgen hier frühstücken, übermorgen, den Tag nach übermorgen, in drei Wochen, drei Monaten und drei Jahren – hören Sie? Und immer um die gleiche Zeit, gegen neun.‹
›Sehr wohl.‹
Das war's, was ich wollte, und es traf ein: genau. Später erschrak ich oft, weil meine Pläne sich so genau erfüllten, das Unvorhergesehene nie geschah; nach zwei Tagen schon war ich ›Der Herr mit dem Paprikakäse‹, eine Woche später: ›Der junge Künstler, der immer gegen neun zum Frühstück kommt‹, nach drei Wochen: ›Herr Fähmel, der junge Architekt, der an einem großen Auftrag arbeitet.‹

»Ja, ja, Kind, das alles betrifft die Abtei Sankt Anton; das zieht sich durch Jahre, Leonore, Jahrzehnte, bis auf heute; Reparaturen, Erweiterungsbauten und nach fünfundvierzig der Aufbau nach den alten Plänen; Sankt Anton wird allein ein ganzes Regal füllen. Ja, Sie haben recht, ein Ventilator wäre hier angebracht, es ist heiß heute; nein danke, ich will mich nicht setzen.«
Im Wechselrahmen der blaue Nachmittagshimmel des 6. September 1958, das Profil der Dächerreihe, jetzt wieder ohne Lücken; Teekannen auf bunten Tischen in Dachgärten; Frauen auf Liegestühlen, lässig in der Sonne hingestreckt, brodelnd der Bahnhof von Ferienheimkehrern – wartete er deshalb vergebens auf Ruth, seine Enkelin? War sie verreist, hatte *Kabale und Liebe* beiseite gelegt? Er tupfte sich vorsichtig mit dem Taschentuch die Stirn, Hitze und Kälte hatten ihm nie etwas ausgemacht; rechts in der Ecke des Wechselrahmens ritten Hohenzollernkönige immer noch auf Bronzegäulen westwärts, unverändert seit achtundvierzig Jahren, auch der eine, sein oberster Kriegsherr; immer noch war seine verhängnisvolle Eitelkeit an der Kopfhaltung zu erkennen; lachend zeichnete ich damals, am Frühstückstisch im Café Kroner, den Sockel, der noch kein Denkmal trug, während der Kellner mir Paprikakäse brachte: immer war ich der Zukunft so gewiß, daß mir die Gegenwart wie vollendete Vergangenheit erschien; war das mein erstes, allererstes Frühstück im Café Kroner –

oder war es schon das dreitausendste? Jeden Tag ins Café Kroner, zum Frühstück, um neun, nur eins konnte mich abhalten, höhere Gewalt, als mein oberster Kriegsherr mich zu den Fahnen rief, dieser Narr, der immer noch auf seinem Bronzegaul westwärts reitet. Paprikakäse? Aß ich diese merkwürdige, rötlichweiße Schmiere, die gar nicht so übel schmeckte, zum ersten Mal, hatte sie vor einer Stunde im D-Zug, der von Norden auf die Stadt zubrauste, erfunden, um meinem Dauerfrühstück die unerläßliche persönliche Note zu geben, oder schmierte ich mir diesen Brei schon zum dreißigsten Mal aufs Schwarzbrot, während der Kellner den Eierbecher wegnahm, die Marmelade in den Hintergrund des Tisches schob?

Vorsicht! Ich nahm das Instrument aus meiner Rocktasche, das mir bei der Korrektur so rascher und präziser Visionen das einzig verläßliche blieb: den Taschenkalender, der mich im Irrgarten der Phantasie an Ort, Tag und Stunde zu mahnen hatte; es war Freitag, der 6. September 1907, und dieses Frühstück war mein erstes; bis zu diesem Tag hatte ich morgens nie zum Frühstück Bohnenkaffee getrunken, nur Malzkaffee, nie ein Ei gegessen, nur Haferschleim, Graubrot mit Butter und eine Scheibe roher Gurke, aber der Mythos, den ich begründen wollte, war schon im Entstehen begriffen, war mit der Gegenfrage des Kochs ›Paprikakäse‹ dorthin unterwegs, wo er auskommen sollte: beim Publikum. Mir blieb nichts zu tun als zu warten, dazusein – bis zehn, halb elf, während sich das Café langsam füllte, eine Flasche Mineralwasser getrunken, einen Cognac dazu, den Zeichenblock auf den Knien, die Zigarre im Mund, den Bleistift in der Hand; zeichnen, zeichnen, während Bankiers mit würdigen Kunden an mir vorüber ins Konferenzzimmer gingen, Kellner auf grünen Tabletts Weinflaschen hinterher brachten; Kleriker mit ausländischen Confratres von Sankt-Severin-Besichtigungen kamen, in gebrochenem Latein, Englisch oder Italienisch die Schönheiten der Stadt priesen; während Beamte aus der Regierungskanzlei ihren hohen Rang durch die Tatsache bekundeten, daß sie souverän genug waren, hier gegen halb elf einen Mokka und einen Kirschschnaps zu trinken; Damen, die vom Gemüsemarkt kamen, Kohl und Karotten, Erbsen und Pflaumen in geflochtenen Ledertaschen, bewiesen ihre gute hausfrauliche Erziehung, da sie es wohl verstanden hatten, ermüdeten Bauernfrauen die Beute wohlfeil abzuschwatzen, verzehrten hier das Hundertfache des Eingesparten an Kaffee und Kuchen, empörten sich, die Kaffeelöffel wie Degen schwingend, über einen Rittmeister, der ›Im Dienst, im Dienst‹ einer gewissen Kokotte einen Handkuß zugeworfen hatte, ihr, die er ›nachweislich, nachweislich‹, erst um fünfeinhalb Uhr morgens den Lieferanteneingang des Hotels benutzend, verlassen hatte. Rittmeister im Lieferanteneingang. Schande.

Ich sah sie mir alle an und hörte ihnen zu, meinen Komparsen; zeichnete Stuhlreihen, Tischreihen und Kellnerballett, verlangte zwanzig vor elf die Rechnung: sie war niedriger, als ich erwartet hatte; ich hatte mich entschlossen, ›großzügig, aber nicht verschwenderisch‹ aufzutreten; das hatte ich irgendwo gelesen und für eine gute Formel befunden. Ich war müde, als ich, vom Kellner mit Dienern verabschiedet, das Café verließ, den mythosbildenden Mund des Kellners mit einem Extratrinkgeld von fünfzig Pfennigen honorierte; und sie musterten mich eingehend, als ich das Café verließ, ahnten nicht, daß ich der Solist war; aufrechten Ganges, elastisch, schritt ich durchs Spalier, gab ihnen zu sehen, was sie sehen sollten: einen Künstler, mit großem schwarzen Hut, klein, zart, wie fünfundzwanzig aussehend, mit dem unbestimmten Air ländlicher Herkunft, doch sicher in seinem Auftreten. Noch einen Groschen dem Jungen, der mir die Tür aufhielt.

Nur eine und eine halbe Minute bis hierhin, zum Haus Modestgasse 7. Lehrjungen, Lastwagen, Nonnen: Leben auf der Straße; roch's in der Toreinfahrt des Hauses Numero 7 wirklich nach Druckerschwärze? Maschinen wie Schiffsmaschinen schoben ihre Kolben hin und her, her und hin; Erbauliches wurde auf weißes Papier gedruckt; der Portier zog die Mütze: ›Der Herr Architekt? Das Gepäck ist schon oben.‹ Trinkgeld in rötliche Hände. ›Immer zu jedem Dienst bereit, Herr Leutnant.‹ Grinsen. ›Ja, es sind schon zwei Herren hier gewesen, die den Herrn Leutnant in den hiesigen Klub der Reserveoffiziere aufnehmen wollen.‹

Wieder sah ich die Zukunft deutlicher als die Gegenwart, die in dunkle Bereiche versank, in dem Augenblick, da sie vollzogen war; ich sah den schmierigen Portier von Zeitungsleuten umlagert, sah die Schlagzeilen: ›Junger Architekt gewinnt Preisausschreiben gegen die Koryphäen des Fachs.‹ Bereitwillig gab der Portier den Zeitungsleuten Auskunft: ›Der? Meine Herren, nichts als Arbeit. Morgens um acht in die stille Messe zu Sankt Severin, Frühstück im Café Kroner bis halb elf; von halb elf bis fünf bleibt er unsichtbar oben in seinem Atelier; für niemanden zu sprechen; lebt da oben – ja, lachen Sie nur – von Erbsensuppe, die er sich selber kocht; kriegt von seiner alten Mutter die Erbsen geschickt und den Speck, sogar die Zwiebeln. Von fünf bis sechs Spaziergang durch die Stadt; von halb sieben bis halb acht Billard im Hotel Prinz Heinrich, Klub der Reserveoffiziere. Mädchen? Nicht, daß ich wüßte. Freitag abends, meine Herren, von acht bis zehn Chorprobe im Sängerbund deutscher Kehlen.‹ Auch die Kellner im Café Kroner heimsten Trinkgelder ein für Auskünfte. ›Paprikakäse? Sehr interessant! Zeichnet auch während des Frühstücks wie ein Besessener?‹

Später dachte ich oft an die Stunde meiner Ankunft, hörte Hufe auf Kopfsteinpflaster klappern, sah Hotelboys Koffer schleppen, sah die verschleierte Frau mit dem rosenroten Hut, las das Plakat: ›Militärpflichtigen empfehle ich‹ – lauschte meinem Lachen nach; wem galt es, woraus bestand es? Ich sah sie jeden Morgen, wenn ich nach der Messe herüberkam, meine Post und die Zeitung zu holen; Ulanen, die zum Übungsgelände im Norden der Stadt ritten, dachte jeden Morgen an den Haß meines Vaters auf Pferde und Offiziere, wenn sich die klappernden Hufe entfernten, um Attacken zu reiten, in Spähtrupps Staub aufzuwirbeln; die Trompetensignale trieben Tränen in die Augen Altgedienter, die auf der Straße stehenblieben, aber ich dachte an meinen Vater; Reiterherzen, auch das des Portiers, schlugen höher; Mädchen, mit Staubtüchern in der Hand, erstarrten zu lebendigen Bildern, kühlten den trostbereiten Busen im Morgenwind, während der Portier mir das Paket von Mutter aushändigte: Erbsen, Speck, Zwiebeln und Segenswünsche; mein Herz schlug nicht höher im Anblick der davonreitenden Schwadron.

Ich schrieb meiner Mutter beschwörende Briefe, nicht zu kommen; ich wollte nicht, daß sie der Komparserie eingereiht werde; später, später, wenn das Spiel lief, durfte sie kommen; sie war klein, zart und dunkel wie ich, lebte zwischen Friedhof und Kirche, und ihr Gesicht, ihre Erscheinung hätte zu gut gepaßt in dieses Spiel; sie wollte nie Geld, ein Goldstück im Monat langte ihr für Suppe und Brot, für den Groschen in den Klingelbeutel am Sonntag, den Pfennig am Werktag; komme später, schrieb ich ihr – aber es wurde zu spät: ihr Grab, neben Vater, neben Charlotte, Mauritius – nie sah sie den, dessen Adresse sie jede Woche schrieb: Modestgasse 7, Heinrich Fähmel; ich hatte Angst vor der Weisheit ihres Blicks, vor dem Unvorhergesehenen, das ihr Mund aussprechen würde: Wozu? Geld oder Ehre, um Gott zu dienen oder den Menschen? Ich hatte Angst vor dem Katechismus ihrer Fragen, die als Antworten nur die zum Aussagesatz umgeformte Frage erforderten, an deren Ende ein Punkt und kein Fragezeichen stehen mußte. Ich wußte nicht, wozu. Es war nicht Heuchelei, daß ich in die Kirche ging, gehörte nicht zu meinem Auftritt, obwohl sie es dazuzählen würde; mein Auftritt fing erst im Café Kroner an, endete um halb elf, fing um fünf Uhr nachmittags wieder an, endete um zehn; an Vater zu denken war leichter, während die Ulanen endlich hinterm Modesttor verschwanden, Leierkastenmänner in die Vorstadt hinaushumpelten, sie wollten früh genug dort sein, um einsamen Hausfrauen und Dienstmädchenherzen Trost zu spielen: Morgenrot, Morgenrot; würden am späten Nachmittag in die Stadt zurückhumpeln, um die Melancholie des Feierabends auszumünzen: Annemarie, Rosemarie; und drüben hängte Gretz gerade den Keiler vor die Tür: frisches Wildschweinblut tropfte dunkelrot auf den Asphalt; um den Keiler herum wurden Fasanen und Rebhühner aufgehängt, Hasen; zartes Gefieder, demütiges Hasenfell umschmückte den gewaltigen Keiler; jeden Morgen hängte Gretz seine toten Tiere auf, immer so, daß ihre Wunden dem Publikum sichtbar waren; Hasenbäuche, Taubenbrüste, des Keilers aufgerissene Flanke; Blut mußte sichtbar sein; Frau Gretzens rosige Hände ordneten Leberlappen zwischen Pilzhaufen, Kaviar, über Eiswürfel gehäuft, glitzerte vor riesigen Schinken; Langusten, violett wie scharf gebrannte Ziegel, bewegten sich blind, hilflos tastend in flachen Aquarien, warteten auf kundige Hausfrauenhände, warteten am siebten, am neunten, am zehnten, elften September 1907, nur am achten, fünfzehnten und zweiundzwanzigsten September, an den Sonntagen blieb Gretzens Fassade frei vom Blut, und ich sah die toten Tiere im Jahre 1908, 1909 – nur in den Jahren, in denen höhere Gewalt herrschte, sah ich sie nicht; sah sie immer, einundfünfzig Jahre lang – sehe sie jetzt, wo kundige Hausfrauenhände am Samstagnachmittag letzte Leckerbissen fürs Sonntagsmahl aussuchen.

»Ja, Leonore, Sie haben recht gelesen; erste Honorarzahlung einhundertfünfzigtausend Mark. Kein Datum? Das muß im August 1908 gewesen sein. Ja, ich bin sicher, August 1908. Sie haben noch nie Wildschwein gegessen? Sie haben nichts versäumt, wenn Sie meinem Geschmack trauen wollen. Hab's nie gemocht. Brühen Sie doch etwas Kaffee auf, spülen Sie den Staub hinunter, und kaufen Sie Kuchen, wenn Sie welchen mögen. Unsinn, das macht doch nicht dick, trauen Sie doch diesem ganzen Schwindel nicht. Ja, das war neunzehnhundertunddreizehn, ein Häuschen für Herrn Kolger, Kellner im Café Kroner. Nein: kein Honorar.«

Wieviel Frühstücke im Café Kroner? Zehntausend, zwanzigtausend? Ich hab's nie nachgerechnet, jeden Tag ging ich hin, die abgerechnet, an denen höhere Gewalt mich hinderte.

Ich sah, wie die höhere Gewalt heraufzog, ich stand drüben auf dem Dach des Hauses Numero 8, hinter der Pergola verborgen, blickte auf die Straße hinunter, sah sie zum Bahnhof ziehen, Unzählige sangen die Wacht am Rhein, riefen den Namen des Narren, der da immer noch auf seinem Bronzegaul westwärts reitet; sie hatten Blumen an ihren Arbeitermützen, an Zylindern, ihren Bankiershüten, Blumen in den Knopflöchern, hatten Normalunterzeug System Professor Gustav Jäger in kleinen Paketen unterm Arm; ihr Lärm brandete bis zu mir herauf, und sogar die Huren da unten in der Krämerzeile hatten ihre Stenzen zum Meldeamt geschickt, mit besonders gutem, warmem Unterzeug unterm Arm –, und ich wartete vergebens auf Gefühle, die ich mit denen da unten hätte teilen können; ich fühlte mich leer und einsam, gemein, zu keiner Begeisterung fähig und wußte gar nicht, warum ich dazu nicht fähig war; ich hatte nie darüber nachgedacht; ich dachte an meine Pionieruniform, die nach Mottenkugeln roch, mir immer noch paßte, obwohl ich sie mir mit zwanzig hatte machen lassen und inzwischen sechsunddreißig alt geworden war; ich hoffte nur, ich würde sie nicht anzuziehen brauchen; ich wollte Solist bleiben, nicht Komparse werden; sie waren übergeschnappt, die da unten singend zum Bahnhof zogen; die nicht ausrücken durften, wurden mit Bedauern angesehen, fühlten sich als Opfer, weil sie nicht dabeisein konnten; ich war bereit, mich als Opfer zu fühlen, und würde es nicht bedauern. Unten im Hause weinte meine Schwiegermutter, weil ihre beiden Söhne mit dem allerletzten Aufgebot schon ausgeritten waren, zum Güterbahnhof, wo die Pferde verladen wurden; stolze Ulanen, um die meine Schwiegermutter stolze Tränen weinte; ich stand hinter der Pergola, die Glyzinien blühten noch, hörte von unten aus dem Mund meines vierjährigen Sohnes ...*muß haben ein Gewehr, muß haben ein Gewehr*... und hätte hinuntergehen und ihn in Gegenwart meiner stolzen Schwiegermutter verprügeln sollen; ich ließ ihn singen, ließ ihn mit der Ulanentschapka spielen, die seine Onkel ihm geschenkt hatten, ließ ihn seinen Degen hinter sich herschleppen, ließ ihn ausrufen: Franzos tot! Englishman tot! Russ tot! und nahm's hin, daß der Standortkommandant mit weicher, fast brechender Stimme zu mir sagte: ›Es tut mir ja so leid, Fähmel, daß wir Sie noch nicht missen können, daß Sie noch nicht dabeisein können, aber auch die Heimat braucht Leute, braucht gerade Leute wie Sie.‹

Kasernenbau, Festungsbau, Lazarette; nachts, in meiner Leutnantsuniform, kontrollierte ich die Brückenwache; ältliche Kaufleute im Gefreitenrang, Bankiers im Rang eines Gemeinen salutierten beflissen, wenn ich den Treppenaufgang hinaufstieg, im Schein meiner Taschenlampe die obszönen Zeichnungen sah, die vom Bade heimkehrende Jugendliche in den roten Sandstein gekratzt hatten; es roch nach beginnender Männlichkeit im Brückenaufgang. Irgendwo hing ein Schild: ›Michaelis, Kohlen, Koks, Briketts‹, zeigte eine aufgemalte Hand in die Richtung, wo Michaelis' Güter zu erwerben waren; und ich genoß meine Ironie, meine Überlegenheit, wenn der Unteroffizier Gretz mir meldete: ›Brückenwache; ein Unteroffizier und sechs Mann; keine besonderen Vorkommnisse‹, winkte ab mit einer Handbewegung, wie ich sie aus Komödien gelernt zu haben glaubte; sagte ›rühren‹, schrieb meinen Namen ins Wachbuch, ging heim, hängte Helm und Degen an die Garderobe, ging zu Johanna ins Wohnzimmer, legte meinen Kopf in ihren Schoß, rauchte meine Zigarre und sagte nichts, und auch sie sagte nichts; sie brachte nur Gretz die Gänseleberpastete zurück, und als der Abt von Sankt Anton uns Brot

65

schickte, Honig und Butter, verteilte sie es; ich sagte nichts dazu, bekam noch immer mein Frühstück im Café Kroner: das zweitausendvierhundertste mit Paprikakäse; immer noch gab ich dem Kellner fünfzig Pfennige Trinkgeld, obwohl er nichts annehmen wollte, darauf bestand, mir ein Honorar zu zahlen für das Haus, das ich ihm entworfen hatte.

Johanna sprach aus, was sie dachte; sie trank keinen Sekt, als wir beim Standortkommandanten eingeladen waren, aß nicht von dem Hasenpfeffer und wies alle Tänzer ab; sie sagte es laut: ›Der kaiserliche Narr . . .‹, und es war, als bräche da draußen im Kasino an der Wilhelmskuhle die Eiszeit aus; sie wiederholte es in die Stille hinein: ›Der kaiserliche Narr.‹ General, Oberst, Majore waren da, alle mit ihren Frauen, ich als frischbeförderter Oberleutnant, Beauftragter für den Festungsbau; Eiszeit im Kasino an der Wilhelmskuhle; ein kleiner Fähnrich hatte den guten Einfall, die Kapelle zu einem Walzer zu animieren; ich nahm Johannas Arm, brachte sie zur Kutsche; herrliche Herbstnacht; graue Kolonnen marschierten zu Vorstadtbahnhöfen hinaus; keine besonderen Vorkommnisse.

Ehrengericht. Niemand wagte das, was Johanna gesagt hatte, zu wiederholen; Lästerungen dieser Art wurden nicht einmal aktenkundig: Seine Majestät – ein kaiserlicher Narr; das hätte niemand hinzuschreiben gewagt; sie sagten immer nur: ›Das, was Ihre Gattin gesagt hat‹, und ich sagte: ›Das, was meine Frau gesagt hat‹, und sagte nicht, was ich hätte sagen müssen, daß ich ihr zustimmte, ich sagte: ›Schwanger, meine Herren, zwei Monate vor der Entbindung; zwei Brüder verloren, Rittmeister Kilb, Fähnrich Kilb, beide am gleichen Tag gefallen; eine kleine Tochter verloren, im Jahre 1909 – und wußte doch, daß ich hätte sagen müssen: ich stimme meiner Frau zu; wußte, daß Ironie nicht ausreiche und nie ausreichen würde.

»Nein, Leonore, packen Sie dieses Paketchen nicht aus; der Inhalt hat nur Gefühlswert, ist leicht und doch kostbar: Ein Flaschenkorken. Danke für den Kaffee; bitte stellen Sie die Tasse auf die Fensterbank; ich warte vergebens, warte auf meine Enkelin, die meistens um diese Zeit oben auf dem Dachgarten Schulaufgaben macht; ich vergaß, daß die Ferien noch nicht zu Ende sind; sehen Sie, von hier oben kann man auch mitten in Ihr Büro hineinsehen, auch Sie kann ich von hier oben an Ihrem Schreibtisch sehen, Ihr hübsches Haar.«

Warum bebte die Tasse plötzlich, klirrte wie vom Stampfen der Druckereimaschinen; war die Mittagspause zu Ende, wurden Überstunden gemacht, auch am Samstagnachmittag Erbauliches auf weißes Papier gedruckt?

An unendlich vielen Morgen hatte ich das Beben gespürt, wenn ich mit aufgestützten Ellenbogen von hier auf die Straße hinunter sah, auf das blonde Haar, dessen Geruch ich aus der Morgenmesse kannte; allzu kernige Seifen würden das hübsche Haar töten; Biederkeit wurde hier als Parfüm benutzt. Ich ging hinter ihr her, wenn sie nach der Messe um Viertel vor neun an Gretzens Laden vorbei auf das Haus Nummer 8 zuging. Das gelbe, das auf schwarzem Holz die weiße, leicht verwitterte Aufschrift trug: ›Dr. Kilb, Notar‹. Ich beobachtete sie, wenn ich in der Pförtnerloge auf meine Zeitung wartete; Licht fiel auf sie; fiel auf ihr zartes, im Dienst der Gerechtigkeit zerknittertes Gesicht, wenn sie die Bürotür öffnete, die Läden aufstieß, dann die Kombination des Safes einstellte, die Stahltüren öffnete, die sie zu erdrücken schienen; sie prüfte den Inhalt des Safes, und ich konnte über die schmale Modestgasse hinweg in den Safe hineinsehen, am obersten Fach das säuberlich gemalte Pappschild lesen: ›Projekt Sankt Anton.‹ Drei große Pakete lagen dort, mit Siegeln wie mit Wunden bedeckt. Es waren nur drei, und jedes Kind kannte die Namen der Absender: Brehmockel, Grumpeter und Wollersein. Brehmockel, der Erbauer von siebenunddreißig neugotischen Kirchen, siebzehn Kapellen und einundzwanzig Klöstern und Krankenhäusern; Grumpeter, der Erbauer von nur dreiunddreißig neuromanischen Kirchen, nur zwölf Kapellen und achtzehn Krankenhäusern; das dritte Paket stammte von Wollersein, der nur neunzehn Kirchen, nur zwei Kapellen, nur vier Krankenhäuser erbaut, dafür einen richtigen Dom aufzuweisen hatte. ›Schon gelesen, Herr Leutnant, was in der Wacht steht?‹ fragte der Portier, und ich las oberhalb des hornigen Portierdaumens die Zeile, die er mir hinhielt: ›Heute letzter Termin für Projekt Sankt Anton. Hat unsere Architektenjugend keinen Mut?‹ Ich lachte, rollte meine Zeitung zusammen, ging zum Frühstück ins Café Kroner; es klang schon wie uralte, seit Jahrhunderten eingesungene Liturgie, wenn der Kellner in die Klappe zur Küche hinein sagte: ›Frühstück für Herrn Architekten Fähmel wie immer.‹ Hausfrauen, Kleriker, Bankiers – das Stimmengewirr gegen halb elf. Zeichenblock mit Lämmern, Schlangen, Pelikanen; fünfzig Pfennig Trinkgeld für den Kellner, zehn für den Boy, das Grinsen des Pförtners, wenn ich ihm seine Morgenzigarre in die Hand legte, die Post entgegennahm. Ich stand hier, spürte das Beben der Druckereimaschinen an meinen Ellenbogen, sah unten in Kilbs Büro den Lehrling, der in Fensternähe das weiße Falzbein schwang. Ich öffnete den Brief, den der Portier mir gegeben hatte: ›...sind wir in der Lage, Ihnen die Position eines Chefzeichners ab sofort anzubieten; wenn gewünscht, Familienanschluß; garantiert freundliche Aufnahme in die hiesige Gesellschaft. Kein Mangel an Geselligkeiten...‹ So winkte man mit lieblichen Architektentöchtern, bot kosige Landpartien, auf denen junge Männer mit runden Hüten

am Waldesrand Bierfässer anzapften, junge Damen belegte Brote auspackten und anboten, und da konnte man auf frischgemähten Wiesen ein Tänzchen wagen, während Mütter, die ängstlich die Jahre ihrer Töchter zählten, entzückt von soviel Grazie in die Hände klatschten, und wenn man zum gemeinsamen Waldspaziergang aufbrach, Arm in Arm, denn die Damen pflegten über Wurzeln zu stolpern, bot sich, da die Distanzen im Waldesdunkel sich unmerklich vergrößerten, Gelegenheit, einen Kuß zu wagen, auf den Unterarm, die Wange, die Schulter, und wenn man dann heimwärts fuhr, im Abenddämmer durch lauschige Wiesen, an deren Rändern sogar Rehe, als wären sie eigens dafür bestellt, aus dem Wald hervorlugten; wenn Lieder aufklangen, die sich von Kutsche zu Kutsche fortpflanzten, dann würde man sich schon zuflüstern können, daß Amor getroffen habe. Wehe Herzen, wunde Seelen trugen die Kutschen heimwärts.
Und ich schrieb eine liebenswürdige Antwort: ›... bin ich gerne bereit, auf Ihr freundliches Angebot zurückzukommen, sobald ich die privaten Studien, die mich noch eine Weile an die Stadt fesseln, beendet haben werde...‹; klebte den Umschlag zu, die Marke drauf, ging zur Fensterbank zurück und blickte in die Modestgasse hinunter: wie ein Dolch blitzte das Falzbein auf, wenn der Junge zum Schwung ansetzte; zwei Hoteldiener luden den Keiler auf einen Handkarren; abends würde ich von diesem Keiler kosten, beim Herrenessen des Sängerbundes deutscher Kehlen, würde ihre Witze anhören müssen, und sie würden meinem Lachen nicht anmerken, daß ich nicht darüber lachte, sondern über sie; ihre Witze waren mir so widerwärtig wie die Soßen, und ich lachte mein Lachen, und wußte immer noch nicht: war es Haß oder Verachtung? Nur eins wußte ich: es war nicht nur Freude.
Pilze in weißen Körben wurden von Gretzens Lehrmädchen neben den Keiler gestellt; schon wog im Prinz Heinrich der Koch die Gewürze ab, schliffen Küchengehilfen die Messer; aufgeregte Hilfskellner zupften sich zu Hause vor dem Spiegel die Krawatten zurecht, die sie probeweise umgelegt hatten, und fragten ihre bügelnden Frauen – der Plättdunst gewendeter Hosen erfüllte die Küche –: ›Muß ich dem Bischof den Ring küssen, wenn ich das Pech haben sollte, ihn zu bedienen?‹ Immer noch schwang der Lehrling das weiße Falzbein.
Elf Uhr fünfzehn Minuten; ich bürstete meinen schwarzen Anzug, prüfte den Sitz der Samtschleife, setzte den Hut auf, zog meinen Taschenkalender hervor, er war nur so groß wie eine flache Streichholzschachtel, schlug den Kalender auf und blickte hinein: 30. September 1907. 11.30 bei Kilb Entwurf abgeben. Quittung verlangen.
Vorsicht! Zu oft hatte ich in planender Vorstellung diese Handlung vollzogen: die Treppe hinunter, über die Straße, durch den Flur, ins Vorzimmer. ›Ich wünsche Herrn Notar persönlich zu sprechen.‹

›In welcher Angelegenheit?‹
›Ich möchte dem Herrn Notar einen Entwurf übergeben. *Preisausschreiben Sankt Anton.*‹
Nur der Lehrling würde Überraschung zeigen, das Falzbein stillhalten, sich umblicken, dann aber beschämt sein Gesicht wieder der Straße, den Formularen zuwenden, eingedenk der Mahnung: Diskretion, Diskretion! In diesem Raum, wo Schäbigkeit zum Schick gehörte, die Porträts rechtsbeflissener Vorfahren an der Wand hingen, wo Tintenfässer achtzig Jahre alt wurden, Falzbeine einhundertundfünfzig; hier wurden gewaltige Transaktionen in Stillschweigen vollzogen; hier wechselten ganze Stadtviertel ihre Besitzer, wurden Heiratsverträge abgefaßt, in denen jährliche Nadelgelder aufgesetzt wurden, die höher waren als die Summe, die ein Kanzlist in fünf Jahren verdiente; hier wurde aber auch des biederen Schuhmachermeisters Zweitausender-Hypothek notariell bestätigt, des zittrigen Rentners Testament aufbewahrt, in dem er seinem Lieblingsenkel sein Nachttischchen vermachte; der Witwen und Waisen, der Arbeiter und Millionäre Rechtsgeschäfte wurden hier in Verschwiegenheit erledigt, angesichts des Wandspruchs: *Voll ist ihre Rechte von Geschenken.* Kein Grund, aufzublicken, wenn ein junger Künstler, im vom Onkel geerbten, gewendeten, schwarzen Anzug, ein in Kanzleipapier gewickeltes Paket, Zeichenrollen, übergab und glaubte, den Herrn Notar deswegen persönlich bemühen zu müssen. Der Bürovorsteher versiegelte das Paket, die Zeichenrollen, drückte das Kilbsche Wappen, ein Lamm, dem der Blutstrahl aus der Brust brach, in den heißen Siegellack, während die Blonde, Rechtschaffene die Quittung ausschrieb: ›Am Montag, dem 30. September 1907, vormittags 11.35 übergab Herr Architekt Heinrich Fähmel . . .‹, glitt nicht, als sie mir die Quittung hinhielt, über ihr blasses, freundliches Gesicht ein Schimmer des Erkennens? Ich war beglückt über das Unvorhergesehene, weil es mir bewies, daß Zeit etwas Wirkliches war; es gab also diesen Tag, diese Minute; bewiesen war es nicht durch mich, der ich tatsächlich die Treppe hinuntergegangen war, die Straße überquert, Flur und Vorzimmer betreten hatte; bewiesen nicht durch den Lehrling, der aufblickte, beschämt dann, der Diskretion eingedenk, sich wieder abwandte; bewiesen nicht durch die blutroten Wunden der Siegel; bewiesen war es durch das unvorhergesehene freundliche Lächeln der Kanzlistin, die meinen gewendeten Anzug musterte, mir dann, als ich die Quittung aus ihrer Hand nahm, zuflüsterte: ›Viel Glück, Herr Fähmel.‹ Diese Worte waren die ersten innerhalb der viereinhalb Wochen, die der Zeit eine Wunde schlugen, mich daran erinnerten, daß es Spuren von Wirklichkeit gab in diesem Spiel, das ich ablaufen ließ; die Zeit war also nicht nur in Traumkabinetten geregelt, wo Zukünftiges gegenwärtig, Gegenwär-

tiges mich seit Jahrhunderten vergangen dünkte, Vergangenes zukünftig wurde, wie eine Kindheit, auf die ich zulief wie als Kind auf meinen Vater. Er war still gewesen, Jahre häuften sich um ihn herum wie Bleischichten aus Stille; Orgelregister gezogen, beim Hochamt gesungen, bei Beerdigungen erster Klasse viel, zweiter Klasse wenig, bei denen dritter Klasse gar nicht gesungen; so still, daß mir jetzt, da ich an ihn dachte, ganz beklommen war; er hatte Kühe gemolken, Heu geschnitten, Korn gedroschen, bis das schweißverklebte Gesicht von Spelzen wie von Insekten bedeckt war; hatte den Taktstock geschwungen, für den Jünglingsverein, den Gesellenverein, den Schützenverein und den Cäcilienverein; sprach nie, schimpfte nie, sang nur, schnitzelte Rüben, kochte Kartoffeln fürs Schwein, spielte Orgel, zog seinen schwarzen Küsterrock an, das weiße Rochett drüber; niemandem im Dorf fiel auf, daß er nie sprach, weil alle ihn nur tätig kannten; von vier Kindern starben zwei an der Schwindsucht, blieben nur zwei: Charlotte und ich. Meine Mutter, zart, eine von denen, die Blumen lieben, hübsche Gardinen, die beim Bügeln Lieder singen und abends am Herdfeuer Geschichten erzählen; Vater schuftete, zimmerte Betten, füllte Säcke mit Stroh, schlachtete Hühner, bis Charlotte starb: Engelamt, Kirche in Weiß; der Pfarrer sang, aber der Küster antwortete nicht, zog nicht die Register, kein Orgelton, keine Respons kam von der Empore herunter; nur der Pfarrer sang. Schweigen, als vor der Kirche der Zug sich in Richtung Friedhof formierte; fragte der verstörte Pfarrer: ›Aber Fähmel, mein lieber, guter Fähmel, warum haben Sie denn nicht gesungen?‹ Und ich hörte zum ersten Mal die Stimme meines Vaters etwas aussprechen, und ich war erstaunt, wie rauh die Stimme dessen klang, der so sanft von der Orgelempore heruntersingen konnte; er sagte es leise, mit knurrendem Unterton: ›Bei Begräbnissen dritter Klasse wird nicht gesungen.‹ Dunst über dem Niederrhein. Nebelschwaden zogen tanzende Schleifen über die Rübenäcker, in Weidenbäumen schnarrten die Krähen wie Fastnachtsklappern, während der verstörte Pfarrer die Liturgie las; Vater schwang nicht mehr den Taktstock im Jünglingsverein, im Gesellenverein, im Schützenverein, nicht mehr im Cäcilienverein, und es war, als hätte dieser erste Satz, den ich ihn sprechen hörte – sechzehn war ich, als Charlotte zwölfjährig starb –, als hätte er mit diesem ersten Satz seine Stimme entdeckt; er sprach mehr, sprach von Pferden und Offizieren, die er haßte, sagte es drohend: ›Wehe euch, wenn ihr mich erster Klasse beerdigen laßt.‹

›Ja‹, wiederholte die Blonde, ›viel Glück wünsche ich Ihnen.‹ Vielleicht hätte ich die Quittung zurückgeben, das versiegelte Paket, die Zeichenrollen zurückverlangen, heimkehren sollen; die Tochter des Bürgermeisters und Bauunternehmers heiraten, Feuerwehrhäuser bauen, kleine Schulen, Kirchen, Kapellen; auf ländlichen Richtfesten mit der Hausherrin tanzen sollen, während meine Frau mit dem Hausherrn tanzte; warum Brehmockel, Grumpeter und Wollersein herausfordern, die großen Koryphäen des Kirchenbaus, warum? Ich fühlte mich frei von Ehrgeiz, Geld lockte mich nicht; ich würde niemals zu hungern brauchen; mit Pfarrer, Apotheker, Wirt und Bürgermeister Skat spielen, an Treibjagden teilnehmen, reichgewordenen Bauern ›was Modernes‹ bauen – aber schon stürzte der Lehrling von der Fensterbank zur Tür, hielt sie mir auf; ich sagte ›Danke‹, ging hinaus, durch den Flur, überquerte die Straße, stieg die Treppe zum Atelier hinauf, stützte meinen Arm auf die Fensterbank, die vom Stampfen der Druckereimaschinen bebte, es war am 30. September 1907, gegen 11.45 Uhr ...

»Ja, Leonore, es ist eine Last mit den Druckereimaschinen; wieviel Tassen sind mir schon zerbrochen, wenn ich nicht darauf achtete. Lassen Sie sich Zeit, nicht so hastig, Kind. Wenn Sie so weiterarbeiten, werden Sie in einer Woche geordnet haben, was ich einundfünfzig Jahre lang nicht ordnen mochte. Nein, danke, für mich keinen Kuchen. Ich darf Sie doch Kind nennen? Sie brauchen über die Schmeicheleien eines alten Mannes nicht zu erröten. Ich bin ein Denkmal, Leonore, und Denkmäler können einem nichts anhaben; ich alter Narr gehe immer noch jeden Morgen ins Café Kroner, esse dort meinen Paprikakäse, obwohl er mir schon lange nicht mehr schmeckt; ich bin es den Zeitgenossen schuldig, meine Legende nicht zu zerstören; ich werde ein Waisenhaus stiften, vielleicht eine Schule, werde Stipendien aussetzen, und irgendwann und irgendwo werden sie mich bestimmt in Erz gießen und enthüllen; Sie sollen dabeistehen und lachen, Leonore; Sie können so hübsch lachen, wissen Sie das? Ich kann es nicht mehr, ich hab es verlernt und hab doch geglaubt, es wäre eine Waffe; es war keine, war nur eine kleine Täuschung. Wenn Sie Lust haben, werde ich Sie zum Akademikerball mitnehmen, Sie als meine Nichte vorstellen, dort sollen Sie Sekt trinken, tanzen und einen jungen Mann kennenlernen, der gut zu Ihnen ist und Sie liebt; ich werde Ihnen eine hübsche Mitgift stiften – ja, sehen Sie sich das mal in Ruhe an: drei Meter mal zwei Meter, die Gesamtansicht von Sankt Anton; das hängt schon einundfünfzig Jahre hier im Atelier, hing noch da, als die Decke eingestürzt war; daher rühren die paar Stockflecken, die Sie da sehen; es war mein erster großer Auftrag, ein Riesenauftrag, und ich war, kaum dreißig damals, ein gemachter Mann.«

Und brachte im Jahre 1917 nicht den Mut auf, zu tun, was Johanna an meiner Stelle tat; sie riß Heinrich, der oben auf dem Dach neben der Pergola stand, das Gedicht aus der Hand, das er auswendig lernen sollte; er sagte es mit ernsthafter Kinderstimme:

Sprach Petrus, der Pförtner am Himmelstor,
Ich trage die Sache höheren Orts vor,
Und siehe, nicht lange, da kam er zurück:
Exzellenz Blücher, Sie haben Glück!
Urlaub auf unbestimmte Zeit.
(Sprach's und öffnete das Himmelstor weit)
Zieh alter Feuerkopf und schlag drein,
Der alte Gott wird mit Euch sein.

Robert war noch nicht zwei und Otto noch nicht geboren; ich hatte Urlaub, war mir längst klar über das, was ich unklar gespürt hatte: daß Ironie nicht ausreichte und nie ausreichen würde, daß sie nur ein Narkotikum für Privilegierte war, und ich hätte tun müssen, was Johanna dann tat; ich hätte in meiner Hauptmannsuniform mit dem Jungen sprechen müssen, aber ich lauschte nur, wie er weiter rezitierte:

Blücher ist's, der herniederstieg,
Uns zu führen von Sieg zu Sieg,
Vorwärts mit Hurra und Hindenburg,
Ostpreußens Retter und feste Burg.
So lange noch deutsche Wälder stehn,
So lange noch deutsche Wimpel wehn,
So lang noch lebt ein deutsches Wort,
lebt d e r Name unsterblich fort.
Gemeißelt in Stein, gegraben in Erz,
Du, unser Held, dir schlägt unser Herz
Hindenburg! Vorwärts!

Johanna riß dem Jungen den Zettel aus der Hand, zerriß ihn, streute die Fetzen auf die Straße hinunter, wie Schneeflocken fielen sie vor Gretzens Laden, wo in diesen Tag kein Keiler hing; höhere Gewalt herrschte.

Lachen wird nicht genügen, Leonore, wenn sie mein Denkmal enthüllen; bespuck es, Kind – im Namen meines Sohnes Heinrich, im Namen Ottos, der ein so lieber Junge war, und brav, und weil er so lieb war und so brav, so folgsam – mir so fremd wurde, wie kein Mensch auf dieser Erde, und im Namen Ediths, des einzigen Lammes, das ich je sah; ich liebte sie, die Mutter meiner Enkel, und konnte ihr nicht helfen, konnte dem Tischlerlehrling nicht helfen, den ich nur zweimal sah, und nicht dem Jungen, den ich niemals sah; der uns Botschaften von Robert, Zettel so groß wie Bonbonpapiere in den Briefkasten warf und dieses Verbrechens wegen in einem Lager verschwand. Robert war immer klug und kühl und nie ironisch; Otto war anders, er zeigte Herz und hatte doch plötzlich vom *Sakrament des Büffels* gekostet und wurde uns fremd; bespucke mein Denkmal, Leonore, sag ihnen, ich hätte dich darum gebeten; ich kann's dir auch schriftlich geben und meine Unterschrift notariell beglaubigen lassen; du hättest den Jungen sehen müssen, der mich den Satz begreifen machte: *Engel stiegen herab und dienten ihm,* er war Tischlerlehrling; sie schlugen ihm den Kopf ab; du hättest Edith sehen müssen und ihren Bruder, den ich ein einziges Mal sah, wie er über unseren Hof kam und zu Robert hinaufging; ich stand am Schlafzimmerfenster und sah ihn nur eine halbe Minute lang, und ich hatte Angst; er trug Heil auf den Schultern und Unheil; Schrella, ich hab seinen Vornamen nie erfahren, war wie ein Gerichtsvollzieher Gottes, der für unbezahlte Rechnungen unsichtbare Pfandmarken an die Häuser klebte; ich wußte, daß er meinen Sohn fordern würde, und ließ ihn mit seinen hängenden Schultern über den Hof gehen; den ältesten meiner überlebenden Söhne, begabt; Ediths Bruder pfändete ihn; Edith war anders, ihr biblischer Ernst war so gewichtig, daß sie sich biblischen Humor erlauben durfte; sie lachte mit ihren Kindern inmitten des Bombardements; sie gab ihnen biblische Namen: Joseph und Ruth; und der Tod barg für sie keine Schrecken; sie begriff nie, daß ich so sehr um meine verstorbenen Kinder trauerte, um Johanna und Heinrich – sie erfuhr nicht mehr, daß auch Otto starb, der Fremde, der mir am nächsten gestanden hatte; er liebte mein Atelier, meine Zeichnungen, fuhr mit mir auf Baustellen, trank auf Richtfesten Bier, war der Liebling der Bauarbeiter; er wird an meiner Geburtstagsfeier heute abend nicht teilnehmen; wieviel Gäste sind geladen? An einer Hand abzuzählen die Sippe, die ich gründete: Robert, Joseph, Ruth, Johanna und ich; auf Johannas Platz wird Leonore sitzen, und was werde ich Joseph sagen, wenn er mit jugendlichem Eifer vom Fortschritt der Aufbauarbeiten in Sankt Anton berichtet; Richtfest Ende Oktober; die Mönche wollen die Adventsliturgie schon in der neuen Kirche singen. *Es zittern die morschen Knochen,* Leonore, und sie haben meine Lämmer nicht geweidet.

Ich hätte die Quittung zurückgeben, die roten Siegel erbrechen und vernichten sollen, dann brauchte ich nicht hier zu stehen und auf meine Enkelin zu warten, die hübsche, schwarzhaarige, neunzehn Jahre alte, so alt wie Johanna war, als ich vor einundfünfzig Jahren hier oben stand und sie drüben auf dem Dachgarten sah; ich konnte den Buchtitel erkennen: *Kabale und Liebe* – oder ist es Johanna, die jetzt drüben *Kabale und Liebe* liest; ist sie wirklich nicht da, mit Robert immer noch ›im Löwen‹ beim Mittagessen; hab ich in die Pförtnerloge die obligatorische Zigarre gelegt, bin dem vertraulichen

Unter-Männern-Herr-Leutnant-Gespräch entronnen, um hier oben von halb elf bis fünf zu hocken, nur da zu sein; bin an Bücherstapeln, an Stapeln frischgedruckter Bistumsblättchen vorbei hier heraufgestiegen; was wird denn samstagnachmittags noch auf weißes Papier gedruckt; Erbauliches oder Wahlplakate für alle die, die vom *Sakrament des Büffels* gekostet haben? Da beben die Wände, zittern die Stufen, bringen Arbeiterinnen immer neue Stapel, häufen sie bis vor die Ateliertür. Ich lag hier oben, übte mich in der Kunst, nur da zu sein; trieb dahin wie im Sog eines schwarzen Windkanals, der mich hinausschleudern würde; wohin? Wurde in uralter Bitterkeit dahingewirbelt, getränkt mit uralter Vergeblichkeit, sah die Kinder, die ich haben, die Weine, die ich trinken, die Krankenhäuser und Kirchen, die ich bauen würde – und hörte immer die Erdklumpen auf meinen Sarg fallen, dumpfe Trommelgeräusche, die mich verfolgten; ich hörte den Gesang der Einlegerinnen und der Falzerinnen und Packerinnen, hell die einen, dunkel, süß und spröde die anderen; sie besangen die einfachen Freuden des Feierabends; es drang wie mein Grabgesang zu mir hin: Liebe im Tanzlokal, wehes Glück an der Friedhofsmauer, im herbstlich duftenden Gras; alter Mutter Tränen als Vorboten junger Mutter Freuden, Waisenhausmelancholie, wo ein tapferes junges Mädchen rein zu bleiben beschloß; doch traf es auch sie, traf sie im Tanzlokal; wehes Glück an der Friedhofsmauer, im herbstlich duftenden Gras – immer wieder griffen die Stimmen der Arbeiterinnen wie Schöpfräder ins ewig gleiche Wasser, sie sangen es mir zum Grabgesang, während Erdklumpen auf meinen Sarg polterten. Ich blickte unter den Augenlidern hervor auf die Wände meines Ateliers, die ich mit Zeichnungen tapeziert hatte: majestätisch in der Mitte die rötliche Lichtpause; 1:200, die Abtei Sankt Anton; im Vordergrund der Weiler Stehlinger Grotte, weidende Kühe, ein abgeernteter Kartoffelacker, von dem der Rauch eines Feuers hochstieg; dann die Abtei, gewaltig, im Basilikastil, rücksichtslos hatte ich sie romanischen Kathedralen nachgebildet, den Kreuzgang streng, niedrig und dunkel; Klausur, Refektorium, Bibliothek; in der Mitte des Kreuzgangs die Figur des heiligen Antonius; das große Geviert mit den landwirtschaftlichen Gebäuden; Scheune, Ställe, Wagenremisen, eigene Mühle mit Bäckerei, ein hübsches Wohnhaus für den Ökonom, der auch die Pilger zu betreuen hatte; da standen unter hohen Bäumen einfache Tische und Stühle, auf denen die Wegzehrung zu herbem Wein, zu Most oder Bier verzehrt werden konnte; am Horizont angedeutet der zweite Weiler: Görlingers Stuhl; Kapelle, Friedhof, vier Bauernhöfe, weidende Kühe; Pappelreihen grenzten rechts das gerodete Land ab, wo Mönche Wein pflanzen, wo Kohl und Kartoffeln, Gemüse und Getreide wachsen, in Bienenstöcken der köstliche Honig gesammelt werden würde.

Abgegeben vor zwanzig Minuten, gegen Quittung; Entwurf mit Detailzeichnungen und einer kompletten Kalkulation; mit scharfer Feder hatte ich Ziffern und Positionen hingeschrieben; mit blinzelnden Augen, als sähe ich die Gebäude dort wirklich liegen, blickte ich wie durch ein Fenster auf den Entwurf; da bückten sich Mönche, tranken Pilger Most, während die singenden Arbeiterinnen unten mit Stimmen, die den Feierabend begehrten, hell und dunkel, ihren Grabgesang zu mir heraufschickten; ich schloß die Augen, spürte die Kälte, die ich fünfzig Jahre später erst würde spüren können, als gemachter Mann, von wimmelndem Leben umgeben.
Diese viereinhalb Wochen waren unendlich lang gewesen, alles was ich tat, hatte ich vorher in Traumkabinetten geregelt; blieb nur die Messe am Morgen, blieben die Stunden von halb elf bis fünf; ich begehrte das Unvorhergesehene, das mir nur ein winziges Lächeln, zweimal ein ›Viel Glück, Herr Fähmel‹ beschert hatte. Wenn ich die Augen wieder schloß, teilte sich die Zeit wie ein Spektrum: Vergangenheit, Gegenwart, Zukunft, in fünfzig Jahren würden meine ältesten Enkel schon fünfundzwanzig sein, meine Söhne schon so alt wie die würdigen Herren, denen ich mich eben ausgeliefert hatte, als ich meinen Entwurf übergab. Ich tastete nach der Quittung; sie war da; wirklich; morgen früh würde die Jury zusammentreten und die veränderte Lage feststellen: ein vierter Entwurf; die schon gebildeten Parteien, zwei für Grumpeter, zwei für Brehmockel, und einer, der wichtigste, jüngste und kleinste von den fünfen, der Abt, für Wollersein; der Abt liebte Romantik; heiß würde es hergehen, denn die beiden bestechlichen Jurymitglieder würden am heftigsten künstlerisch zu argumentieren haben; Vertagung; dieser hergelaufene junge Bengel hat uns das Konzept verdorben; beunruhigt hatten sie festgestellt, daß dem Abt mein Entwurf offensichtlich gefiel; immer wieder war er vor der Zeichnung stehengeblieben, nippte an seinem Wein; organisch war das Ganze in die Landschaft eingefügt, so klar die Nützlichkeit des landwirtschaftlichen Gevierts gegen das strenge Geviert des Kreuzgangs und der Klausur abgesetzt; Brunnen, Pilgerherberge, alles gefiel ihm; er lächelte: dort würde er Primus inter pares sein; er stieg schon in den Entwurf hinein wie in sein Eigentum, regierte im Refektorium, saß im Chor, besuchte die kranken Brüder, ging zum Ökonomen hinüber, den Wein zu prüfen, das Korn durch seine Hände rinnen zu lassen; Brot für seine Brüder und für die Armen, auf seinen Äckern geerntetes Korn; ja, dort hatte der junge Architekt für die Bettler eine kleine überdachte Kammer geschaffen, gleich neben der Pforte, draußen Bänke für den Sommer, drinnen Stühle, ein Tisch, ein Ofen für den Winter. ›Meine Herren, es gibt keinen Zweifel für mich, ich stimme ohne jede Einschränkung für den – wie heißt er doch – für den Fähmel-

schen Entwurf; und sehen Sie, die Kosten: dreihunderttausend Mark unter dem billigsten der drei andren‹; trockener Siegellack von den aufgebrochenen Wunden bedeckte den Tisch, auf den jetzt Fachmänner ihre Fäuste schlugen, das große Palaver zu beginnen: ›Glauben Sie uns doch, Ehrwürdiger Vater, wie oft schon hat jemand unterboten, aber was wollen Sie tun, wenn er uns vier Wochen vor dem Richtfest kommt und erklärt, die Puste sei ihm ausgegangen; Baukostenüberschreitungen von einer halben Million sind bei solchen Projekten keine Seltenheit. Glauben Sie erfahrenen Männern. Welche Bank wird für einen unerfahrenen, völlig unbekannten jungen Mann bürgen, die Garantiesumme bereitlegen? Hat er Vermögen?‹ Großes Gelächter fiel über den jungen Abt. ›Vermögen laut eigener Angabe: achttausend Mark.‹ Palaver. Verärgert schieden die Herren voneinander. Keiner war dem Abt beigesprungen. Vertagt um vier Wochen. Wer hatte diesem kahlgeschorenen Bauernjungen, der knapp dreißig war, laut Satzung die entscheidende Stimme gegeben, so daß *gegen* ihn nicht, *mit* ihm sofort entschieden werden konnte.

Da schnurrten die Telefone, rannten schwitzende Boten mit Eilbriefen vom Regierungspräsidenten zum Erzbischof, vom Erzbischof zum Priesterseminar, wo der Vertrauensmann des Erzbischöflichen Stuhles gerade die Vorzüge der Neugotik pries; der rannte mit knallrotem Gesicht zur wartenden Droschke, Hufe entfernten sich klappernd über Kopfsteinpflaster, knirschende Räder nahmen kühne Kurven; Eile, Eile; Bericht! Bericht! Fähmel? Nie gehört. Der Entwurf? Technisch glänzend, kalkulatorisch – man muß es zugeben, Exzellenz – soweit überschaubar, überzeugend, aber der Stil? Gräßlich; nur über meine Leiche; Leiche? Der Erzbischof lächelte; Künstlernatur, der Professor, feurig, zu viel Gefühl, zu viele wehende weiße Lockenhaare; Leiche, na, na; da gingen chiffrierte Anfragen von Grumpeter an Brehmockel, von Brehmockel an Wollersein, da versöhnten sich die zu Tode verfeindeten Koryphäen für einige Tage, fragten einander in chiffrierten Briefen und Telefonaten: ›Ist Blumenkohl verderblich?‹ – was bedeuten sollte: ›Sind Äbte absetzbar?‹ – kam die niederschmetternde Antwort: ›Blumenkohl ist *nicht* verderblich‹.

Viereinhalb Wochen lang untergetaucht; wie friedlich war mein Grab; da rutschte die Erde langsam nach, schob sich sanft neben und über mir zurecht; während der Wechselgesang der Arbeiterinnen mich betäubte, nichts zu tun war besser, aber nun würde ich handeln, handeln müssen, wenn sie mein Grab öffneten, den Deckel hoben; sie würden mich zurückwerfen in die Zeit, in der jeder Tag einen Namen, jede Stunde eine Pflicht enthalten würde; das Spiel würde ernst werden; nicht mehr gegen zwei die Erbsensuppe aus meiner kleinen Küche geholt; ich wärmte sie schon nicht mehr, aß sie kalt; ich machte mir nichts aus Essen, nichts aus Geld und aus Ruhm; ich liebte das Spiel, machte mir etwas aus meiner Zigarre und sehnte mich nach einer Frau, nach meiner Frau. Würde es die sein, die ich drüben auf dem Dachgarten sah, schwarzhaarig, schlank und hübsch; Johanna Kilb? Morgen würde sie meinen Namen wissen; sehnte ich mich nach irgendeiner, oder nach ihr? Ich konnte es nicht länger ertragen, immer nur mit Männern zusammen zu sein, fand sie alle lächerlich; die Frommen und die Unfrommen; die Zoten erzählten, und die, die sie sich erzählen ließen, Billardspieler, Reserveleutnants, Sänger, den Portier und die Kellner; ich war ihrer überdrüssig, freute mich auf die Abendstunde von fünf bis sechs, auf die Gesichter der Arbeiterinnen, in deren Strom ich durch die Toreinfahrt ging; ich liebte die Sinnlichkeit auf ihren Gesichtern, die der Vergänglichkeit ungebrochen ihren Zoll zahlten, und wäre am liebsten mit einer von ihnen tanzen gegangen, hätte mit ihr an der Friedhofsmauer im herbstlich duftenden Gras gelegen – die Quittung zerrissen, das große Spiel abgebrochen –, diese Mädchen lachten, sangen, aßen gern und tranken gern, weinten und waren nicht wie die falschen Ziegen, die mich als möblierten Herrn zu Zärtlichkeiten herausforderten, die sie für kühn hielten. Noch gehörten sie mir, die Figuren und Requisiten, gehorchten mir die Komparsen, an diesem letzten Tag, an dem ich keine Lust auf die kalte Erbsensuppe hatte und zu faul war, sie mir zu wärmen; ich wollte das Spiel zu Ende spielen, ausgedacht in der Langeweile von Kleinstadtnachmittagen, wenn ich genug Mörtel geprüft, Steine begutachtet, die Gradheit von Mauern festgestellt hatte und die Langeweile in düsteren Kneipen der Langeweile im Büro vorzog, auf winzigen Zetteln die Abtei zu entwerfen begann.

Das Spiel ließ mich nicht mehr los; die Zeichnungen wurden größer, die Vorstellungen genauer, und fast ohne es zu merken, befand ich mich plötzlich mitten in der Kalkulation; rechnen gelernt; zeichnen gelernt; bitte; ich schickte dreißig Goldmark an Kilb und bekam die Unterlagen geschickt; besuchte Kisslingen an einem Sonntagnachmittag; blühende Weizenäcker, dunkelgrüne Rübenäcker, Wald, wo die Abtei einmal stehen sollte; ich spielte weiter, studierte die Gegner, deren Namen von Kollegen mit andächtigem Haß ausgesprochen wurde: Brehmockel, Grumpeter, Wollersein; ich sah mir ihre Bauwerke an, Kirchen, Krankenhäuser, Kapellen, Wollenseins Dom; ich spürte es, roch es angesichts dieser trostlosen Baulichkeiten, die Zukunft lag griffbereit da, wie ein Land, das zu erobern war, unbekannter Boden, in dem Goldstücke vergraben lagen, herauszuholen von jedem, der sich nur ein wenig mit Strategie beschäftigen würde; ich nahm die Zukunft in die Hand; ich brauchte nur zuzugreifen; Zeit war plötzlich eine Macht, wurde mißachtet, verstrich ungenutzt, während ich Stüm-

pern und Heuchlern die Geschicklichkeit meiner Hände und die Mathematik meines Gehirns für ein paar Goldstücke überließ; Papier gekauft, Tabellen, Stifte und Handbücher; Spiel, das mich nur eins kostete: Zeit; sie war da, war geschenkt; die Sonntage waren Erkundungstage: Terrain besichtigt, Straßen durchschritten: Modestgasse, im Haus Nummer 7 war ein Atelier zu vermieten; im Haus gegenüber, Nummer 8, wohnte der Notar, der die Entwürfe unter Siegel hielt; die Grenzen waren offen, ich brauchte nur einzumarschieren; und jetzt erst, tief drinnen im zu erobernden Land, schon halb sein Besitzer, jetzt erst hatte ich, während der Feind noch schlief, die Kriegserklärung abgegeben; ich suchte noch einmal nach meiner Quittung; sie war da.
Übermorgen würde der erste Besucher die Schwelle des Ateliers überschreiten; der Abt, jung, braunäugig, nüchtern; obwohl er Herrschaft noch nicht ausgeübt hatte, doch schon herrschgewohnt. ›Woher wußten Sie, daß die Trennung zwischen Brüdern und Mönchen im Refektorium nicht von unserem Heiligen Vater Benedikt vorgesehen war?‹ Er schritt auf und ab, blickte immer wieder in den Entwurf, fragte: ›Werden Sie durchhalten, werden nicht schlappmachen, diesen Unken nicht recht geben müssen?‹ Und ich hatte Angst vor dem großen Spiel, das aus dem Papier steigen, mich überwältigen würde; ich hatte das Spiel gespielt, aber mir nie klargemacht, daß ich es auch gewinnen könnte; der Ruf, gegen Brehmockel, Grumpeter und Wollersein allein nicht gesiegt zu haben, würde mir genügt haben, aber sie zu besiegen? Ich hatte Angst und sagte doch ›Ja, ich werde durchhalten, Ehrwürdiger Vater.‹ Er nickte, lächelte und ging.

Um fünf ging ich im Strom der Arbeiterinnen durch die Toreinfahrt, machte meinen planmäßigen Feierabendspaziergang; ich sah verschleierte Schönheiten, die in Droschken zum Rendezvous fuhren, Leutnants, die im Café Fuhl zu weicher Musik harte Getränke tranken; ich ging jeden Tag vier Kilometer, eine Stunde lang, immer den gleichen Weg um die gleiche Zeit; sie sollten mich sehen, sollten mich immer um die gleiche Zeit an den gleichen Orten sehen; Ladnerinnen, Bankiers und Juweliere; Huren und Schaffner, Ladenschwengel, Kellner und Hausfrauen; sie sollten mich sehen und sahen mich; von fünf bis sechs, mit der Zigarre im Mund; ungehörig, ich weiß, aber ich bin Künstler, zum Nonkonformismus verpflichtet; ich darf auch stehenbleiben bei den Leierkastenmännern, die die Melancholie des Feierabends ausmünzen; Traumstraße, die durchs Traumkabinett führte: gut geölte Gelenke hatten meine Komparsen, wurden von unsichtbaren Fäden bewegt, Münder öffneten sich zu Stichworten, die ich ihnen zugestand, kalte Melodie der Billardkugeln im Hotel Prinz

Heinrich; weiß über grün, rot über grün; Mannequins winkelten ihre Arme, um mit der Queue zuzustoßen, um Biergläser zum Munde zu führen, sammelten Points, spielten Serien, klopften mir kollegial auf die Schulter; ach ja, ach nein, o glänzend, Pech gehabt; während ich die Erdklumpen auf meinen Sarg fallen hörte, Ediths Todesschrei schon wartete, und des blonden Tischlerlehrlings letzter Blick, den er im Morgengrauen auf die Gefängnismauern werfen sollte, schon bereitgehalten wurde.

Ich fuhr mit meiner Frau, meinen Kindern ins Kissatal, zeigte ihnen stolz mein Jugendwerk, besuchte den älter gewordenen Abt und las in seinem Gesicht die Jahre ab, die ich in meinem eigenen nicht entdeckte; Kaffee im Gästezimmer, Kuchen, aus eigenem Mehl gebacken, mit selbstgeernteten Pflaumen und der Sahne eigener Kühe; meine Söhne durften die Klausur betreten, meine Frau mit den kichernden Töchtern mußten draußen warten: vier Söhne, drei Töchter, sieben Kinder, die mir siebenmal sieben Enkel bescheren würden, und der Abt lächelte mir zu: ›Wir sind ja jetzt sogar Nachbarn geworden.‹ Ja, ich hatte die beiden Weiler Stehlinger Grotte und Görlingers Stuhl gekauft.

»Ach, Leonore, schon wieder das Café Kroner? Nein, ich habe doch ausdrücklich gesagt: Kein Sekt. Ich hasse Sekt. Und nun machen Sie Feierabend, Kind, bitte. Und würden Sie mir noch ein Taxi bestellen, auf zwei Uhr? Es soll an der Toreinfahrt warten, vielleicht kann ich Sie ein Stück mitnehmen. Nein, ich fahre nicht über Blessenfeld. Bitte, wenn Sie wollen, können wir das noch klären.«

Er wandte sich von seinem Wechselrahmen ab, blickte ins Atelier, wo immer noch der große Entwurf von Sankt Anton an der Wand hing, die Luft von Staub erfüllt war, den die fleißige Mädchenhand trotz aller Vorsicht aufgewirbelt hatte; unverdrossen räumte sie den Stahlschrank aus, hielt ihm jetzt einen Haufen Geldscheine hin, die vor fünfunddreißig Jahren schon ihren Wert verloren hatten, brachte kopfschüttelnd einen anderen Packen Geld zum Vorschein, das vor zehn Jahren wertlos geworden war, zählte ihm korrekt die fremd gewordenen Scheine auf den Zeichentisch: zehn, zwanzig, achtzig, hundert – zwölfhundertzwanzig Mark.

»Ins Feuer damit, Leonore, oder vielleicht schenken Sie es den Kindern auf der Straße, die großangelegten Quittungen des Schwindels, der vor fünfunddreißig Jahren begonnen, vor zehn bekräftigt wurde. Ich habe mir nie etwas aus Geld gemacht, und doch hielten mich alle für geldgierig; sie haben sich getäuscht, ich wollte nicht Geld, als ich das große Spiel anfing; und als ich es gewann und populär wurde, da erst wurde ich mir bewußt, daß sich alle Voraussetzungen für die Popularität in mir vereinten; ich war tüchtig, liebenswürdig, einfach, war Künstler, Reserveoffizier, hatte es zu etwas gebracht, wurde reich und war doch, war doch ›der Junge aus dem Volke‹ und verleugnete es nie; nicht um des Geldes, des Ruhmes, nicht um der Frauen willen hatte ich die Algebra der Zukunft in Formeln gefaßt, hatte X, Y und Z in Größen verwandelt, die sichtbar wurden, in Bauernhöfen, Bankkonten, Macht, die ich immer wieder verschenkte und die mir doppelt zurückgegeben wurde; ein lächelnder David, zart, nahm nie ein Pfund zu, nie ein Pfund ab; heute noch würde mir meine Leutnantsuniform aus dem Jahr 97 passen; schwer traf mich das Unvorhergesehene, das ich so heftig begehrt hatte: die Liebe meiner Frau und der Tod meiner Tochter Johanna; eine echte Kilb, eineinhalb Jahre alt – aber ich sah in diese Kinderaugen wie in die Augen meines schweigsamen Vaters, sah uralte Weisheit auf dem dunklen Grund dieser Augen, die den Tod schon zu kennen schienen; Scharlach blühte wie schreckliches Unkraut auf diesem kleinen Körper, wuchs an den Hüften hoch, sank bis zu den Füßen, Fieber siedete, und weiß wie Schnee wuchs der Tod, wuchs wie Schimmel unter dem blühenden Rot, fraß sich durch, durch und brach schwarz aus den Nasenlöchern; das Unvorhergesehene, das ich begehrt hatte, es kam wie ein Fluch, lauernd in diesem schrecklichen Haus; es gab Streit, heftigen Wortwechsel mit dem Pfarrer von Sankt Severin, mit den Schwiegereltern, den Schwägern, weil ich mir für die Totenmesse das Singen verbat; doch ich bestand darauf und setzte es durch; erschrak, als ich Johanna in der Totenmesse flüstern hörte: ›Christus‹.«

Ich sprach den Namen nie aus, wagte kaum, ihn zu denken, und wußte doch: er hatte mich; nicht Domgreves Rosenkranz, nicht die säuerlichen Tugenden heiratslustiger Wirtstöchter, nicht die Geschäfte mit Beichtstühlen aus dem sechzehnten Jahrhundert, die auf geheimen Auktionen für teures Gold verkauft wurden, das Domgreve in Locarno in billige Sünden zurückverwandelte; nicht die düsteren Verfehlungen heuchlerischer Priester, deren Augenzeuge ich wurde: ärmliche Verführungen gefallener Mädchen; auch nicht Vaters unausgesprochene Härte hatte das Wort in mir töten können, das Johanna neben mir flüsterte: ›Christus‹; nicht die endlosen Fahrten durch Windkanäle uralter Bitterkeit und Vergeblichkeit; wenn ich auf den eisigen Ozeanen der Zukunft, Einsamkeit wie einen riesigen Rettungsring um mich herum, mich mit meinem Lachen stärkte; das Wort war nicht getötet worden; ich war David, der Kleine mit der Schleuder, und Daniel, der Kleine in der Löwengrube, und bereit, das Unvorhergesehene, das ich begehrt hatte, hinzunehmen: Johannas Tod am 3. September 1910.

Auch an diesem Morgen ritten die Ulanen übers Kopfsteinpflaster; Milchmädchen, Bäckerjungen, Kleriker mit flatternden Rockschößen; Morgen; der Keiler vor Gretzens Laden, die schmutzige Melancholie des Kilbschen Hausarztes, der seit vierzig Jahren Kilbsche Geburten und Tode bescheinigte: in dieser ausgebeulten Ledertasche das nutzlose Instrumentarium, mit dem er immer wieder über die Vergeblichkeit seiner Bemühungen hinwegzutäuschen verstand; er deckte den entstellten Körper zu, aber ich deckte ihn wieder auf; ich wollte Lazarus' Körper sehen, die Augen meines Vaters, die dieses Kind nicht länger als eineinhalb Jahre hatten offenhalten wollen, und im Schlafzimmer nebenan schrie Heinrich; die Glocken von Severin schlugen die Zeit in Scherben, läuteten um neun zur Messe; fünfzig Jahre wäre Johanna jetzt alt.

»Kriegsanleihen, Leonore? Die habe ich nicht gezeichnet; sie stammen aus dem Erbe meines Schwiegervaters. Ins Feuer damit, wie mit den Geldscheinen; zwei Orden? Natürlich, ich habe ja Sappen gebaut, Stollen vorgetrieben, Artilleriestellungen befestigt, dem Trommelfeuer standgehalten, Verwundete aus dem Feuer geschleppt; zweiter Klasse, erster Klasse, her mit den Dingern, Leonore, komm, gib sie schon her: wir werfen sie in die Regenrinne; sollen sie in der Regenrinne im Schlamm begraben werden. Otto kramte sie einmal aus dem Schrank heraus, während ich am Zeichentisch stand; ich sah den verhängnisvollen Schimmer in seinen Augen zu spät: er hatte sie gesehen, und die Ehrfurcht, die er mir zollte, bekam eine größere Dimension; zu spät. Aber schmeiß sie wenigstens jetzt weg, damit Joseph sie nicht eines Tages in meiner Erbschaft entdeckt.«
Es klirrte nur leise, als er die Orden über das schräge Dach in die Regenrinne gleiten ließ; sie kippten, als sie vom Dach in die Rinne fielen, lagen mit der glanzlosen Seite nach oben.
»Warum so entsetzt, Kind? Sie gehören mir, und ich kann damit machen, was ich will; zu spät, aber vielleicht doch noch rechtzeitig. Vertrauen wir darauf, daß es bald regnet und der Dreck vom Dach heruntergespült wird; spät opfere ich sie dem Andenken meines Vaters. Hinab mit der Ehre der Väter, der Großväter und Urgroßväter.«

Ich fühlte mich stark genug und war's nicht, las die Algebra der Zukunft aus meinen Formeln, die sich zu Figuren auflösten; Äbte und Erzbischöfe, Generale und Kellner, sie gehörten alle zu meiner Komparserie; ich allein war Solist, auch wenn ich freitags abends im ›Sängerbund Deutscher Kehlen‹ den Mund öffnete und im Chor mitsang: *Was glänzt dort am Walde im Sonnenschein?* Ich sang es gut, hatte es bei meinem Vater gelernt, übte meine baritonale Lautmalerei mit unterdrücktem Lachen aus; der Dirigent, der den Taktstock schwang, ahnte nicht, daß er meinem Taktstock gehorchte; und sie luden mich zur obligatorischen Geselligkeit ein, boten mir Aufträge an, schlugen mich lachend auf die Schulter: ›Geselligkeit, junger Freund, ist des Lebens eigentliche Würze.‹ Grauhaarige Kollegen fragten säuerlich nach Woher und Wohin, aber ich sang nur: Tom, der Reimer, von halb acht bis zehn, keine Minute drüber. Der Mythos sollte fertig sein, bevor der Skandal käme. Blumenkohl ist nicht verderblich.

Ich wanderte mit meiner Frau und meinen Kindern das Kissatal hinauf; die Jungen versuchten, Forellen zu fangen; zwischen Weingärten und Weizenfeldern, Rübenäckern und Waldstücken wanderten wir dahin, tranken Bier und Limonade im Denklinger Bahnhof – und wußte doch, daß ich vor einer Stunde erst die Zeichnung abgegeben, die Quittung empfangen hatte; noch umgab mich Einsamkeit wie ein riesiger Rettungsring, noch schwamm ich auf der Zeit dahin, versank in Wellentälern, überquerte die Ozeane Vergangenheit und Gegenwart und drang, durch Einsamkeit vorm Versinken gesichert, tief in die eisige Kälte der Zukunft, hatte als eiserne Ration mein Lachen mit, von dem ich nur sparsam kostete – rieb mir die Augen, wenn ich auftauchte, trank ein Glas Wasser, aß ein Stück Brot und trat mit meiner Zigarre ans Fenster: dort drüben wandelte sie im Dachgarten, wurde manchmal in einer Lücke der Pergola sichtbar, blickte von der Brüstung auf die Straße hinab, in der sie sah, was auch ich sah: Lehrjungen, Lastwagen, Nonnen, Leben auf der Straße; sie war zwanzig, hieß Johanna, las *Kabale und Liebe;* ich kannte ihren Vater, den dröhnenden Baß im Sängerbund, dessen Klang mir nicht zur Rechtschaffenheit des Büros zu passen schien; das klang nicht nach Diskretion, wie sie den Lehrjungen eingebläut wurde; die Stimme war geeignet, jemand das Gruseln beizubringen, klang nach heimlicher Sünde. Wußte er schon, daß ich seine einzige Tochter heiraten würde? Daß wir an stillen Nachmittagen hin und wieder ein Lächeln tauschten? Ich schon an sie dachte mit der Heftigkeit des rechtmäßigen Bräutigams? Sie hatte schwarze Haare, war blaß, und ich würde ihr verbieten, resedafarbene Kleider zu tragen; grün würde ihr gut stehen; ich hatte die Kleider, die Hüte für sie schon ausgesucht auf meinen Nachmittagsspaziergängen, im Schaufenster von Hermine Horuschka, an dem ich jeden Abend in Regen und Wind, und im Sonnenschein um zwanzig vor fünf vorbeikam; ich würde sie aus dieser Biederkeit, die nicht zur Stimme ihres Vaters paßte, erlösen und ihr herrliche Hüte kaufen, so groß wie Wagenräder, aus derbem grüngefärbten Stroh; ich wollte nicht ihr Gebieter sein, ich wollte sie lieben, und ich würde nicht mehr lange warten. Sonntags morgens, mit Blumen bewaffnet, würde ich in der Kutsche

vorfahren, so gegen halb zwölf, wenn man nach dem Hochamt das Frühstück beendet hatte, gerade im Herrenzimmer einen Schnaps trank: Ich bitte Sie um die Hand Ihrer Tochter. Jeden Nachmittag, wenn ich aus den Ozeanen auftauchte, zeigte ich mich ihr, hier am Atelierfenster, verneigte mich, wir tauschten ein Lächeln, und ich trat wieder ins Dunkel zurück; trat auch vor, um ihr den Glauben zu nehmen, daß sie unbeobachtet sei; ich brachte es nicht fertig, wie eine Spinne im Netz dazuhocken; ich ertrug es nicht, sie zu sehen, ohne von ihr gesehen zu werden; es gab Dinge, die *man nicht tat*.
Morgen würde sie wissen, wer ich war. Skandal. Sie würde lachen, würde mir ein Jahr später schon die Mörtelspuren vom Hosenbein bürsten; würde es noch tun, wenn ich vierzig, fünfzig, sechzig war; und sie würde eine reizende alte Frau an meiner Seite sein; ich beschloß es endgültig, am 30. September 1907, nachmittags gegen halb vier.

»Ja, Leonore, bezahlen Sie das für mich; nehmen Sie Geld aus meiner Kassette da drüben, und geben Sie dem Mädchen zwei Mark Trinkgeld, ja, zwei Mark; Pullover und ein Rock von Hermine Horuschka für meine Enkelin Ruth, die ich heute zurückerwartet habe; grün steht ihr gut; schade, daß die jungen Mädchen heute keine Hüte mehr tragen; ich habe immer so gern Hüte gekauft. Das Taxi ist bestellt? Danke, Leonore. Sie wollen noch nicht Schluß machen? Wie Sie wollen; natürlich, ein bißchen ist es auch Neugierde, nicht wahr – Sie brauchen nicht rot zu werden. Ja, einen Kaffee gern noch. Ich hätte mich erkundigen müssen, wann die Ferien zu Ende sind; aber Ruth ist zurück? Mein Sohn hat Ihnen nichts gesagt? Er wird doch die Einladung zu meiner Geburtstagsfeier nicht vergessen haben? Ich habe angeordnet, daß der Portier unten Blumen und Telegramme, Geschenke und Karten annimmt, jedem Boten zwei Mark Trinkgeld gibt und sagt, ich sei verreist; suchen Sie sich den schönsten Strauß, oder zwei, wenn Sie mögen, heraus, und nehmen Sie die mit nach Hause, und wenn es Ihnen Spaß macht, verbringen Sie getrost Ihren Nachmittag hier.«
Die Tasse, mit Kaffee frisch gefüllt, bebte nicht mehr; offenbar hatte man aufgehört, Erbauliches oder Wahlplakate auf weißes Papier zu drucken; im Wechselrahmen das Bild unverändert: drüben der Dachgarten des Kilbschen Hauses, leer; an der Pergola müde Kapuzinerkresse; das Profil der Dächerlinie, im Hintergrund die Berge unter strahlendem Himmel: in diesem Wechselrahmen sah ich meine Frau, sah später meine Kinder, sah meine Schwiegereltern, wenn ich manchmal ins Atelier hinaufging, um den fleißigen jungen Architekten, die mir halfen, hin und wieder über die Schulter zu blicken, Kalkulationen zu prüfen, Termine zu bestimmen; die Arbeit war mir so gleichgültig

wie das Wort Kunst; andere konnten sie ebenso tun wie ich, ich bezahlte sie gut; ich verstand die Fanatiker nie, die sich dem Wort Kunst opferten; ich half ihnen, belächelte sie, gab ihnen Arbeit, aber verstehen: nie; ich begriff's nicht, begriff nur, was Handwerk war, obwohl ich als Künstler galt, als solcher bewundert wurde; war die Villa, die ich für Gralduke baute, nicht wirklich kühn, modern? Sie war's, wurde sogar von den künstlerischen Kollegen bewundert und gepriesen, und ich hatte sie entworfen, gebaut und wußte doch nie, was Kunst ist; sie nahmen's zu ernst, vielleicht, weil sie so viel davon verstanden, und bauten doch scheußliche Kästen, von denen ich damals schon wußte, daß sie zehn Jahre später Ekel hervorrufen würden; und ich konnte doch manchmal die Ärmel hochkrempeln, mich hier an den Zeichentisch stellen und entwerfen: das Verwaltungsgebäude für die ›Societas, die Gemeinnützigste der Gemeinnützigen‹, da staunten die Narren, die mich für einen geldgierigen, erfolgshungrigen Bauernlümmel hielten, und heute noch schäme ich mich des Kastens nicht, der vor sechsundvierzig Jahren gebaut worden ist; ist das Kunst? Meinetwegen, ich wußte nie, was das war, hab sie vielleicht gemacht, ohne es zu wissen; konnte das Wort nie ernst nehmen, so wenig wie ich die Wut der drei Koryphäen gegen mich verstand; mein Gott, war kein Spielchen erlaubt, mußten die Goliathe so humorlos sein? Sie glaubten an Kunst, ich nicht, fühlten sich in ihrer Ehre gekränkt von einem Hergelaufenen. Wer war nicht irgendwo hergelaufen? Ich zeigte mein Lachen offen, ich hatte sie in eine Situation manövriert, wo selbst meine Niederlage noch ein Sieg werden würde, mein Sieg aber ein Triumph.

Ich hatte fast Mitleid mit ihnen, als wir die Treppe im Museum hinaufstiegen, hatte Mühe, meinem Schritt jenen würdigen Rhythmus der Feierlichkeit zu geben, den die Gekränkten schon gewöhnt waren; Schritt, mit dem man Domtreppen hinaufging, hinter Königen und Bischöfen; Denkmaleinweihungsschritt, abgemessene Erregung, nicht zu langsam, nicht zu schnell; wissen, was Würde ist; ich wußte es nicht, wäre am liebsten wie ein junger Hund die Treppe hinaufgerannt, die steinernen Stufen, an den Statuen römischer Legionäre vorbei, deren abgebrochene Schwerter, Lanzen oder Rutenbündel man für Fackeln hätte halten können; an Cäsarenbüsten, Nachbildungen von Kindergräbern vorbei in den ersten Stock, wo das Sitzungszimmer zwischen den Niederländern und den Nazarenern lag; Bürgerernst; irgendwo im Hintergrund hätten jetzt Trommeln dröhnen müssen; so stieg man Altarstufen hinauf, Schafottstufen, stieg auf Tribünen, um Orden umgehängt zu bekommen oder das Todesurteil zu empfangen; so wurde auch auf Liebhaberbühnen Feierlichkeit dar-

gestellt, aber die da neben mir hergingen, waren keine Liebhaber: Brehmockel, Grumpeter und Wollersein.
Museumswärter in Gala standen verlegen vor Rembrandts, van Dycks und Overbecks; an der Marmorbrüstung, im Dunkel vor dem Sitzungszimmer stand Meeser, hielt das silberne Tablett mit Cognacgläsern bereit, um uns vor der Urteilsverkündung einen Trank zu verabreichen; Meeser grinste mich an; wir hatten kein Zeichen verabredet, doch hätte er nicht jetzt eins geben können? Ein Kopfnicken, ein Kopfschütteln; ja oder nein? Nichts. Brehmockel flüsterte mit Wollersein, Grumpeter fing ein Gespräch mit Meeser an, drückte eine Silbermünze in Meesers stumpfe Hände, die ich als Kind schon gehaßt hatte: ein Jahr lang hatte ich mit ihm zusammen die Frühmesse gedient; Gemurmel alter Bauernfrauen im Hintergrund, hartnäckig beteten sie gegen die Liturgie an ihrem Rosenkranz. Heugeruch, Milchgeruch, Stallwärme, während ich mich mit Meeser nach vorn beugte, um beim *mea culpa, mea culpa, mea maxima culpa* die Schuld unausgesprochener Sünden gegen die Brust zu trommeln, und wenn der Pfarrer die Altarstufen emporschritt, machten Meesers Hände, diese Hände, die jetzt Wollerseins Silbermünze fest umschlossen, obszöne Bewegungen; Hände, denen jetzt die Schlüssel zum städtischen Museum anvertraut waren, Schlüssel zu Holbein und Hals, Lochner und Leibl.

Mit mir sprach keiner; mir blieb die kalte Marmorbrüstung, auf die ich mich lehnte; ich blickte hinunter in den Innenhof, wo ein bronzener Bürgermeister mit unerbittlichem Ernst seinen Wanst den Jahrhunderten hinhielt, ein marmorner Mäzen in einem vergeblichen Versuch zur Tiefsinnigkeit die Lider über seine Froschaugen senkte; leer waren die Denkmalsaugen wie die Augen der römischen Marmormatronen, deren Augenpartien von den Leiden einer späten Kultur kündeten. Meeser schlurfte zu seinen Kollegen hinüber, Brehmockel, Grumpeter und Wollersein standen dicht beieinander; kalt und klar war der Dezemberhimmel über dem Innenhof; draußen grölten früh Betrunkene, rollten Droschken theaterwärts, zarte Frauengesichter unter resedafarbenem Schleier freuten sich auf ›La Traviata‹; zwischen Meeser und den drei Gekränkten stand ich wie ein Aussätziger, den zu berühren Tod bringt; sehnte mich nach der strengen Liturgie meines Tageslaufs, als ich die Fäden des Spiels noch allein gehalten hatte, Dasein und Nicht-Dasein noch hatte regeln, den Mythos dosieren können; ich war nicht mehr Herr des Spiels; Skandal; Gerücht; Abtschritte in meinem Atelier; Bauunternehmer ließen Freßkörbe in meinem Atelier abgeben, goldene Taschenuhren in rotsamtenen Etuis, und einer schrieb mir: ›... und würde ich Ihnen die Hand meiner Tochter gewiß nicht verweigern‹. *Voll ist ihre Rechte von Geschenken.*

Ich würde keins annehmen, nicht einen Ziegelstein; ich liebte den Abt. Hatte ich wirklich in winzigen Augenblicken daran gedacht, bei ihm Domgreves Trick anzuwenden? Ich wurde schamrot, wenn ich daran dachte, daß ich es in winzigen Augenblicken wirklich gedacht haben könnte; das Unvorhergesehene war geschehen: ich liebte Johanna, die Kilbsche Tochter, und liebte den Abt; ich hatte schon um halb zwölf vorfahren, schon den Blumenstrauß abgeben, schon sagen dürfen: ›Ich bitte Sie um die Hand Ihrer Tochter‹ – und Johanna war später augenzwinkernd hinzugekommen, hatte das Ja nicht gehaucht, sondern es deutlich ausgesprochen. Ich machte immer noch von fünf bis sechs meinen Spaziergang, spielte immer noch Billard im Klub der Reserveoffiziere, und mein Lachen, von dem ich jetzt großzügigere Rationen nahm, war durch Johannas Augenzwinkern gestärkt; ich sang immer noch freitags im Sängerbund: Tom, der Reimer.
Langsam schob ich mich über die kalte Marmorbrüstung zu den drei Gekränkten hin, stellte das leere Cognacglas aufs Tablett zurück, würden sie vor dem Aussätzigen zurückweichen? Sie wichen nicht; erwarteten sie eine demütige Annäherung? ›Gestatten, daß ich mich bekannt mache: Fähmel.‹ Mein Gott, war nicht jeder irgendwo hergelaufen, hatte nicht Grumpeter in jungen Jahren als Schweizer die Kühe des Grafen von Telm gemolken, Kuhmist auf duftende Erde gekarrt, bevor er seine Berufung zum Architekten entdeckte? Aussatz ist heilbar, heilbar an den Ufern des Lago Maggiore, in den Gärten von Minusio; sogar der Aussatz biederer Bauunternehmer, die romanische Kirchen zum Abbruch kauften, inklusive des respektiven Inventars, mit alten Madonnen, Kirchenbänken; die mit dem respektiven Inventar die Salons der Neu- und Altreichen schmückten? Beichtstühle, in denen dreihundert Jahre lang demütige Bauern ihre Sünden geflüstert hatten, in die Salons von Kokotten verkauften? Aussatz ist heilbar in Jagdhütten und in Bad Ems.
Die todernsten Gesichter der Gekränkten wurden starr, als sich die Tür zum Sitzungszimmer öffnete: ein schwarzer Umriß wurde sichtbar, bekam Kontur, Farbe; das erste Jurymitglied trat in den Flur; Hubrich, Professor für Kunstgeschichte an der theologischen Fakultät; nur über meine Leiche; sein schwarzer Tuchrock wirkte in dieser Beleuchtung wie der Tuchrock eines rembrandtgemalten Ratsherren; Hubrich ging auf das Tablett zu, nahm ein Cognacglas, ich hörte ein tiefes Seufzen aus seiner Brust; an den drei Gekränkten vorbei, die auf ihn zuzulaufen versuchten, entfernte er sich auf das Ende des Flures zu; die Strenge des Priestergewandes war bei ihm durch einen weißen Schal abgemildert, die hellen, kindlich bis über den Kragen herabfallenden Locken erhöhten den Eindruck, den hervorzurufen Hubrich bemüht war; er sah wie ein Künstler aus. Mit dem Schnitz-

messer über einem Holzblock, mit zartem goldgetränkten Pinsel hätte man sich ihn vorstellen können, demütig am Werk, Madonnenhaar zu malen, Prophetenbärte, oder dem Hündlein des Tobias einen neckischen Kringel an den Schweif zu hängen. Leise glitten Hubrichs Füße über das Linoleum, müde winkte er den Gekränkten ab, ging in die Dunkelheit des Flures auf Rembrandt und van Dyck zu: auf diesen schmalen Schultern also ruhte die Verantwortung für die Kirchen, Krankenhäuser, Heime, in denen nach hundert Jahren noch Nonnen und Witwen, Waisen und Kassenpatienten, schwer Erziehbare und gefallene Mädchen die Küchengerüche verstorbener Generationen würden erdulden müssen; dunkle Flure, trostlose Rückfronten, die durch dumpfe Mosaike noch trostloser wurden, als im Plan des Architekten vorgesehen gewesen war; da ging er, der praeceptor und arbiter architecturae ecclesiasticae, der seit vierzig Jahren mit pathetischem Eifer und der blinden Affektiertheit des Überzeugten für Neugotik eintrat; sicher hatte er schon als Junge, wenn er durch die öden Vorstädte der heimatlichen Industriestadt trabte, triumphierend seine Einser nach Hause trug, im Anblick rauchender Schlote, schwarzer Häuserfronten sich entschlossen, die Menschheit zu beglücken und eine Spur auf dieser Erde zu hinterlassen; er würde eine hinterlassen; rötliche, im Laufe der Jahre immer trüber werdende Backsteinfassaden, in deren Nischen grämliche Heilige voll unzerstörbaren Trübsinns in die Zukunft blickten.

Treuherzig hielt Meeser dem zweiten Jurymitglied das Tablett hin: Cognac für Krohl; jovial; rotweingesichtiger Zigarrenraucher, Fleischfresser; schlank war er geblieben; unabsetzbarer Baumeister von Sankt Severin: Taubendreck und Eisenbahndämpfe, chemisch vergiftete Wolken aus den östlichen, scharfe, nasse Winde aus den westlichen Vorstädten, Sonne des Südens, Kälte des Nordens, alle industriellen und alle natürlichen Witterungskräfte garantieren ihm und seinen Nachfolgern Amt auf Lebenszeit; fünfundvierzig war er alt, so blieben ihm noch zwanzig Jahre für die Dinge, die er wirklich liebte: Essen, Trinken, Zigarren, Pferde und Mädchen von der besonderen Sorte, wie man sie in der Nähe von Pferdeställen trifft, bei Fuchsjagden kennenlernt; hartgliedrige Amazonen mit männlichem Geruch. Ich hatte meine Gegner studiert; Krohl verbarg seine absolute Gleichgültigkeit architektonischen Problemen gegenüber hinter einer ausgesuchten Höflichkeit, die fast chinesisch war, hinter einem Frömmigkeitsgebaren, das er Bischöfen abgelauscht hatte; Krohls Bewegungen waren echte Denkmaleinweihungsbewegungen; auch wußte er ein paar sehr gute Witze, die er ständig in einer bestimmten Reihenfolge abwandelte, und da er schon als Zweiundzwanzigjähriger ›Handkes Handbuch der Architekten‹ auswendig gelernt und sich damals entschlossen hatte, aus dieser Anstrengung sein Leben lang Nutzen zu ziehen, zitierte er immer dann, wenn er Architektur-Vokabeln benötigte, den ›unsterblichen Handke‹; bei Jurysitzungen plädierte er schamlos für das Projekt, dessen Urheber ihm die höchste Bestechung zugesichert hatte, wechselte, wenn er sah, daß das Projekt keine Chancen hatte, zum Favoriten über; denn er zog es vor, ja anstatt nein zu sagen, aus dem Grunde, weil ein Ja zwei, ein Nein aber vier Buchstaben hat und den schrecklichen Nachteil, daß es nicht mit Gaumen und Zunge allein zu bewerkstelligen ist, sondern eine Verlagerung der Sprechenergie fast bis in die Nasenwurzeln hinein erfordert; zudem noch eine entschlossene Miene, während das Ja diese Anstrengung nicht erfordert; auch Krohl seufzte, auch er schüttelte den Kopf, mied die drei Gekränkten, ging in die andere Ecke des Flures, auf die Nazarener zu.

Sekundenlang blieb im Lichtviereck der Tür nur der Tisch mit dem grünen Filz sichtbar, Wasserkaraffe, Aschenbecher, blaue Wolken von Krohls Zigarre; Stille da drinnen, nicht mal Geflüster zu hören; Todesurteile hingen in der Luft; ewige Feindschaften wurden geboren; da ging es für Hubrich um Ehre oder Schande, die auf immerdar von seinem Haupte abzuhalten er sich schon als verbissener Quintaner geschworen hatte; ging um die schreckliche Demütigung, dem Erzbischof eingestehen zu müssen, daß er geschlagen worden war. ›Na, und Ihre Leiche, Hubrich?‹ würde der humorvolle Fürst sagen; es ging für Krohl um eine Villa am Comer See, die Brehmockel ihm versprochen hatte.

Gemurmel klang in der Wärterreihe auf; Meeser gebot durch ein Zischen Ruhe: Schwebringer trat aus der Tür, klein war er, zart wie ich, galt nicht nur als unbestechlich, sondern war es auch; trug abgewetzte Breeches, gestopfte Strümpfe; schwärzlich der kahlgeschorene Schädel, ein Lächeln in den Korinthenaugen; Schwebringer vertrat das Geld, verwaltete den Fonds, den die Nation gegründet hatte; er vertrat die Industriellen und den König, vertrat aber auch den Kaufmannsgehilfen, der einen Zehner, das alte Mütterchen, das dreißig Pfennige gestiftet hatte; Schwebringer würde die Konten lockern, Schecks ausschreiben, Rechnungen kontrollieren, mit säuerlicher Miene Vorschüsse genehmigen; er war Konvertit, seine geheime architektonische Leidenschaft war das Barock, er liebte schwebende Engel, mit Gold bemalte Chorstühle, geschweifte Predigtstühle, weißlackierte Kanzeln, liebte Weihrauch, den Gesang von Knabenchören. Schwebringer war Macht: ihm gehorchten Bankkonsortien wie Eisenbahnschranken dem Wärter; er regulierte Kurse, befehligte Stahlwerke; mit seinen harten dunklen Korinthenaugen sah er aus, als hätte er vergeblich alle erreichbaren Laxativa ausprobiert und wartete auf die

Erfindung des wahren, wirklich helfenden Mittels; er nahm den Cognac, ohne ein Trinkgeld aufs Tablett zu legen; zwei Schritte entfernt nur stand er, sah aus wie ein gescheiterter Berufsradfahrer, mit seinen Breeches, seinen gestopften Strümpfen, blickte plötzlich mich an, lächelte, stellte sein leeres Cognacglas hin und ging in die Niederländerecke, wo auch Hubrich verschwunden war; auch Schwebringer würdigte die drei Gekränkten keines Worts.

Geflüster wurde im Sitzungszimmer vernehmbar, offenbar sprach der Abt auf Gralduke ein; sichtbar waren nur der grüne Tisch, der Aschenbecher, die Wasserkaraffe; die Hinrichtung war verschoben; Streit lag in der Luft; immer noch schien das Richterkollegium uneins zu sein.

Gralduke kam heraus, nahm zwei Gläser von Meesers Tablett, blieb einen Augenblick zögernd stehen, blickte in Krohls Richtung; er war groß, von gewaltigem Ausmaß, korrekter, als die Tränensäcke unter seinen Augen hätten vermuten lassen; Gralduke vertrat das Recht, beobachtete die juristische Korrektheit des Abstimmungsvorgangs, führte Protokoll. Gralduke wäre fast selber Mönch geworden; zwei Jahre lang hatte er gregorianische Liturgie gesungen, die er immer noch liebte; war dann in die Welt zurückgekehrt, um ein bildschönes Mädchen zu heiraten, dem er fünf bildschöne Töchter zeugte, thronte jetzt als Oberpräsident über den Landen; er hatte die Grundstücke stiften lassen. Äcker und Wiesen und Wälder in mühseliger Kleinarbeit aus Katasterverstrickungen gelöst; hatte hartnäckige Bürgermeister bearbeitet, hatte Fischrechte in elenden Tümpeln ablösen müssen, Hypotheken versilbern, Banken und Versicherungen beruhigen müssen.

Langsam ging es ins Sitzungszimmer zurück; von der schmalen Abthand wurde Meeser herbeibefohlen, der für eine halbe Minute verschwand, wiedererschien, seine Stimme hob und in den Flur hineinrief: ›Bin beauftragt, den Herren von der Jury mitzuteilen, daß die Pause um ist.‹ Als erster kam Krohl aus der Nazarenerecke zurück, das Ja war von seinem Gesicht schon abzulesen; Schwebringer kam allein als erster aus der Niederländerecke, ging rasch ins Zimmer; Hubrich als letzter, sah bleich aus, zu Tode getroffen, ging kopfschüttelnd an den drei Gekränkten vorüber; Meeser schloß hinter ihm die Tür, blickte auf sein Tablett, auf die neun leeren Cognacgläser, klimperte verächtlich mit der geringen Ausbeute an Trinkgeld, ich ging auf ihn zu, warf ihm einen Taler aufs Tablett: es klang laut und hart, erschrocken blickten die drei Gekränkten auf; Meeser grinste, nahm die Hand dankend an die Mütze, flüsterte: ›Und du bist doch nur der Sohn eines übergeschnappten Küsters.‹

Längst waren draußen keine Droschken mehr zu hören; ›La Traviata‹

hatte begonnen; starr standen die Wärter Spalier, zwischen Legionären und Matronen, zwischen abgebrochenen Tempelsäulen, Lärm brach in den kalten Abend wie Wärme ein; Presseleute hatten den ersten Wärter überrannt, schon hob der zweite hilflos die Arme, blickte der dritte zu Meeser hin, der in Zischlauten Ruhe gebot; ein junger Journalist, der an Meeser vorbeigewischt war, kam auf mich zu, wischte sich die Nase mit dem Rockärmel ab, sagte leise zu mir: ›Klarer Sieg für Sie.‹ Im Hintergrund warteten zwei würdigere Feuilletonredakteure, mit schwarzen Hüten, bärtig, vom Pathos seelenvoller Verse ausgehöhlt, hielten die würdelosere Masse zurück; ein bebrilltes Mädchen, einen hageren Sozialisten; bis der Abt die Tür öffnete, rasch, atemlos wie ein Junge auf mich zukam, mich umarmte, während seine Stimme ›Fähmel‹ rief, ›Fähmel‹.

Lärm drang herauf; zehn Minuten nachdem das Beben der Fensterbank aufgehört hatte, verließen lachende Arbeiterinnen das Tor, trugen stolze Sinnlichkeit in den Feierabend; warmer Herbsttag, an dem das Gras an der Friedhofsmauer duften würde; Gretz war heute seinen Keiler nicht losgeworden, dunkel und trocken war die blutige Schnauze; im Wechselrahmen der Dachgarten drüben: der weiße Tisch, die grüne Holzbank, die Pergola mit der müden Kapuzinerkresse; würden Josephs Kinder, Ruths Kinder drüben einmal auf und ab gehen, *Kabale und Liebe* lesen; hatte er Robert je da drüben gesehen? Nie, der hockte in seinem Zimmer, übte im Garten, Dachgärten waren zu klein für den Sport, den er trieb: Schlagballspiel, Hundertmeterlauf.

Ich hatte immer ein wenig Angst vor ihm, erwartete Ungewöhnliches, war nicht einmal erstaunt, als der mit den hängenden Schultern ihn pfändete; wenn ich nur wüßte, wie der Junge hieß, der die winzigen Zettel mit Roberts Botschaften in unseren Briefkasten warf; ich hab's nie erfahren, auch Johanna konnte es aus Dröscher nicht herausbekommen; dem Jungen gebührt das Denkmal, das sie mir setzen werden; ich brachte es nicht fertig, Nettlinger die Tür zu weisen und diesem Wakiera das Betreten von Ottos Zimmer zu verbieten, sie brachten das *Sakrament des Büffels* in mein Haus, verwandelten den Jungen, den ich liebte, in einen Fremden, den Kleinen, den ich mit auf Baustellen nahm, mit auf die Gerüste. Taxi? Taxi? War es das Taxi des Jahres 1936, als ich mit Johanna in den ›Anker‹ fuhr, zum oberen Hafen; das Taxi des Jahres 1942, mit dem ich sie in die Heilanstalt nach Denklingen brachte? Oder das des Jahres 1956, als ich mit Joseph nach Kisslingen fuhr, ihm die Baustelle zu zeigen, wo er, mein Enkel, Roberts und Ediths Sohn, für mich wirken sollte; zerstört die Abtei, ein wüster Haufen von Steinen und Staub und Mörtel; gewiß hätten Brehmockel, Grumpeter und Wollersein triumphiert bei diesem Anblick; ich triumphierte nicht, als ich den Trümmerhaufen im Jahr 1945 zum ersten Mal sah; ging nachdenklich umher, ruhiger, als man offenbar von mir erwartet hätte; hatten sie Tränen erwartet, Empörung? ›Wir werden den Schuldigen finden.‹ ›Warum?‹ fragte ich. ›Lassen Sie ihn doch in Frieden.‹ Ich hätte zweihundert Abteien gegeben, wenn ich Edith dafür hätte zurückbekommen können, Otto, oder den unbekannten Jungen, der die Zettelchen in unseren Briefkasten warf und so teuer dafür bezahlen mußte; und wenn auch der Tausch nicht angenommen wurde, ich war froh, wenigstens das bezahlt zu haben: einen Haufen Steine, mein ›Jugendwerk‹. Ich bot sie Otto und Edith, dem Jungen und dem Tischlerlehrling an, obwohl ich wußte, daß es ihnen nichts nützen würde; sie waren tot; gehörte dieser Trümmerhaufen zum *Unvorhergesehenen*, das ich so heftig begehrt hatte? Die Mönche wunderten sich über mein Lächeln, und ich wunderte mich über ihre Empörung.

»Das Taxi? Ich komm ja schon, Leonore. Denken Sie an meine Einladung: um neun Uhr im Café Kroner, Geburtstagsfeier. Es gibt keinen Sekt. Ich hasse Sekt. Nehmen Sie die Blumen unten aus der Portierloge mit, die Zigarrenkisten und Glückwunschtelegramme, und vergessen Sie's nicht, Kind: bespucken Sie mein Denkmal.«
Wahlplakate waren es, die in Überstunden auf weißes Papier gedruckt worden waren; die Stapel versperrten die Flure, den Treppenaufgang, waren bis vor seine Tür gelagert, jedes Paket mit einem Muster überklebt; sie lächelten ihn alle an, gutgekleidete Muster, Kammgarnfäden waren in ihren Anzügen sogar auf den Plakaten erkennbar; Bürgerernst und Bürgerlächeln heischten Zuversicht und Vertrauen; Junge und Alte, doch schienen die Jungen ihm schrecklicher noch als die Alten; er winkte dem Portier ab, der ihn in seine Loge locken wollte, Blumenpracht zu besichtigen, Telegramme zu öffnen, Präsente zu begutachten; stieg in das Taxi, dessen Schlag der Chauffeur ihm aufhielt, sagte leise: »Nach Denklingen, bitte, zur Heilanstalt.«

5

Blauer Himmel, getünchte Wand, an der die Pappeln als Leiterstufen hinaufführten und hinab auf den Vorplatz, wo ein Wärter Laub in das Kompostbecken schaufelte; die Wand war zu hoch, die Abstände der Stufen waren zu weit; vier, fünf Schritte brauchte er, die Zwischenräume zu überwinden; Vorsicht! warum muß der gelbe Bus so hoch

an der Wand entlang fahren, kriechen wie ein Käfer, er hatte heute nur einen Menschen gebracht: ihn. War er's? Wer? Wenn er doch, sich von Sprosse zu Sprosse anklammernd, klettern würde! Aber nein: immer aufrecht und ungebeugt, sich nicht erniedrigen; nur wenn er sich auf Kirchenbänke kniete oder in Startlöcher, gab er die aufrechte Haltung preis. War er's? Wer?
An den Bäumen im Garten, im Blessenfelder Park die korrekt gemalten Schilder: 25, 50, 75, 100; er kniete sich ins Startloch, murmelte sich selbst zu: ›Auf die Plätze, fertig, los‹, lief los, verlangsamte sein Tempo, kehrte zurück; las von der Stoppuhr die Zeit ab, trug sie in das marmorierte Heft ein, das auf dem steinernen Gartentisch lag; kniete sich wieder ins Startloch, murmelte sich das Kommando zu, lief los, steigerte die erprobte Strecke nur um ein geringes; oft dauerte es lange, ehe er über die 25 hinauslief, länger noch, bis er die 50 erreichte, einmal dann zum Schluß lief er die ganze Strecke bis zur 100, trug die erreichte Zeit ins Heft ein: 11,2. Das war wie eine Fuge, präzis, erregend, und doch waren Strecken großer Langeweile drin, gähnende Ewigkeit an Sommernachmittagen, im Garten oder im Blessenfelder Park; Start, Rückkehr, Start, geringe Steigerung, Rückkehr; auch seine Erläuterungen, wenn er sich neben sie setzte, die Zahlen im Heft auswertete und kommentierte, das System pries, waren beides: erregend und langweilig; seine Übungen rochen nach Fanatismus; dieser kräftige, schlanke Jungenkörper roch nach dem ernsthaften Schweiß derer, die die Liebe noch nicht kennen; ihre Brüder Bruno und Friedrich hatten so gerochen, wenn sie von ihren Hochrädern stiegen, Kilometerzahlen und Zeiten im Kopf, fanatische Beinmuskeln dann im Garten durch fanatische Ausgleichsübungen zu erlösen suchten; Vater roch so, wenn er bei Gesangsübungen die Brust ernsthaft wölbte, Atmen zum Sport wurde, Singen kein Vergnügen war, sondern Bürgerernst, von Schnurrbärten eingerahmt; sie sangen im Ernst, fuhren im Ernst Rad, ernsthafte Beinmuskeln, Brustmuskeln, Mundmuskeln; Krämpfe zeichneten ekelhafte violette Blitze in die Beinhaut und Wangenhaut; stundenlang standen sie in kalten Herbstnächten, um Hasen zu schießen, die im Morgengrauen Erbarmen mit den angestrengten Muskeln zeigten, sich zu deren Erlösung entschlossen und im Zick-Zack durch den Schrotsegen liefen; *wozuwozuwozu?* Wo war er, der das heimliche Lachen in sich trug, verborgene Feder im verborgenen Uhrwerk, die den unerträglichen Druck milderte, Entspannung herbeiführte; er, der einzige, der nicht vom *Sakrament des Büffels* gegessen hatte? Lachen hinter der Pergola, *Kabale und Liebe*; sie beugte sich übers Geländer, sah ihn aus dem Druckereitor kommen; mit leichtem Schritt ging er aufs Café Kroner zu; trug das heimliche Lachen in sich wie eine Feder; war er ihre Beute oder sie die seine?

Vorsicht, Vorsicht! Warum immer so aufrecht, so ungebeugt? Ein Fehltritt nur, und du fällst in die blaue Unendlichkeit hinunter, zerschellst hier unten an der Betonmauer des Komposthaufens; die welken Blätter werden den Aufprall nicht mildern, die Treppeneinfassung aus Granit ist nicht Polster genug; war er's? Wer? Demütig stand der Wärter Huperts in der Tür: Tee, Kaffee, Bier, Wein oder Cognac für den Besucher? Augenblick bitte; Friedrich wäre zu Pferde gekommen, niemals hätte er den gelben Bus bestiegen, der wie ein Käfer oben an der Mauer zurückkroch; und Bruno nie ohne Stock; er schlug die Zeit damit tot, zerhackte sie; schlug sie mit dem Stock klein oder zerschnitt sie mit Spielkarten, die er ihr wie Klingen entgegenwarf, nächtelang, tagelang, Friedrich wäre zu Pferde gekommen und Bruno nie ohne Stock; weder Cognac für Friedrich noch Wein für Bruno; sie waren tot, törichte Ulanen ritten bei Erby le Huette ins Maschinengewehrfeuer; hatten geglaubt, sich der Bürgertugenden durch Bürgerlaster entledigen zu können; Frömmigkeitsübungen durch Zoten auszulöschen; unbekleidete Ballettratten auf Clubhaustischen kränkten die würdigen Ahnen nicht, da diese nicht so würdig gewesen waren, wie die Galerie sie zeigte; Cognac und Wein für immer von der Getränkekarte gestrichen, lieber Huperts. Vielleicht Bier? Ottos Schritt war nicht so elastisch, war Marschschritt, der Feindschaft, Feindschaft auf die Fliesen des Flurs trommelte, Feindschaft aufs Pflaster, die ganze Modestgasse hinunter; der hatte schon früh vom *Sakrament des Büffels* gegessen; oder ob der sterbende Bruder den Namen an Otto weitergab: Hindenburg? Vierzehn Tage nach Heinrichs Tod ist Otto geboren; gefallen bei Kiew; ich will mir nichts mehr vormachen, Huperts; Bruno und Friedrich, Otto und Edith, Johanna und Heinrich: alle tot.

Auch nicht Kaffee; es ist nicht der, dessen heimliches Lachen ich aus jedem seiner Schritte heraushörte; er ist älter; für diesen hier Tee, Huperts, frisch, stark, mit Milch, aber ohne Zucker, für meinen Sohn Robert, den Ungebeugten, Aufrechten, der sich immer von Geheimnissen nährte; auch jetzt eins in der Brust trägt; sie haben ihn geschlagen, pflügten seinen Rücken auf, aber er beugte sich nicht, gab sein Geheimnis nicht preis, verriet nicht meinen Vetter Georg, der ihm in der ›Hunnenapotheke‹ das Schwarzpulver gemischt hatte; hangelt sich da zwischen den beiden Leitern herunter, schwebt wie Ikarus mit ausgebreiteten Armen auf den Eingang zu, wird nicht im Kompostbecken landen, nicht am Granit zerschellen. Tee, lieber Huperts, frisch und stark, mit Milch, aber ohne Zucker; und Zigaretten, bitte, für meinen Erzengel: der bringt mir dunkle Botschaften, die nach Blut schmecken, nach Aufruhr und Rache: sie haben den blonden Jungen getötet; der lief die hundert Meter in 10,9; der lachte, so oft ich ihn sah, und ich sah ihn nur dreimal; der reparierte mir mit seinen geschickten Händen das winzige Schloß an der Schmuckkassette, an dem sich Tischler und Schlosser vierzig Jahre lang vergeblich versucht hatten; er faßte es nur an, und es ging wieder; er war kein Erzengel, nur ein Engel, hieß Ferdi und war blond, ein Tor, der glaubte, er könne mit Knallbonbons gegen die an, die vom *Sakrament des Büffels* gegessen hatten; der trank weder Tee noch Wein, nicht Bier, Kaffee oder Cognac, der hielt einfach seinen Mund an den Wasserhahn und lachte; er würde mir, wenn er noch lebte, ein Gewehr besorgen; oder der andere, dunkle, ein Engel, dem das Lachen verboten war, Ediths Bruder; sie nannten ihn Schrella; das war so einer, den man nie beim Vornamen nennt; Ferdi würde es tun, er würde das Lösegeld zahlen, mich aus diesem Schloß, in das ich verwünscht bin, herausholen, mit einem Gewehr; so aber bleibe ich verwünscht; nur durch riesige Leitern ist die Welt erreichbar; mein Sohn steigt zu mir herunter.

»Guten Tag, Robert, du magst doch Tee? Zuck nicht zusammen, wenn ich dich auf die Wange küsse; du siehst aus wie ein Mann, ein Vierziger, hast graue Haare an den Schläfen, enge Hosen an und eine himmelblaue Weste; ist das nicht zu auffällig? Vielleicht ist's gut, so als Herr in den mittleren Jahren getarnt zu sein; du siehst aus wie ein Chef, den man gern mal husten hören würde, der aber zu fein ist, sich so etwas wie einen Husten zu leisten; verzeih, wenn ich lache; wie geschickt die Friseure heutzutage sind; das graue Haar sieht echt aus, die Bartstoppeln wirken wie die eines Mannes, der sich zweimal am Tag rasieren müßte, es aber nur einmal tut; nur die rote Narbe ist unverändert; daran werden sie dich natürlich erkennen; ob es nicht auch dafür ein Mittel gibt?

Nein, du brauchst keine Angst zu haben; sie haben mich nicht angerührt, ließen die Peitsche an der Wand hängen, fragten nur: ›Wann haben Sie ihn zuletzt gesehen?‹ und ich sagte die Wahrheit: ›Morgens, als er zur Straßenbahn ging, um in die Schule zu fahren.‹

›Aber in der Schule ist er nie angekommen.‹ – Ich schwieg.

›Hat er keine Verbindung mit Ihnen aufgenommen?‹

Wieder die Wahrheit: ›Nein.‹

Du hattest deine Spur zu auffällig gemacht, Robert; eine Frau aus der Barackensiedlung am Baggerloch brachte mir ein Buch mit deinem Namen und unserer Adresse drin: Ovid, grüngraue Pappe; Hühnerdreck drauf – fünf Kilometer davon entfernt wurde dein Lesebuch gefunden, in dem ein Blatt fehlte; die Kassiererin eines Kinos brachte es mir; sie kam ins Büro, gab sich als Klientin aus, und Joseph brachte sie zu mir 'rauf.

Eine Woche später fragten sie mich wieder: ›Verbindung mit Ihnen

aufgenommen?‹ und ich sagte nein; später kam der eine hinzu, Nettlinger, der sooft meine Gastfreundschaft genossen hatte; er sagte: ›In Ihrem eigenen Interesse, sagen Sie die Wahrheit.‹ Aber die hatte ich ja gesagt; nur wußte ich jetzt, daß du ihnen entwischt warst.
Monatelang nichts, Junge; dann kam Edith und sagte: ›Ich erwarte ein Kind.‹ Ich war erschrocken, als sie sagte: ›Der Herr hat mich gesegnet.‹ Ihre Stimme flößte mir Angst ein; verzeih, aber ich habe Sektierer nie gemocht; schwanger war das Mädchen und allein; der Vater verhaftet, der Bruder verschwunden, du weg – und sie hatten sie vierzehn Tage lang gefangengehalten und verhört; nein, sie haben sie nicht angerührt; wie leicht waren die paar Lämmer zerstreut worden, nur ein Lamm war übriggeblieben: Edith; ich nahm sie zu mir. Kinder, eure Torheit ist Gott gewiß wohlgefällig, aber ihr hättet ihn wenigstens umbringen sollen; jetzt ist er Polizeipräsident geworden; Gott schütze uns vor den überlebenden Märtyrern; Turnlehrer, Polizeipräsident, reitet auf seinem weißen Roß durch die Stadt, leitet eigenhändig die Bettlerrazzien; warum habt ihr ihn nicht wenigstens umgebracht; mit Pappe und Pulver allein? Knallbonbons töten nicht, Junge; ihr hättet *mich* fragen sollen: der Tod ist aus Metall; eine Kupferkartusche, Blei, Gußeisen, Metallsplitter bringen den Tod, sie sausen und surren, regnen nachts aufs Dach, prasseln gegen die Pergola; flattern wie wilde Vögel: *Wildgänse rauschen durch die Nacht*, stürzen sich auf die Lämmer; Edith ist tot; ich hatte sie für verrückt erklären lassen; drei Kapazitäten schrieben mit eleganter unleserlicher Schrift auf weiße Bögen mit gewichtigen Briefköpfen; das hat Edith gerettet. Verzeih, daß ich lache: so ein Lamm; mit siebzehn das erste, mit neunzehn das zweite Kind und immer solche Sprüche im Mund: Der Herr hat dies getan, der Herr hat das getan, der Herr hat es gegeben, der Herr hat es genommen; der Herr, der Herr! Sie wußte nicht, daß der Herr unser Bruder ist: mit Brüdern kannst du getrost einmal lachen, mit Herren nicht immer; ich wußte gar nicht, daß Wildgänse Lämmer reißen, hielt sie immer für friedliche pflanzenfressende Vögel; Edith lag da, als wäre unser Familienwappen lebendig geworden: ein Lamm, dem der Blutstrahl aus der Brust bricht – aber es standen nicht Märtyrer und Kardinäle, Eremiten und Ritter, Heilige um sie herum, sie anzubeten; nur ich; tot. Junge, versuche zu lächeln; ich versuchte es, aber es gelang mir nicht, am wenigsten bei Heinrich; er spielte mit dir, hängte dir Säbel um, setzte dir Helme auf, verwandelte dich in Franzos und Russ und Englishman, dieser stille Junge; und sang: *muß haben ein Gewehr, muß haben ein Gewehr*, und als er starb, flüsterte er mir das schreckliche Losungswort zu, den Namen des geheiligten Büffels: ›Hindenburg‹. Er wollte das Gedicht auswendig lernen, war so korrekt und pflichtbewußt, aber ich zerriß den

Zettel, streute die Schnippel wie Schneeflocken in die Modestgasse hinunter.
Trink doch Robert, der Tee wird kalt, hier sind Zigaretten, und komm näher, ich muß ganz leise sprechen; niemand darf uns hören; am wenigsten Vater; er ist ein Kind, weiß nicht, wie böse die Welt ist, wie wenig reine Herzen es gibt; er hat eins; still, keinen Flecken auf dieses reine Herz; hör, du kannst mich erlösen: Ich muß haben ein Gewehr, muß haben ein Gewehr, und du mußt es mir besorgen; vom Dachgarten aus könnte ich ihn gut erschießen; die Pergola hat dreihundertundfünfzig Löcher; wenn er auf seinem weißen Roß daherkommt, am Hotel Prinz Heinrich um die Ecke biegt, kann ich lange und ruhig zielen; tief einatmen muß man dabei; ich habe gelesen, zielen, Druckpunkt nehmen; ich habe es ausprobiert mit Brunos Spazierstock: wenn er um die Ecke biegt, habe ich zweieinhalb Minuten Zeit, aber ob ich den anderen noch erschießen kann, weiß ich nicht; es wird Verwirrung geben, wenn er vom Pferd fällt, und ich werde nicht ein zweites Mal ruhig atmen, zielen und Druckpunkt nehmen können; ich muß mich entscheiden: den Turnlehrer oder diesen Nettlinger; der hat mein Brot gegessen, meinen Tee getrunken, und Vater nannte ihn immer ›einen frischen Jungen‹. Sieh nur, wie frisch dieser Junge ist; hat die Lämmer gerissen, dich und Schrella mit der Stacheldrahtpeitsche geschlagen; Ferdi hat einen zu hohen Preis gezahlt für diesen geringen Nutzen: angesengte Turnlehrerfüße, ein zerbrochener Garderobenspiegel; nicht Pulver und Pappe, Junge; Pulver und Metall...
Hier, Junge, trink doch endlich den Tee; schmeckt er dir nicht? Sind dir die Zigaretten zu trocken? Verzeih, ich hab nie was davon verstanden; hübsch siehst du aus, so als Vierziger mit grauen Schläfen, wie zum Notar geboren; ich muß lachen, wenn ich mir vorstelle, daß du wirklich einmal so aussehen könntest; wie geschickt die Friseure heutzutage doch sind.
Sei nicht so ernst; es wird vorübergehen, wir werden wieder Ausflüge machen, nach Kisslingen; Großeltern, Kinder, Enkelkinder, die ganze Sippe, dein Sohn wird mit den Händen Forellen zu fangen versuchen; wir werden das herrliche Brot der Mönche essen, ihren Wein trinken, die Vesper hören: *Rorate coeli desuper et nubes pluant justum*; Advent; Schnee in den Bergen, Eis auf den Bächen – such dir die Jahreszeit aus, Junge – Advent wird Edith am besten gefallen; sie riecht nach Advent, hat noch nicht begriffen, daß der Herr inzwischen als Bruder angekommen ist; der Gesang der Mönche wird ihr adventistisches Herz erfreuen und die dunkle Kirche, die dein Vater erbaut hat: Sankt Anton im Kissatal, zwischen den Weilern Stehlingers Grotte und Görlingers Stuhl.

Ich war noch nicht zweiundzwanzig, als die Abtei eingeweiht wurde, hatte noch nicht lange *Kabale und Liebe* zu Ende gelesen, ein Rest Backfischlachen steckte mir noch im Hals; in meinem grünen Samtkleid, bei Hermine Horuschka gekauft, sah ich aus, wie eine, die eben ihre Tanzstunde absolviert hat; nicht mehr Mädchen, noch nicht ganz Frau, sah nicht aus, wie eine, die geheiratet, sondern wie eine, die verführt worden ist; weißer Kragen, schwarzer Hut, ich war schon schwanger und immer den Tränen nahe; der Kardinal flüsterte mir zu: ›Sie hätten daheim bleiben sollen, gnädige Frau, ich hoffe, Sie stehen es durch.‹ Ich stand es durch, ich wollte dabeisein; als sie die Kirchentür öffneten, als die Kirchweihzeremonie begann, hatte ich Angst; er wurde ganz blaß, mein kleiner David, und ich dachte: jetzt ist sein Lachen dahin; sie töten es mit all ihrer Feierlichkeit; er ist zu klein und zu jung dafür, hat zu wenig Männerernst in seinen Muskeln; ich wußte, daß ich süß aussah, mit meinem grünen Kleid, den dunklen Augen und dem schneeweißen Kragen; ich hatte mir vorgenommen, nie zu vergessen, daß alles nur Spiel war. Ich mußte noch lachen, wenn ich daran dachte, wie der Deutschlehrer gesagt hatte: ›Ich prüfe Sie auf eine Eins hin‹, aber ich schaffte die Eins nicht, dachte die ganze Zeit nur an ihn, nannte ihn David, den Kleinen mit der Schleuder, den traurigen Augen und dem Lachen tief drinnen verborgen; ich liebte ihn, wartete jeden Tag auf die Minute, wenn er im großen Atelierfenster sichtbar wurde, blickte ihm nach, wenn er das Druckereitor verließ; ich schlich mich in die Chorprobe des Sängerbundes, beobachtete ihn, ob auch seine Brust sich zu ernsthaftem Männersport hebe und senke, und sah's seinem Gesicht an: er gehörte nicht zu ihnen; ich ließ mich von Bruno einschmuggeln, wenn sich der Club der Reserveoffiziere im Prinz Heinrich zum Billardspiel traf, sah ihm zu, wie er die Arme anwinkelte, abwinkelte, weiß über grün, rot über grün stieß, und entdeckte es: das Lachen, tief drinnen verborgen; nein, er hatte nie vom *Sakrament des Büffels* gekostet, und ich hatte Angst, ob er die letzte, allerletzte und schwierigste Probe bestehen würde: Die Uniformprobe, am Geburtstag des Narren, im Januar, Marsch zum Denkmal an der Brücke, Parade vor dem Hotel, wo der General auf dem Balkon stand, wie würde er aussehen, wenn er da unten vorbeimarschierte, vollgepumpt mit Geschichte und Schicksalsträchtigkeit, während die Pauken und Trommeln dröhnten, die Hörner Attacke bliesen. Ich hatte Angst und fürchtete, er werde komisch aussehen; komisch wollte ich ihn nicht; sie sollten nie über ihn lachen, aber er immer über sie, und ich sah ihn, im Paradeschritt; mein Gott, du hättest ihn sehen sollen: als ginge er mit jedem Schritt über den Kopf eines Kaisers hinweg.

Später sah ich ihn oft in Uniform; die Zeit wurde an Beförderungen ablesbar; zwei Jahre: Oberleutnant, zwei Jahre: Hauptmann; ich nahm mir seinen Degen und erniedrigte ihn, kratzte damit den Dreck hinter den Lamperien heraus, den Rost von eisernen Gartenbänken, grub damit Löcher für meine Pflänzchen; zum Kartoffelschälen war er zu unhandlich.

Degen muß man ablegen und mit den Füßen treten, wie alle Privilegien, Junge; dazu allein sind sie da, sind Bestechungen: *Voll ist ihre Rechte von Geschenken.* Iß, was alle essen; lies, was alle lesen; trage Kleider, die alle tragen; dann kommst du der Wahrheit am nächsten; Adel verpflichtet, verpflichtet dich dazu, Sägemehl zu essen, wenn alle anderen es essen, den patriotischen Mist in den Lokalzeitungen zu lesen, nicht in den Blättern für Gebildete: Dehmel und so; nein, nimm es nicht an, Robert, Gretzens Pasteten, die Butter des Abts, Honig, Goldstücke und Hasenpfeffer: *wozuwozuwozu*, wenn die anderen es nicht haben; die nicht Privilegierten dürfen getrost Honig und Butter essen, es verdirbt ihnen nicht Magen und Gehirn, aber du nicht, Robert, du mußt dieses Dreckbrot essen: die Augen werden dir übergehen vor Wahrheit, und du mußt diese schäbigen Kleiderstoffe tragen, dann wirst du frei sein.

Ich habe nur einmal ein Privileg genutzt, ein einziges Mal, du mußt mir verzeihen; ich konnte es nicht mehr ertragen; ich mußte zu Dröscher gehen, um für dich Amnestie zu erwirken; wir hielten es nicht mehr aus: Vater, ich, Edith, dein Sohn war schon geboren; wir fanden deine Botschaften im Briefkasten, sie waren winzig, so groß nur wie die Schnippel, die an Hustenbonbons herausragen; der erste kam vier Monate, nachdem du verschwunden warst: ›Macht euch keine Sorgen, ich studiere fleißig in Amsterdam. Kuß für Mutter, Robert.‹ Sieben Tage später kam der zweite: ›Ich brauche Geld, gebt's, in Zeitungspapier gewickelt, einem Mann, der Groll heißt, Kellner im ›Anker‹ am oberen Hafen. Kuß für Mutter, Robert.‹

Wir brachten das Geld hin; stumm servierte der Kellner, der Groll hieß, uns Bier und Limonade, nahm stumm das Paket entgegen, lehnte stumm Trinkgeld ab, schien uns gar nicht zu sehen, unsere Fragen gar nicht zu hören.

Wir klebten deine winzigen Botschaften in ein Notizbuch, lange kam keine, dann kamen sie öfter. ›Geld immer erhalten: 2. 4. und 6. Kuß für Mutter, Robert.‹ Und Otto war auf einmal nicht mehr Otto: ein schreckliches Wunder war geschehen: er war Otto und war's nicht mehr, er brachte Nettlinger und den Turnlehrer mit ins Haus; Otto – ich begriff, was es heißt, wenn sie sagen, daß von einem Menschen nur noch die Hülle übrigbleibt; Otto war nur noch Ottos Hülle, die rasch einen anderen Inhalt bekam; er hatte vom *Sakrament des Büffels* nicht nur gekostet, er war damit geimpft worden; sie hatten ihm sein altes Blut herausgesogen und ihm neues eingefüllt: Mord war in seinem Blick, und ich verbarg ängstlich die Zettel.

Monatelang kam kein Zettel; ich kroch im Flur über die Fliesen, suchte jede Ritze ab, jeden Fingerbreit des kalten Bodens, nahm die Lamperien weg, kratzte den Dreck heraus, weil ich fürchtete, die Kügelchen könnten hinter die Lamperie gerutscht, geblasen worden sein; ich schraubte den Briefkasten ab, nahm ihn auseinander, nachts, und Otto kam, drückte mich mit der Tür gegen die Wand, trat mir auf die Finger, lachte; monatelang fand ich nichts; die ganze Nacht stand ich hinter dem Vorhang im Schlafzimmer, wartete auf das Morgengrauen, bewachte die Straße und die Haustür, rannte hinunter, wenn ich den Zeitungsboten kommen sah; nichts; ich suchte die Brötchentüten ab, goß die Milch vorsichtig in die Kasserolle, löste das Etikett; nichts. Und wir gingen abends in den Anker, drückten uns an Uniformen vorbei, in die hintere Ecke, wo Groll bediente, aber der blieb stumm, schien uns nicht zu kennen; erst nach Wochen, nachdem wir Abend für Abend da gesessen und gewartet hatten, schrieb er auf den Rand des Bierdeckels: ›Vorsicht! Ich weiß nichts!‹, schüttete Bier um, verwischte alles zu einem großen Tintenstiftklecks, brachte neues Bier, das er nicht bezahlt haben wollte; Groll, der Kellner im Anker; er war jung, hatte ein schmales Gesicht.

Und wir wußten natürlich nicht, daß der Junge, der die Zettelchen in unseren Briefkasten geworfen hatte, längst verhaftet war; daß wir bespitzelt wurden und Groll nur deshalb noch nicht verhaftet, weil sie hofften, er werde nun doch mit uns zu sprechen anfangen; wer kennt schon diese höhere Mathematik der Mörder; Groll, der Junge mit den Zettelchen, verschwunden beide, Robert – und du gibst mir kein Gewehr, erlöst mich nicht aus diesem verwunschenen Schloß.

Wir gaben die Besuche im Anker auf, fünf Monate nichts gehört; ich konnte nicht mehr, nahm zum erstenmal Privilegien an, ging zu Dröscher, Dr. Emil, Regierungspräsident; ich war mit seiner Schwester zur Schule gegangen, mit ihm in die Tanzstunde; wir hatten Landpartien gemacht, Bierfässer auf Kutschen geladen, Schinkenbrote am Waldrand ausgepackt, hatten auf frischgemähten Wiesen Ländler getanzt, und mein Vater hatte dafür gesorgt, daß sein Vater, obwohl er nicht Akademiker war, in den Akademikerbund aufgenommen wurde; Quatsch, Robert – glaub nicht an sowas, wenn's um ernste Dinge geht; ich hatte Dröscher ›Em‹ genannt, das war eine Abkürzung für Emil, die damals als schick galt, und ließ mich nun, dreißig Jahre danach, bei ihm melden, hatte mein graues Kostüm angezogen, den violetten Schleier am grauen Hut, schwarze Schnürschuhe an; er holte mich selbst aus dem Vorzimmer, küßte mir die Hand, sagte: ›Ach, Johanna, sag doch noch mal Em zu mir‹, und ich sagte: ›Em, ich muß wissen, wo der Junge ist. Ihr wißt es doch!‹ Das war, als wenn die Eiszeit ausgebrochen wäre, Robert. Ich sah ihm gleich an, daß er alles wußte, spürte auch, wie er förmlich wurde, ganz spitz; da wurden die wulstigen Rotweintrinkerlippen ganz dünn vor Angst; und er blickte sich um, schüttelte den Kopf, flüsterte mir zu: ›Das war nicht nur verwerflich, was dein Junge getan hat, es war auch politisch sehr unvernünftig.‹ Und ich sagte: ›Wohin politische Vernunft führt, das sehe ich an dir.‹ Ich wollte gehen, aber er hielt mich zurück und sagte: ›Mein Gott, sollen wir uns denn alle aufhängen?‹ und ich sagte: ›Ja, *ihr* ja.‹ ›Sei doch vernünftig‹, sagte er, ›solche Angelegenheiten sind Sache des Polizeipräsidenten, und du weißt ja, was er dem getan hat.‹ ›Ja‹, sagte ich, ›ich weiß, was er dem getan hat: nichts. Leider nichts. Er hat ihm nur fünf Jahre lang sämtliche Schlagballspiele gewonnen.‹ Da biß sich der Feigling auf die Lippen und sagte: ›Sport – mit Sport ist immer was zu machen.‹

Wir hatten ja damals noch keine Ahnung, Robert, daß eine Handbewegung das Leben kosten kann; Wakiera ließ einen polnischen Kriegsgefangenen zum Tode verurteilen, weil er die Hand gegen ihn erhoben hatte; nur die Hand erhoben, nicht mal zugeschlagen hatte der Gefangene.

Und dann fand ich eines Morgens auf meinem Frühstücksteller einen Zettel von Otto: ›Ich brauche auch Geld – 12 – ihr könnt es mir bar übergeben.‹ Und ich ging ins Atelier hinüber, nahm zwölftausend Mark aus dem Geldschrank – sie lagen da bereit für den Fall, daß mehr Zettel von dir kämen – und warf Otto den Packen auf den Frühstückstisch; ich wollte schon nach Amsterdam kommen und dir sagen, du solltest keine Zettel mehr schicken: sie kosten jemand das Leben. Aber nun bist du ja hier; ich wäre verrückt geworden, wenn sie dich nicht amnestiert hätten; bleib hier; ist es nicht gleichgültig, wo du lebst, in einer Welt, wo eine Handbewegung dich das Leben kosten kann? Du kennst die Bedingungen, die Dröscher für dich ausgehandelt hat: keine politische Betätigung und nach dem Examen sofort zum Militär; das Abitur nachholen, das hab ich schon vorbereitet, und Klähm, der Statiker, will dich prüfen und dir so viel Semester erlassen, wie er eben kann; mußt du unbedingt studieren? Gut, wie du willst – und Statik? Warum? Gut, wie du willst; Edith freut sich. Geh doch zu ihr rauf! Geh doch! Rasch, willst du deinen Sohn nicht sehen? Ich habe ihr dein Zimmer gegeben; sie wartet oben; nun geh doch.«

Er stieg die Treppe hinauf, an braunen Schränken vorüber, streifte schweigsame Flure, stieg bis unters Dach, wo eine Diele als Vorraum zum Speicher diente; hier roch es nach heimlich gerauchten Wärterzigaretten, nach feuchter Bettwäsche, die auf dem Speicher zum

Trocknen hing; erdrückend war die Stille, die durchs Treppenhaus hochstieg wie durch einen Kamin. Er blickte durchs Dachfenster in die Pappelallee, die zur Bushaltestelle führte; saubere Beete, das Treibhaus, der marmorne Springbrunnen, rechts an der Mauer die Kapelle; sah wie ein Idyll aus, war's und roch so; Kühe weideten hinter elektrisch geladenen Zäunen, in Abfällen wühlten Schweine, die selbst wieder Abfälle werden würden, blubbernde Kübel mit fettiger Brühe wurden von einem Wärter in Tröge entleert; die Landstraße draußen hinter der Anstaltsmauer schien in eine Unendlichkeit der Stille hineinzuführen.

Wie oft hatte er hier schon gestanden, auf dieser Station, auf die sie ihn immer wieder schickten, um ihre Erinnerung präzis nachzuvollziehen? Er stand hier als der zweiundzwanzigjährige Robert, heimgekehrt, zum Schweigen entschlossen; mußte Edith begrüßen und seinen Sohn Joseph; Edith und Joseph waren die Stichworte für die Station; sie waren ihm beide fremd, die Mutter und der Sohn, und sie waren beide verlegen, als er ins Zimmer kam. Edith noch mehr als er; hatten sie sich überhaupt geduzt?

Sie tischte das Essen auf, als sie nach dem Schlagballspiel zu Schrellas kamen: Kartoffeln mit einer undefinierbaren Soße und grünen Salat, schüttete später dünnen Tee auf, und er haßte damals dünnen Tee, hatte so seine Vorstellung: die Frau, die er heiraten würde, mußte Tee aufschütten können; sie konnte es offenbar nicht, und er wußte doch, als sie die Kartoffeln auf den Tisch stellte, daß er sie ins Gebüsch ziehen würde, wenn sie vom Café Zons aus auf dem Heimweg durch den Blessenfelder Park kämen; sie war blond, sah aus wie sechzehn und hatte kein Backfischlachen im Hals; keine falsche Erwartung von Glück in den Augen, die mich sofort aufnahmen; sie sprach das Tischgebet: Herr, Herr! und er dachte: wir hätten mit den Fingern essen sollen, die Gabel in seiner Hand kam ihm dumm vor, der Löffel fremd, und er begriff zum erstenmal, was essen ist: gesegnet, den Hunger zu stillen, sonst nichts; nur Könige und Arme essen mit den Fingern. Sie sprachen auch nicht miteinander, als sie durch die Gruffelstraße, durch Blessenfeld, den Park ins Café Zons gingen, und er hatte Angst, als er ihr in die Hand schwor, nie vom *Sakrament des Büffels* zu essen; Torheit; er hatte Angst wie bei einer Weihe, und als sie durch den Park wieder zurückgingen, nahm er Ediths Hand, hielt sie zurück, ließ Schrella vorgehen, sah dessen dunkelgraue Silhouette im Abendhimmel verschwinden, als er Edith ins Gebüsch zog; sie wehrte sich nicht und lachte nicht, und ein uraltes Wissen, wie man es machen muß, stieg in seine Hände, füllte seinen Mund und seine Arme; er behielt in Erinnerung nur ihr blondes Haar, das vom Sommerregen glänzte, den Kranz silberner Tropfen an ihren Brauen, wie das Skelett eines zarten Meerestieres, auf rostfarbenem Strand gefunden, die Linien ihres Mundes, zu unzähligen Wölkchen gleichen Ausmaßes vervielfältigt, während sie gegen seine Brust flüsterte: ›Sie werden dich töten!‹ Also hatten sie sich doch geduzt, im Gebüsch, da im Park und am Nachmittag darauf in dem billigen Absteigequartier; er zerrte Edith am Handgelenk neben sich her, ging durch die Stadt wie ein Blinder, folgte einer Wünschelrute, fand instinktiv das richtige Haus, er hatte das Pulver in einem Paket unterm Arm, für Ferdi, den er abends treffen wollte. Er entdeckte, daß sie sogar lächeln konnte, in den Spiegel hinein, den billigsten, den die Kuppelmutter im Einheitspreisladen hatte auftreiben können, lächeln, als auch sie ihr uraltes Wissen entdeckte; und er wußte bereits, daß das kleine Paket mit Pulver auf der Fensterbank da eine Torheit enthielt, die getan werden mußte; Vernunft führte zu nichts in dieser Welt, in der eine Handbewegung das Leben kosten konnte; Ediths Lächeln wirkte auf diesem des Lächelns ungewohnten Gesicht wie ein Wunder, und als sie die Treppe hinunter ins Zimmer der Wirtin gegangen waren, war er erstaunt darüber, wie billig das Zimmer berechnet wurde; er zahlte eins fünfzig, und die Wirtin lehnte die fünfzig Pfennig, die er draufgeben wollte, ab! ›Nein, mein Herr, ich nehme kein Trinkgeld, ich bin eine unabhängige Frau.‹

Er hatte sie also doch geduzt, die da mit dem Kind auf dem Schoß in seinem Zimmer saß; Joseph, er nahm ihn ihr vom Schoß, hielt ihn eine Minute ungeschickt, legte das Kind aufs Bett, und das uralte Wissen füllte ihn wieder, seine Hände, seinen Mund, seine Arme. Sie lernte nie, Tee aufzuschütten, auch später nicht, als sie in einer eigenen Wohnung wohnten; Puppenmöbel, wenn er von der Universität kam, oder in Urlaub; Unteroffizier bei den Pionieren; ließ sich als Sprengspezialist ausbilden, bildete später selbst Sprengtrupps aus, säte Formeln, die genau das enthielten, was er wünschte: Staub und Trümmer, Rache für Ferdi Progulske, für den Kellner, der Groll hieß, den Jungen, der seine Zettel in den Briefkasten geworfen hatte. Edith mit dem Einkaufsnetz, mit dem Rabattmarkenbuch, Edith, im Kochbuch blätternd; gab dem Jungen die Flasche, legte Ruth an die Brust; junger Vater, junge Mutter; sie kam mit dem Kinderwagen ans Kasernentor, um ihn abzuholen, sie wanderten am Flußufer entlang, über Schlagballwiesen, Fußballwiesen, bei Hoch- und bei Niedrigwasser, saßen auf Kribben, während Joseph im Flußsand spielte, Ruth erste Gehversuche machte; zwei Jahre lang das Spiel gespielt; Ehe; er kam sich nie wie ein Ehemann vor, wenn er auch mehr als siebenhundertmal seine Mütze, seinen Mantel an die Garderobe hängte, den Rock auszog, sich an den Tisch setzte; Joseph auf dem Schoß, während Edith das Tischgespräch sprach: Herr Herr! nur keine Privilegien, keine Extravaganzen; Feldwebel bei den Pionieren, Dr. Robert Fähmel, mathematisch begabt; Erbsensuppe essen, während die Nachbarn aus dem Radioapparat das *Sakrament des Büffels* empfingen; Urlaub bis zum Wekken; mit der ersten Straßenbahn in die Kaserne zurück, Ediths Kuß an der Tür, und das merkwürdige Gefühl, sie wieder einmal geschändet zu haben, die kleine Blonde da im roten Morgenrock; Joseph an der Hand, Ruth im Kinderwagen; keine politische Betätigung; hatte er sich je politisch betätigt? Amnestiert war die Jugendtorheit, verziehen; einer der begabtesten Offiziersanwärter; vom Stumpfsinn fasziniert, weil er Formelhaftes enthielt; säte Staub und Trümmer, paukte Sprengformeln in Hirne. ›Keine Post von Alfred?‹ – Er wußte nie, wen sie meinte, vergaß, daß auch sie Schrella geheißen hatte. Zeit an Beförderungen ablesbar: ein halbes Jahr: Gefreiter; ein halbes Jahr: Unteroffizier; ein halbes Jahr: Feldwebel, und noch ein halbes Jahr: Leutnant; dann zog die stumpfe, graue, völlig freudlose Masse zum Bahnhof hinaus; keine Blumen, kein Lachen am Wegesrand, kein Kaiserlächeln über ihnen, nicht der Übermut zu lange angestauten Friedens; gereizte Masse, und doch dumpf ergeben; verlassen die Puppenstube, in der sie Ehe gespielt hatten, und am Bahnhof den Schwur erneuert, nie vom *Sakrament des Büffels* zu kosten.

War es die feuchte Bettwäsche oder die Feuchtigkeit der Mauern, die ihn frieren machte? Er durfte die Station verlassen, auf die sie ihn postiert hatte. Stichworte: Edith, Joseph. Er trat seine Zigarette am Boden aus, ging die Treppe wieder hinunter, drückte zögernd die Klinke herunter, sah seine Mutter am Telefon stehen; sie winkte ihm lächelnd Schweigen zu, während sie in den Hörer hinein sagte: »Ich bin ja so froh, Herr Pastor, daß Sie die beiden am Sonntag trauen können; wir haben die Papiere beisammen, die standesamtliche Trauung findet morgen statt.« Hörte er wirklich die Pfarrerstimme antworten, oder war es nur im Traum: »Ja, liebe Frau Fähmel, ich bin ja so froh, wenn dieses Ärgernis endlich beseitigt wird.«
Edith trug kein weißes Kleid, weigerte sich, Joseph zu Hause zu lassen, hielt ihn auf dem Arm, während der Pfarrer die beiden Jas forderte, die Orgel spielte; und er trug nicht Schwarz; überflüssig, sich umzuziehen; weg; kein Sekt; Vater haßte Sekt, und der Vater der Braut, den er nur einmal gesehen hatte, spurlos verschwunden, vom Schwager noch kein Lebenszeichen; gesucht wegen Mordversuchs, obwohl er das Pulverpaket verachtet, den Anschlag hatte verhindern wollen.
Sie hängte den Hörer ein, kam auf ihn zu, legte ihm die Hände auf die Schultern, fragte: »Ist er nicht süß, dein kleiner Junge? Du mußt ihn sofort nach der Hochzeit adoptieren, und ich habe mein Testament

103

zu seinen Gunsten gemacht. Hier, nimm noch Tee; in Holland trinken sie doch guten Tee; hab keine Angst: Edith wird eine gute Frau sein, du wirst rasch dein Examen machen; ich werde euch eine Wohnung einrichten, und vergiß nicht, heimlich zu lächeln, wenn du zum Militär mußt; halte dich still und denk daran: in einer Welt, in der Handbewegungen das Leben kosten können, kommt es auf solche Gefühle nicht mehr an; ich werde euch eine Wohnung einrichten; Vater wird sich freuen; er ist nach Sankt Anton hinausgefahren – als ob er dort Trost finden würde. *Es zittern die morschen Knochen*, mein Junge – sie haben Vaters heimliches Lachen getötet, die Feder ist gesprungen: für diesen Druck war sie nicht geschaffen; da nützt dir das hübsche Wort Tyrannen nichts mehr; Vater hält es nicht aus, im Atelier drüben zu hocken, und Ottos Hülle flößt ihm Schrecken ein; du solltest versuchen, dich mit Otto zu versöhnen, bitte, versuche doch; bitte, geh.«

Versöhnungsversuche mit Otto; er hatte schon viele vollzogen, war Treppen hinaufgestiegen, hatte an Zimmertüren geklopft; dieser untersetzte Junge da war ihm nicht einmal fremd, diese Augen blickten ihn nicht einmal wie einen Fremden an; hinter dieser breiten, blassen Stirn war die Macht in ihrer einfachsten Formel wirksam, war Macht über furchtsame Schulkameraden, über Passanten, die die Fahne nicht grüßten; Macht, die rührend hätte sein können, wäre sie nur in Vorstadtsporthallen wirksam geworden oder an Straßenecken, hätte es sich um drei Mark für einen gewonnenen Boxkampf oder um buntgekleidete Mädchen gehandelt, die der Sieger ins Kino führen, in Hauseingängen küssen durfte; aber an Otto war nichts Rührendes, wie er es manchmal an Nettlinger entdeckte, dieser Macht ging es nicht um gewonnene Boxkämpfe, um buntgekleidete Mädchen; sogar in diesem Hirn war Macht schon Formel geworden, der Nützlichkeit entkleidet, von Instinkten befreit, war fast ohne Haß, vollzog sich automatisch: Schlag auf Schlag.
Bruder, ein großes Wort, Hölderlinwort, gewaltig, das aber nicht einmal der Tod zu füllen schien, wenn es Ottos Tod war; nicht einmal die Todesnachricht hatte Versöhnung gebracht: Gefallen bei Kiew! Das hätte doch klingen können: nach Tragik, Größe, Brüderlichkeit, hätte verbunden mit dem Lebensalter rührend sein können wie auf Grabsteinen: Fünfundzwanzig Jahre alt, gefallen bei Kiew; aber es klang nicht, und er bemühte sich vergebens, die Versöhnungsversuche nachzuvollziehen; Ihr seid doch Brüder; sie waren es, laut Standesamtsregister, laut Aussage der Hebamme; vielleicht hätte er Rührung und Größe fühlen können, wenn sie einander wirklich fremd gewesen wären, aber sie waren es nicht; er sah ihn essen, trinken: Tee, Kaffee,

Bier; aber Otto aß nicht das Brot, das er aß, trank nicht die Milch und den Kaffee, den er trank; und es war noch schlimmer mit Worten, die sie wechselten: wenn Otto Brot sagte, klang es weniger vertraut in den Ohren wie das Wort ›pain‹, als er es zum erstenmal hörte und noch gar nicht wußte, daß es Brot bedeutete; einer Mutter und eines Vaters Söhne, in einem Haus geboren und aufgewachsen, gegessen, getrunken, geweint, dieselbe Luft geatmet, denselben Schulweg gehabt; und zusammen gelacht, gespielt, und er hatte zu Otto ›Brüderchen‹ gesagt und den Arm des Bruders um seinen Hals gespürt, seine Angst vor der Mathematik erfahren, ihm geholfen, tagelang mit ihm gepaukt, um ihm die Angst zu nehmen, und hatte es fertiggebracht, ihm die Angst wirklich zu nehmen, dem Brüderchen – und nun plötzlich, nach den zwei Jahren, die er weg gewesen war: nur noch Ottos Hülle; nicht einmal mehr fremd; nicht einmal das Pathos dieses Wortes; es zog nicht, stimmte und klang nicht, wenn er an Otto dachte, und er begriff zum erstenmal, was es wirklich bedeutete, Ediths Wort, vom *Sakrament des Büffels* essen; der hätte seine Mutter dem Henker ausgeliefert, wenn die Henker sie hätten haben wollen.

Und wenn er zu einem der Versöhnungsversuche wirklich hinaufgestiegen war, Ottos Tür geöffnet hatte, eingetreten war, drehte Otto sich um und fragte: ›Was soll's?‹ Otto hatte recht: was sollte es. Wir waren einander nicht einmal fremd, kannten einander genau, wußten voneinander, daß der eine Apfelsinen nicht mochte, der andere lieber Bier als Milch trank, statt Zigaretten lieber Zigarillos rauchte, und wie der eine sein Lesezeichen im Schott zurechtlegte.

Er wunderte sich nicht, daß er Ben Wackes und Nettlinger in Ottos Zimmer hinaufgehen sah, ihnen im Flur begegnete, und er erschrak über die Erkenntnis, daß die beiden ihm weniger unverständlich waren als sein Bruder; sogar Mörder waren nicht immer Mörder, waren es nicht zu jeder Stunde des Tags wie der Nacht, es gab den Feierabend des Mörders, wie es den Feierabend des Eisenbahners gab; jovial waren die beiden, klopften ihm auf die Schulter; Nettlinger sagte: ›Na, war ich's nicht, der dich laufen ließ?‹ Sie hatten Ferdi dem Tod überliefert, Groll und Schrellas Vater, den Jungen, der die Botschaften überbrachte, dorthin geschickt, wo man spurlos verschwindet, aber nun: Schwamm drüber. Man ist doch kein Spielverderber. Nichts für ungut. Feldwebel bei den Pionieren; Sprengspezialist, verheiratet, mit Wohnung, Rabattsparbuch und zwei Kindern. ›Um deine Frau brauchst du dich nie zu sorgen, der wird nie was passieren, solange ich noch da bin.‹

»Nun? Hast du mit Otto gesprochen? Ohne Erfolg? Ich habe es gewußt, aber man muß es immer wieder versuchen, immer wieder;

komm näher, leise, ich muß dir was sagen! Ich glaube, er ist verflucht, behext, wenn dir das besser gefällt, und es gibt nur einen Weg, ihn zu befreien: ich muß haben ein Gewehr, muß haben ein Gewehr; der Herr spricht: ›mein ist die Rache‹, aber warum soll ich nicht des Herren Werkzeug sein?«
Sie ging zum Fenster, nahm aus der Ecke zwischen Fenster und Vorhang den Spazierstock ihres Bruders, der vor dreiundvierzig Jahren gestorben war, legte den Stock an wie ein Gewehr und zielte, nahm Ben Wackes und Nettlinger aufs Korn; sie ritten draußen vorüber, der eine auf einem Schimmel, der andere auf einem Braunen; der wandernde Spazierstock zeigte das Tempo des vorüberreitenden Pferdes genau an, das war wie mit der Stoppuhr gemessen; sie kamen um die Ecke, am Hotel vorbei in die Modestgasse hinein, ritten vorüber bis ans Modesttor, das die Sicht versperrte; und sie senkte den Stock. ›Zweieinhalb Minuten hab ich Zeit‹, Atemholen, zielen, Druckpunkt nehmen; die Nähte ihres Traumes waren stichfest, nirgendwo ließ sich die feingesponnene Lüge aufreißen; sie stellte den Stock wieder in die Ecke.
»Ich werde es tun, Robert, werde das Werkzeug des Herrn sein; ich habe Geduld, die Zeit dringt nicht in mich ein; nicht Pulver mit Pappe, sondern Pulver mit Blei muß man nehmen; Rache für das Wort, das als letztes die unschuldigen Lippen meines Sohnes verließ. ›Hindenburg‹; das Wort, das auf dieser Erde von ihm blieb; ich muß es auslöschen; bringen wir Kinder zur Welt, damit sie mit sieben Jahren sterben und als letztes Wort ›Hindenburg‹ hauchen? Ich hatte das zerrissene Gedicht auf die Straße gestreut, und er war so ein korrekter, kleiner Bengel, flehte mich an, ihm eine Abschrift zu beschaffen, aber ich weigerte mich, wollte nicht, daß dieser Unsinn über seine Lippen kam; im Fieber suchte er sich die Zeilen zusammen, und ich hielt mir die Ohren zu, hörte es aber durch meine Hände hindurch: ›Der alte Gott wird mit euch sein‹; ich versuchte, ihn aus dem Fieber zu reißen, wachzurütteln, er sollte mir in die Augen sehen, meine Hände spüren, meine Stimme hören, aber er sprach weiter: ›Solange noch deutsche Wälder stehn, solange noch deutsche Wimpel wehn, solange noch lebt ein deutsches Wort, lebt *der* Name unsterblich fort‹; es tötet mich fast, wie er im Fiebertraum das *der* noch betonte, ich suchte alles Spielzeug zusammen, nahm dir deins ab und ließ dich losheulen, häufte alles vor ihm auf die Bettdecke, aber er kam nicht mehr zurück, blickte mich nicht mehr an, Heinrich, Heinrich. Ich schrie, betete und flüsterte, er aber starrte in Fieberländer, die nur noch eine einzige Zeile für ihn bereit hielten: ›Vorwärts mit Hurra und Hindenburg‹; nur noch diese eine und einzige Zeile lebte in ihm, und ich hörte als letztes Wort aus seinem Mund: *Hindenburg.*

Ich muß den Mund meines siebenjährigen Sohnes rächen, Robert, verstehst du denn nicht? An denen rächen, die da an unserem Haus vorbei auf das Hindenburgdenkmal zureiten; glatte Kränze werden hinter ihnen hergetragen, mit goldenen Schleifen, schwarzen und violetten; immer habe ich gedacht; stirbt er denn nie? Werden wir ihn in der Ewigkeit noch als Briefmarke serviert bekommen, den uralten Büffel, dessen Namen mir mein Sohn als Losungswort zurufen wird. Besorgst du mir jetzt ein Gewehr? Ich werde dich beim Wort nehmen; es braucht nicht heute zu sein, nicht morgen, aber bald; ich habe Geduld gesammelt; erinnerst du dich nicht an deinen Bruder Heinrich? Du warst schon fast zwei, als er starb. Wir hatten damals den Hund, der Brom hieß, weißt du nicht mehr, er war so alt und so weise, daß er die Schmerzen, die ihr beide ihm zufügtet, nicht in Bosheit, sondern in Trauer umsetzte; ihr hieltet euch an seinem Schwanz fest und ließt euch durchs Zimmer schleifen, weißt du nicht mehr; du warfst die Blumen, die du auf Heinrichs Grab legen solltest, zum Kutschenfenster hinaus, wir ließen dich vor dem Friedhof, du durftest oben auf dem Kutschbock die Zügel halten; sie waren aus brüchigem schwarzen Leder. Siehst du, Robert, du erinnerst dich: Hund, Zügel, Bruder – und Soldaten, Soldaten, unendlich viele, weißt du nicht mehr, sie kamen die Modestgasse herunter, schwenkten vor dem Hotel ab zum Bahnhof, zogen ihre Kanonen hinter sich her; Vater hielt dich auf dem Arm und sagte: ›Der Krieg ist aus.‹

Eine Billion für einen Riegel Schokolade, dann zwei Billionen für ein Bonbon, eine Kanone für ein halbes Brot, ein Pferd für einen Apfel; immer mehr; und dann keinen halben Groschen für das billigste Stück Seife; es konnte nicht gutgehen, Robert, und sie wollten nicht, daß es gutging; und immer kamen sie durchs Modesttor, schwenkten müde zum Bahnhof hin: ordentlich, ordentlich, trugen den Namen des großen Büffels vor sich her: Hindenburg; der sorgte für Ordnung, bis zum letzten Atemzug; ist er denn wirklich tot, Robert? Ich kann es nicht glauben: ›Gemeißelt in Stein, gegraben in Erz. Hindenburg! Vorwärts‹; der sah mir nach Ewigkeit aus, mit seinen Büffelbacken auf den Briefmarken, ich sage dir, der wird uns noch zu schaffen machen, wird uns zeigen, wohin politische Vernunft führt und die Vernunft des Geldes: ein Pferd für einen Apfel, und eine Billion für ein Bonbon, und dann keinen halben Groschen für ein Stück Seife, und immer ordentlich; ich hab's gesehen und hab's gehört, wie sie den Namen vor sich hertrugen; dumm wie Erde, taub wie ein Baum, und sorgte für Ordnung; anständig, anständig, Ehre und Treue, Eisen und Stahl, Geld und notleidende Landwirtschaft; Vorsicht, Junge, wo die Äcker dampfen und die Wälder rauschen, Vorsicht: da wird das *Sakrament des Büffels* geweiht.

Glaub nicht, daß ich verrückt bin, ich weiß genau, wo wir sind: in Denklingen, hier, da siehst du den Weg, zwischen den Bäumen führt er an der blauen Wand hinauf bis zu der Stelle, wo die gelben Busse wie Käfer vorbeikriechen; sie haben mich hergebracht, weil ich deine Kinder hungern ließ, nachdem das letzte Lamm von den flatternden Vögeln getötet worden war, es ist Krieg, Zeit an Beförderungen ablesbar; Leutnant warst du, als du weggingst, zwei Jahre: Oberleutnant. Bist du noch nicht Hauptmann? Diesmal werden sie es unter vier Jahren nicht tun, vielleicht dauert es sechs, dann wirst du Major; verzeih, daß ich lache; treib's nicht zu weit mit deinen Formeln im Gehirn und verliere nicht die Geduld und nimm keine Privilegien an; wir essen nicht einen Krümel mehr, als es auf Lebensmittelkarten gibt; Edith ist damit einverstanden; iß, was alle essen, zieh an, was alle anziehn, lies, was alle lesen; nimm nicht die Extrabutter, das Extrakleid, das Extragedicht, das dir den Büffel auf elegantere Weise anbietet. *Voll ist ihre Rechte von Geschenken,* Schmiergelder in vielfältiger Münze. Ich wollte auch deine Kinder keine Privilegien genießen lassen, sie sollten die Wahrheit auf ihren Lippen kosten, aber sie brachten mich weg von den Kindern; das nennt man Sanatorium, hier darfst du verrückt sein, ohne verprügelt zu werden, hier wird dir nicht kaltes Wasser über den Körper geschüttet, und ohne Einwilligung der Anverwandten bekommst du das spanische Hemd nicht angezogen; ich hoffe, ihr werdet nicht einwilligen, daß sie's mir anziehn; ich kann sogar ausgehen, wenn ich will, denn ich bin harmlos, ganz harmlos, Junge; doch ich will nicht ausgehen, will die Zeit nicht sehen und nicht täglich spüren müssen, daß das heimliche Lachen getötet worden ist, die verborgene Feder im verborgenen Uhrwerk zerbrochen; er fing plötzlich an, sich ernst zu nehmen; feierlich, sage ich dir; da wurden ganze Gebirge von Steinen vermauert, ganze Wälder Bauholz geschlagen und Beton, Beton, du hättest den Bodensee damit zuschütten können; im Bauen suchen sie Vergessen, das ist wie Opium; du glaubst gar nicht, was so ein Architekt in vierzig Jahren alles zusammenbaut – ich bürstete ihm die Mörtelspuren vom Hosenrand, die Gipsflecken vom Hut, er rauchte seine Zigarre, den Kopf in meinem Schoß, und wir beteten die Litanei des *Weißt-du-noch* ab; weißt du noch 1907, 1914, 1921, 1928, 1935 – und die Antwort war immer ein Bauwerk – oder ein Todesfall; weißt du noch, wie Mutter starb, weißt du noch, wie Vater starb, Johanna und Heinrich. Weißt du noch, wie ich Sankt Anton baute, Sankt Servatius und Bonifatius und Modestus, den Damm zwischen Heiligenfeld und Blessenfeld, das Kloster für die Weißen Väter und für die Braunen, Erholungsheime für die Barmherzigen Schwestern, und jede Antwort klang mir im Ohr wie: Erbarme dich unser! Bauwerk auf Bauwerk gehäuft, Todesfall auf

Todesfall; er fing an, hinter seiner eigenen Legende herzulaufen, die Liturgie nahm ihn gefangen; jeden Morgen das Frühstück im Café Kroner, wo er doch lieber mit uns gefrühstückt hätte, seinen Milchkaffee getrunken, sein Brot dazu gegessen, ihm lag ja gar nichts an dem weichgekochten Ei, dem Toast und diesem scheußlichen Paprikakäse, aber er fing an zu glauben, es läge ihm was dran; ich hatte Angst; er fing an, ärgerlich zu werden, wenn er einen großen Auftrag *nicht* bekam, wo er doch bisher immer noch froh gewesen war, wenn er einen bekommen hatte; verstehst du? Das ist eine komplizierte Mathematik, wenn du auf die fünfzig, sechzig zugehst und die Wahl hast, dir entweder an deinem eigenen Denkmal Erleichterung für die Blase zu verschaffen oder in Ehrfurcht daran hochzublicken; kein Augenzwinkern mehr; du warst achtzehn damals, Otto sechzehn – und ich hatte Angst; wie ein wachsamer Vogel mit scharfen Augen hatte ich da oben auf der Pergola gestanden, trug euch als Säuglinge, als kleine Kinder auf dem Arm, hatte euch an der Hand, oder ihr standet neben mir, schon größer als ich, und ich beobachtete, wie die Zeit da unten vorbeimarschierte; das brodelte, schlug sich, zahlte eine Billion für ein Bonbon und hatte dann keine drei Pfennige für ein Brötchen; ich wollte den Namen des Retters nicht hören, aber sie hoben den Büffel doch auf ihre Schultern, klebten ihn als Marke auf ihre Briefe und beteten die Litanei ab; anständig, anständig, Ehre-Treue, geschlagen und doch ungeschlagen; Ordnung; dumm wie Erde, taub wie ein Baum, Josephine zog ihn unten in Vaters Büro übers nasse Schwämmchen und klebte ihn in allen Farben auf die Briefe; und er, mein kleiner David, schlief; er wachte erst auf, als du verschwunden warst; als er sah, wie es das Leben kosten kann, ein Päckchen Geld, das eigene Geld, in Zeitungspapier gewickelt, von einer Hand in die andere zu legen; als sein Sohn plötzlich nur die Hülle seines Sohnes war: Treue, Ehre, anständig – da sah er es; ich warnte ihn vor Gretz, aber er sagte: ›Der ist harmlos.‹ ›Natürlich‹, sagte ich, ›du wirst noch sehen, was die Harmlosen fertigbringen; der Gretz ist imstande, seine eigene Mutter zu verraten‹, und ich bekam Angst vor meiner eigenen Hellsicht, als Gretz wirklich seine Mutter verriet; er hat es getan, Robert, seine eigene Mutter an die Polizei verraten; nur, weil die alte Frau immer sagte: ›Es ist eine Sünde und Schande.‹ Mehr sagte sie nicht, nur immer diesen Satz, bis ihr Sohn eines Tages erklärte: ›Das kann ich nicht länger dulden, das ist gegen meine Ehre.‹ Sie schleppten die alte Frau weg, steckten sie in ein Altersheim, erklärten sie für verrückt, um ihr das Leben zu retten, aber gerade das brachte ihr den Tod; sie haben ihr eine Spritze gegeben. Hast du die alte Frau nicht gekannt? Die warf euch doch immer die leeren Pilzkörbe über die Mauer, ihr habt die Körbe auseinandergenommen und euch Schilfhütten draus gebaut; wenn es lange regnete, wurden sie braun und schmutzig, dann ließt ihr sie trocknen, und ich erlaubte euch, sie zu verbrennen; weißt du das nicht mehr; die alte Frau, die Gretz verriet, seine eigene Mutter – natürlich steht er immer noch hinter der Theke, streichelt die Leberlappen. Sie kamen auch, um Edith zu holen, aber ich gab sie nicht raus, ich fletschte die Zähne, schrie sie an, und sie wichen zurück; ich behielt Edith, bis der flatternde Vogel sie tötete; ich versuchte, auch ihn aufzuhalten, ich hörte ihn rauschen, niederstürzen, und wußte, daß er den Tod brachte, triumphierend brach er durchs Dielenfenster, ich hielt die Hände auf, ihn abzufangen, aber er flatterte zwischen meinen Armen hindurch; verzeih mir, ich konnte das Lamm nicht retten, und denk daran, Robert: du hast versprochen, mir ein Gewehr zu besorgen. Vergiß es nicht. Gib acht, Junge, wenn du Leitern hinaufsteigen mußt; komm, laß dich küssen, und verzeih, daß ich lache: wie geschickt die Friseure heutzutage sind.«

Aufrecht stieg er die Leiter hinauf, trat in die graue Unendlichkeit zwischen den Sprossen, während David von oben herab auf ihn zukam; klein; sein Leben lang hätte er die Anzüge tragen können, die er sich als junger Mann gekauft hatte; Vorsicht! warum müßt ihr zwischen den Stufen stehenbleiben, warum könnt ihr euch nicht wenigstens auf die Sprossen setzen, wenn ihr miteinander reden müßt, beide aufrecht; umarmten sie sich wirklich, legte der Sohn dem Vater, der Vater dem Sohn den Arm auf die Schulter?

Kaffee, Huperts, stark, heiß, mit viel Zucker, stark und süß mag er ihn am Nachmittag, mild am Morgen, mein Gebieter; er kommt aus der grauen Unendlichkeit, in die hinein sich der Aufrechte, Ungebeugte mit langen Schritten entfernt; sie sind mutig, mein Mann und mein Sohn, steigen in das verwunschene Schloß zu mir herunter; mein Sohn zweimal, mein Gebieter nur einmal in der Woche; er bringt den Samstag mit, trägt den Kalender in den Augen und läßt mir nicht die Hoffnung, sein Äußeres der Geschicklichkeit der Friseure zuzuschreiben; achtzig ist er; hat heute Geburtstag, wird feierlich im Café Kroner begangen; ohne Sekt; den haßte er immer, und ich erfuhr nie, warum.

Du hast einmal davon geträumt, eine Riesenfeier an diesem Tag zu veranstalten: siebenmal sieben Enkel, dazu Urenkel, Schwiegertöchter, angeheiratete Enkel mit Enkelinnen; du hast dich immer ein wenig wie Abraham gefühlt, Gründer einer gewaltigen Sippe, hast dich selbst in den Traumkabinetten der Zukunft mit dem neunundzwanzigsten Urenkel auf dem Arm gesehen.

Fortpflanzen, fortpflanzen; das wird eine traurige Feier geben: nur

ein Sohn, der blonde Enkel, die schwarzhaarige Enkelin, die Edith dir
schenkte, und die Mutter der Sippe im verwunschenen Schloß, nur
über unendlich lange Leitern mit Riesensprossen erreichbar.
»Tritt ein, bring Glück herein, alter David, immer noch mit der Taillen-
weite der Jugend; verschone mich mit dem Kalender in deinen Augen;
ich fahre dahin auf dem winzigen Kalenderblatt, das den Namen
31. Mai 1942 trägt; zerstöre mein Boot nicht; erbarme dich meiner,
Geliebter, zerstöre nicht das Papierschiffchen, aus einem Kalenderblatt
gefaltet, und stürz mich nicht in den Ozean der sechzehn Jahre. Weißt
du doch: *Der Sieg wird erkämpft, nicht geschenkt;* wehe denen, die
nicht vom *Sakrament des Büffels* essen; du weißt auch, daß Sakra-
mente die schreckliche Eigenschaft haben, nicht der Endlichkeit unter-
worfen zu sein; und sie hatten Hunger, und es fand keine Brotver-
mehrung für sie statt, keine Fischvermehrung, das *Sakrament des
Lammes* stillte nicht ihren Hunger, das des *Büffels* bot reichlich Nahrung; sie hatten nicht rechnen gelernt: eine Billion für ein Bonbon,
ein Pferd für einen Apfel, und dann keine drei Pfennige für ein
Brötchen; und immer ordentlich, anständig, Ehre, Treue; mit dem
Sakrament des Büffels geimpft, sind sie unsterblich; gib's auf, David,
wozu die Zeit mit sich herumschleppen; sei barmherzig, lösch den
Kalender in deinen Augen aus; Geschichte machen die anderen; dein
Café Kroner ist dir sicher, irgendwann ein Denkmal, ein kleines aus
Bronze, wird dich mit einer Zeichenrolle in der Hand zeigen: klein,
zart, lächelnd, etwas zwischen jungem Rabbiner und Bohemien, mit
dem unbestimmten Air ländlicher Herkunft; du hast doch gesehen,
wohin politische Vernunft führt – willst du mir die politische Unver-
nunft rauben?
Von deinem Atelierfenster aus riefst du mir zu: ›mach dir keinen
Kummer, ich werde dich lieben und dir die schrecklichen Sachen ersparen, von denen dir deine Schulfreundinnen erzählen; Sachen, wie
sie angeblich in Hochzeitsnächten passieren; glaub dem Geflüster dieser Närrinnen nicht; wir werden lachen, wenn es soweit ist, bestimmt,
ich verspreche es dir, aber du mußt noch warten, ein paar Wochen,
höchstens einen Monat, bis ich den Blumenstrauß kaufen, die Droschke
mieten, vor eurem Haus vorfahren kann. Wir werden reisen, uns die
Welt anschauen, du wirst mir Kinder schenken, fünf, sechs, sieben;
die Kinder werden mir Enkel schenken, fünfmal, sechsmal, siebenmal
sieben; du wirst nie merken, daß ich arbeite; ich werde dir den
Männerschweiß ersparen, Muskelernst und Uniformernst; alles geht
mir leicht von der Hand, ich hab's gelernt, ein bißchen studiert, hab
den Schweiß im voraus bezahlt; ich bin kein Künstler; mach dir keine
Illusionen; ich werde dir weder falsche noch echte Dämonie bieten
können, das, wovon dir deine Freundinnen Gruselmärchen erzählen,

werden wir nicht im Schlafzimmer tun, sondern im Freien: du sollst den Himmel über dir sehen, Blätter oder Gräser sollen dir ins Gesicht fallen, du sollst den Geruch eines Herbstabends schmecken und nicht das Gefühl haben, an einer widerwärtigen Turnübung teilzunehmen, zu der du verpflichtet bist; du sollst herbstliches Gras riechen, wir werden im Sand liegen, unten am Flußufer, zwischen den Weidenbüschen, gleich oberhalb der Spur, die das Hochwasser hinterließ; Schilfstengel, Korken, Schuhkremdosen, eine Rosenkranzperle, die einer Schifferfrau über Bord fiel, und in einer Limonadenflasche eine Post; in der Luft der bittere Rauch der Schiffsschornsteine; rasselnde Ankerketten; wir werden keinen blutigen Ernst draus machen, obwohl's natürlich ernst und blutig ist.‹

Und der Korken, den ich mit meinen nackten Zehen aufnahm und dir zur Erinnerung anbot? Ich hob ihn auf, schenkte ihn dir, weil du mir das Schlafzimmer erspart hattest, die dunkle Folterkammer aus Romanen, Freundinnengeflüster mit Nonnenwarnungen; Weidenzweige hingen mir in die Stirn, silbergrüne Blätter hingen mir über die Augen, die dunkel waren und glänzten; die Dampfer tuteten, mir zur Feier, riefen mir zu, daß ich nicht mehr Jungfrau sei; Dämmer, Herbstabend, längst waren alle Ankerketten gefallen, Matrosen und Schifferfrauen stiegen über schwankende Stege an Land, und schon begehrte ich, was ich vor Stunden noch gefürchtet hatte; und es kamen mir doch ein paar Tränen, weil ich mich meiner Vorfahren nicht würdig fühlte, die sich geschämt hätten, aus der Pflicht ein Vergnügen zu machen; du hast mir Weidenblätter auf die Stirn und die Tränenspur geklebt, unten am Flußufer, wo meine Füße Schilfrohr berührten, Flaschen mit Sommerfrischlergrüßen an die Bewohner; woher kamen alle die Schuhkremdosen, waren sie für die blanken Stiefel ausgebreiteter Matrosen, für die schwarzen Einkaufstaschen der Schifferfrauen, für die blanken Mützenschirme bestimmt gewesen, die im Dämmer blitzten; als wir später in Trischlers Café auf den roten Stühlen saßen? Ich bewunderte die herrlichen Hände dieser jungen Frau, die uns gebratenen Fisch brachte, Salat, der so grün war, daß mir die Augen schmerzten; Wein; die Hände dieser jungen Frau, die achtundzwanzig Jahre später den Rücken meines zerschundenen Sohnes mit Wein wusch; du hättest Trischler nicht anbrüllen sollen, als er anrief und von Roberts Unfall erzählte; Hochwasser, Hochwasser, immer hat es mich gelockt, mich hineinzuwerfen und auf den grauen Horizont zutreiben zu lassen. Tritt ein, bring Glück herein, aber küß mich nicht; zerstöre nicht mein Schiffchen; hier ist Kaffee, süß und heiß, Nachmittagskaffee, stark und ohne Milch, hier sind Zigarren; sechziger; Huperts hat sie mir besorgt. Wechsele die Optik deiner Augen aus, Alter, ich bin ja nicht blind, nur verrückt und kann wohl lesen,

welches Datum da unten in der Halle auf dem Kalender steht: 6. September 1958; blind bin ich nicht und weiß, daß ich dein Aussehen nicht der Geschicklichkeit der Friseure zuschreiben kann; spiel mit, schraube die Optik deiner Augen zurück und erzähl mir nicht wieder von deinem strahlenden blonden Engel, der das Herz seiner Mutter und den Verstand seines Vaters hat und beim Wiederaufbau der Abtei als dein Beauftragter fungiert; hat er das Abitur bestanden? Wird er Statik studieren? Macht jetzt sein Praktikum? Verzeih, daß ich lache; ich habe Bauwerke nie ernst nehmen können; Staub, zusammengebacken, konzentriert, zu Struktur verwandelter Staub; optische Täuschung, Fata morgana, dazu bestimmt, Trümmer zu werden; der Sieg wird erkämpft, nicht geschenkt; ich hab's heute morgen in der Zeitung gelesen, bevor sie mich wegbrachten. ›Jubelwellen brandeten hoch – voll gläubigen Vertrauens lauschten sie den Worten – immer wieder brandeten Jubel und Begeisterung hoch.‹ Soll ich's dir aus der Lokalzeitung vorlesen?
Deine Enkelschar, nicht siebenmal sieben, sondern zweimal eins, einmal zwei, sie werden keine Privilegien genießen, ich hab's Edith, dem Lamm, versprochen; sie sollen nicht vom *Sakrament des Büffels* essen, und der Junge lernt das Gedicht für die Schule nicht.

Lob jedem Hieb, den uns das Schicksal schlägt,
weil Not verwandte Seelen ähnlich prägt ...

Du liest zuviel überregionale Zeitungen, läßt dir den *Büffel,* süß oder sauer, paniert und in Gott weiß welchen Soßen servieren; du liest zuviel gepflegte Zeitungen – hier, im Feuilleton des Lokalblättchens kannst du den wahren, echten Dreck jeden Tag schlucken, unvermischt und unverfälscht, so gut gemeint, wie du es dir nur wünschen kannst; die anderen meinen es nicht gut, die sind nur feige, deine überregionalen, aber hier, das ist gut gemeint; keine Privilegien bitte, keine Schonung; hier, das ist an mich gerichtet: ›Mütter der Gefallenen ... Und ob ihr auch des Volkes Heilige seid, gleich euren Söhnen eure Seele schreit ...‹; ich bin des Volkes Heilige, und meine Seele schreit; mein Sohn ist gefallen: Otto Fähmel; anständig, anständig, Ehre, Treue; er verriet uns an die Polizei, war plötzlich nur noch die Hülle unseres Sohnes; keine Schonung; keine Privilegien; den Abt haben sie natürlich geschont, er hat doch davon gekostet, anständig, ordentlich, Ehre; es wurde mit fackeltragenden Mönchen gefeiert, oben auf dem Hügel, mit Blick ins liebliche Kissatal, die neue Zeit brach an, Opferzeit, Schmerzenszeit, und sie hatten wieder ihre Pfennige für die Brötchen, ihren halben Groschen für ein Stück Seife; den Abt wunderte es, daß Robert sich weigerte, an der Feier teilzunehmen; sie ritten auf dampfenden Rossen den Hügel hinauf, zündeten Feuer an: Sonnenwende; Otto durfte den Holzstoß anzünden, er stieß die brennende Fackel ins Reisig, die gleichen Lippen, die das *rorate coeli* so wunderbar singen konnten, sangen, was ich den Lippen meines Enkels fernhalten will: *Es zittern die morschen Knochen* – zittern deine noch nicht, Alter?

Komm, leg deinen Kopf in meinen Schoß, steck dir eine Zigarre an, hier, die Kaffeetasse in Reichweite deiner Hände; schließ die Augen; Klappe 'runter, weg, den Kalender ausgelöscht, wir wollen die Litanei des Weißt-du-noch abbeten, uns der Jahre erinnern, als wir draußen in Blessenfeld wohnten, wo es jeden Abend nach Feierabend roch, nach Volk, das sich in Fischbratküchen sättigte, an Reibekuchenbuden und Eiskarren; selig, die mit den Fingern essen dürfen; ich durfte es nie, solange ich zu Hause lebte; du hast es mir erlaubt, da dudelten die Drehorgeln, kreischten die Karussells, und ich roch es, hörte es, spürte es, daß nur die Vergänglichkeit Dauer hat; du hattest mich aus diesem schrecklichen Haus erlöst, wo sie seit vierhundert Jahren hockten und vergebens sich zu befreien suchten; an Sommerabenden saß ich oben auf dem Dachgarten, wenn sie unten im Garten saßen und Wein tranken: Herrenabende, Damenabende, und ich hörte im schrillen Lachen der Frauen, was ich im grölenden der Männer hörte: Verzweiflung; wenn der Wein die Zungen löste, die Tabus befreite, wenn der Geruch des Sommerabends sie aus dem Gefängnis der Heuchelei erlöste, wurde es offenkundig; sie waren weder reich noch arm genug, das einzige Dauerhafte zu entdecken: Vergänglichkeit; ich sehnte mich nach ihr, während ich fürs Unvergängliche erzogen wurde: Ehe, Treue, Ehre, Schlafzimmer, wo es nur Pflicht, keine Kür gab; Ernst, Bauwerke, Staub in Strukturen verwandelt, und es klang mir im Ohr, wie der Lockruf des murmelnden Flusses bei Hochwasser: *wozuwozuwozu*; ich wollte an ihrer Verzweiflung nicht teilhaben, nicht von dem dunklen Erbe kosten, das sie von Geschlecht zu Geschlecht weiterreichten; ich sehnte mich nach dem weißen, leichten Sakrament des Lammes und versuchte, mir beim *mea culpa, mea culpa, mea maxima culpa* die uralte Erbschaft der Dunkelheit und der Gewalt aus der Brust herauszuklopfen; legte, wenn ich aus der Messe kam, mein Gebetbuch in der Diele ab, kam gerade früh genug, um Vaters Begrüßungskuß zu empfangen; sein dröhnender Baß entfernte sich über den Hof zum Kontor hin: fünfzehn war ich, sechzehn, siebzehn, achtzehn und sah in den Augen meiner Mutter das harte Lauern: sie war den Wölfen vorgeworfen worden; sollte ich etwa davon verschont bleiben? Sie wuchsen schon heran, die Wölfe, Biertrinker, Mützenträger, hübsche und weniger hübsche; ich sah ihre Hände, ihre Augen und war mit dem schrecklichen Fluch beladen, zu wissen, wie sie mit vierzig, mit sechzig aussehen würden; violette Adern in ihrer Haut, und sie würden nie nach Feierabend riechen; ernst, Männer, Verantwortung; Gesetze hüten, Kindern Geschichte beibringen; Münzen zählen, zu politischer Vernunft entschlossen, sie waren alle dazu verdammt, vom *Sakrament des Büffels* zu kosten, wie meine Brüder; jung waren sie nur an Jahren, und es gab für sie alle nur eins, das ihnen Glanz versprach, ihnen Größe verleihen, sie in mythischen Dunst hüllen würde: der Tod; Zeit war nur ein Mittel, sie ihm entgegenzutragen; sie schnupperten danach, und alles, was danach roch, war ihnen gut; sie rochen selbst danach: Verwesung; sie hockte im Haus, in den Augen derer, denen ich vorgeworfen werden sollte: Mützenträger, Gesetzesträger; nur eins war verboten: leben wollen und spielen. Verstehst du mich, Alter? Spiel galt als Todsünde; nicht Sport, den hätten sie geduldet; das hält lebendig, macht anmutig, hübsch, steigert den Appetit der Wölfe; Puppenstuben: gut; das fördert die hausfraulichen und mütterlichen Instinkte; tanzen: auch gut; das gehört zum Markt, aber wenn ich für mich ganz allein tanzte, im Hemd oben in meinem Zimmer: Sünde, weil es nicht Pflicht war; da konnte ich mich getrost auf Bällen von Mützenträgern betasten lassen, im Dunkel des Flures, durfte sogar im Waldesdunkel nach Landpartien nicht allzu gewagte Zärtlichkeiten dulden; wir sind ja nicht prüde; ich betete um den, der mich erretten, vom Tode im Wolfszwinger erlösen würde, ich betete und nahm das weiße *Sakrament* drauf und sah dich im Atelierfenster drüben; wenn du wüßtest, wie ich dich liebte, wenn du es ahnen könntest, würdest du nicht die Augen aufschlagen, mir den Kalender entgegenhalten und mir erzählen wollen, wie groß meine Enkel inzwischen geworden sind; daß sie nach mir fragen, mich nicht vergessen haben. Nein, ich will sie nicht sehen; sie lieben mich, ich weiß, und ich weiß, daß es eine Möglichkeit gab, den Mördern zu entrinnen: für verrückt erklärt zu werden; aber wenn es mir wie Gretzens Mutter gegangen wäre, wie? Glück gehabt, reines Glück in dieser Welt, wo eine Handbewegung das Leben kostet, wo es dich retten oder dich umbringen kann, für verrückt erklärt zu werden; ich will die Jahre, die ich verschluckt habe, noch nicht wieder hergeben, will nicht Joseph als Zweiundzwanzigjährigen sehen, mit Mörtelspuren an den Hosenbeinen, Gipsflecken am Rock, einen strahlenden jungen Mann, der den Zollstock schwingt, Zeichenrollen unter dem Arm trägt, ich will nicht die neunzehnjährige Edith sehen, *Kabale und Liebe* lesend; schließ die Augen, alter David, klapp den Kalender zu, hier, dein Kaffee.

Ich habe wirklich Angst, glaub mir; ich lüge nicht; laß dein Schiffchen schwimmen, sei nicht der mutwillige Knabe, der es zerstört; die Welt ist böse, es gibt so wenig reine Herzen; auch Robert spielt mit, geht gehorsam auf die Stationen, auf die ich ihn schicke: von 1917 bis

1942 – keinen Schritt weiter; aufrecht tut er's, ungebeugt, deutsch; ich weiß, daß er Heimweh hatte, daß ihn das Billardspielen und Formelnpauken in der Fremde nicht glücklich machte; daß er nicht allein um Ediths willen zurückgekommen ist; der ist deutsch, liest Hölderlin, hat nie vom *Sakrament des Büffels* gekostet, er ist vom Adel, kein Lamm, sondern ein Hirte. Ich hätte nur gerne gewußt, was er im Krieg gemacht hat, aber er spricht nie darüber; ein Architekt, der nie ein Haus gebaut hat, nie Mörtelspuren am Hosenbein, nein, makellos, korrekt, ein Schreibtischarchitekt, den es nicht nach Richtfesten gelüstet. Aber wo ist der andere Sohn: Otto; gefallen bei Kiew; von unserem Fleisch und Blut; wo kam er her, wo ging er hin? Glich er wirklich deinem Vater? Hast du Otto nie mit einem Mädchen gesehen? Ich wüßte so gern etwas über ihn; ich weiß, daß er gern Bier trank, Gurken nicht mochte, und kenne die Bewegungen seiner Hände, wenn er sich kämmte, den Mantel anzog; er verriet uns an die Polizei, ging zum Militär – noch bevor er die Schule absolviert hatte, schrieb uns Postkarten von tödlicher Ironie: ›Mir geht es gut, was ich von euch hoffe; brauche 3.‹ Otto, er kam nicht einmal zu den Urlauben nach Hause; wo verbrachte er sie? Welcher Detektiv könnte uns Auskunft darüber geben? Regimentsnummern weiß ich, Feldpostnummern, Dienstgrade: Oberleutnant, Major, Oberstleutnant Fähmel, und als letzten Schlag wieder Ziffern, ein Datum, gefallen 12. 1. 42. Ich sah es mit eigenen Augen, wie er die Leute auf der Straße niederschlug, weil sie die Fahnen nicht grüßten; er erhob seine Hände und schlug sie, hätte auch mich geschlagen, wenn ich nicht rasch in die Krämerzeile eingebogen wäre; wie kam er in unser Haus? Mir bleibt nicht einmal die törichte Hoffnung, er könne als Säugling vertauscht worden sein; er ist im Hause geboren, vierzehn Tage nach Heinrichs Tod, im Schlafzimmer oben, an einem dunklen Oktobertag 1917; er glich deinem Vater.

Still, Alter, sprich nicht, öffne nicht deine Augen, zeig mir nicht deine achtzig Jahre. *Memento quia pulvis es et in pulverem reverteris.* Sie sagen es uns deutlich genug; Staub, der Mörtel hinterläßt, Hypothekenbriefe, Häuser, Gutshöfe, ein Denkmal in einem friedlichen Vorort, wo spielende Kinder sich fragen werden: Wer war denn das?

Als junge Mutter, blühend und fröhlich, ging ich durch den Blessenfelder Park und wußte doch, daß die griesgrämigen Rentner dort, die auf die lärmenden Kinder schimpften, nur auf die schimpften, die einmal selber als griesgrämige Rentner dort sitzen und auf lärmende Kinder schimpfen würden, die einmal griesgrämige Rentner wären; zwei Kinder hatte ich, an jeder Hand eins; sie waren vier und sechs Jahre alt, dann sechs und acht, acht und zehn, und im Garten hingen die korrekt gemalten Schilder: 25, 50, 75, 100, schwarze Ziffern auf weißlackiertem Blech, erinnerten mich immer an die Ziffern an Stra-

ßenbahnhaltestellen; abends dein Kopf in meinem Schoß, die Kaffeetasse in Reichweite; wir warteten vergebens auf Glück, fanden es nicht in Eisenbahnabteilen, in Hotels; ein Fremder ging durchs Haus, trug unseren Namen, trank unsere Milch, aß unser Brot, kaufte sich von unserem Geld im Kindergarten Kakao, dann Schulhefte.
Trag mich ans Flußufer zurück, wo meine nackten Füße die Hochwasserspur berühren, wo die Dampfer tuten, es nach Rauch riecht, bring mich in das Café, wo die Frau mit den herrlichen Händen bedient; still, Alter, weine doch nicht: ich lebte in der inneren Emigration, und du hast einen Sohn, zwei Enkel, vielleicht werden sie dir bald Urenkel schenken; ich habe es nicht in der Hand, zu dir zurückzukehren, mir jeden Tag ein neues Schiffchen aus einem Kalenderblatt zurechtzufalten und munter bis Mitternacht dahinzusegeln: 6. September 1958; das ist Zukunft, deutsche Zukunft, ich habe es selber im Lokalblättchen gelesen.
›Ein Bild aus deutscher Zukunft; im Jahr 1958; aus dem einundzwanzigjährigen Unteroffizier Morgner ist der sechsunddreißigjährige Bauer Morgner geworden; er steht an den Ufern der Wolga; es ist Feierabend, er raucht sein wohlverdientes Pfeifchen, hat eins seiner blonden Kinder auf dem Arm, blickt versonnen zu seiner Frau hinüber, die gerade die letzte Kuh melkt; deutsche Milch am Wolgaufer ...‹
Du willst nicht mehr weiterhören! Gut, aber laß mich mit der Zukunft zufrieden; ich will nicht wissen, wie sie als Gegenwart aussieht; stehen sie nicht am Wolgaufer? Weine nicht, Alter; zahl das Lösegeld, und ich komme aus dem verwunschenen Schloß zurück; *ich muß haben ein Gewehr, muß haben ein Gewehr.*
Vorsicht, wenn du die Leiter hinaufkletterst; nimm die Zigarre aus dem Mund; du bist nicht mehr dreißig und könntest schwindlig werden; heute abend im Café Kroner die Familienfeier? Vielleicht komm ich; viel Glück zum Geburtstag; verzeih, daß ich lache; Johanna wäre achtundvierzig, Heinrich siebenundvierzig; sie nahmen ihre Zukunft mit; weine nicht, Alter, du hast das Spiel gewollt. Vorsicht, wenn du die Leiter hinaufsteigst.«

6

Der gelb-schwarze Bus hielt am Dorfeingang, schwenkte in Richtung Doderingen von der Landstraße ab, und Robert sah in der Staubwolke, die der Bus hinterließ, seinen Vater auftauchen; wie aus Nebelschwaden stieg der Alte ans Licht, immer noch elastisch, kaum von der Schwüle des Nachmittags angegriffen; er bog in die Hauptstraße ein, ging am ›Schwan‹ vorüber; gelangweilte Dorfburschen musterten ihn

von der Freitreppe herab; fünfzehnjährige, sechzehnjährige; wahrscheinlich waren sie es gewesen, die Hugo aufgelauert hatten, wenn er aus der Schule kam; in dumpfen Nebengassen, in dunklen Ställen hatten sie ihn geschlagen und ihn *Lamm Gottes* gerufen.
Der Alte ging am Bürgermeisteramt vorüber, am Kriegerdenkmal, wo müder Buchsbaum den Toten dreier Kriege aus saurer Erde seine Blätter zum Gedächtnis bot; an der Friedhofsmauer blieb der Alte stehen, zog ein Taschentuch heraus, trocknete sich die Stirn, faltete sein Taschentuch wieder, zog den Rock glatt, ging weiter, und bei jedem Schritt sah Robert die kokette Kurve, die das rechte Hosenbein beschrieb; nur für einen Augenblick wurde das dunkelblaue Stoßband sichtbar, bevor der Fuß den Boden wieder berührte, sich zu koketter Kurve wieder hob; Robert blickte auf die Bahnhofsuhr: zwanzig vor vier, erst um zehn nach vier würde der Zug kommen; eine halbe Stunde, so lange war er, so weit er sich erinnern konnte, noch nie mit seinem Vater allein gewesen; er hatte gehofft, dessen Besuch würde länger dauern und er der Notwendigkeit des Vater-Sohn-Gesprächs enthoben sein. Die Gaststube des Denklinger Bahnhofs war der am wenigsten geeignete Ort für diese Begegnung, auf die der Vater vielleicht seit zwanzig oder dreißig Jahren gehofft hatte; Gespräch mit dem gereiften Sohn, der nicht mehr Kind war, nicht mehr an der Hand zu nehmen, mit auf die Reise ins Seebad, zu Kuchen und Eis einzuladen; Gutenachtkuß, Morgenkuß, Frage nach den Schularbeiten, ein paar Lebensweisheiten: Ehrlich währt am längsten; Gott trügt nicht; Taschengeldempfänger; lächelnder Stolz über Siegerurkunden und gute Schulzeugnisse; verlegenes Gespräch über Architektur; Ausflüge nach Sankt Anton; kein Wort, als er verschwand, keins, als er wiederkam; beklemmende Mahlzeiten in Ottos Gegenwart, die sogar ein Gespräch übers Wetter unmöglich machte; Fleisch, mit Silbermessern geschnitten, Soße, mit Silberlöffeln genommen; Mutter starr wie das Kaninchen vor der Schlange, der Alte blickte zum Fenster hinaus, während er Brot zerkrümelte, gedankenlos einen Löffel zum Mund führte, Ediths Hände zitterten, während Otto sich verächtlich die größten Brocken Fleisch nahm, als einziger die Ingredienzien der Mahlzeit würdigte; Vaters Liebling, immer zu Ausflügen und Reisen, Extravaganzen bereit gewesen, fröhlicher Knabe mit fröhlicher Zukunft, geeignet, um auf Kirmesplätzen dem Vater das Gefühl eines erfüllten Lebens zu geben; heiter sagte er hin und wieder: ›Ihr könnt mich ja 'rauswerfen‹; keiner antwortete. Robert ging nach den Mahlzeiten mit Vater ins Atelier hinüber, saß nur da, zeichnete, spielte mit Formeln in dem leeren großen Raum, wo noch die Zeichentische von fünf Architekten standen; leer; während der Alte müde seinen Kittel überzog, dann zwischen Zeichenrollen kramte, immer wieder vor dem Plan von Sankt Anton stehen-

blieb, später wegging, spazieren, Kaffee trinken, alte Kollegen, alte Feinde besuchen; Eiszeit brach in den Häusern aus, wo er schon seit vierzig Jahren gern gesehener Gast war; in manchen Häusern des einen, in manchen des anderen Sohnes wegen; und er war doch fröhlich angelegt, der Alte, dazu geschaffen, ein munteres Leben zu führen, Wein und Kaffee zu trinken, zu reisen, und die hübschen Mädchen, die er auf der Straße, in Eisenbahnzügen sah, alle als respektive Schwiegertöchter zu betrachten; oft ging er stundenlang spazieren, mit Edith, die den Kinderwagen schob; er hatte wenig zu tun, war glücklich, wenn er an Krankenhäusern, die er gebaut hatte, kleine Umbauten planen, beaufsichtigen konnte, nach Sankt Anton fahren, die Reparatur einer Mauer veranlassen konnte; er glaubte, Robert grolle ihm, und Robert glaubte, der Alte grolle ihm.

Aber jetzt war er gereift, selbst Vater erwachsener Kinder, Mann, vom Schicksal geschlagen durch den Tod der Frau; emigriert gewesen, heimgekehrt; im Krieg; verraten und gefoltert; selbständig, mit einem klar erkennbaren Platz: ›Dr. Robert Fähmel, Büro für statische Berechnungen, nachmittags geschlossen‹; endlich zum Gesprächspartner geworden.

»Noch ein Bier, der Herr?« fragte der Wirt von der Theke her, wischte Bierschaum vom Nickelblech, entnahm der Kühlvitrine zwei Teller mit Frikadellen und Senf, brachte sie dem Pärchen, das in der Ecke saß, vom Landspaziergang erhitzt, in müder Glückseligkeit.

»Ja, bitte«, sagte Robert, »noch ein Bier«, schob den Vorhang beiseite; der Vater bog nach rechts ab, ging am Friedhofseingang vorüber, überquerte die Straße, blieb am Gärtchen des Bahnhofsvorstehers stehen, blickte auf die violetten, eben erblühten Astern; offenbar zögerte er.

»Nein«, sagte Robert zur Theke hin, »bitte *zwei* Bier und zehn Virginia-Zigaretten.«

Wo jetzt das Pärchen saß, hatte der amerikanische Offizier am Tisch gesessen; blondes, kurzgeschnittenes Haar erhöhte den Eindruck der Jugendlichkeit; die blauen Augen strahlten Vertrauen aus, Vertrauen in die Zukunft, in der alles erklärbar sein würde; sie war in Planquadrate eingeteilt; nur die Frage des Maßstabs war noch zu klären; 1:1 oder 1:300 000? Auf dem Tisch, wo die Finger des Offiziers mit einem schlanken Stift spielten, lag das Meßtischblatt der Gemarkung Kisslingen.

Der Tisch hatte sich in dreizehn Jahren nicht verändert; rechts an dem Tischbein, wo die staubigen Sandalen des jungen Mannes jetzt Halt suchten, immer noch die Initialen, von einem gelangweilten Fahrschüler eingeschnitten: J. D.; wahrscheinlich hatte er Joseph Dodringer geheißen; auch die Tischtücher unverändert; rot-weiß kariert; die

119

Stühle hatten zwei Weltkriege überdauert, astreines Buchenholz zu stabiler Sitzgelegenheit verarbeitet; seit siebzig Jahren dienten sie wartenden Bauernärschen; neu war nur die Kühlvitrine auf der Theke, wo krustige Frikadellen, kalte Koteletts und russische Eier auf Hungrige oder Gelangweilte warteten.
»Bitte, der Herr, zwei Bier und zehn Zigaretten.«
»Danke sehr!«
Nicht einmal die Bilder an der Wand waren ausgewechselt; eine Luftansicht der Abtei Sankt Anton, noch mit der biederen Platte und dem schwarzen Tuch fotografiert, offenbar vom Kosakenhügel herunter; Kreuzgang und Refektorium, die gewaltige Kirche, Wirtschaftsgebäude; daneben hing ein verblaßter Farbdruck: Liebespaar am Feldrain; Ähren, Kornblumen, ein lehmig gelber, von Sonne ausgetrockneter Weg; neckisch kitzelte die Dorfschöne ihren Liebhaber, dessen Kopf in ihrem Schoß ruhte, mit einem Halm hinterm Ohr.
›Sie mißverstehen mich, Herr Hauptmann; wir würden so gerne wissen, *warum* Sie das getan haben; hören Sie? Wir kennen natürlich den Verbrannte-Erde-Befehl – Hinterlaßt dem Feind nur Trümmer und Leichen, nicht wahr? Aber ich glaube nicht, daß Sie es getan haben, um diesen Befehl zu befolgen; Sie sind – verzeihen Sie – zu intelligent, um das zu tun. Aber warum, warum haben Sie dann die Abtei gesprengt? Sie war in ihrer Art ein kulturgeschichtliches Denkmal ersten Ranges; jetzt, wo die Kampfhandlungen hier vorrüber sind und Sie unser Gefangener, der wohl kaum Gelegenheit haben wird, von unseren Rücksichten drüben zu erzählen – jetzt kann ich Ihnen gestehen, daß unser Kommandeur eher eine Verzögerung des Vormarsches um zwei, drei Tage in Kauf genommen hätte, als die Abtei auch nur anzutasten. Warum haben Sie die Abtei in die Luft gejagt, obwohl es doch taktisch und strategisch so offensichtlich keinen Sinn hatte? Sie haben unseren Vormarsch nicht etwa behindert, sondern beschleunigt. Rauchen Sie?‹
›Ja, danke.‹
Die Zigarette schmeckte, Virginia, würzig-kräftig.
›Ich hoffe, Sie verstehen, was ich meine. Bitte, sagen Sie doch etwas; ich sehe, daß wir fast gleichaltrig sind; Sie sind neunundzwanzig, ich siebenundzwanzig. Können Sie nicht begreifen, daß ich Sie verstehen möchte? Oder fürchten Sie die Folgen einer Aussage – Folgen bei uns oder bei Ihren Landsleuten?‹
Aber wenn er es aussprechen würde, stimmt es nicht mehr; aktenkundig gemacht, wäre es am wenigsten wahr: daß er auf diesen Augenblick fünfeinhalb Kriegsjahre gewartet hatte, auf den Augenblick, da die Abtei wie ein Gottesgeschenk als seine Beute dalag; ein Denkmal aus Staub und Trümmern wollte er denen setzen, die keine kultur-

geschichtlichen Denkmäler gewesen waren und die man nicht hatte schonen müssen: Edith, von einem Bombensplitter getötet; Ferdi, ein Attentäter, rechtskräftig verurteilt; der Junge, der die winzigen Papiere mit seinen Botschaften in den Briefkasten geworfen hatte; Schrellas Vater, der verschwunden war, Schrella selbst, der so fern von dem Land leben mußte, in dem Hölderlin gelebt hatte; Groll, der Kellner im Anker, und die vielen, die hinausgezogen waren, singend: *Es zittern die morschen Knochen;* niemand würde für sie um Rechenschaft gefragt werden, niemand hatte sie etwas Besseres gelehrt; Dynamit, ein paar Formeln, das war seine Möglichkeit, Denkmäler zu setzen; und einen Sprengtrupp hatte er, der seiner Präzisionsarbeit wegen berühmt war: Schrit, Hochbret, Kanders. ›Wir wissen genau, daß Sie Ihren Vorgesetzten, General Otto Kösters, nicht ernst nehmen konnten; unsere Heerespsychiater haben einmütig – und wenn Sie wüßten, wie schwer es ist, unter amerikanischen Heerespsychiatern Einmütigkeit herzustellen –, sie haben ihn einmütig für verrückt, für seine Taten nicht verantwortlich erklärt, und so fällt die Verantwortung auf Sie, Herr Hauptmann, da Sie eindeutig nicht verrückt, und – ich will Ihnen das verraten – durch die Aussagen Ihrer Kameraden stark belastet sind. Ich will Ihnen gar nicht die Frage nach Ihrer politischen Anschauung stellen: die Unschuldsbeteuerungen sind mir schon zu geläufig und offen gestanden auch zu langweilig. Ich habe schon zu meinen Kameraden gesagt, wir werden in diesem schönen Land nur fünf oder sechs, wenn's hochkommt neun Schuldige finden und uns fragen müssen, gegen wen wir diesen Krieg geführt haben: gegen lauter einsichtige, nette, intelligente, sogar kultivierte Menschen – bitte, beantworten Sie doch meine Frage! Warum, warum haben Sie es getan?‹

Auf dem Platz des amerikanischen Offiziers saß jetzt das junge Mädchen, aß seine Frikadelle, nippte am Bier, kicherte; am Horizont konnte er den dunkelgrauen, schlanken Turm von Sankt Severin sehen, unversehrt.

Sollte er sagen, daß er den Respekt vor kulturgeschichtlichen Denkmälern so rührend fände wie den Irrtum, anstatt lauter netten, einsichtigen Leuten Bestien zu erwarten? Ein Denkmal für Edith und Ferdi, für Schrella und dessen Vater, für Groll und den Jungen, der seine Papierchen in den Briefkasten geworfen, für den Polen Anton, der gegen Wakiera die Hand erhoben hatte und deshalb ermordet worden war, und für die vielen, die *Es zittern die morschen Knochen* gesungen hatten, nichts Besseres war ihnen beigebracht worden; ein Denkmal für die Lämmer, die niemand geweidet hatte.

Wenn sie den Zug noch erwischen wollte, mußte seine Tochter Ruth jetzt am Portal von Sankt Severin vorbei zum Bahnhof laufen; mit ihrer grünen Mütze auf dem dunklen Haar, in ihrem rosaroten Pullover, erhitzt, glücklich, Vater, Bruder und Großvater zu treffen; Nachmittagskaffee in Sankt Anton vor der großen Geburtstagsfeier am Abend.
Vater stand draußen im Schatten vor der Tafel und studierte die Abfahrtszeiten; gerötet das schmale Gesicht, liebenswürdig der Alte, großzügig und freundlich, der hatte nie vom *Sakrament des Büffels* gekostet, war mit dem Alter nicht bitter geworden; wußte er alles? Oder würde er es noch erfahren? Und sein Sohn Joseph, wie würde er es dem je erklären können; Schweigen war besser als die Gedanken und Gefühle aktenkundig zu machen und den Psychologen auszuliefern.

Er hatte es auch dem freundlichen jungen Mann nicht erklären können, der ihn kopfschüttelnd ansah, ihm die angebrochene Zigarettenschachtel über den Tisch zuschob; er nahm die Zigarettenpackung, sagte Dank, steckte sie in die Tasche, nahm sein Eisernes Kreuz von der Brust, schob es dem jungen Mann über den Tisch zu; das rotweiß karierte Tischtuch beulte sich, er zog es wieder glatt, während der junge Mann errötete.
›Nein, nein‹, sagte Robert, ›verzeihen Sie mir meine Ungeschicklichkeit; ich wollte Sie nicht kränken, aber ich habe das Bedürfnis, Ihnen dies als Andenken zu schenken, Andenken an den, der die Abtei Sankt Anton gesprengt hat und diesen Orden dafür bekam; der sie gesprengt hat, obwohl er wußte, daß der General verrückt war, obwohl er wußte, daß die Sprengung weder taktisch noch strategisch einen Sinn hatte. Ich behalte Ihre Zigaretten gern – darf ich Sie bitten, zu glauben, daß wir nur als Gleichaltrige Geschenke gewechselt haben?‹
Vielleicht hatte er es getan, weil ein halbes Dutzend Mönche damals zur Sonnwendfeier den Kosakenhügel hinaufgezogen waren und oben, als das Feuer auflöderte: *Es zittern die morschen Knochen* angestimmt hatten; Otto zündete das Feuer an, und er selber stand dabei, mit seinem kleinen Sohn auf dem Arm, Joseph, dem blondgelockten, der vor Freude über das lodernde Feuer in die Hände klatschte; Edith neben ihm, preßte seine rechte Hand; vielleicht auch, weil Otto ihm nicht einmal fremd gewesen war in einer Welt, in der eine Handbewegung das Leben kostete; rings ums Sonnwendfeuer die Dorfjugend aus Dodringen, Schlackringen, Kisslingen und Denklingen; die erhitzten Gesichter der jungen Männer und Mädchen leuchteten wild im Sonnwendfeuer, das Otto hatte anzünden dürfen, und alle sangen,

was der biedere Mönch, der dem biederen Ackerpferd die Sporen in die Flanken bohrte, anstimmte: *Es zittern die morschen Knochen.* Grölend, mit Fackeln in der Hand, zogen sie den Berg hinunter; sollte er dem jungen Mann sagen, daß er es tat, weil sie die Weisung *Weide meine Lämmer* nicht befolgt hatten; und daß er nicht eine Andeutung von Reue spüre; er sagte laut:
›Vielleicht war es nur ein Spaß, ein Spiel.‹
›Komische Späße, komische Spiele treibt ihr hier. Sie sind doch Architekt.‹
›Nein, Statiker.‹
›Nun ja, meinetwegen, das ist doch kaum ein Unterschied.‹
›Sprengen‹, sagte er, ›ist nur die Umkehrung der Statik. Sozusagen ihr Reziprok.‹
›Verzeihen Sie‹, sagte der junge Mann, ›in Mathematik war ich immer schwach.‹
›Und mir war sie immer ein reines Vergnügen.‹
›Ihr Fall beginnt, mich privat zu interessieren. Soll der Hinweis auf Ihre Liebe zur Mathematik bedeuten, daß bei der Sprengung ein gewisses berufliches Interesse vorlag?‹
›Vielleicht. Für einen Statiker ist es natürlich von hohem Interesse, zu wissen, welche Kräfte notwendig sind, die statischen Gesetze auszulöschen. Sie werden zugeben, daß es eine perfekte Sprengung war.‹
›Aber wollen Sie im Ernst behaupten, daß dieses sozusagen abstrakte Interesse eine Rolle gespielt haben könnte?‹
›Ja.‹
›Ich glaube, ich kann auf die politische Vernehmung nun doch nicht verzichten. Ich mache Sie darauf aufmerksam, daß falsche Angaben zu machen sinnlos wäre; wir besitzen alle erforderlichen Unterlagen, um Ihre Aussage zu prüfen.‹
Es fiel ihm ein, in diesem Augenblick erst, daß Vater die Abtei vor fünfunddreißig Jahren gebaut hatte; sie hatten es so oft gehört und bestätigt bekommen, daß es schon nicht mehr wahr war, und er hatte Angst, der junge Mann würde es herausbekommen und glauben, die Erklärung gefunden zu haben: *Vaterkomplex*; vielleicht wäre es doch besser, dem jungen Mann zu sagen: weil sie die Lämmer nicht geweidet haben, und ihm damit einen handfesten Grund zu geben, ihn für verrückt zu halten; aber er blickte nur durchs Fenster auf den schlanken Turm von Sankt Severein wie auf eine Beute, die ihm entgangen war, während der junge Mann ihm Fragen stellte, die er alle, ohne nachzudenken, mit Nein beantworten konnte.

Das Mädchen schob den leergewordenen Teller von sich weg, nahm den des jungen Mannes, hielt die beiden Gabeln einen Augenblick in der rechten Hand, während sie mit der linken den Teller des jungen Mannes auf den ihren setzte, legte dann die beiden Gabeln auf den oberen Teller, die freigewordene Rechte auf den Unterarm des Jünglings und blickte ihm lächelnd in die Augen.
›Sie haben also keiner Organisation angehört? Lesen Hölderlin? Gut. Ich muß Sie vielleicht morgen noch einmal holen lassen.‹
Mitleidend bleibt das ewige Herz doch fest.

Als sein Vater in den Gastraum trat, errötete er, ging auf den Alten zu, nahm ihm den schweren Hut aus der Hand und sagte: »Ich habe vergessen, Dir zum Geburtstag zu gratulieren, Vater. Verzeih. Bier habe ich schon für dich bestellt, ich hoffe, es ist noch frisch genug, sonst...?«
»Danke«, sagte der Vater, »Danke für die Glückwünsche, und laß das Bier nur, ich mag es gar nicht gern kalt.« Der Vater legte ihm die Hand auf den Oberarm, Robert errötete und dachte an die intime Geste, die sie in der Allee vor der Heilanstalt getauscht hatten; dort hatte er plötzlich das Bedürfnis gespürt, seinem Vater den Arm auf die Schulter zu legen, und der Vater hatte diese Geste erwidert, während sie die Verabredung trafen, sich im Denklinger Bahnhof zu treffen.
»Komm«, sagte Robert, »setzen wir uns, wir haben noch fünfundzwanzig Minuten Zeit.«
Sie hoben ihre Gläser, nickten einander zu und tranken.
»Eine Zigarre, Vater?«
»Nein, danke. Weißt du übrigens, daß sich die Abfahrtszeiten der Züge in fünfzig Jahren kaum geändert haben. Sogar die Emailleschildchen mit den Uhrzeiten drauf sind noch die gleichen; an manchen ist nur das Emaille ein wenig abgesplittert.«
»Die Stühle, die Tische, die Bilder an der Wand«, sagte Robert, »alles noch wie früher, wenn wir an schönen Sommerabenden zu Fuß von Kisslingen herüberkamen und hier auf den Zug warteten.«
»Ja«, sagte der Vater, »nichts ist verändert. Hast du Ruth angerufen; wird sie kommen? Ich habe sie so lange nicht gesehen.«
»Ja, sie kommt; ich nehme an, sie sitzt schon im Zug.«
»Wir können schon kurz nach halb fünf in Kisslingen sein, dort Kaffee trinken und bis sieben wieder zu Hause. Ihr kommt zur Feier?«
»Selbstverständlich, Vater, hast du daran gezweifelt?«
»Nein, aber ich dachte daran, sie ausfallen zu lassen, sie abzusagen – vielleicht ist es der Kinder wegen besser, das nicht zu tun, und ich habe so vieles vorbereitet für diesen Tag.«

Der Alte senkte die Augen auf das rot-weiß karierte Tischtuch, zog dort Kreise mit seinem Bierglas; Robert bewunderte die glatte Haut an den Händen; Kinderhände, die ihre Unschuld behalten hatten; der Vater hob die Augen, blickte Robert ins Gesicht.

»Ich dachte an Ruth und Joseph; du weißt doch, daß Joseph ein Mädchen hat?«

»Nein.«

Der Alte senkte den Blick wieder, ließ wieder das Bierglas kreisen. »Ich hatte immer gehofft, daß meine beiden Güter hier draußen so etwas wie eure zweite Heimat werden würden, aber ihr habt alle immer lieber in der Stadt gewohnt, sogar Edith – bei Joseph erst scheint sich mein Traum zu erfüllen; merkwürdig, daß ihr alle immer glaubt, daß er Edith gleicht und nichts von uns hat – und doch gleicht er Heinrich so sehr, daß ich manchmal erschrecke, wenn ich deinen Jungen sehe; Heinrich, wie er geworden wäre – erinnerst du dich an ihn?«

Brom hieß unser Hund; und ich hielt die Zügel der Kutsche, sie waren aus schwarzem Leder; sie waren brüchig; muß haben ein Gewehr, muß haben ein Gewehr; Hindenburg.

»Ja, ich erinnere mich an ihn.«

»Er gab mir den Bauernhof, den ich ihm schenkte, zurück; wem soll ich ihn schenken? Joseph oder Ruth? Dir? Möchtest du ihn haben? Besitzer von Kühen und Wiesen, Zentrifugen und Rübenschnitzelmaschinen sein? Traktoren und Heuwendern? Soll ich's dem Kloster übermachen? Von meinem ersten Honorar kaufte ich die beiden Bauernhöfe! Ich war neunundzwanzig, als ich die Abtei baute, und ihr könnt euch gar nicht vorstellen, was es für einen jungen Architekten bedeutet, einen solchen Auftrag zu bekommen. Skandal. Sensation. Nicht nur deswegen fahre ich so oft hin, um mich an die Zukunft zu erinnern, die inzwischen längst Vergangenheit geworden ist. Ich hatte immer gedacht, im Alter so etwas wie ein Bauer zu werden. Ich bin es nicht geworden, nur ein alter Narr, der mit seiner Frau Blindekuh spielt; wir halten uns abwechselnd die Augen zu, wechseln die Zeiten wie die Scheiben in den Apparaten, mit denen man Bilder an die Wand wirft: bitte: das Jahr 1928 – zwei hübsche Söhne an der Hand der Mutter; der eine dreizehn Jahre, der andere elf; der Vater mit der Zigarre im Mund daneben, lächelnd; im Hintergrund der Eiffelturm – oder ist es die Engelsburg, vielleicht das Brandenburger Tor? – such dir die Kulisse aus; vielleicht auch die Brandung in Ostende oder der Turm von Sankt Severin; die Limonadenbude im Blessenfelder Park? Nein, es ist natürlich die Abtei Sankt Anton: du findest sie im Fotoalbum zu allen Jahreszeiten: nur die Mode, die wir tragen, wechselt: deine Mutter mit großem, mit kleinem Hut, mit kurzem, mit langem Haar; mit weitem, mit engem Rock, und ihre Kinder drei und fünf, fünf und sieben Jahre alt; dann taucht eine Fremde auf: blond, jung, trägt ein Kind auf dem Arm, hält das andere an der Hand; ein Jahr, drei Jahre sind die Kinder alt; weißt du, daß ich Edith geliebt habe, wie ich eine Tochter nicht hätte lieben können; ich konnte nie glauben, daß sie wirklich einen Vater, eine Mutter gehabt hat – einen Bruder. Sie war eine Botin des Königs; als sie bei uns lebte, konnte ich seinen Namen wieder denken, ohne zu erröten, konnte den Namen beten – welche Botschaft hat sie dir gebracht, dir übergeben? Rache für die Lämmer? Ich hoffe, du hast den Auftrag getreulich ausgeführt, keine falschen Rücksichten genommen, wie ich sie immer nahm, nicht in den Eisschränken der Ironie der Überlegenheit frisch erhalten, wie ich es immer tat. Hat sie diesen Bruder wirklich gehabt? Lebt er? Gibt es ihn?«

Er zog Kreise mit seinem Bierglas, starrte auf die rot-weiß karierte Tischdecke, hob den Kopf nur ein wenig.

»Sag doch: gibt es ihn wirklich? Er war doch dein Freund; ich habe ihn einmal gesehen; ich stand am Schlafzimmerfenster und sah über den Hof auf dein Zimmer gehen; ich habe ihn nie vergessen, oft an ihn gedacht, obwohl ich ihn kaum zehn oder zwanzig Sekunden lang gesehen haben kann; ich hatte Angst vor ihm, wie vor einem dunklen Engel. Gibt es ihn wirklich?«

»Ja.«

»Er lebt?«

»Ja. Angst hast du vor ihm?«

»Ja. Vor dir auch. Wußtest du es nicht? Ich will nicht wissen, welche Botschaft Edith dir gab; nur: hast du sie ausgeführt?«

»Ja.«

»Gut. Du bist erstaunt, daß ich Angst vor dir hatte – ein wenig noch habe. Ich lachte über eure kindlichen Konspirationen, aber das Lachen blieb mir im Halse stecken, als ich las, daß sie den Jungen getötet hatten; er hätte Ediths Bruder sein können, aber später wußte ich, daß es fast noch human gewesen war, einen Jungen zu töten, der immerhin eine Bombe geworfen und die Füße eines Turnlehrers versengt hatte: der Junge, der dein Zettelchen in unseren Briefkasten warf, der Pole, der gegen den Turnlehrer seine Hand hob – ein unangebrachtes Wimperzucken, Haarwuchs und Nasenform genügten, und nicht einmal das brauchten sie mehr: nur den Geburtsschein des Vaters oder der Großmutter; ich hatte mich jahrelang von meinem Lachen ernährt, aber diese Nahrung fiel aus, kein Nachschub mehr, Robert, und ich öffnete den Eisschrank, ließ die Ironie sauer werden und schüttete sie weg wie einen ekligen Rest von etwas, das einmal wertvoll gewesen sein mochte; ich hatte geglaubt, deine Mutter zu lieben und zu verstehen – aber jetzt erst verstand ich sie und liebte

sie, verstand auch euch und liebte euch; später erst begriff ich es ganz; ich war obenauf, als der Krieg zu Ende war, wurde Beauftragter für den ganzen Bezirk; Frieden, dachte ich, es ist vorbei, neues Leben – als sich eines Tages der englische Kommandant sozusagen bei mir entschuldigte, daß sie die Honoriuskirche bombardiert und die Kreuzigungsgruppe aus dem zwölften Jahrhundert zerstört hatten; er entschuldigte sich nicht wegen Edith, nur wegen einer Kreuzigungsgruppe aus dem zwölften Jahrhundert; sorry; ich lachte zum ersten Mal wieder seit zehn Jahren, aber es war kein gutes Lachen, Robert – und ich legte mein Amt nieder; Baubeauftragter? Wozu? Wo ich doch sämtliche Kreuzigungsgruppen aus sämtlichen Jahrhunderten darum gegeben hätte, Ediths Lächeln noch einmal zu sehen, ihre Hand auf meinem Arm zu spüren; was bedeuteten mir die Bilder des Königs gegen das wirkliche Lächeln seiner Botin? Und für den Jungen, der deine Zettelchen brachte – ich habe ihn nie zu Gesicht bekommen, nie seinen Namen erfahren –, hätte ich Sankt Severin hergegeben und gewußt, daß es ein lächerlicher Preis gewesen wäre, wie wenn man einem Lebensretter eine Medaille gibt; hast du Ediths Lächeln je wieder gesehen, oder das Lächeln des Tischlerlehrlings? Nur einen Abglanz davon? Robert! Robert!«
Er ließ das Bierglas los, legte die Arme auf den Tisch.
»Hast du es je gesehen?« fragte er murmelnd unter seinen Armen heraus.
»Ich habe es gesehen«, sagte Robert, »auf dem Gesicht eines Hotelboys, der Hugo heißt – ich werde ihn dir zeigen.«
»Ich werde diesem Jungen den Gutshof schenken, den Heinrich nicht wollte; schreib mir seinen Namen und seine Adresse auf den Bierdeckel; auf Bierdeckeln werden die wichtigsten Botschaften überbracht; und sag mir Bescheid, wenn du etwas von Ediths Bruder hörst. Lebt er?«
»Ja. Hast du immer noch Angst vor ihm?«
»Ja. Das Schreckliche an ihm war, daß er nichts Rührendes hatte; als ich ihn über den Hof gehen sah, wußte ich, daß er stark war und daß er alles, was er tat, nicht aus Gründen tat, die für andere Menschen gelten konnten: daß er arm war oder reich, häßlich oder schön; daß seine Mutter ihn geschlagen oder *nicht* geschlagen hatte; lauter Gründe, aus denen irgendeiner irgend etwas tut: entweder Kirchen baut oder Frauen mordet, ein guter Lehrer wird oder ein schlechter Organist; bei ihm wußte ich: keiner dieser Gründe würde irgend etwas erklären; damals war die Zeit, in der ich noch lachen konnte, aber bei ihm fand ich keinen Spalt, wo ich mein Lachen hätte ansetzen können; das macht mir angst, als wäre ein dunkler Engel über unseren Hof gegangen, ein Gerichtsvollzieher Gottes, der dich

pfändete; er hat es getan, hat dich gepfändet; er hatte nichts Rührendes; selbst als ich hörte, daß sie ihn geschlagen hatten und umbringen wollten, war ich nicht gerührt . . .«

»Herr Rat, ich habe Sie jetzt erst erkannt; ich freue mich, Sie wohl zu sehen; es müssen Jahre her sein, daß Sie zuletzt hier waren.«
»Ach, Mull, Sie sind's? Lebt Ihre Mutter noch?«
»Nein, Herr Rat, wir haben sie unter die Erde bringen müssen. Es war ein riesiges Begräbnis. Sie hat ein volles Leben gehabt: sieben Kinder und sechsunddreißig Enkel, elf Urenkel, ein volles Leben. Tun die Herren mir die Ehre an, auf das Wohl meiner verstorbenen Mutter zu trinken?«
»Mit Freuden, lieber Mull – sie war eine großartige Frau.«
Der Alte stand auf, auch Robert erhob sich, während der Wirt zur Theke ging, die Biergläser vollaufen ließ; die Bahnhofsuhr zeigte erst zehn nach vier; zwei Bauern warteten an der Theke, schoben gelangweilt mit Senf beschmierte Frikadellen in ihre Münder, tranken mit wohligem Seufzen ihr Bier; mit rotem Gesicht, feuchten Augen kam der Wirt an den Tisch zurück, stellte die Biergläser vom Tablett auf den Tisch, nahm seins in die Hand.
»Auf das Wohl Ihrer Mutter, Mull«, sagte der alte Fähmel.
Sie hoben ihre Gläser, tranken einander zu, setzten die Gläser ab.
»Wissen Sie eigentlich«, sagte der Alte, »daß Ihre Mutter mir vor fünfzig Jahren Kredit gab, wenn ich durstig und hungrig von Kisslingen herüberkam; damals wurde die Bahnstrecke repariert, und es machte mir noch nichts aus, vier Kilometer zu laufen; auf Ihr Wohl, Mull, und das Ihrer Mutter. Dies ist mein Sohn, Sie kennen ihn noch nicht?«
»Fähmel – angenehm.«
»Mull – angenehm.«
»*Sie* kennt hier jedes Kind, Herr Rat, jedermann weiß, daß Sie unsere Abtei gebaut haben, und manche Großmutter weiß noch Geschichten von Ihnen zu erzählen; wie Sie ganze Wagenladungen Bier für die Maurer bestellten und beim Richtfest ein Solo getanzt haben. Diesen Schluck auf Ihr Wohl, Herr Rat.«
Sie tranken im Stehen die Gläser aus; Robert, mit dem leeren Glas in der Hand, starrte dem Wirt nach, der zur Theke zurückging, die leeren Teller des Pärchens in die Durchreiche schob, dann mit dem jungen Mann abrechnete. Sein Vater zog ihn am Rock.
»Komm«, sagte der Alte, »setz dich doch, wir haben noch zehn Minuten Zeit. Das sind prächtige Leute, die haben das Herz auf dem rechten Fleck.«
»Und du hast keine Angst vor ihnen, nicht wahr, Vater?«

Der Alte blickte seinen Sohn voll an; sein schmales, noch glattes Gesicht lächelte nicht.
»Diese Leute waren es«, sagte Robert, »die Hugo quälten – vielleicht war auch einer von ihnen Ferdis Henker!«
»Während du weg warst und wir auf Nachricht von dir warteten, hatte ich Angst vor jedem Menschen – aber vor Mull Angst haben? Jetzt? Hast *du* Angst vor ihm?«
»Ich frage mich bei jedem Menschen, ob ich ihm ausgeliefert sein möchte, und es gibt nicht viele, bei denen ich sagen würde: ja.«
»Und Ediths Bruder warst du ausgeliefert?«
»Nein. Wir bewohnten in Holland ein Zimmer gemeinsam, teilten alles, was wir hatten, spielten den halben Tag Billard, studierten die andere Hälfte des Tages; er Deutsch, ich Mathematik; ich war ihm nicht ausgeliefert, würde mich ihm aber jederzeit ausliefern – auch dir, Vater.« – Robert nahm die Zigarette aus dem Mund. – »Ich würde dir gern zu deinem achtzigsten Geburtstag etwas schenken, Vater – dir beweisen, nun, vielleicht weißt du, was ich dir beweisen möchte?«
»Ich weiß es«, sagte der Alte, legte die Hand auf den Arm seines Sohnes, »du brauchst es nicht auszusprechen.«
Ein paar Reuetränen würde ich dir gern schenken, aber ich kann sie nicht erzwingen, ich blickte immer noch auf den Turm von Sankt Severin wie auf eine Beute, die mir entgangen ist; schade, daß es dein Jugendwerk sein mußte, das große Los, das erste große Spiel; und gut gebaut, solides Mauerwerk, statisch vorzüglich; zwei Lastwagen voll Sprengstoff mußte ich anfordern und ging rund, zeichnete mit Kreide meine Formeln und Zeichen an die Wände, an die Säulen, an Gewölbestützen, zeichnete sie an das große Abendmahlsbild, zwischen Sankt Johanns und Sankt Peters Fuß; ich kannte die Abtei so gut; du hattest es mir als Kind, als Junge, als Jüngling so oft erklärt – ich zeichnete meine Zeichen an die Wand, während der Abt, der als einziger dort geblieben war, neben mir herrannte, an meine Vernunft appellierte, an meine Religion; zum Glück war's ein neuer Abt, der mich nicht kannte. Er appellierte an mein Gewissen, vergebens; er kannte mich nicht als Forellen essenden Wochenendbesucher, als naturreinen Honig essenden, Butter aufs Landbrot schmierenden Sohn des Baumeisters, und während er mich anblickte, als wäre ich wahnsinnig, flüsterte ich es ihm zu: *Es zittern die morschen Knochen;* neunundzwanzig war ich, genauso alt wie du, als du die Abtei gebaut hast, und lauerte schon auf die Beute, die sich hinten am Horizont abzeichnete: Sankt Severin; aber ich wurde gefangengenommen, und der junge Mann verhörte mich, hier am Bahnhof von Denklingen, drüben am Tisch, der jetzt leer ist.

»Woran denkst du?« fragte der Alte.
»An Sankt Anton, ich bin so lange nicht dort gewesen.«
»Freust du dich?«
»Ich freue mich auf Joseph, ich habe ihn so lange nicht gesehen.«
»Ich bin ein wenig stolz auf ihn«, sagte der Alte, »er ist so frei und frisch und wird einmal ein tüchtiger Architekt werden; ein bißchen zu streng mit den Handwerkern, zu ungeduldig, aber ich erwarte von einem Zweiundzwanzigjährigen nicht Geduld – nun steht er unter Termindruck; die Mönche würden so gern die Adventsliturgie schon in der neuen Kirche singen; natürlich werden wir alle zur Einweihung eingeladen.«
»Ist der Abt noch da.«
»Welcher?«
»Gregor.«
»Nein, er ist siebenundvierzig gestorben; er hat's nicht verwinden können, daß die Abtei zerstört wurde.«
»Und du, hast du es verwinden können?«
»Als ich die Nachricht bekam, daß sie zerstört war, hat es mich sehr getroffen, aber als ich dann hinfuhr und die Trümmer sah, und die Mönche aufgeregt waren und eine Kommission gründen wollten, um den Schuldigen herauszufinden, habe ich abgeraten; ich wollte keine Rache für ein Bauwerk, und ich hatte Angst, sie würden den Schuldigen finden, und er würde sich bei mir entschuldigen; das Sorry des Engländers klang mir noch zu schrecklich im Ohr; und schließlich kann man Gebäude wieder aufbauen. Ja, Robert, ich hab's verwunden. Du wirst es nicht glauben, aber ich habe an den Gebäuden, die ich entworfen, deren Bau ich geleitet habe, nie gehangen; auf dem Papier gefielen sie mir, ich war mit einer gewissen Leidenschaft am Werk, aber ich war nie ein Künstler, verstehst du, wußte auch, daß ich keiner war; ich hatte ja meine Pläne noch, als sie mir den Wiederaufbau antrugen; für deinen Jungen ist es eine großartige Gelegenheit, sich praktisch zu üben, Koordinierung zu lernen und seine Ungeduld ein wenig zu verschleißen – müssen wir nicht zum Zug?«
»Noch vier Minuten, Vater. Wir könnten schon auf den Bahnsteig hinausgehen.«
Robert stand auf, winkte zur Theke hin, griff nach seiner Brieftasche, aber der Wirt kam hinter der Theke hervor, ging an Robert vorüber, legte dem Alten lächelnd die Hand auf die Schulter und sagte: »Nein, nein, Herr Rat – Sie sind meine Gäste gewesen, das lasse ich mir nicht nehmen, um des Andenkens meiner Mutter willen.« – Es war noch warm draußen; die weißen Rauchfahnen des Zuges waren schon über Dodringen zu sehen.

»Hast du Fahrkarten?« fragte der Alte.

»Ja«, sagte Robert, er blickte dem Zug entgegen, der über die Steigung hinter Dodringen wie aus dem hellblauen Himmel heraus auf sie zukam; schwarz, alt und rührend war der Zug; der Bahnhofsvorsteher trat aus dem Dienstraum, mit seinem Wochenendlächeln auf dem Gesicht.

»Hierher, Vater, hierher«, rief Ruth; ihre grüne Mütze, ihre winkenden Arme, der rosarote Flaum ihres Pullovers; sie hielt ihrem Großvater die Hände entgegen, half ihm auf die Plattform hinauf, umarmte ihn, schob ihn vorsichtig in die offene Abteiltür, zog ihren Vater hoch, küßte ihn auf die Wange.

»Ich freue mich schrecklich«, sagte sie, »wirklich schrecklich auf Sankt Anton und auf heute abend.«

Der Bahnhofsvorsteher pfiff und winkte dem Zug zur Abfahrt.

7

Als sie an den Schalter traten, nahm Nettlinger die Zigarre aus dem Mund und nickte Schrella ermunternd zu; der Schalter wurde von innen hochgeschoben, ein Aufseher mit einer Liste beugte sich vor und fragte: »Sind Sie der Häftling Schrella?«

»Ja«, sagte Schrella.

Der Aufseher rief die Gegenstände, so wie er sie aus einem Karton nahm, legte sie auf die Theke.

»Eine Taschenuhr, Nickel, ohne Kette.«

»Eine Geldbörse, schwarzes Leder, mit Inhalt: fünf englische Schillinge, dreißig belgische Franken, zehn deutsche Mark und achtzig Pfennige.«

»Eine Krawatte, Farbe: grün.«

»Ein Kugelschreiber, ohne Marke, Farbe: grau.«

»Zwei Taschentücher, weiß.«

»Ein Mantel, Trenchcoat.«

»Ein Hut, Farbe: schwarz.«

»Ein Rasierapparat, Marke Gillette.«

»Sechs Zigaretten, Marke: Belga.«

»Hemd, Unterwäsche, Seife und Zahnbürste hatten Sie behalten, nicht wahr? Bitte unterschreiben Sie hier und bestätigen mit Ihrer Unterschrift, daß nichts von Ihrem Privateigentum fehlt.«

Schrella zog seinen Mantel an, steckte seine Habseligkeiten in die Tasche, unterschrieb die Liste: 6. September 1958, 16.10 Uhr.

»Gut«, sagte der Aufseher und zog den Schalter herunter. Nettlinger steckte die Zigarre wieder in den Mund, berührte Schrellas Schulter:

»Komm«, sagte er, »hier geht's 'raus, oder möchtest du wieder ins Kittchen 'rein? Vielleicht bindest du die Krawatte besser schon um.«
Schrella steckte sich eine Zigarette in den Mund, rückte seine Brille zurecht, klappte den Hemdkragen hoch und legte die Krawatte ein; er erschrak, als Nettlinger ihm plötzlich das Feuerzeug vor die Nase hielt.
»Ja«, sagte Nettlinger, »das ist bei allen Häftlingen gleich, ob hohe oder niedrige, ob schuldige oder unschuldige, arme oder reiche, politische oder kriminelle; zuerst die Zigarette.«
Schrella zog den Zigarettenrauch tief ein, blickte über die Brillengläser hinweg Nettlinger an, während er seine Krawatte band, den Hemdkragen wieder herunterklappte.
»Du hast Erfahrung in solchen Dingen, wie?«
»Du nicht?« fragte Nettlinger. »Komm, den Abschied vom Direktor kann ich dir leider nicht ersparen.«
Schrella setzte seinen Hut auf, nahm die Zigarette aus dem Mund und folgte Nettlinger, der ihm die Tür zum Hof aufhielt; der Direktor stand vor der Menschenschlange am Schalter, wo die Erlaubnisscheine für den Sonntagsbesuch ausgegeben wurden; der Direktor war groß, nicht zu elegant, aber solide gekleidet, seine Arm- und Beinbewegungen wirkten betont zivil, als er auf Nettlinger und Schrella zukam.
»Ich hoffe«, sagte er zu Nettlinger, »es ist alles zu deiner Zufriedenheit abgelaufen, schnell und korrekt.«
»Danke«, sagte Nettlinger, »es ging wirklich rasch.«
»Schön«, sagte der Direktor, wandte sich Schrella zu: »Sie werden mir verzeihen, wenn ich Ihnen zum Abschied einige Worte sage, obwohl Sie nur einen einzigen Tag zu meinen« – er lachte – »Schützlingen gehörten, und obwohl Sie irrtümlich anstatt in die Untersuchungs- in die Strafabteilung geraten sind. Sehen Sie«, sagte er und deutete auf das innere Gefängnistor, »jenseits dieses Tores erwartet Sie ein zweites Tor, und jenseits dieses zweiten Tores erwartet Sie etwas Großartiges, das unser aller höchstes Gut ist: die Freiheit. Mag der Verdacht, der auf Ihnen ruhte, berechtigt oder unberechtigt gewesen sein, Sie haben« – er lachte wieder – »in meinen gastlichen Mauern das Gegenteil von Freiheit kennengelernt. Nutzen Sie Ihre Freiheit. Wir sind zwar alle nur Gefangene, Gefangene unseres Leibes, bis zu dem Tage, da unsere Seele frei wird und sich zu ihrem Schöpfer erhebt, aber die Gefangenschaft innerhalb meiner gastlichen Mauern ist nicht nur eine symbolische. Ich entlasse Sie zur Freiheit, Herr Schrella...«
Schrella streckte verlegen seine Hand hin, zog sie aber rasch zurück, da er am Gesicht des Direktors bemerkte, daß ein Händedruck hier

offenbar nicht zu den Formalitäten gehörte; Schrella schwieg verlegen, nahm die Zigarette aus der rechten in die linke Hand und blinzelte Nettlinger an.
Die Mauern dieses Hofes, den Himmel darüber, hatten Ferdis Augen als letztes von dieser Erde gesehen, vielleicht war die Stimme des Direktors die letzte menschliche Stimme gewesen, die er hörte, auf diesem Hof, der eng genug war, um von Nettlingers Zigarrenaroma ganz erfüllt zu sein; die schnuppernde Nase des Direktors sagte: Mein Gott, von Zigarren hast du immer was verstanden, das muß man dir lassen.
Nettlinger nahm die Zigarre nicht aus dem Mund. »Du hättest dir die Abschiedsrede sparen können. Also Dank und auf Wiedersehen.« Er faßte Schrella bei den Schultern, schob ihn auf das innere Tor zu, das sich vor ihnen öffnete; langsam schob Nettlinger Schrella auf das äußere Tor zu; Schrella blieb stehen, gab dem Beamten seine Papiere; der verglich sie genau, nickte und öffnete das Tor.
»Da ist sie also«, sagte Nettlinger lachend, »die Freiheit. Drüben steht mein Auto, sag mir nur, wohin ich dich bringen soll.«
Schrella überquerte an Nettlingers Seite die Straße, zögerte, als ihm der Chauffeur die Autotür aufhielt.
»Los«, sagte Nettlinger, »steig doch ein.« – Schrella nahm den Hut ab, stieg ins Auto, setzte sich, lehnte sich zurück und blickte Nettlinger an, der nach ihm einstieg und in seine Nähe rückte.
»Wohin möchtest du gebracht werden?«
»Zum Bahnhof«, sagte Schrella.
»Hast du Gepäck dort?«
»Nein.«
»Willst du diese gastliche Stadt etwa schon wieder verlassen?« fragte Nettlinger. Er beugte sich vor, rief dem Chauffeur zu: »Zum Hauptbahnhof.«
»Nein«, sagte Schrella, »ich will diese gastliche Stadt noch nicht verlassen. Du hast Robert nicht erreicht?«
»Nein«, sagte Nettlinger, »der macht sich rar. Den ganzen Tag hab' ich versucht, ihn zu erreichen, er hat sich aber gedrückt, und als ich ihn im Hotel Prinz Heinrich fast erwischt hatte, ist er durch einen Nebenausgang verschwunden; ich habe seinetwegen höchst peinliche Dinge erleben müssen.«
»Du hast ihn auch vorher nie getroffen?«
»Nein«, sagte Nettlinger, »nicht ein einziges Mal; er lebt ganz zurückgezogen.«
Das Auto hielt vor einer Verkehrsampel. Schrella nahm seine Brille ab, wischte sie mit seinem Taschentuch und neigte sich nahe ans Fenster.

133

»Es muß dir doch merkwürdig vorkommen«, sagte Nettlinger, »nach so langer Zeit und unter solchen Umständen wieder in Deutschland zu sein; du wirst es nicht wiedererkennen.«
»Ich erkenne es sogar wieder«, sagte Schrella, »ungefähr, wie man eine Frau wiedererkennt, die man als Mädchen geliebt hat und zwanzig Jahre später wiedersieht; nun, sie ist ein bißchen fett geworden; talgige Drüsen; offenbar hat sie einen nicht nur reichen, sondern auch fleißigen Mann geheiratet; Villa am Stadtrand, Auto, Ringe an den Fingern, die frühere Liebe wird unter solchen Umständen unvermeidlicherweise zu Ironie.«
»Natürlich sind solche Bilder ziemlich schief«, sagte Nettlinger.
»Es sind Bilder«, sagte Schrella, »und wenn du dreitausend davon hättest, sähst du vielleicht ein Zipfelchen von der Wahrheit.«
»Es scheint mir auch zweifelhaft, ob deine Optik die richtige ist: vierundzwanzig Stunden erst im Lande, davon dreiundzwanzig im Gefängnis.«
»Du glaubst gar nicht, wieviel man im Gefängnis über ein Land erfahren kann; das häufigste Delikt in euren Gefängnissen ist Betrug; Selbstbetrug wird ja leider nicht als kriminell geahndet; vielleicht weißt du noch nicht, daß ich von den letzten zweiundzwanzig Jahren vier im Gefängnis verbracht habe?«
Das Auto fuhr langsam in einer langen Schlange los, die sich hinter der Ampel gebildet hatte.
»Nein«, sagte Nettlinger, »das wußte ich nicht. In Holland?«
»Ja«, sagte Schrella, »und in England.«
»Für welches Vergehen?«
»Affekthandlungen aus Liebeskummer, aber keineswegs aus Idealismus, sondern weil ich etwas Wirkliches bekämpfte.«
»Darf man Genaueres wissen?« fragte Nettlinger.
»Nein«, sagte Schrella, »du würdest es nicht verstehen und es wie ein Kompliment annehmen. Ich bedrohte einen holländischen Politiker, weil er gesagt hatte, man müßte alle Deutschen umbringen, einen sehr beliebten Politiker; dann ließen die Deutschen mich frei, als sie Holland besetzten, und glaubten, ich sei eine Art Märtyrer für Deutschland, fanden aber dann meinen Namen auf der Fahndungsliste, und ich floh vor ihrer Liebe nach England; dort bedrohte ich einen englischen Politiker, weil er sagte, man müßte alle Deutschen umbringen, nur ihre Kunstwerke retten, einen sehr beliebten Politiker; aber sie amnestierten mich bald, weil sie glaubten, meine Gefühle, die ich gar nicht gehabt hatte, als ich den Politiker bedrohte – so wird man aus Mißverständnis eingesperrt und aus Mißverständnis freigelassen.«
Nettlinger lachte: »Wenn du schon Bilder sammelst, darf ich deiner

Sammlung eins hinzufügen. Wie ist es mit dem: rücksichtsloser politischer Haß zwischen Schulkameraden; Verfolgung, Verhör, Flucht, Haß bis aufs Blut – aber zweiundzwanzig Jahre später ist es ausgerechnet der Verfolger, der Schreckliche, der den heimkehrenden Flüchtling aus dem Gefängnis befreit? Ist das nicht auch ein Bild, würdig, in deine Sammlung aufgenommen zu werden?«

»Es ist kein Bild«, sagte Schrella, »sondern eine Geschichte, die den Nachteil hat, auch noch wahr zu sein – aber wenn ich die Geschichte ins Bildhaft-Abstrakte übersetze und dir dann interpretiere, wird wenig Schmeichelhaftes für dich herauskommen.«

»Es ist gewiß merkwürdig«, sagte Nettlinger leise und nahm seine Zigarre aus dem Mund, »wenn ich hier um Verständnis bitte, aber glaube mir: als ich deinen Namen auf der Fahndungsliste las und die Meldung kontrollierte und erfuhr, daß sie dich wirklich an der Grenze verhaftet hatten, habe ich nicht einen Augenblick gezögert, alles für deine Freilassung in die Wege zu leiten.«

»Es würde mir leid tun«, sagte Schrella, »wenn du glaubtest, daß ich die Echtheit deiner Motive und Gefühle bezweifle. Nicht einmal deine Reue ziehe ich in Zweifel, aber Bilder – und du hast mich gebeten, die Geschichte in meine Sammlung aufzunehmen –, Bilder bedeuten eine Abstraktion, und das ist die Rolle, die du damals gespielt hast und heute spielst; die Rollen sind – verzeih – die gleichen, denn damals bedeutete mich unschädlich zu machen, mich einzusperren, heute bedeutet mich unschädlich zu machen, mich freizulassen; ich fürchte, daß Robert, der viel abstrakter denkt als ich, aus diesem Grund keinen Wert darauf legt, dich zu treffen. Ich hoffe, du verstehst mich – auch damals habe ich an der Echtheit deiner persönlichen Motive und Gefühle nie gezweifelt; du kannst mich nicht verstehen, versuche es gar nicht, denn du hast die Rollen nicht bewußt gespielt – sonst wärst du ein Zyniker oder ein Verbrecher – beides bist du nicht.«

»Ich weiß jetzt wirklich nicht, ob du mir Komplimente machst oder das Gegenteil.«

»Von beidem etwas«, sagte Schrella lachend.

»Vielleicht weißt du nicht, was ich für deine Schwester getan habe.«

»Hast du Edith geschützt?«

»Ja. Wakiera wollte sie verhaften lassen; immer wieder setzte er sie auf die Liste, und ich habe ihren Namen immer wieder gestrichen.«

»Eure Wohltaten«, sagte Schrella leise, »sind fast schrecklicher als eure Missetaten.«

»Und ihr seid unbarmherziger als Gott, der die bereuten Sünden verzeiht.«

»Wir sind nicht Gott und können uns seine Allwissenheit so wenig anmaßen wie seine Barmherzigkeit.«

Nettlinger lehnte sich kopfschüttelnd zurück; Schrella nahm eine Zigarette aus der Tasche, steckte sie in den Mund und erschrak wieder, als Nettlingers Feuerzeug so plötzlich vor seiner Nase klickte, und die hellblaue, saubere Flamme ihm fast die Wimpern versengte. ›Und deine Höflichkeit‹, dachte er, ›ist schlimmer, als deine Unhöflichkeit je war. Deine Beflissenheit ist die gleiche geblieben, es ist die, mit der du mir den Schlagball ins Gesicht geworfen hast und mit der du mir jetzt auf eine lästige Weise Feuer für meine Zigarette gibst.‹
»Wann wird Robert erreichbar sein?« fragte er.
»Wahrscheinlich erst am Montag, ich konnte nicht 'rauskriegen, wohin er übers Wochenende gefahren ist; auch sein Vater, seine Tochter, alle sind weg; vielleicht kannst du's heute abend in seiner Wohnung versuchen oder morgen früh um halb zehn im Hotel Prinz Heinrich; dort spielt er zwischen halb zehn und elf immer Billard. Sie sind im Gefängnis hoffentlich nicht grob zu dir gewesen?«
»Nein«, sagte Schrella, »korrekt.«
»Sag mir, wenn du Geld brauchst. Mit dem, was du hast, wirst du nicht weit kommen.«
»Ich denke, bis Montag wird es reichen; ab Montag werde ich Geld haben.«
Zum Bahnhof hin wurde die Autoschlange länger und breiter. Schrella versuchte, das Fenster zu öffnen, kam aber nicht mit den Handgriffen zurecht, und Nettlinger beugte sich über ihn, drehte das Fenster herunter.
»Ich fürchte«, sagte er, »die Luft, die da hereinkommt, ist nicht besser als die, die wir drinhaben.«
»Danke«, sagte Schrella; er sah Nettlinger an, nahm seine Zigarette von der linken in die rechte, von der rechten in die linke Hand. »Hör mal«, sagte er, »der Ball, den Robert damals schlug, ist er eigentlich je gefunden worden – du erinnerst dich?«
»Ja«, sagte Nettlinger, »natürlich erinnere ich mich gut, weil später so viel darüber geredet wurde; sie haben den Ball nie gefunden; sie suchten an diesem Abend bis spät in die Nacht, sogar am nächsten Tag, obwohl es ein Sonntag war; es ließ ihnen keine Ruhe; jemand behauptete später, es sei nur ein Trick von Robert gewesen, er habe den Ball gar nicht geschlagen, sondern nur das Geräusch des Schlagens nachgeahmt und den Ball dann verschwinden lassen.«
»Aber sie haben doch alle den Ball gesehen, oder nicht – wie er flog?«
»Natürlich, niemand hat dieses Gerücht geglaubt; andere sagten, er sei in den Brauereihof gefallen, auf einen Bierwagen, der dort wartete; vielleicht erinnerst du dich, daß kurz darauf ein Wagen ausfuhr.«
»Es war vorher, lange bevor Robert schlug«, sagte Schrella.
»Ich glaube, du irrst«, sagte Nettlinger.

136

»Nein, nein«, sagte Schrella, »ich stand dort und wartete und beobachtete alles genau; der Wagen fuhr aus, bevor Robert schlug.«
»Na, gut«, sagte Nettlinger –, »jedenfalls wurde der Ball nie gefunden. Wir sind am Bahnhof – willst du dir wirklich nicht helfen lassen?«
»Nein, danke, ich brauche nichts.«
»Darf ich dich wenigstens zum Essen einladen?«
»Gut«, sagte Schrella, »gehen wir essen.«
Der Chauffeur hielt die Tür auf, Schrella stieg als erster aus, wartete mit den Händen in der Tasche auf Nettlinger, der seine Aktentasche vom Sitz nahm, seinen Mantel zuknöpfte und zum Chauffeur sagte: »Bitte, holen Sie mich gegen halb sechs am Hotel Prinz Heinrich ab.« Der Chauffer legte die Hand an die Mütze, stieg ein und setzte sich ans Steuer.
Schrellas Brille, die abfallenden Schultern, der merkwürdig lächelnde Mund, das blonde Haar, ungelichtet, nur mit einem leichten silbernen Schimmer, immer noch nach hinten gekämmt; die Bewegung, mit der er sich den Schweiß abwischte, dann das Taschentusch wieder in die Tasche steckte; Schrella schien unverändert, kaum gealtert.
»Warum bist du zurückgekommen?« fragte Nettlinger leise.
Schrella blickte ihn an, blinzelnd, wie er es immer getan hatte, mit den Zähnen an der Unterlippe nagend; in der rechten Hand die Zigarette, in der linken den Hut; er blickte Nettlinger lange an und wartete, wartete immer noch vergebens auf das, wonach er sich seit mehr als zwanzig Jahren sehnte: Haß; nach dem handgreiflichen, den er sich immer gewünscht hatte; jemand ins Gesicht schlagen oder in den Hintern treten, dabei rufen: ›Du Schwein, du elendes Schwein‹, er hatte immer die Menschen beneidet, die zu solch einfachen Gefühlen fähig waren, aber er konnte in dieses runde, verlegen lächelnde Gesicht nicht hineinschlagen und nicht in diesen Hintern treten; auf der Schultreppe das Bein gestellt, so daß er hinstürzte, sich ihm die Bügel der Brille ins Oberläppchen bohrten; auf dem Heimweg überfallen, in Hauseingänge geschleppt und verprügelt; mit der Stacheldrahtpeitsche geschlagen, Robert und ihn; verhört; schuld an Ferdis Tod – und Edith geschont, Robert freigelassen.
Er blickte von Nettlinger weg auf den Bahnhofsvorplatz, wo es von Menschen wimmelte; Sonne, Wochenende, wartende Taxis und Eisverkäufer, Hotelboys in violetten Uniformen schleppten Koffer hinter Gästen her; die graue, hoheitsvolle Fassade von Sankt Severin, Hotel Prinz Heinrich, Café Kroner; er erschrak, als Nettlinger plötzlich davonlief, sich in die Menschenmenge stürzte, mit den Armen fuchtelnd, rufend: »Hallo, Fräulein Ruth –«, dann kam er zurück, schüttelte den Kopf.

»Hast du das Mädchen gesehen?« fragte er, »die mit der grünen Mütze und dem rosaroten Pullover; sie ist auffallend hübsch – es war Roberts Tochter. Ich habe sie nicht mehr erwischt; sie hätte uns sagen können, wo wir ihn finden. Schade – hast du sie gesehen?«
»Nein«, sagte Schrella leise, »Ediths Tochter.«
»Natürlich«, sagte Nettlinger, »deine Nichte. Verflucht – nun gehen wir essen.«
Er ging über den Bahnhofsvorplatz, überquerte die Straße; Schrella folgte ihm zum Hotel Prinz Heinrich; ein Boy in violetter Uniform hielt die Tür auf, die hinter ihnen in die Filzfugen zurückpendelte.
»Fensterplatz?« fragte Jochen. »Aber gern. Nicht zuviel Sonne? Also Ostseite. Hugo, du sorgst mir dafür, daß die Herren einen Fensterplatz an der Ostseite bekommen. Keine Ursache« – Trinkgelder werden hier gern angenommen. Eine Mark ist eine ehrliche und runde Münze, und Trinkgeld ist die Seele des Berufs, und *ich habe doch gesiegt*, mein Bester, du hast ihn nicht zu Gesicht bekommen. Wie bitte, ob Herr Dr. Fähmel auch sonntags hier Billard spielt? Schrella? Um Gottes willen! Da brauch ich nicht mal auf die rote Karte zu sehen. »Mein Gott, Sie werden einem alten Mann zu dieser stillen Stunde hier wohl eine außerdienstliche Bemerkung verzeihen, Herr Schrella! Ich habe ja Ihren Vater gut gekannt, gut; der hat doch ein Jahr bei uns gearbeitet – damals in dem Jahr, als das Deutsche Turn- und Sportfest war; Sie erinnern sich sogar daran? Natürlich, Sie müssen damals schon so an die zehn, elf gewesen sein; hier, meine Hand, ich würde mich freuen, wenn Sie sie drückten; mein Gott, sie werden mir hier ein paar Gefühle verzeihen, die sozusagen nicht zu meinem Dienst gehören; ich bin alt genug, mir das leisten zu können; Ihr Vater war ein ernster Mann und würdig! Mein Gott, der ließ sich keine Frechheiten gefallen und war zu denen, die nicht frech waren, wie ein Lamm; ich habe oft an Ihren Vater gedacht – verzeihen Sie mir, wenn ich da an alte Wunden rühre; um Gottes willen – ich hab ja ganz vergessen, mein Gott; ein Glück, daß diese Schweine nichts mehr zu sagen haben, aber Vorsicht, Herr Schrella, Vorsicht; manchmal meine ich: die *haben doch gesiegt*. Vorsicht. Trauen Sie dem Frieden nicht – und verzeihen Sie einem alten Mann ein paar außerdienstliche Gefühle und Bemerkungen. Hugo, den allerbesten Platz an der Ostseite für die Herren, den allerbesten. Nein, Herr Schrella, sonntags kommt Herr Dr. Fähmel nicht zum Billardspiel, nein, sonntags nicht; er wird sich freuen, Sie sind doch Jugendfreunde und Gesinnungsgenossen gewesen, nicht wahr? Glauben Sie nicht, daß alle Menschen vergeßlich sind. Sollte er aus irgendeinem Grund hier auftauchen, so würde ich Ihnen Nachricht geben, falls Sie mir Ihre Adresse hinterlassen; ich schicke Ihnen einen Boten, ein Telegramm, ich rufe an, wenn Sie wollen. Für unsere Kunden tun wir doch alles.«

Hugo verzog keine Miene; Erkennen wird nur auf Wunsch der Gäste vollzogen; im Billardsaal gebrüllt? Diskretion; Stacheldrahtpeitsche? Nein, unangebrachte Vertraulichkeiten und Kombinationen müssen vermieden werden; Diskretion ist das Banner des Berufs. Die Karte? Hier bitte, die Herren. Ist der Platz den Herren genehm? Ostseite, Fensterplatz, nicht zuviel Sonne? Blick auf das Osttor von Sankt Severin: frühromanisch, elftes oder zwölftes Jahrhundert; Erbauer: der heilige Herzog Heinrich, der Wilde. Jawohl, mein Herr, den ganzen Tag über warme Küche; alle Speisen, die Sie auf der Karte finden, von zwölf bis vierundzwanzig Uhr servierbar. Das beste Menü? Sie haben ein Wiedersehensfest zu feiern; leicht vertrauliches Lächeln, wie es bei einer solch vertraulichen Mitteilung angebracht ist; nur nicht denken; Schrella, Nettlinger, Fähmel; keine Kombinationen; Narben auf dem Rücken? Ja, der Ober wird gleich kommen und Ihre Bestellung entgegennehmen.

»Trinkst du auch einen Martini?« fragte Nettlinger.

»Ja, bitte«, sagte Schrella. Er gab dem Jungen seinen Mantel, seinen Hut, fuhr sich durchs Haar und setzte sich; im Saal saßen nur wenige Gäste, in der Ecke hinten, murmelten leise miteinander; sanftes Lachen wurde von mildem Gläserklirren untermalt; Sekt.

Schrella nahm den Martini vom Tablett, das der Kellner ihm hinhielt, wartete, bis auch Nettlinger seinen genommen hatte, hob das Glas, nickte Nettlinger zu und trank; Nettlinger schien auf eine unangemessene Weise gealtert; Schrella hatte den strahlenden blonden Jungen in Erinnerung, dessen brutaler Mund immer einen gutmütigen Zug behalten hatte; der mit Leichtigkeit einsiebenundsechzig hoch gesprungen, die hundert Meter in 11,5 gelaufen war; Sieger, brutal, gutmütig, aber offenbar, dachte Schrella, sind sie nicht einmal ihrer Siege froh geworden; schlechte Erziehung, schlechte Ernährung und keinen Stil; frißt wahrscheinlich zu viel; schon halb kahl, schon Alterssentimentalitäten im feuchten Auge. Nettlinger beugte sich mit fachmännisch verzogenem Mund über die Speisekarte, seine weiße Manschette rutschte hoch, eine goldene Armbanduhr wurde sichtbar, der Trauring am Ringfinger; mein Gott, dachte Schrella, selbst wenn er das alles nicht getan hätte, würde Robert wohl keine Lust haben, mit ihm Bier zu trinken oder seine Kinder zu familienverbindendem Badmintonspiel in Nettlingers Vorstadtvilla zu führen.

»Darf ich dir etwas vorschlagen?« fragte Nettlinger.

»Bitte«, sagte Schrella, »schlag mir was vor.«

»Also hier«, sagte Nettlinger, »da gäbe es als Vorspeise einen ausgezeichneten Räucherlachs, dann Hühnchen mit Pommes frites und Salat, und ich würde meinen, daß wir uns nachher erst entschließen, welchen Nachtisch wir nehmen; weißt du, für mich ergibt sich der

Appetit auf den Nachtisch erst während des Essens, ich vertraue da meinem Instinkt –, ob ich nachher Käse, Kuchen, Eis oder Omelette nehmen werde; nur über eins bis ich mir vorher schon sicher; über den Kaffee.« Nettlingers Stimme klang, als hätte er an einem Kursus: ›Wie werde ich Feinschmecker‹ teilgenommen; noch wollte er seine einstudierte Litanei, auf die er stolz zu sein schien, nicht abbrechen, murmelte Schrella zu: »Entrecôte à deux – Forelle blau – Kalbsmedaillon.«

Schrella beobachtete Nettlingers Finger, der andächtig an der Liste der Speisen herunterwanderte, an bestimmten Speisen hielt – Schnalzen, Kopfschütteln, Unentschlossenheit – »Wenn ich Poularde lese, werde ich immer schwach.« Schrella steckte sich eine Zigarette an, war glücklich, daß er diesmal Nettlingers Feuerzeug entging; er nippte an seinem Martini, folgte mit den Augen Nettlingers Zeigefinger, der nun bei den Nachspeisen angekommen war; ihre verfluchte Gründlichkeit, dachte er, verdirbt einem sogar den Appetit auf so was Vernünftiges und Gutes wie gebratenes Huhn; sie müssen einfach alles besser machen und sind offenbar auf dem besten Wege, sogar in der Zelebrierung des Fressens die Italiener und Franzosen noch zu übertrumpfen.

»Bitte«, sagte er, »ich bleibe bei Hühnchen.«

»Und Räucherlachs?«

»Nein, danke.«

»Du läßt dir da etwas ganz Köstliches entgehen; du mußt doch einen Mordshunger haben.«

»Den habe ich«, sagte Schrella, »aber ich werde mich an den Nachtisch halten.«

»Wie du willst.«

Der Ober brachte noch zwei Martinis, auf einem Tablett, das sicher mehr gekostet hatte als ein Schlafzimmer; Nettlinger nahm ein Glas vom Tablett, reichte es Schrella, nahm seins, beugte sich vor und sagte: »Dies auf dein Wohl, auf dein spezielles.«

»Danke«, sagte Schrella, nickte und trank.

»Eins ist mir noch unklar«, sagte er, »wie kam es, daß sie mich an der Grenze schon verhafteten.«

»Es ist ein verdammter Zufall, daß dein Name noch auf der Fahndungsliste stand; Mordversuch verjährt nach zwanzig Jahren, und du hättest schon vor zwei Jahren gestrichen werden müssen.«

»Mordversuch?« fragte Schrella.

»Ja, was ihr damals mit Wakiera gemacht habt, lief unter dieser Bezeichnung.«

»Du weißt wohl nicht, daß ich gar nicht daran beteiligt war; ich habe diese Sache nicht einmal gebilligt.«

»Nun«, sagte Nettlinger, »desto besser; dann wird es keine Schwierigkeiten machen, deinen Namen endgültig von der Fahndungsliste zu streichen; ich konnte mich nur für dich verbürgen und deine vorläufige Freilassung erwirken; die Eintragung konnte ich nicht annullieren; jetzt wird alles weitere nur eine Formsache sein. Du gestattest, daß ich mit meiner Suppe schon anfange?«

»Bitte«, sagte Schrella.

Er wandte sich ab, dem Bahnhof zu, während Nettlinger seine Suppe aus dem Silberbecher löffelte; gewiß waren die blaßgelben Klößchen in der Suppe vom Mark der edelsten Rinder, die je auf deutschen Wiesen geweidet hatten; golden schimmerte auf dem Tablett der Räucherlachs zwischen dem frischen Grün der Salatblätter; sanft gebräunt war der Toast, silbrige Wassertropfen bedeckten die Butterklümpchen; beim Anblick des essenden Nettlinger mußte Schrella gegen ein elendes Gefühl der Rührung ankämpfen; er hatte Essen immer als einen hohen Akt der Brüderlichkeit empfunden; Liebesmahl in elenden Hotels und in guten; allein essen zu müssen, war ihm immer wie eine Verdammung erschienen, und den Anblick allein essender Männer in Wartesälen und Frühstückszimmern, in den unzähligen Pensionen, die er bewohnt hatte, war für ihn immer der Anblick von Verdammten gewesen; er hatte immer Gesellschaft beim Essen gesucht, sich am liebsten zu einer Frau gesetzt; ein paar Worte gewechselt, während er Brot zerbröckelte, ein Lächeln über den Suppenteller hin, ein paar Handreichungen machten den rein biologischen Vorgang erst erträglich und zum Genuß; Männer wie Nettlinger, deren er unzählige beobachtet hatte, erinnerten ihn an Verurteilte, ihre Mahlzeiten kamen ihm wie Henkersmahlzeiten vor, sie aßen, obwohl sie die Tischsitten beherrschten und beobachteten, ohne Zeremonie, mit tödlichem Ernst, der Erbsensuppe und Poularde tötete; waren außerdem gezwungen, mit jedem Bissen, den sie aßen, den Preis zu würdigen. Er wandte sich von Nettlinger ab, dem Bahnhof wieder zu, las das große Transparent, das über dem Eingang hing: *Herzlich willkommen unsere Heimkehrer.*

»Hör mal«, sagte er, »würdest du mich als Heimkehrer bezeichnen.«

Mit einem Lidaufschlag, als tauchte er aus Abgründen der Trauer auf, blickte Nettlinger von der Toastschnitte hoch, die er gerade mit Butter beschmierte.

»Das kommt darauf an«, sagte er, »bist du eigentlich noch deutscher Staatsbürger?«

»Nein«, sagte Schrella, »ich bin Staatenloser.«

»Schade«, sagte Nettlinger, neigte sich wieder über seine Toastschnitte, spießte ein Stück Räucherlachs von der Platte, zerlegte es – »wenn es dir gelingen könnte zu beweisen, daß du nicht aus kriminellen, sondern aus politischen Gründen fliehen mußtest, würdest du eine ganz hübsche Entschädigung bekommen können. Liegt dir daran, daß ich die Rechtslage kläre?«

»Nein«, sagte Schrella; er beugte sich vor, als Nettlinger die Lachsplatte zurückschob – »willst du etwa den herrlichen Lachs zurückgehen lassen?«
»Natürlich«, sagte Nettlinger, »aber du kannst doch nicht...«
Er blickte erschrocken um sich, als Schrella sich eine Scheibe Toast vom Teller, den Lachs mit den Fingern von der Silberplatte nahm und auf den Toast legte... »du kannst doch nicht...«
»Du glaubst gar nicht, was man in einem so vornehmen Hotel alles kann; mein Vater ist Kellner gewesen, sogar in diesen heiligen Hallen; die verzögen keine Miene, wenn du Erbsensuppe mit den Fingern essen würdest, obwohl das unnatürlich und unpraktisch wäre; aber gerade das Unnatürliche und Unpraktische wird hier am wenigsten Aufsehen erregen, deshalb die hohen Preise; das ist der Preis für Kellner, die keine Miene verziehen; aber Brot mit den Fingern essen und Fisch mit den Fingern drauflegen – das ist weder unnatürlich noch unpraktisch.«
Er nahm lächelnd die letzte Lachsscheibe vom Tablett, öffnete die Toastschnitten noch einmal und klemmte den Fisch dazwischen. Nettlinger sah ihn böse an.
»Wahrscheinlich«, sagte Schrella, »würdest du mich jetzt am liebsten umbringen, aus anderen Motiven als damals, daß muß ich zugeben, aber das Ziel wäre das gleiche; höre, was der Sohn eines Kellners dir zu verkünden hat: ein wirklich feiner Mann unterwirft sich nie der Tyrannei der Kellner, unter denen es natürlich welche gibt, die wie feine Leute denken.«
Er aß seine Schnitte, während der Kellner, von einem Boy assistiert, für den Hauptgang deckte; komplizierte Warmhaltevorrichtungen wurden auf kleinen Tischen aufgebaut, Bestecke und Teller verteilt, die benutzten wurden weggeräumt, für Nettlinger wurde Wein, für Schrella Bier gebracht. Nettlinger kostete den Wein. »Ein ganz klein wenig zu warm«, sagte er.
Schrella ließ sich Huhn vorlegen, Kartoffeln und Salat, prostete Nettlinger mit seinem Bierglas zu und beobachtete, wie der Kellner Nettlinger tiefbraune, schwere Sauce über das Lendenstück goß.
»Lebt eigentlich Wakiera noch?«
»Natürlich«, sagte Nettlinger, »er ist erst achtundfünfzig, und – du wirst das Wort aus meinem Munde bestimmt komisch finden: er ist einer von den Unbelehrbaren.«
»Ach«, fragte Schrella, »wie soll ich das verstehen; ob es das wirklich geben kann: unbelehrbare Deutsche?«

»Nun, er pflegt dieselbe Tradition, die er im Jahr 1935 zu pflegen beliebte.«
»Hindenburg und so? Anständig, anständig, Treue, Ehre – wie?«
»Genau. Hindenburg wäre das Stichwort für ihn.«
»Und das Stichwort für dich?«
Nettlinger blickte von seinem Teller hoch, hielt die Gabel in einem Fleischstück fest, das er gerade abgeschnitten hatte.
»Wenn du mich doch verstehen würdest«, sagte er, »ich bin Demokrat, ich bin es aus Überzeugung.«
Er senkte seinen Kopf wieder über die Lendenschnitte, hob die Gabel mit dem aufgespießten Fleischstück hoch, schob es in den Mund, wischte sich den Mund mit der Serviette, griff kopfschüttelnd nach seinem Weinglas.
»Was ist aus Trischler geworden«, fragte Schrella.
»Trischler? Ich entsinne mich nicht.«
»Der alte Trischler, der am unteren Hafen wohnte, wo später der Schiffsfriedhof war! Erinnerst du dich auch nicht an Alois, der in unserer Klasse gewesen ist?«
»Ach«, sagte Nettlinger, nahm sich Selleriesalat auf den Teller, »jetzt erinnere ich mich; den Alois haben wir wochenlang gesucht und nicht gefunden, und den alten Trischler hat Wakiera selbst verhört, aber er hat nichts, nichts aus ihm herausbekommen, auch aus der Frau nicht.«
»Du weißt nicht, ob sie noch leben?«
»Nein. Aber die Gegend da unten ist oft bombardiert worden. Wenn du willst, laß ich dich 'rausbringen. Mein Gott«, sagte er leise, »was ist denn los, was hast du vor?«
»Ich möchte gehen«, sagte Schrella, »entschuldige, aber ich muß jetzt hier 'raus.«
Er stand auf, trank im Stehen sein Bier aus, winkte dem Kellner, und als dieser leise herankam, deutete Schrella auf die Silberplatte, wo noch drei Stücke gebratenen Huhns im leise brutzelnden Fett auf dem Warmhalter schmorten.
»Bitte«, sagte Schrella, »würden Sie mir das so einpacken lassen, daß kein Fett nach außen dringt?«
»Aber gern«, sagte der Kellner, nahm die Platte vom Halter, beugte sich, schon zum Gehen gewendet, noch einmal zurück und fragte: »Auch die Kartoffeln, der Herr – und vielleicht etwas Salat?«
»Nein danke«, sagte Schrella lächelnd, »die Pommes frites werden weich und der Salat schmeckt nicht mehr.« Er suchte in dem gepflegten Gesicht des grauhaarigen Kellners vergebens nach einer Spur von Ironie.
Nettlinger blickte böse von seinem Teller hoch. »Gut«, sagte er, »du

willst dich an mir rächen, ich kann das verstehen, aber daß du es auf diese Weise machen mußt.«
»Wäre es dir lieber, wenn ich dich umbrächte?«
Nettlinger schwieg.
»Es ist übrigens keine Rache«, sagte Schrella, »ich muß einfach hier 'raus, ich halte es nicht mehr aus, und ich hätte mir mein Leben lang Vorwürfe gemacht, wenn ich das Hühnchen hätte zurückgehen lassen; vielleicht kannst du dich entschließen, diesen Akt wirklich meiner ökonomischen Veranlagung zuzuschreiben; wenn ich sicher wäre, daß sie den Kellnern und Pikkolos erlaubten, die Reste aufzuessen, würde ich es liegenlassen – aber ich weiß, daß sie das hier nicht gestatten.«
Er dankte dem Boy, der seinen Mantel gebracht und ihm hineingeholfen hatte, nahm seinen Hut, setzte sich noch einmal hin und fragte: »Du kennst Herrn Fähmel?«
»Ja«, sagte Hugo.
»Kennst du auch seine Telefonnummer?«
»Ja.«
»Würdest du mir einen Gefallen tun und jede halbe Stunde bei ihm anrufen; wenn er sich meldet, ihm sagen, daß ein gewisser Herr Schrella ihn sehen möchte?«
»Ja.«
»Ich bin nicht sicher, daß dort, wo ich hin muß, Telefonzellen sind, sonst würde ich es selbst tun. Hast du meinen Namen verstanden?«
»Schrella«, sagte Hugo.
»Ja.«
»Ich melde mich gegen halb sieben und frage nach dir. Wie heißt du?«
»Hugo.«
»Vielen Dank, Hugo.«
Er stand auf, blickte auf Nettlinger hinunter, der noch eine Lendenscheibe vom Tablett nahm. »Es tut mir leid«, sagte Schrella, »daß du eine so harmlose Handlung als Racheakt empfinden kannst. Ich habe nicht einen Augenblick an Rache gedacht, aber vielleicht verstehst du, daß ich jetzt gehen möchte; sehr lange möchte ich nämlich nicht in dieser gastlichen Stadt bleiben, und ich habe noch einiges zu erledigen. Vielleicht darf ich dich noch einmal an die Fahndungsliste erinnern?«
»Selbstverständlich bin ich jederzeit für dich zu sprechen, privat oder im Amt, wie du willst.«
Schrella nahm aus den Händen des Kellners den sauber verpackten weißen Karton, gab dem Kellner ein Trinkgeld.
»Es wird kein Fett nach draußen dringen, mein Herr«, sagte der Kellner, »es ist alles in Cellophan verpackt in unserem Spezial-Picknick-Karton.«

»Auf Wiedersehen«, sagte Schrella.
Nettlinger hob den Kopf ein wenig und sagte: »Auf Wiedersehen.«

»Ja«, sagte Jochen gerade, »gerne, und dann sehen Sie schon das Schild: *Zu den römischen Kindergräbern*, es ist bis acht geöffnet und nach Einbruch der Dunkelheit beleuchtet, gnädige Frau. Keine Ursache, vielen Dank.« Er kam hinter der Theke herausgehumpelt, auf Schrella zu, dem der Boy schon die Tür aufhielt.
»Herr Schrella«, sagte er leise, »ich werde alles tun, um herauszubekommen, wo Herr Dr. Fähmel zu erreichen ist, eins habe ich inzwischen im Café Kroner schon erfahren können: um sieben findet dort eine Familienfeier statt, zu Ehren des alten Herrn Fähmel; dort werden Sie ihn also bestimmt treffen.«
»Danke«, sagte Schrella, »herzlichen Dank«, und er wußte, daß hier kein Trinkgeld angebracht war; er lächelte dem alten Mann zu, ging durch die Tür, die hinter ihm leise in ihre Filzfugen zurückpendelte.

8

Die Autobahn war in ihrer ganzen Breite durch massive Schilder gesperrt; die Brücke, die hier über den Fluß geführt hatte, war zerstört, sauber an den Rampen weggesprengt; rostige Drahtseile hingen zerfasert von den Pylonen herunter; drei Meter hohe Schilder verkündeten, was hinter ihnen lauerte: *Tod*; gekreuztes Schultergebein, ums Zehnfache drohend vergrößerte Totenschädel, grellweiß auf schwarz gemalt, verkündeten es bildhaft für die, denen das Wort nicht genügte. Auf diesem toten Arm übten fleißige Adepten von Fahrschulen sich im Schalten, gewöhnten sich an Geschwindigkeiten, quälten die Gangschaltung, um rückwärts nach links, rückwärts nach rechts zu drehen, sich ans Wenden zu gewöhnen; auf diesem Damm, der am Golfplatz vorbei zwischen Schrebergärten hinführte, ergingen sich auch sauber gekleidete Männer und Frauen, mit ihren Feierabendgesichtern strebten sie auf die Rampe, den drohenden Schildern zu, hinter denen verborgene biedere Baubuden dem Tod zu spotten schienen; blauer Qualm stieg hinter *Tod* aus Öfen, auf denen Nachtwächter ihren Henkelmann wärmten, Brot rösteten und mit Fidibussen ihre Pfeifen ansteckten. Bombastische Treppen waren der Zerstörung nicht anheimgefallen, dienten jetzt in abendlicher Sommerwärme müden Spaziergängern als Sitzgelegenheit; aus zwanzig Metern Höhe konnten sie von hier aus den Fortgang der Arbeiten beobachten: Taucher in gelben Anzügen glitten in die Fluten hinab, führten die Schlingen der Krane an Eisenteile, an Betonbrocken heran, und die Krane zogen ihre triefende Beute

herauf, luden sie auf Lastkähne. Auf hohen Gerüsten und schwankenden Stegen, in Mastkörben hoch an den Pylonen schweißten Arbeiter mit bläulich blitzenden Schweißapparaten angerissene Stahlteile ab, verbogene Nieten, schnitten zerfranste Drahtseilreste ab; die Strompfeiler mit ihren Querstützen standen wie leere Riesentore im Strom, rahmten einen Hektar blauen Nichts ein; Sirenen gaben Signal: Fahrrinne frei, Fahrrinne besetzt; rote Lichter, grüne; Schleppzüge brachten Kohle und Holz von hier nach dort, von dort nach hier. Grüner Fluß, Heiterkeit, sanfte Ufer mit Weidengebüsch, bunte Schiffe, blaue Blitze aus Schweißapparaten; drahtige Männer, drahtige Frauen, ernsten Gesichts, die Schläger geschultert, gingen über makellosen Rasen hinter Golfbällen her; achtzehn Löcher; Rauch stieg aus Gärten hoch, Bohnenlaub, Erbsenlaub, ausgewechselte Zaunpfähle verwandelten sich in Rauch, bildeten liebliche Schwaden am Himmel, die Jugendstil-Elfen glichen, sich barock zusammenballten, sich dann hellgrau am Nachmittagshimmel zu zerquälten Figuren verzerrten, bevor eine Windströmung oben sie zerfetzte und auf den Horizont zujagte; rollerfahrende Kinder fielen sich auf dem grob belegten Parkstreifen Arme und Knie wund, zeigten erschrockenen Müttern schürfige Wunden und erpreßten Limonadeversprechen, Eisversprechen; Liebespaare, die Hände verschlungen, strebten den Weidenbüschen zu, wo die Hochwasserspur längst gebleicht war: Schilfrohr, Korken, Flaschen und Schuhkremdosen; Schiffer stiegen über schwankende Stege an Land, Frauen mit Einkaufskörben am Arm und Zuversicht in den Augen; Wäsche flatterte auf blitzsauberen Kähnen im Abendwind; grüne Hosen, rote Blusen, schneeweiße Bettücher über dem tiefen Schwarz des frischen Teers, der wie japanischer Lack glänzte; schlammbedeckt, tangbedeckt tauchten Brückenteile auf; hinten die graue, schlanke Silhouette von Sankt Severin, und im Café Bellevue verkündete die erschöpfte Kellnerin: »Der Sahnekuchen ist alle«, wischte sich den Schweiß vom groben Gesicht, wühlte in der Ledertasche nach Wechselgeld. »Nur noch Sandkuchen – nein, auch das Eis ist alle.«
Joseph ließ sich das Wechselgeld in die offene Hand zählen, steckte die Münzen in die Hosentasche, den Schein in die Tasche seines Hemds, drehte sich Marianne zu und kämmte ihr mit der gespreizten Hand die Schilfreste aus dem dunklen Haar, klopfte Sand aus ihrem grünen Pullover.
»Du hast dich doch so auf die Feier gefreut«, sagte sie, »was ist denn los?«
»Es ist nichts los«, sagte er.
»Ich spüre es doch; es ist etwas anders?«
»Ja.«
»Willst du es mir nicht sagen?«

»Später«, sagte er, »vielleicht erst in Jahren, vielleicht auch bald. Ich weiß nicht.«
»Hat es mit uns beiden zu tun?«
»Nein.«
»Bestimmt nicht?«
»Nein.«
»Mit dir?«
»Ja.«
»Also doch mit uns beiden.«
Joseph lächelte. »Natürlich, da ich ja mit dir zu tun habe.«
»Ist es etwas Schlimmes.«
»Ja.«
»Hat es mit deiner Arbeit zu tun?«
»Ja. Gib mir deinen Kamm, aber dreh dich nicht um; die feinen Sandkörner krieg ich mit den Händen nicht 'raus.«
Sie nahm den Kamm aus ihrer Handtasche und reichte ihn über die Schulter; er hielt ihre Hand einen Augenblick fest.
»Ich hab doch immer gesehen, wie du abends, wenn die Arbeiter weg waren, an dem großen Haufen nagelneuer Steine entlanggegangen bist und sie berührt hast; nur angefaßt – und ich hab gesehen, daß du es gestern und vorgestern nicht getan hast; ich kenn doch deine Hände; und heute morgen bist du schon so früh weggefahren.«
»Ich habe für meinen Großvater ein Geschenk besorgt.«
»Du bist nicht wegen des Geschenks weggefahren; wo bist du gewesen?«
»Ich war in der Stadt«, sagte er, »der Rahmen für das Bild war immer noch nicht fertig, und ich habe darauf gewartet; du kennst doch das Foto, wo mich meine Mutter an der Hand hält, Ruth auf ihrem Arm, und Großvater steht hinter uns? Ich habe es vergrößern lassen, und ich weiß, daß er sich darüber freuen wird.«

Und dann bin ich in die Modestgasse gegangen und habe gewartet, bis mein Vater aus dem Büro kam; groß, ungebeugt, und ich bin hinter ihm hergegangen bis zum Hotel; ich habe eine halbe Stunde vor dem Hotel gewartet, aber er kam nicht heraus, und hineingehen und nach ihm fragen mochte ich nicht; ich wollte ihn nur sehen, und ich habe ihn gesehen; ein gepflegter Herr in den besten Jahren.
Er ließ Marianne los, steckte den Kamm in seine Hosentasche, legte Marianne die Hände auf die Schultern und sagte: »Bitte, dreh dich nicht um, so kann man besser miteinander reden.«
»Besser lügen«, sagte sie.
»Vielleicht«, sagte er, »oder besser: verschweigen.« An ihrem Ohr vorbei konnte er über die Brüstung der Caféhausterrasse mitten auf

den Fluß sehen, und er beneidete den Arbeiter, der fast sechzig Meter hoch oben am Pylon in einem Korb hing und mit dem Schweißapparat blaue Blitze in die Luft zeichnete; Sirenen tuteten, ein Eisverkäufer ging unterhalb des Cafés an der Böschung entlang, rief ›Eis, Eis‹, schwieg dann und spachtelte Eis in bröcklige Waffeln; hinten die graue Silhouette von Sankt Severin.

»Es muß etwas sehr Schlimmes sein«, sagte Marianne.

»Ja«, sagte er, »es ist ziemlich schlimm – vielleicht auch nicht; das ist noch nicht entschieden.«

»Innen oder außen«, fragte sie.

»Innen«, sagte er. »Jedenfalls hab ich heute mittag Klubringer gekündigt; dreh dich nicht um, sonst sag ich kein Wort mehr.«

Er nahm die Hände von ihren Schultern, legte sie um ihren Kopf und hielt ihn in Richtung zur Brücke hin fest.

»Was wird dein Großvater dazu sagen, daß du gekündigt hast? Er war so stolz auf dich, jedes lobende Wort, das Klubringer über dich sagte, ging ihm wie Honig ein; und er hängt doch so an der Abtei; du darfst es ihm heute noch nicht sagen.«

»Sie werden es ihm schon gesagt haben, bevor er uns trifft; du weißt doch, daß er mit Vater nach Sankt Anton kommt; Nachmittagskaffee vor der großen Geburtstagsfeier.«

»Ja«, sagte sie.

»Es tut mir leid um Großvater; du weißt, daß ich ihn mag; er kommt bestimmt heute nachmittag 'raus, wenn er Großmutter besucht hat; jedenfalls: ich kann vorläufig keine Steine mehr sehen und keinen Mörtel mehr riechen.«

»Vorläufig nur?«

»Ja.«

»Und was wird dein Vater sagen?«

»Oh«, sagte er rasch, »ihm wird es nur um Großvaters willen leid tun; für die schöpferische Seite der Architektur hat er sich nie interessiert, nur für die Formeln; halt, dreh dich nicht um.«

»Es hat also mit deinem Vater zu tun, ich spür's doch; ich bin ja so gespannt drauf, ihn endlich zu sehen; am Telefon mit ihm gesprochen hab ich schon ein paarmal; ich glaube, daß er mir gefallen wird.«

»Er wird dir gefallen. Spätestens heute abend wirst du ihn sehen.«

»Muß ich mit zur Geburtstagsfeier?«

»Unbedingt. Du kannst dir nicht vorstellen, wie Großvater sich freuen wird – und er hat dich ja ausdrücklich eingeladen.«

Sie versuchte ihren Kopf zu befreien, aber er lachte, hielt sie fest und sagte: »Laß doch, so kann man viel besser miteinander sprechen.«

»Und lügen.«

»Verschweigen«, sagte er.

»Liebst du deinen Vater?«
»Ja. Besonders seitdem ich weiß, wie jung er noch ist.«
»Du hast nicht gewußt, wie alt er ist?«
»Nein. Ich habe ihn immer für fünfzig, fünfundfünfzig gehalten – komisch, nicht wahr, ich habe mich nie für sein genaues Alter interessiert, und ich war richtig erschrocken, als ich vorgestern meine Geburtsurkunde bekam und erfuhr, daß Vater erst dreiundvierzig ist; jung, nicht wahr?«
»Ja«, sagte sie, »und du bist zweiundzwanzig.«
»Ja, und ich habe bis zu meinem zweiten Lebensjahr nicht Fähmel geheißen, sondern Schrella; merkwürdiger Name, wie?«
»Bist du deshalb böse auf ihn?«
»Ich bin nicht böse auf ihn.«
»Was hat er denn getan, daß du plötzlich die Lust am Bauen verloren hast?«
»Ich verstehe nicht, was du meinst.«
»Schön – aber warum hat er dich nie in Sankt Anton besucht?«
»Er macht sich offenbar nichts aus Baustellen, und vielleicht sind sie als Kinder zu oft in Sankt Anton gewesen, verstehst du, Sonntagsspaziergänge, die man mit den Eltern gemacht hat – die wiederholt man als Erwachsener nur, wenn man unbedingt die Grundschule der Melancholie noch einmal durchmachen will.«
»Hast du denn je mit deinen Eltern Sonntagsspaziergänge gemacht?«
»Nicht viele, meistens mit meiner Mutter und den Großeltern, aber wenn mein Vater in Urlaub kam, ging er mit spazieren.«
»Nach Sankt Anton.«
»Auch dahin.«
»Nun, ich verstehe nicht, daß er dich nie besucht hat.«
»Er mag Baustellen einfach nicht; vielleicht ist er ein bißchen komisch; manchmal, wenn ich überraschend nach Hause komme, sitzt er im Wohnzimmer am Schreibtisch und kritzelt Formeln auf die Ränder fotokopierter Zeichnungen – er hat eine große Sammlung davon –, aber ich glaube, du wirst ihn mögen.«
»Du hast mir nie ein Bild von ihm gezeigt.«
»Ich habe kein neues; er hat so etwas rührend Altmodisches, in seinen Kleidern und seinem Benehmen; korrekt, liebenswürdig – viel altmodischer als Großvater!«
»Ich bin so gespannt auf ihn. Darf ich mich jetzt umdrehen?«
»Ja.«
Er ließ ihren Kopf los, versuchte zu lächeln, als sie sich plötzlich umdrehte, aber ihre runden hellgrauen Augen löschten sein gewaltsames Lächeln aus.
»Warum sagst du es mir nicht?«

»Weil ich es selber noch nicht verstehe. Sobald ich's verstanden habe, werde ich es dir sagen; aber das kann lange dauern; fahren wir?«

»Ja«, sagte sie, »fahren wir; dein Großvater wird bald da sein; laß ihn nicht warten; wenn sie es ihm sagen, bevor er dich sieht – das wird schlimm für ihn sein, und bitte, versprich mir, daß du nicht wieder auf das schreckliche Schild zufährst und erst im letzten Augenblick stoppst.«

»Eben«, sagte er, »habe ich mir vorgestellt, daß ich durchfahre, die Baubuden wegrasiere und über die kahle Rampe hinweg wie von einer Schanze herunter ins Wasser springe mit dem Auto ...«

»Du magst mich also nicht.«

»Ach Gott«, sagte er, »es ist ja nur ein Spiel.«

Er zog Marianne hoch; sie gingen die Treppe hinunter, die ans Flußufer führte.

»Es tut mir wirklich leid«, sagte Joseph auf der Treppe, »daß Großvater es ausgerechnet heute erfahren muß, an seinem achtzigsten Geburtstag.«

»Kannst du es ihm nicht ersparen?« – »Die Tatsache nicht – aber die Mitteilung ja, wenn sie es ihm noch nicht gesagt haben.« Er schloß das Auto auf, stieg ein, öffnete von innen die Tür für Marianne, legte den Arm um ihre Schultern, als sie neben ihm saß. »Nun hör doch mal zu«, sagte er, »es ist ja ganz einfach; die Strecke ist genau viereinhalb Kilometer lang; dreihundert Meter brauche ich, um auf hundertzwanzig zu kommen – wieder dreihundert zum Bremsen, und das ist sehr großzügig gerechnet; es bleiben also knapp vier Kilometer, für die ich genau zwei Minuten brauche; du mußt nur auf die Uhr sehen, mir sagen, wann die zwei Minuten um sind und ich anfangen muß zu bremsen; verstehst du denn nicht? Ich möchte ja nur einmal 'rauskriegen, was in der Karre wirklich drin steckt.«

»Es ist ein schreckliches Spiel«, sagte sie.

»Wenn ich wirklich auf hundertachzig kommen könnte, brauchte ich nur zwanzig Sekunden – aber dann würde auch der Bremsweg länger.«

»Bitte hör auf, bitte.«

»Hast du Angst?«

»Ja.«

»Gut, dann laß ich's. Darf ich dann wenigstens mal mit achtzig draufzufahren?«

»Meinetwegen, wenn dir soviel daran liegt.«

»Du brauchst dabei gar nicht auf die Uhr zu sehen, ich kann auf Sicht fahren und den Bremsweg nachher abfahren, verstehst du, ich möchte einfach mal wissen, ob sie uns mit den Tachometern nicht beschummeln.«

Er schaltete, fuhr langsam durch die schmalen Gassen des Ausflugsortes, schnell am Zaun des Golfplatzes vorbei und hielt an der Auffahrt zur Autobahn.

»Hör«, sagte er, »mit achtzig brauch ich genau drei Minuten, es ist wirklich ganz ungefährlich, wenn du Angst hast, steig hier aus und warte auf mich.«

»Nein, allein laß ich dich auf keinen Fall fahren.«

»Es ist ja das letzte Mal«, sagte er, »vielleicht werde ich schon morgen nicht mehr hier sein, und anderswo gibt es solche Gelegenheiten nicht.«

»Aber auf einer freien Strecke könntest du es doch viel besser ausprobieren.«

»Nein, es ist ja gerade die Notwendigkeit, vor dem Schild halten zu müssen, die mich reizt.« Er küßte sie auf die Wange. »Weißt du, was ich tun werde?«

»Nein.«

»Ich werde vierzig fahren.«

Sie lächelte, als er losfuhr, blickte aber auf den Tachometer.

»Paß auf«, sagte er, als sie den Kilometerstein 5 passierten, »guck jetzt mal auf die Uhr und miß die Zeit ab, die wir bis zum Kilometerstein 9 brauchen; ich fahre genau vierzig.«

Weit vorne, wie Riegel vor die riesigen Tore geschoben, sah sie die Schilder, erst nur wie Hürden, sie wurden größer, wuchsen mit erdrückender Stetigkeit: was wie eine schwarze Spinne ausgesehen hatte, klärte sich zu gekreuztem Schultergebein, was wie ein merkwürdiger Knopf ausgesehen hatte, wurde zum Totenschädel, stieg, wie das Wort stieg, an sie heranflog, fast schon die Kühlerhaube zu berühren schien: das O von *Tod* wie ein offener Mund, der einen drohenden Laut zu bilden schien; die zitternde Tachometernadel zwischen 90 und 100, rollerfahrende Kinder, Männer und Frauen, deren Gesichter nichts Feierabendliches mehr hatten, flogen vorüber, mit warnend erhobenen Armen, schrillen Stimmen wirkten sie wie dunkle Todesvögel.

»Du«, sagte sie leise, »bist du überhaupt noch da?«

»Natürlich«, sagte er lächelnd, »und ich weiß genau, wo ich bin«, er blickte starr auf das O von *Tod*: »Reg dich nicht auf.«

Kurz vor Feierabend holte der Vorarbeiter der Abbruchfirma ihn ins Refektorium, wo ein Schuttberg in der Ecke auf ein Band geschaufelt, vom Band auf den Lastwagen transportiert wurde; Nässe, die sich im Schutt gesammelt, aus Steinresten, Mörtelresten und undefinierbarem Dreck klebrige Klumpen gebildet hatte; Nässe wurde an den Wänden, je kleiner der Schuttberg wurde, erst in dunklem, dann in hellem Ausschlag sichtbar; hinter dem Ausschlag rote, blaue und goldene Töne,

Spuren von Wandmalereien, die der Vorarbeiter für kostbar hielt, eine Abendmahlsszene, vom Ausschlag überwuchert: das Gold des Kelchs, das Weiß der Hostie, Christi Gesicht, hellhäutig mit dunklem Bart, Sankt Johannes' braunes Haar und: ›Hier, sehen Sie doch, Herr Fähmel, hier das dunkle Leder von Judas' Geldbeutel‹; vorsichtig wusch der Vorarbeiter mit einem trockenen Lappen den weißen Ausschlag weg, legte ehrfürchtig das Bild frei: Brokattischtuch, zwölf Jünger; Füße wurden sichtbar, Tischtuchränder, der fliesenbelegte Boden des Abendmahlsaales; lächelnd dem Vorarbeiter die Hand auf die Schulter gelegt: ›Gut, daß Sie mich gerufen haben; natürlich muß das Fresko erhalten bleiben, lassen Sie's ganz freischaufeln und austrocknen, bevor etwas damit geschieht‹; er wollte gehen, schon stand der Tee auf dem Tisch, Brot, Butter und Heringe, Freitagabend, am Fisch erkennbar, schon war Marianne von Stehlingers Grotte aus unterwegs, ihn zum Spaziergang abzuholen; da sah er, kurz bevor er sich endgültig abwenden wollte, unten in die Ecke des Bildes geschrieben xyzx, und er hatte doch hunderte Male, wenn er ihm bei den Mathematikaufgaben half, Vaters x, sein y, sein z gesehen, sah es hier wieder, oberhalb des Loches, das in die Kellerdecke gesprengt war, zwischen Sankt Johanns und Sankt Peters Fuß; die Säule des Refektoriums auseinandergerissen, das tragende Gewölbe zerstört; nur der Mauerrest mit dem Abendmahlsbild; xyzx. ›Was Besonderes los, Herr Fähmel‹, fragte der Vorarbeiter, legte ihm die Hand auf die Schulter, ›Sie sind ja ganz blaß geworden – oder ist es nur die Liebe?‹ ›Nur die Liebe‹, sagte er, ›nur die Liebe, kein Grund zur Aufregung, und vielen Dank, daß Sie mich gerufen haben.‹ Ihm schmeckte der Tee nicht, nicht das Brot, die Butter und die Heringe; Freitag, am Fisch erkennbar; nicht einmal die Zigarette schmeckte ihm; er ging durch alle Gebäude und um die Abteikirche, ins Pilgerhaus, suchte überall dort, wo statisch gewichtige Punkte gewesen sein mußten, fand nur noch eins, ein einziges kleines x im Keller des Gästehauses, so unverkennbar seine Handschrift, wie sein Gesicht, sein Gang unverkennbar waren, sein Lächeln und die strenge Liebenswürdigkeit seiner Bewegungen, wenn er Wein einschenkte, Brot über den Tisch reichte; sein kleines x; Dr. Robert Fähmel: Büro für statische Berechnungen.

»Bitte, bitte«, sagte Marianne, »komm doch zu dir.«
»Ich bin bei mir«, sagte er, ließ den Gashebel los, setzte den linken Fuß auf die Kuppelung, den rechten auf die Bremse, drückte; knirschend, hin- und herrutschend, schob sich das Auto aufs große O von *Tod* zu, wirbelte Staub auf, die Bremsen schrien, aufgeregte Spaziergänger kamen mit fuchtelnd erhobenen Armen, ein müder Nachtwächter wurde sichtbar, zwischen *Tod* und gekreuztem Schultergebein.

»Oh, Gott«, sagte Marianne, »warum mußt du mich so erschrecken?«
»Verzeih«, sagte er leise, »bitte, verzeih, es ist einfach mit mir durchgegangen.« Er wendete rasch, fuhr los, bevor die Spaziergänger sich ums Auto sammeln konnten, vier Kilometer, mit der linken Hand steuernd, die rechte um Marianne gelegt, in friedlichem Tempo am Golfplatz vorbei, wo drahtige Frauen neben drahtigen Männern dem sechzehnten, siebzehnten, achtzehnten Loch zustrebten.
»Verzeih«, sagte er, »ich tu's wirklich nicht wieder«, schwenkte von der Autobahn ab, fuhr zwischen lieblichen Feldern, an stillen Waldrändern entlang.
xyz, es waren dieselben Zeichen, die er auf den präzisen, postkartengroßen Fotokopien entdeckte, mit denen sein Vater abends wie mit Spielkarten spielte; Haus für einen Verleger am Waldrand – xxx; Erweiterungsbau für die ›Societas, die Gemeinnützigste der Gemeinnützigen‹ – xyz; Haus für einen Lehrer am Flußufer – nur y; zwischen Sankt Johanns und Sankt Peters Fluß. Langsam fuhr er zwischen Feldern dahin, wo sich die dicken Rüben schon unter gewaltigen grünen Blättern herausdrängten; Stoppelfelder, Wiesen, hinter denen schon der Kosakenhügel sichtbar wurde.
»Warum willst du es mir nicht sagen«, fragte Marianne.
»Weil ich es selbst noch nicht verstehe, weil ich es noch gar nicht für wahr halte; vielleicht ist es nur ein absurder Traum; vielleicht kann ich's dir später erklären, vielleicht auch nie.«
»Aber Architekt willst du nicht werden?«
»Nein«, sagte er.
»Bist du deswegen so auf das Schild zugefahren?«
»Vielleicht«, sagte er.
»Immer habe ich Menschen gehaßt, die nicht wissen, was Geld ist«, sagte Marianne, »die unsinnig schnell mit Autos durch die Gegend fahren, auf Schilder zu, auf denen *Tod* steht; die ohne jeden Grund die Leute in Unruhe versetzen, die ihren wohlverdienten Feierabendspaziergang machen.«
»Ich hatte schon einen Grund, schnell auf das Schild zuzufahren.« Er fuhr langsamer, hielt auf einem sandigen Weg am Rand des Kosakenhügels, parkte das Auto unter herabhängenden Kiefernzweigen.
»Was willst du hier?« fragte sie.
»Komm«, sagte er, »wir gehen noch ein bißchen spazieren.«
»Es wird zu spät«, sagte sie, »dein Großvater wird sicher mit dem Halb-fünf-Uhr-Zug kommen; es ist schon zehn vor halb.«
Joseph stieg aus, lief ein paar Schritte den Hügel hinauf, hielt sich die Hand vor die Augen und blickte in Richtung Denklingen.
»Ja«, rief er, »ich sehe den Zug schon von Doderingen kommen, immer noch die alte Puff-Puff wie in meiner Kindheit, und immer noch um

die gleiche Zeit. Komm, sie werden wohl eine Viertelstunde warten können.«

Er lief zum Auto zurück, zog Marianne vom Sitz, am Arm hinter sich her den Sandweg hinauf; sie setzten sich in eine Lichtung; Joseph deutete in die Ebene, verfolgte mit seinem Finger den Zug, der sich durch Rübenäcker, zwischen Wiesen und Stoppelfeldern hin auf Kisslingen zu bewegte.

»Du kannst dir gar nicht vorstellen«, sagte er, »wie gut ich diese Dörfer kenne; wie oft wir mit diesem Zug hinausgekommen sind; nach Mutters Tod sind wir fast immer in Stehlingen oder Görlingen gewesen, und ich bin in Kisslingen in die Schule gegangen; abends liefen wir zum Zug, mit dem Großvater aus der Stadt kam, zu dem Zug da, siehst du, jetzt fährt er gerade in Denklingen ab; merkwürdig, und ich hatte immer das Gefühl, wir wären arm; solange meine Mutter noch lebte und Großmutter bei uns war, bekamen wir weniger zu essen als die Kinder, die wir kannten, und ich durfte nie gute Kleider tragen; nur umgearbeitete Sachen – und wir mußten zusehen, wie sie das gute Zeug an fremde Leute verschenkte, Brot, Butter und Honig, aus dem Kloster und von den Gütern; wir mußten Kunsthonig essen.«

»Du hast sie nicht gehaßt, deine Großmutter?«

»Nein, und ich weiß selbst nicht, warum ich sie wegen dieses Unsinns nicht haßte; vielleicht weil Großvater uns mit in sein Atelier nahm, uns heimlich gute Sachen gab; er nahm uns auch mit ins Café Kroner und stopfte uns voll; er sagte immer: ›Was Mutter und Großmutter tun, ist groß, sehr groß – aber ich weiß nicht, ob ihr schon groß genug für diese Größe seid.‹«

»Hat er das wirklich gesagt?«

»Ja«, Joseph lachte, »als Mutter tot war und Großmutter weggebracht wurde, waren wir mit Großvater allein, und wir hatten genug zu essen; die letzten Kriegsjahre waren wir fast immer in Stehlingen; ich hörte, wie sie in der Nacht die Abtei sprengten, wir hockten in Stehlingen in der Küche, und die Bauern aus der Nachbarschaft fluchten auf den deutschen General, der den Sprengbefehl gegeben hatte, und sie murmelten vor sich hin: *wozuwozuwozu*; ein paar Tage später besuchte mein Vater mich, er kam in einem amerikanischen Auto, von einem amerikanischen Offizier begleitet und durfte drei Stunden bei uns bleiben; er brachte uns Schokolade mit, und wir waren erschrocken von dem klebrigen, dunkelbraunen Zeug, das wir noch nie gegessen hatten, aßen es erst, als auch Frau Kloschgrabe, die Frau des Verwalters, davon aß, Vater brachte Frau Kloschgrabe Kaffee mit, und sie sagte zu ihm: ›Sie brauchen keine Angst zu haben, Herr Doktor, wir geben auf die Kinder acht, als wenn es unsere eigenen wären‹, und sie sagte: ›Ist es nicht eine Schande, daß sie die Abtei noch so kurz vor Schluß in die Luft gejagt haben‹, und er sagte: ›Ja, es ist eine Schande, aber vielleicht war es der Wille Gottes‹, und Frau Kloschgrabe sagte: ›Es gibt auch solche, die den Willen des Teufels tun‹, Vater lachte, und auch der amerikanische Offizier lachte; Vater war lieb zu uns, und ich sah ihn zum ersten Mal weinen, als er wieder wegmußte; ich hatte nicht geglaubt, daß er weinen könnte; er war immer still gewesen und hatte keine Gefühle gezeigt; auch, wenn er aus dem Urlaub zurückfahren mußte und wir ihn zum Bahnhof brachten, weinte er nie; wir weinten alle, Mutter und Großmutter, Großvater und wir, aber er nicht – da«, sagte Joseph, und zeigte auf die Rauchfahne des Zuges, »eben sind sie in Kisslingen angekommen.«

»Jetzt wird er ins Kloster hinübergehen und erfahren, was du ihm eigentlich selbst sagen müßtest.«

Ich wusch die Kreidezeichen ab zwischen Sankt Johanns und Peters Fuß und das kleine x im Keller des Gästehauses; er wird es nicht finden, nie entdecken, von mir nicht erfahren.

»Drei Tage lang«, sagte er, »verlief die Front zwischen Denklingen und der Stadt, und wir beteten abends mit Frau Kloschgrabe um Großvaters Gesundheit; dann kam er abends aus der Stadt, er war blaß und traurig, wie ich ihn noch nie gesehen hatte, er ging mit uns durch die Trümmer der Abtei, murmelte, was auch die Bauern gemurmelt, was Großmutter immer im Luftschutzkeller gemurmelt hatte: *wozuwozuwozu*.«
»Wie glücklich muß er da sein, daß du beim Aufbau der Abtei hilfst.«
»Ja«, sagte Joseph, »ich kann ihm dieses Glück nicht erhalten; frag nicht, warum, ich kann nicht.«
Er küßte sie, strich ihr die Haare hinters Ohr, kämmte mit gespreizten Fingern Fichtennadeln und Sandkörner heraus.
»Vater kam früh aus der Gefangenschaft und holte uns in die Stadt, obwohl Großvater protestierte und sagte, es wäre besser für uns, nicht in den Trümmern aufzuwachsen, aber Vater sagte: ›Ich kann auf dem Land nicht leben, und ich will jetzt die Kinder bei mir haben, ich kenne sie ja kaum.‹ Wir kannten ihn auch nicht und hatten zuerst Angst vor ihm, und wir spürten, daß auch Großvater Angst vor ihm hatte. Wir wohnten damals alle in Großvaters Atelier, weil unser Haus nicht bewohnbar war, und an der Wand im Atelier hing ein riesiger Stadtplan; alles, was zerstört war, war mit dicker schwarzer Kreide gezeichnet, und wir hörten oft zu, wenn wir an Großvaters Zeichentisch Schularbeiten machten und Vater mit Großvater und anderen Männern vor der Karte stand. Es gab oft Streit, denn Vater sagte immer: ›Weg damit – sprengen –‹, und zeichnete ein x neben einen schwarzen Klecks, und die anderen sagten immer: ›Um Gottes willen, das können wir doch

nicht tun‹, und Vater sagte: ›Tun Sie's, bevor die Leute in die Stadt zurückkommen. – Jetzt ist noch alles unbewohnt und Sie brauchen keine Rücksichten zu nehmen; rasieren Sie das alles weg –‹ Und die anderen sagten: ›Das ist doch noch der Rest eines Fenstersturzes aus dem sechzehnten Jahrhundert, und da noch der Teil einer Kapelle aus dem zwölften‹; und Vater warf die schwarze Kreide hin und sagte: ›Gut, machen Sie, was Sie wollen, aber ich sag Ihnen, Sie werden's bereuen – machen Sie, was Sie wollen, aber dann ohne mich‹, und sie sagten: ›Aber lieber Herr Fähmel, Sie sind unser bester Sprengspezialist, Sie können uns doch nicht im Stich lassen‹; Vater sagte: ›Aber ich lasse Sie im Stich, wenn ich auf jeden Hühnerstall aus der Römerzeit Rücksicht nehmen muß; Mauern sind für mich Mauern, und glauben Sie mir, es gibt darunter gute und schlechte Mauern; weg mit dem Mist. Sprengen Sie und schaffen Sie Luft.‹ Großvater lachte, als sie gegangen waren und sagte: ›Mein Gott, du mußt doch Ihre Gefühle verstehen‹, und Vater lachte: ›Ich verstehe ihre Gefühle sogar, aber ich respektiere sie nicht‹; und dann sagte er: ›Kommt, Kinder, wir gehen Schokolade kaufen‹, und er ging mit uns auf den Schwarzmarkt, kaufte sich Zigaretten und uns Schokolade, und wir krochen mit ihm in dunkle, halb zerstörte Hauseingänge hinein, stiegen Treppen hinauf, weil er auch noch für Großvater Zigarren kaufen wollte; er kaufte immer, verkaufte aber nie; wenn wir von Stehlingen oder Görlingen Brot oder Butter bekamen, mußten wir seinen Teil mit in die Schule nehmen, und er überließ es uns, wem wir's schenken wollten, und einmal kauften wir Butter, die wir verschenkt hatten, auf dem Schwarzmarkt zurück, es lag noch der Zettel von Frau Kloschgrabe dabei, sie hatte geschrieben: ›Diese Woche leider nur ein Kilo.‹ Aber Vater lachte nur und sagte: ›Na ja, die Leute brauchen ja auch Geld für Zigaretten.‹ Der Bürgermeister kam wieder, und Vater sagte zu ihm: ›In den Trümmern des Franziskanerklosters habe ich Nageldreck aus dem vierzehnten Jahrhundert gefunden: lachen Sie nicht, nachweislich vierzehntes Jahrhundert, denn er ist mit einer Faser vermischt, mit Resten eines Wollgespinstes, das nachweislich *nur* im vierzehnten Jahrhundert in unserer Stadt hergestellt wurde; ein kulturgeschichtliches Rarissimum allerersten Ranges, Herr Bürgermeister‹, und der sagte: ›Das geht denn doch zu weit, Herr Fähmel‹, und Vater sagte: ›Ich werde noch weitergehen, Herr Bürgermeister.‹ Ruth lachte, sie saß neben mir und krakelte ihre Rechenaufgaben ins Schulheft; sie lachte laut, und Vater kam auf sie zu, küßte sie auf die Stirn und sagte: ›Ja, das ist auch zum Lachen, Kind‹, und ich war eifersüchtig, weil er mich noch nie auf die Stirn geküßt hatte; wir liebten ihn, Marianne, aber wir hatten immer noch ein wenig Angst vor ihm, wenn er da mit seiner schwarzen Kreide vor dem Plan stand und sagte: ›Sprengen – weg damit.‹ Aber er war immer streng, wenn es um meine Schulaufgaben ging; er sagte immer zu mir: ›Es gibt nur zwei Möglichkeiten: entweder nichts wissen oder alles; deine Mutter wußte nichts, ich glaube, sie hat nicht einmal alle Volksschulklassen durchgemacht, und doch hätte ich nie eine andere als sie geheiratet, entscheide dich also.‹ Wir liebten ihn, Marianne, und wenn ich mir ausrechne, daß er damals nicht sehr viel über Dreißig gewesen sein kann, so kann ich's nicht glauben, denn ich hielt ihn immer für viel älter, obwohl er gar nicht alt aussah; er war manchmal sogar lustig, was er heute gar nicht mehr ist: wenn wir morgens alle aus unseren Betten krochen, stand er schon am Fenster, rasierte sich und rief uns zu: ›Der Krieg ist aus, Kinder‹ – obwohl der Krieg doch schon vier oder fünf Jahre aus war.«

»Wir müssen jetzt gehen«, sagte Marianne, »wir wollen sie doch nicht so lange warten lassen.«

»Laß sie ruhig warten«, sagte er. »Ich muß noch wissen, was sie mit dir alles gemacht haben, Lämmchen. Ich weiß ja kaum etwas von dir.«

»Lämmchen«, sagte sie, »wie kommst du darauf?«

»Es fiel mir gerade ein«, sagte er, »sag mir doch, was haben sie mit dir alles gemacht; ich muß immer lachen, wenn ich den Dodringer Akzent in deiner Stimme erkenne: er paßt nicht zu dir, und ich weiß nur, daß du da zur Schule gegangen, aber nicht da geboren bist, und daß du Frau Kloschgrabe beim Backen, beim Kochen und beim Bügeln hilfst.«

Sie zog seinen Kopf in ihren Schoß herunter, hielt ihm die Augen zu und sagte: »Mit mir? Was sie mit mir gemacht haben, willst du es wirklich wissen? Sie haben mit Bomben auf mich geworfen und mich nicht getroffen, obwohl die Bomben so groß waren und ich so klein; die Leute im Luftschutzkeller steckten mir Leckerbissen in den Mund; und die Bomben fielen und trafen mich nicht, ich hörte nur, wie sie explodierten und die Splitter durch die Nacht rauschten wie flatternde Vögel, und jemand sang im Luftschutzkeller ›Wildgänse rauschen durch die Nacht‹. Mein Vater war groß, sehr dunkel und schön, er trug eine braune Uniform mit viel Gold daran, eine Art Schwert am Gürtel, das silbern glänzte; er schoß sich eine Kugel in den Mund, und ich weiß nicht, ob du schon mal einen gesehen hast, der sich eine Kugel in den Mund geschossen hat? Nein, nicht wahr; dann danke Gott, daß dir der Anblick erspart geblieben ist. Er lag da auf dem Teppich, Blut floß über die türkischen Farben, übers Smyrnamuster – echt Smyrna, mein Lieber; meine Mutter aber war blond und groß und trug eine blaue Uniform, und einen hübschen schnittigen Hut trug sie, kein Schwert an der Hüfte; und ich hatte einen kleinen Bruder, er war viel kleiner als ich und blond, und der kleine Bruder hing über der Tür mit einer Hanfschlinge um den Hals, baumelte, und ich lachte, lachte noch, als meine Mutter auch mir eine Hanfschlinge um den Hals legte und vor sich hinmurmelte: *Er hat es befohlen*, aber da kam ein Mann herein, ohne Uniform, ohne Goldborte und ohne Schwert, er hatte nur eine Pistole in der Hand, die richtete er auf meine Mutter, riß mich aus ihrer Hand, und ich weinte, weil ich doch die Hanfschlinge schon um den Hals hatte und das Spiel spielen wollte, das mein kleiner Bruder da oben spielen durfte, das Spiel: *Er hat es befohlen*, doch der Mann hielt mir den Mund zu, trug mich die Treppe hinunter, nahm mir die Schlinge vom Hals, hob mich auf einen Lastwagen...«

Joseph versuchte, ihre Hände von seinen Augen zu nehmen, aber sie hielt sie fest und fragte: »Willst du nicht weiterhören?«

»Ja«, sagte er.

»Dann mußt du dir die Augen zuhalten lassen, und eine Zigarette kannst du mir geben.«

»Hier im Wald?«

»Ja, hier im Wald.«

»Nimm sie aus meiner Hemdtasche.«

Er spürte, wie sie seine Hemdtasche aufknöpfte, Zigaretten und Streichhölzer herausnahm, während sie mit der rechten Hand seine Augen fest zuhielt.

»Ich steck dir auch eine an«, sagte sie, »hier im Wald.«

»Ich war um diese Zeit genau fünf Jahre alt und so süß, daß sie mich sogar auf dem Lastwagen verwöhnten, sie steckten mir Leckerbissen in den Mund, wuschen mich mit Seife, wenn der Wagen hielt; und man schoß mit Kanonen auf uns und mit Maschinengewehren und traf uns nicht; wir fuhren lange, ich weiß nicht genau, wie lange, doch sicher zwei Wochen, und wenn wir hielten, nahm der Mann, der das Spiel *Er hat es befohlen* verhindert hatte, mich zu sich, hüllte mich in eine Decke, legte mich neben sich, ins Heu, ins Stroh, und manchmal ins Bett und sagte: ›Sag mal Vater zu mir‹, aber ich konnte nicht Vater sagen, hatte zu dem Mann in der schönen Uniform immer nur Pappi gesagt, aber ich lernte es sagen: ›Vater‹, ich sagte es dreizehn Jahre lang zu dem Mann, der das Spiel verhindert hatte; ich bekam ein Bett, eine Decke und eine Mutter, die war streng und liebte mich, und ich wohnte neun Jahre lang in einem sauberen Haus; als ich in die Schule kam, da sagte der Pfarrer: ›Sieh mal einer an, was wir da haben, da haben wir ja ein ganz unverfälschtes, waschechtes Heidenkindchen‹, und die anderen Kinder, die alle keine Heidenkinder waren, lachten, und der Pfarrer sagte: ›Da wollen wir aber aus unserem Heidenkind mal rasch ein Christenkindchen machen, aus unserem braven Lämmchen‹; und sie machten aus mir ein Christenkindchen. Und das Lämmchen war brav und glücklich, spielte Ringelreihen und Hüpfen, dann spielte es Völkerball und Seilchenspringen und liebte seine Eltern sehr; und es kam der Tag, da wurden in der Schule ein paar Tränen geweint, ein paar Reden gehalten, wurde ein paarmal was von Lebensabschnitt gesagt, und Lämmchen kam in die Lehre zu einer Schneiderin, es lernte Nadel und Faden gut gebrauchen, lernte bei seiner Mutter putzen und backen und kochen, und alle Leute im Dorf sagten: ›Die wird noch einmal einen Prinzen heiraten, unter einem Prinzen tut die's nicht‹ – aber es kam eines Tages ein sehr großes, sehr schwarzes Auto ins Dorf gefahren, und ein bärtiger Mann, der das Auto steuerte, hielt auf dem Dorfplatz und fragte aus dem Auto heraus die Leute: ›Bitte, können Sie mir sagen, wo hier die Schmitzens wohnen‹, und die Leute sagten: ›Schmitzens gibt es hier eine ganze Menge, welche meinen Sie‹, und der Mann sagte: ›Die das angenommene Kind haben‹, und die Leute sagten: ›Ja, die, das sind die Eduard Schmitzens, die wohnen da hinten, sehen Sie da, gleich hinter der Schmiede, das Haus mit dem Buchsbaum davor.‹ Und der Mann sagte: ›Danke‹, das Auto fuhr weiter, aber alle Leute folgten ihm, denn es war vom Dorfplatz bis zu den Eduard Schmitzens höchstens fünfzig Schritte zu laufen; ich saß in der Küche und putzte Salat, das tat ich so gern: die Blätter aufschneiden, das Schlechte weg und das Gute ins Sieb werfen, wo es so grün und sauber lag, und meine Mutter sagte gerade zu mir: ›Du mußt darüber nicht traurig sein, Marianne, da können die Jungens nicht für – wenn sie dreizehn, vierzehn werden, bei manchen fängt's schon mit zwölf an, da machen sie solche Sachen; es ist die Natur, und es ist nicht leicht, mit der Natur fertig zu werden‹; und ich sagte: ›Darüber bin ich gar nicht traurig.‹ ›Worüber denn?‹ fragte meine Mutter. Ich sagte: ›Ich denke an meinen Bruder, wie er so da hing, und ich habe gelacht und gar nicht gewußt, wie schrecklich es war – und er war doch nicht getauft.‹ Und bevor meine Mutter mir etwas antworten konnte, ging die Tür auf – wir hatten kein Klopfen gehört –, und ich erkannte sie sofort: Immer noch war sie blond und groß und trug einen schnittigen Hut, nur die blaue Uniform trug sie nicht mehr; sie kam sofort auf mich zu, breitete ihre Arme aus und sagte: ›Du mußt meine Marianne sein – spricht die Stimme des Blutes nicht zu dir?‹ Ich hielt das Messer einen Augenblick still, schnitt dann das nächste Salatblatt sauber und sagte: ›Nein, die Stimme des Blutes spricht nicht zu mir.‹ ›Ich bin deine Mutter‹, sagte sie. ›Nein‹, sagte ich, ›die da ist meine Mutter. Ich heiße Marianne Schmitz‹, und ich schwieg einen Augenblick und sagte: ›*Er hat es befohlen* – und Sie haben mir die Schlinge um den Hals gelegt, gnädige Frau.‹ Das hatte ich bei der Schneiderin gelernt, daß man zu solchen Frauen ›gnädige Frau‹ sagen muß.

Sie schrie und weinte und sie versuchte mich zu umarmen, aber ich hielt das Messer, mit der Spitze nach vorne, vor meiner Brust; sie sprach von Schulen und von Studieren, schrie und weinte, aber ich lief zum Hintereingang hinaus, in den Garten übers Feld zum Pfarrer und erzählte ihm alles. Er sagte: ›Sie ist deine Mutter, Naturrecht ist Naturrecht, und bis du großjährig wirst, hat sie ein Recht auf dich; das ist eine schlimme Sache.‹ Und ich sagte: ›Hat sie nicht dieses Recht verwirkt, als sie das Spiel spielte: *Er hat es befohlen*‹, und er sagte: ›Du bist aber ein schlaues Ding, merk dir das Argument gut.‹ Ich merkte es mir und brachte es immer wieder vor, wenn sie von der Stimme des Blutes sprachen, und ich sagte immer: ›Ich höre die Stimme des Blutes nicht, ich höre sie einfach nicht.‹ Sie sagten: ›Das gibt es doch gar nicht, ein solcher Zynismus ist wider die Natur‹; ›Ja‹, sagte ich: ›*Er hat es befohlen* – das war wider die Natur.‹ Sie sagten: ›Aber das ist doch mehr als zehn Jahre her, und sie bereut es‹; und ich sagte: ›Es gibt Dinge, die man nicht bereuen kann.‹ ›Willst du‹, fragte sie mich, ›härter sein als Gott in seinem Gericht.‹ ›Nein‹, sagte ich, ›ich bin nicht Gott, also kann ich nicht so milde sein wie er.‹ Ich blieb bei meinen Eltern. Aber eins konnte ich nicht verhindern: ich hieß nicht mehr Marianne Schmitz, sondern Marianne Droste, und ich kam mir vor wie jemand, dem sie was wegoperiert haben. – »Immer noch«, sagte sie leise, »denke ich an meinen kleinen Bruder, der das Spiel *Er hat es befohlen* hat spielen müssen – und glaubst du immer noch, daß es etwas Schlimmeres gibt, schlimm genug, daß du es mir nicht erzählen kannst?«

»Nein, nein«, sagte er, »Marianne Schmitz, ich will's dir erzählen.« Sie nahm die Hand von seinen Augen, er richtete sich auf, blickte sie an; sie versuchte nicht zu lächeln.

»So etwas Schlimmes kann dein Vater gar nicht getan haben«, sagte sie.

»Nein«, sagte er, »so schlimm war es nicht, aber schlimm genug.«

»Komm«, sagte sie, »erzähl's mir im Auto, es ist bald fünf, und sie werden schon warten; wenn ich einen Großvater hätte, ich würde ihn nicht warten lassen, und wenn ich einen hätte wie du, ich würde alles für ihn tun.«

»Und für meinen Vater?« fragte er.

»Ich kenne ihn doch nicht«, sagte sie, »komm. Und drücke dich nicht, sag's ihm, sobald du Gelegenheit dazu hast. Komm.«

Sie zog ihn hoch, und er legte den Arm um ihre Schulter, als sie zum Auto zurückgingen.

9

Der junge Bankbeamte blickte mitleidig auf, als Schrella seine fünf englischen Schillinge und dreißig belgische Franken über die Marmortheke schob.

»Ist das alles?«

»Ja«, sagte Schrella, »das ist alles.«
Der junge Beamte setzte seine Rechenmaschine in Bewegung, drehte mißmutig die Kurbel – die geringe Anzahl der Umdrehungen drückte schon Verachtung aus –, schrieb flüchtig ein paar Zahlen auf einen Zettel, schob Schrella ein Fünfmarkstück, vier Groschenmünzen und drei Pfennige über die Theke.
»Der nächste, bitte.«
»Nach Blessenfeld«, fragte Schrella leise, »können Sie mir sagen, ob dorthin noch die Elf fährt?«
»Ob die Elf nach Blessenfeld fährt? Ich bin nicht die Straßenbahnauskunft, sagte der junge Beamte, und außerdem weiß ich es wirklich nicht.«
»Danke«, sagte Schrella, ließ das Geld in seine Tasche gleiten, machte den Platz am Schalter frei für einen Mann, der einen Packen Schweizer Frankenscheine über die Theke schob; Schrella hörte noch, wie sich die Kurbel der Rechenmaschine respektvoll zu vielen Drehungen in Bewegung setzte.
›Höflichkeit ist doch die sicherste Form der Verachtung‹, dachte er.
Bahnhofshalle. Sommer. Sonne. Heiterkeit. Wochenende. Hotelpagen schleppten Koffer auf Bahnsteige; eine junge Frau hielt ein Schild hoch: ›Reisende nach Lourdes hier sammeln.‹ Zeitungsverkäufer, Blumenstände. Jugendliche mit bunten Badetüchern unterm Arm.
Schrella ging über den Vorplatz, blieb auf der Verkehrsinsel stehen und studierte die Abfahrtstafel; die Elf fuhr immer noch nach Blessenfeld; dort stand sie, am roten Verkehrslicht zwischen Hotel Prinz Heinrich und dem Chor von Sankt Severin, fuhr an, hielt, leerte sich, und Schrella reihte sich der Schlange der Wartenden ein, die vorne an der Schleuse zu zahlen hatten; er setzte sich, nahm den Hut ab, wischte den Schweiß von den Augenbrauen, trocknete die Brillengläser und wartete, als die Bahn abfuhr, vergeblich auf Gefühle; nichts; als Schuljunge viertausendmal mit der Elf hin- und zurückgefahren; tintenfleckige Finger, das alberne Geschwätz der mitfahrenden Schüler, das ihm immer auf eine schreckliche Weise peinlich gewesen war; Kugelschnitte, Plusquamperfekt, Irrealis, Barbarossas Bart, der immer noch durch den Tisch wuchs; *Kabale und Liebe*, Livius, Ovid, in grüngraue Pappe gebunden, und je weiter sich die Bahn aus der Stadt entfernte, auf Blessenfeld zu, desto kleinlauter wurde das Geschwätz; schon am Rande der Altstadt stiegen die aus, die ihren Stimmen das sicherste Bildungstimbre zu geben wußten, verteilten sich in breite, dunkle Straßen, in denen solide Häuser standen; am Rande der Neustadt stiegen die aus, deren Stimmen das nächstniedere Bildungstimbre hatten, verteilten sich in engere Straßen, wo weniger solide Häuser standen; es blieben nur noch zwei oder drei, die bis Blessenfeld mitfuhren, wo

die am wenigsten soliden Häuser standen; das Gespräch normalisierte sich, während die Bahn an Schrebergärten und Kiesgruben vorüber auf Blessenfeld zuschaukelte. ›Streikt dein Vater auch? Bei Gressigmann geben sie jetzt schon viereinhalb Prozent Rabatt; die Margarine ist um fünf Pfennige billiger geworden.‹ Der Park, wo das sommerliche Grün längst zertrampelt war, wo ums Planschbecken herum der sandige Boden von Tausenden von Kinderfüßen aufgewühlt war, mit Dreck, Papier und Flaschenscherben vermengt; die Gruffelstraße, wo die Lager der Altwarenhändler sich immer mit Blech und Lumpen, Papier und Flaschen auffüllten, sich in kümmerlicher Armut eine Limonadenbude auftat, in der ein magerer Arbeitsloser sich als Händler versuchte, binnen kurzem fett wurde, seine Bude mit Glas und Chrom auftakelte, blitzende Automaten aufstellte; fraß sich an Pfennigen dick, wurde herrisch und hatte doch vor ein paar Monaten noch untertänig den Preis für eine Limonade notfalls um zwei Pfennige gesenkt, ängstlich flüsternd: ›Sag's nur nicht weiter.‹ Die Gefühle kamen nicht, während er in der Elf durch die Altstadt, die Neustadt, an Schrebergärten vorbei auf Blessenfeld zuschaukelte: viertausendmal gehört die Namen der Stationen: Boiseréestraße, Nordpark, Blessischer Bahnhof, Innerer Ring; sie klangen fremd, die Namen, wie aus Träumen, die andere geträumt hatten und vergebens mitzuteilen versuchten, klangen wie Hilferufe aus tiefen Nebelschichten, während die Bahn, fast leer, durch den sonnigen Sommernachmittag auf die Endstation zufuhr.
Dort, Ecke Parklinie und Innerer Ring, hatte die Bude gestanden, in der seine Mutter sich als Fischbraterin versuchte, aber am mitleidigen Herzen gescheitert war: ›Wie kann ich denn hungrigen Kindern ein Stück Fisch verweigern, wenn sie mir beim Braten zuschauen? Wie kann ich das?‹ Und Vater sagte: ›Natürlich kannst du's nicht, aber wir müssen die Bude aufgeben, kein Kredit mehr, Pleite, die Händler liefern nicht.‹ Panierte Fischfilets wurden in heißem Öl gar, während Mutter ein, zwei, drei Löffel Kartoffelsalat auf Papteller häufte; Mutters Herz war *mitleidend nicht fest* geblieben; Tränen rannen aus den blauen Augen, Nachbarinnen flüsterten sich zu: die weint sich die Seele aus; aß nicht mehr, trank nicht mehr, ihre durchblutete Rundheit wandelte sich in blutarme Magerkeit; nichts mehr von der hübschen Kaltmamsell, die am Bahnhofsbüfett so beliebt gewesen war; flüsterte nur noch *Herr, Herr*, blätterte in zerfransten Sektierergebetbüchern, die das Ende der Welt verkündeten, während auf der Straße rote Fahnen im staubigen Wind flatterten, andere Hindenburgs Kopf auf Plakaten durch die Straßen trugen; Geschrei, Prügelei, Schüsse; Schalmeien und Trommeln. Als sie starb, sah Mutter aus wie ein Mädchen, blutarm, mager; Reihengrab mit Astern drauf, ein dünnes Holzkreuz: Edith Schrella 1896–1932; die Seele ausgeweint, der Leib der Erde beigemischt.

»Endstation, mein Herr«, verkündete der Schaffner, stieg aus seiner Schleuse, zündete den Zigarettenstummel an, kam nach vorne: »Weiter fahren wir leider nicht.«

»Danke.« Viertausendmal eingestiegen, ausgestiegen; Endstation der Elf; zwischen Baggerlöchern und Baracken verloren sich rostige Schienen, die vor dreißig Jahren einmal der Weiterführung der Bahn hatten dienen sollen; Limonadenbude: Chrom, Glasballons, blitzende Automaten; korrekt sortierte Schokoladetafeln.

»Bitte, eine Limonade.«

Das grüne Zeug in einem makellosen Glas schmeckte nach Waldmeister.

»Bitte, der Herr, wenn es Ihnen nichts ausmacht, das Abfallpapier in den Korb. Schmeckt es?«

»Danke.« Die beiden Hühnerschenkel waren noch warm, lockeres Brustfleisch, knusprig in allerbestem Fett gebraten, der Cellophanbeutel mit Spezial-Picknick-Warmhalte-Nadeln zugeknipst.

»Das riecht nicht schlecht. Noch eine Limonade dazu?«

»Danke, nein, aber bitte sechs Zigaretten.«

In der fetten Budenbesitzerin war noch das zarte hübsche Mädchen zu erkennen, das sie einmal gewesen war; blaue Kinderaugen hatten beim Erstkommunionunterricht den schwärmerischen Kaplan zu Attributen wie ›engelgleich‹ und ›unschuldig‹ hingerissen, waren jetzt zu händlerischer Härte versteinert.

»Macht zusammen neunzig, bitte.« – »Danke.«

Eben klingelte die Elf, mit der er gekommen war, zur Abfahrt; er zögerte zu lange, sah sich für zwölf Minuten in Blessenfeld gefangen; er rauchte, trank langsam den Rest der Limonade und suchte hinter dem steinern rosigen Gesicht nach dem Namen des Mädchens, das sie einmal gewesen war; blond, raste mit wehendem Haar durch den Park, schrie, sang und lockte in dunklen Fluren, als längst schon die Engelgleichheit dahingegangen war; erzwang heiseres Liebesversprechen aus erregten Knabenkehlen, während der Bruder, blond wie sie, engelgleich wie sie, die Knaben der Straße vergebens zu edler Tat aufrief; Tischlerlehrling, Hundertmeterläufer, um einer Torheit willen geköpft.

»Bitte«, sagte Schrella, »doch noch eine Limonade.«

Er blickte auf den makellosen Scheitel der jungen Frau, die sich vorneigte, um das Glas unter den Ballon zu halten; ihr Bruder war Ferdi, der engelgleiche, ihr Name wurde später von rauhen Jungenkehlen weitergeflüstert, das zum Eintritt ins Paradies berechtigte: Erika Progulske, Erlöserin aus dunklen Qualen, und *nimmt nichts dafür*, weil sie es gern tut.

»Kennen wir uns?« Lächelnd stellte sie das Limonadeglas auf die Theke.

»Nein«, sagte er lächelnd, »ich glaube nicht.«
Nur nicht die Erinnerung aus ihrer Erfrierung auftauen, die Eisblumen würden wie flaues, schmuddliges Wasser herunterrinnen; nur nichts heraufbeschwören, die Strenge kindlicher Gefühle aus aufgeweichten Erwachsenenseelen zurückerwarten, erfahren, daß sie jetzt *etwas dafür nahm;* Vorsicht, nur nicht die Sprache in Bewegung setzen.
»Ja, dreißig Pfennige. Danke.« Ferdi Progulskes Schwester blickte ihn mit routinierter Freundlichkeit an. Auch mich hast du erlöst und *nichts dafür genommen,* nicht einmal den Riegel Schokolade, der in meiner Tasche weich geworden war, und es sollte doch nicht Bezahlung sein, sondern ein Geschenk, aber du nahmst es nicht; erlöst mit dem Mitleid deines Mundes und deiner Hände; ich hoffe, du hast es Ferdi nie erzählt, zum Mitleid gehört Diskretion; in Sprache verwandelte Geheimnisse können tödlich werden; ich hoffe, er hat es nicht gewußt, als er an jenem Junimorgen den Himmel zum letzten Mal sah; ich war der einzige, in der Gruffelstraße, den er zu edler Tat bereit fand; Edith zählte damals noch nicht, sie war erst zwölf, die Weisheit ihres Herzens war noch nicht zu entziffern.
»Kennen wir uns wirklich nicht?« – »Nein, ich bin sicher.«
Heute würdest du mein Geschenk nehmen, dein Herz ist fest, doch nicht mitleidend geblieben; wenige Wochen später schon hattest du die Unschuld kindlicher Lasterhaftigkeit verloren, hattest schon entschieden, daß es besser sei, das Mitleid abzuwerfen, und warst dir klar darüber, daß du dir nicht als weinerliche blonde Schlampe die Seele ausweinen würdest; nein, wir kennen uns nicht, wirklich nicht; wir wollen die Eisblumen nicht auftauen. Danke, auf Wiedersehen.
Drüben immer noch das ›Blesseneck‹, wo Vater gekellnert hat; Bier, Schnaps, Frikadellen, Bier, Schnaps, Frikadellen; alles serviert mit diesem Gesicht, in dem Milde und Verbissenheit sich zu etwas Einmaligem mischten; Gesicht eines Träumers, dem es gleichgültig war, ob er im Blesseneck Bier, Schnaps und Frikadellen servierte oder im Prinz Heinrich Hummer und Sekt oder am oberen Hafen übernächtigten Huren Frühstück: Bier, Kotelett, Schokolade und Cherry Brandy; Vater brachte Spuren dieser klebrigen Frühstücke an seinen Manschetten mit, brachte gute Trinkgelder mit, Schokolade und Zigaretten, brachte nicht mit, was andere Väter mitbrachten: Feierabendheiterkeit, die sich in Gebrüll und Zank, in Liebesbeteuerungen und Versöhnungstränen ausmünzen lassen konnte; immer diese verbissene Milde im Gesicht, verirrter Engel, der Ferdi unterm Schanktisch verbarg, wo die Hilfspolizei ihn zwischen Bierleitungen herausholte, der immer noch, schon in Todesgewißheit, lächelte; klebriges Zeug wurde aus Manschetten gewaschen, Stärke angerührt, damit das weiße Kellnerhemd steif werde und leuchte; sie holten ihn erst am anderen Morgen, als er mit seinen

Butterbroten und den schwarzen Lackschuhen unterm Arm zum Dienst fahren wollte; er bestieg ihr Auto *und ward nicht mehr gesehen;* kein weißes Kreuz, keine Astern, der Kellner Alfred Schrella. Nicht einmal *auf der Flucht erschossen – ward einfach nicht mehr gesehen.*
Edith rührte Stärke an, wichste die schwarzen Reserveschuhe, reinigte weiße Krawatten, während ich lernte, spielend lernte, Ovid und Kegelschnitte, Heinrichs des Ersten, Heinrichs des Zweiten Pläne und Taten und Tacitus' und Wilhelms des Ersten, Wilhelms des Zweiten Pläne und Taten; Kleist und sphärische Trigonometrie; begabt, begabt, ganz außerordentlich begabt; Arbeiterkind, hatte das gleiche wie die anderen gegen vieltausendfache Widerstände anzulernen, war außerdem zu edler Tat verschworen und leistete mir sogar noch ein Privatvergnügen: *Hölderlin.*
Sieben Minuten noch bis zur Abfahrt der nächsten Elf. Gruffelstraße Numero siebzehn, das Haus neu verputzt, ein parkendes Auto davor: grün; ein Fahrrad: rot, zwei Roller: schmutzig. Achtzehntausendmal auf die Klingel gedrückt, auf den gelblich blassen Messingknopf, der seinem Daumen noch vertraut war; wo früher Schrella gestanden hatte, stand jetzt Tressel; wo früher Schmitz gestanden hatte, stand jetzt Humann; neue Namen, nur einer war geblieben: Fruhl – eine Tasse Zucker geliehen, eine Tasse Mehl, eine Tasse Essig, einen Eierbecher voll Salatöl – wieviel Tassen, wieviel Eierbecher und zu welch hohem Zinssatz; Frau Fruhl füllte die Tassen und Eierbecher immer nur halb und machte einen Strich an den Türrahmen, wo sie M, Z, E und Ö stehen hatte, radierte mit dem Daumen die Striche erst aus, wenn sie volle Tassen, volle Eierbecher zurückbekam, flüsterte es durch den Hausflur, in Läden und bei Treffen mit Freundinnen, wo bei Eierlikör und Kartoffelsalat Populärgynäkologie getrieben wurde, flüsterte es: ›Mein Gott, sind die doof‹; sie hatte früh schon vom *Sakrament des Büffels* gegessen, ihren Mann und ihre Tochter gezwungen, es einzunehmen, sang es im Flur: *Es zittern die morschen Knochen.* Nichts, kein Gefühl, nur die Daumenhaut, die auf dem blaßgelben Messingknopf ruhte, empfand etwas wie Rührung.
»Suchen Sie jemand?«
»Ja«, sagte er, »Schrellas, wohnen die nicht mehr hier?«
»Nein«, sagte das Mädchen, »das wüßte ich, wenn die hier wohnten.« Es war rotwangig, lieblich, turnte auf schwankendem Roller, hielt sich an der Hausnummer fest.
»Nein, die haben hier nie gewohnt.« Rannte los, strampelte wild über den Gehsteig, durch die Gosse und schrie: »Kennt hier jemand Schrellas?« Er zitterte, es könnte jemand ja rufen, und er würde hingehen, begrüßen, Erinnerungen austauschen müssen; ja, den Ferdi, den haben sie – deinen Vater, den haben sie – und die Edith, die hat ja fein

geheiratet – aber das rotwangige Mädchen rannte ohne Erfolg umher, drehte mit seinem schmutzigen Roller kühne Kurven, von Gruppe zu Gruppe, schrie es in die offenen Fenster hinauf: »Kennt hier jemand Schrellas?« Sie kam mit erhitztem Gesicht zurück, zog eine elegante Schleife, blieb vor ihm stehen: »Nein, Herr, die kennt hier niemand.«
»Danke«, sagte er lächelnd, »magst du einen Groschen?«
»Ja.« Strahlend sauste sie in Richtung Limonadenbude davon.
»Ich habe gesündigt, habe schwer gesündigt«, murmelte er lächelnd, während er zur Endstation zurückging, ich habe zum Huhn aus dem Hotel Prinz Heinrich Waldmeisterlimonade aus der Gruffelstraße getrunken; ich habe die Erinnerung ruhen lassen, die Eisblumen nicht aufgetaut; in Erika Produlskes Augen wollte ich kein Erkennen aufblitzen sehen, aus ihrem Mund den Namen Ferdi nicht hören; nur die Haut meines Daumens hat Erinnerung zelebriert, hat den Klingelknopf aus blaßgelbem Messing erkannt. Es war wie Spießrutenlaufen zwischen Augenpaaren, die vom Straßenrand, aus Fenstern und Hauseingängen, in sommerlicher Sonne, den Feierabend genießend, ihn genau beobachteten; war keiner darunter, der seine Brille, seinen Gang, das Zusammenkneifen der Augen erkennen würde, unter dem ausländischen Mantel den vielverspotteten Hölderlinleser, dem sie das Spottlied nachgerufen hatten: ›Der Schrella, der Schrella, der Schrella liest Gedichte.‹
Er wischte sich angstvoll den Schweiß ab, nahm den Hut vom Kopf, blieb stehen und blickte von der Ecke aus in die Gruffelstraße zurück; niemand war ihm gefolgt; junge Burschen saßen auf Motorrädern, halb nach vorne gebeugt, flüsterten jungen Mädchen Liebesversprechungen zu; Bierflaschen auf Fensterbänken fingen Nachmittagssonne ein; dort drüben das Haus, in dem der Engel geboren worden war und gewohnt hatte; vielleicht war der Messingknopf noch da, auf dem Ferdis Daumen fünfzehntausendmal geruht hatte; grüne Hausfassade, flimmernde Drogerieauslagen, Zahnpastareklame gleich unterhalb des Fensters, in dem Ferdi so oft gelegen hatte.
Der Parkweg, von dem weg Robert Edith ins Gebüsch gezogen hatte, an einem Juniabend vor dreiundzwanzig Jahren; jetzt hockten Rentner dort auf Bänken, tauschten Witze aus, schnüffelten an Tabaksorten, beklagten die Unerzogenheit spielender Kinder; gereizte Mütter riefen ein bitteres Schicksal auf ihre ungehorsame Brut herab, beschworen schreckliche Zukunft: *Daß dich der Atom hole*; Jungen, mit Gebetbüchern unterm Arm, kamen von der Beichte, noch unschlüssig, ob sie den Zustand der Gnade schon jetzt oder erst morgen verlassen sollten.
Immer noch eine Minute bis zur Abfahrt der nächsten Elf; schon seit dreißig Jahren liefen die rostigen Schienen in eine leere Zukunft; Ferdis

Schwester füllte jetzt grüne Limonade in ein sauberes Glas; der Straßenbahnführer klingelte zum Sammeln; müde Schaffner köpften ihre Zigaretten, rückten ihre Geldtaschen zurecht, stiegen in ihre Schleuse, klingelten Alarm, weil weit hinten, wo die rostigen Schienen endeten, eine alte Frau zum Laufen ansetzte.
»Zum Hauptbahnhof«, sagte Schrella, »mit Umsteigen zum Hafen.«
»Fünfundvierzig.«
Wenig solide Häuser, solidere Häuser, sehr solide Häuser. Umsteigen, ja, es ist immer noch die Sechszehn, die zum Hafen fährt. Baustoffhandlung, Kohlenlager, Verladerampen, und er konnte es von der Balustrade des alten Wiegehauses aus lesen: ›Michaelis, Kohlen, Koks, Briketts.‹
Nur noch umwenden, zwei Minuten Weg, und er würde Erinnerungen vollziehen können; Frau Trischlers Hände würden der Zeit standgehalten haben, wie die Augen des Alten und Alois' Foto an der Wand; Bierflaschen, Zwiebelbündel, Tomaten, Brot und Tabak; ankernde Schiffe, schwankende Stege, über die Segeltuchrollen getragen wurden: riesige Schmetterlingspuppen würden rheinabwärts fahren, den Nebeln der Nordsee zu. Stille herrschte hier; frisch war der Kohlenhaufen hinter Michaelis Zaun, Berge hellroter Ziegel im Baustofflager, schlurfende Nachtwächterschritte hinter Zäunen und Werkbuden machten die Stille noch größer.
Schrella lächelte, lehnte sich übers rostige Geländer, drehte sich um und erschrak: er hatte von der neuen Brücke nichts gewußt, auch Nettlinger hatte nichts davon gesagt; sie schob sich breit übers alte Hafenbecken hinüber, die dunkelgrünen Pfeiler standen genau dort, wo Trischlers Haus gewesen war; Brückenschatten bedeckten den Kai vorne, wo das Treidlerhaus gestanden hatte, im Strom rahmten riesige leere Stahltore blaues Nichts ein.
In Trischlers Kneipe hatte Vater am liebsten gearbeitet, Schiffer und ihre Frauen bedient, die im Garten auf den roten Stühlen saßen, an langen Sommerabenden, während Alois, Edith und er im alten Hafenbecken angelten. Ewigkeit kindlicher Zeitrechnung, Unendlichkeit, wie er sie nur noch aus Verszeilen kennengelernt hatte; drüben läuteten die Glocken von Sankt Severin, läuteten Frieden und Zuversicht in den Abend, während Edith mit ihren unruhigen Händen den Rhtyhmus des hüpfenden Schwimmers in die Luft zeichnete, ihre Hüften, ihre Arme, der ganze Körper tanzte im Rhythmus des hüpfenden Schwimmers; und nicht einmal hatte ein Fisch angebissen.
Vater servierte gelbes Bier mit weißem Schaum, mehr Milde als Verbissenheit strahlte sein Gesicht aus, und fröhlich lächelnd lehnte er Trinkgeld ab, weil *alle Menschen Brüder sind*. Brüder, Brüder, er rief es laut in den Sommerabend; bedächtige Schiffergesichter lächelten,

167

hübsche Frauen mit Zuversicht in den Augen schüttelten über soviel kindliches Pathos den Kopf und klatschten doch Beifall, Brüder und Schwestern.
Schrella stieg langsam die Balustrade hinunter, ging am Hafenbecken vorbei, wo rostige Pontons und Boote auf Schrotthändler warteten; er tauchte tief unter den grünen Schatten der Brücke, sah in der Mitte des Stromes die eifrigen Krane, die Brückenteile auf Lastkähne luden, wo stöhnender Schrott vom Gewicht des Hinzukommenden zusammengedrückt wurde; er fand den pompösen Aufgang, spürte, wie die breiten Stufen den Schritt zur Feierlichkeit zwangen; in gespenstischer Zuversicht hob sich die leere, saubere Autobahn zum Fluß hin, auf die Brücke zu, wo Schilder mit gekreuztem Schultergebein, riesige Totenschädel, schwarz auf weiß die Zuversicht bremsten; Schilder mit *Tod Tod* hemmten den Marsch nach Westen, während die leere Straße ostwärts in eine Unendlichkeit flimmernden Rübenlaubs führte. Schrella ging weiter, drückte sich zwischen *Tod* und gekreuztem Schultergebein hindurch, an der Baubude vorbei, beschwichtigte einen Nachtwächter, der schon die Arme zu aufgeregtem Fuchteln erhoben hatte; sie aber sinken ließ, von Schrellas Lächeln beruhigt; Schrella ging weiter bis an den Rand; rostige Montiereisen, an denen Betonbrocken baumelten, bewiesen hier durch fünfzehn Jahre währendes ungebrochenes Standhalten der Qualität deutschen Stahls; jenseits des Stromes, hinter den leeren Stahltoren führte die Bahn am Golfplatz vorbei wieder in die Unendlichkeit flimmernden Rübenlaubs.
Café Bellevue. Uferallee. Rechts die Sportwiesen, Schlagball, Schlagball. Der Ball, den Robert schlug, und die Bälle, die sie in der holländischen Kneipe mit der Queue anstießen, rot über grün, weiß über grün, die monotone Musik der Bälle, klang fast wie Gregorianik; die Figuren, die die Bälle bildeten, wie strenge Poesie, die drei hoch unendlich aus grünem Filz zauberte; nie vom *Sakrament des Büffels* gekostet, blindlings Wunden empfangen, *Weide meine Lämmer* auf Vorstadtwiesen, wo Schlagball gespielt wird, in Gruffelstraßen und in Modestgassen, in englischen Vorstadtstraßen und hinter Gefängnismauern; *Weide meine Lämmer*, wo du sie triffst, auch, wenn sie nichts Besseres zu tun wissen als Hölderlin zu lesen und Trakl, nichts Besseres als fünfzehn Jahre lang: ›Ich binde, ich band, ich habe gebunden, ich werde binden, ich hatte gebunden, ich werde gebunden haben‹ an Tafeln zu schreiben, während Nettlingers Kinder auf gepflegtem Rasen – das können die Engländer doch am besten – Federball spielten, während seine hübsche Frau, gepflegt, gepflegt, sehr gepflegt, ihm, der im hübschen Liegestuhl lag, von der Terrasse aus zurief: ›Magst du 'ne Spur Gin in die Zitronenlimonade?‹ und er zurückrief: »Ja, aber 'ne deutliche Spur!‹ und seine Frau, Kichern im Hals, von soviel Witz entzückt,

tat ihm 'ne deutliche Spur Gin in die Limonade, ging nach draußen, setzte sich neben ihn, in den zweiten Liegestuhl, der so hübsch war wie der erste, begutachtete die Bewegungen ihrer ältesten Tochter; vielleicht ein ganz klein bißchen zu mager, ein bißchen zu knochig, und das hübsche Gesicht ein bißchen zu ernsthaft; jetzt legte sie erschöpft den Schläger aus der Hand, setzte sich zu Vatis, zu Muttis Füßen an den Rasenrand – ›aber, Liebes, erkälte dich nur nicht‹ – und fragte, ach, immer so ernsthaft: ›Vati, wie ist das nun, was ist das genau: Demokratie?‹ und das war für Vati der rechte Augenblick, feierlich zu werden, er setzte sein Limonadeglas ab, nahm die Zigarre aus dem Mund – das ist schon die fünfte heute, Ernst-Rudolf – und erklärte es ihr: ›Demokratie ...‹

Nein, nein, ich werde dich weder privat noch amtlich bitten, meine Rechtslage zu klären; ich *nehme nichts dafür*, ich habe den kindlichen Schwur im Café Zons geschworen, geschworen, den Adel der Wehrlosigkeit zu hüten; meine Rechtslage bleibt ungeklärt; vielleicht hat auch Robert sie geklärt, mit Dynamit; ob er inzwischen das Lachen gelernt hat oder wenigstens das Lächeln; er war immer ernst, kam nicht über Ferdis Tod hinweg, ließ seine Rachegedanken zu Formeln gefrieren, als sehr leichtes Gepäck trug er sie im Hirn, genaue Formeln, trug sie durch Feldwebel- und Offiziersquartiere, sechs Jahre lang, ohne zu lachen, wo Ferdi doch noch, als sie ihn verhafteten, gelächelt hatte, der Engel aus der Vorstadt, aus dem Mistbeet der Gruffelstraße; nur die drei Quadratzentimeter Daumenhaut hatten Erinnerung vollzogen; angesengte Turnlehrerfüße und das letzte Lamm von einem Bombensplitter getötet; Vater *ward nicht mehr gesehen*, nicht einmal *auf der Flucht erschossen*. Und niemals eine Spur gefunden von dem Ball, den Robert schlug.

Schrella warf den Zigarettenstummel in den Abgrund, stand auf, schlenderte langsam zurück, zwängte sich zwischen *Tod* und gekreuztem Schultergebein wieder hindurch, nickte dem aufgescheuchten Nachtwächter zu, warf noch einen Blick zurück aufs Café Bellevue, ging die saubere leere Autobahn hinunter auf den Horizont zu, wo Rübenlaub im Sommerlicht flimmerte; irgendwo mußte diese Straße die Linie Sechzehn kreuzen. Umsteigen zum Bahnhof, fünfundvierzig Pfennige; er sehnte sich nach einem Hotelzimmer, er liebte das Zufällige solchen Zu-Hause-Seins, die Anonymität dieser schäbigen Zimmer, die auswechselbar waren; Eisblumen der Erinnerung tauten in diesen Zimmern nicht auf; staatenlos, heimatlos, und am Morgen ein liebloses Frühstück von einem verschlafenen Kellner serviert, dessen Manschetten nicht ganz sauber waren, dessen Hemdbrust nicht mit Inbrunst, wie Mutter es getan hatte, gestärkt worden war; vielleicht

konnte man eine Frage riskieren, falls der Kellner über Sechzig war?
›Haben Sie einen Kollegen gekannt, der Schrella hieß?‹
Weiter in die leere saubere Straße hinein, in den Himmel aus flimmerndem Rübenlaub, als Gepäck nur die Hände in den Taschen, und das Kleingeld an den Weg gestreut, für Hänsel und Gretel. Postkarten waren der einzig erträgliche Kontakt mit dem Leben, das nach Ediths, nach Vaters, Ferdis Tod weiterging. ›Mir geht es gut, lieber Robert: ich hoffe von dir das gleiche; grüße meine mir unbekannte Nichte, meinen Neffen und deinen Vater‹, zweiundzwanzig Worte, zuviel Worte; zusammenstrichen den Text: ›Mir geht's gut, hoffe dir auch, grüße Ruth, Joseph, deinen Vater‹; elf Worte; mit der Hälfte ließ sich das gleiche sagen; wozu herreisen, Händedrücken, ein Woche lang nicht: ich binde, ich band, ich habe gebunden konjugieren; Nettlinger unverändert finden, die Gruffelstraße; Frau Trischlers Hände fehlten.
Himmel aus Rübenlaub, wie mit grünsilbernem Gefieder bewachsen; unten schaukelte die Sechzehn durch eine Unterführung. Fünfundvierzig Pfennige; alles ist teurer geworden. Gewiß war Nettlinger mit seiner Erläuterung der Demokratie noch nicht zu Ende; Spätnachmittagslicht; seine Stimme wurde weich; und seine Tochter holte aus dem Wohnzimmer die Couchdecke – jugoslawisch, dänisch oder finnisch, jedenfalls: herrliche Farben –, legte sie dem Vater über die Schultern, kniete sich zu andächtigem Lauschen wieder hin, während die Mutter in der Küche... ›bleibt ihr nur draußen, Kinder, bitte, es ist so ein herrlicher Nachmittag und so harmonisch‹ – würzig schmackhafte Schnittchen zurechtmachte, bunte Salate mischte.
Die Vorstellung von Nettlinger ergab ein genaueres Bild als die Begegnung mit ihm; wie er die Lendenschnitte in sich hineinbefördert hatte, den besten, besten, allerbesten Wein dazu trinkend, schon im Nachdenken versunken, ob Käse, Eis, Kuchen oder ein Omelett dieses Mahl am würdigsten krönen würde. ›Eins, meine Herren‹, hatte der ehemalige Botschaftsrat gesagt, der den Kursus: ›Wie werde ich Feinschmecker‹ abhielt – ›Eins, meine Herren, müssen Sie nun selbst dem Gelernten hinzufügen, einen Hauch, nur einen Hauch von Originalität.‹

Er hatte es in England an die Tafel geschrieben: ›er hätte getötet werden müssen‹; fünfzehn Jahre lang das Xylophon der Sprache bedient: ich lebe, ich lebte, ich habe gelebt, ich hatte gelebt, ich werde leben. Werde ich leben? Er hatte nie begriffen, daß es Menschen gab, die sich über der Grammatik langweilen konnten. Er wird umgebracht, er wurde umgebracht; er ist umgebracht worden, er wird umgebracht werden; wer wird ihn umbringen? Mein ist die Rache, hat der *Herr* gesagt.
»Endstation, der Herr, Hauptbahnhof.«

Das Gedränge war nicht geringer geworden: wer war hier Ankommender, wer Abfahrender? Warum blieben sie nicht alle zu Hause? Wann fuhr der Zug nach Ostende; oder vielleicht auch Italien, Frankreich; irgend jemand würde auch dort zu lernen begehren; ich lebe, ich lebte, ich habe gelebt; er wird getötet werden; wer wird ihn töten? Hotelzimmer? Welche Preislage? Billig? Spürbar ließ die Freundlichkeit der jungen Dame nach, die den hübschen Finger an der Liste entlangführte; offenbar galt es in diesem Lande als Sünde, nach dem Preis zu fragen. *Immer das Beste – das Teuerste ist das Billigste*; Irrtum, hübsches Kind, das Billige ist das Billigere; tatsächlich, laß nur deinen hübschen Finger bis auf die unterste Stufe der Liste gleiten. ›Pension Modern‹. Sieben Mark. Ohne Frühstück. Nein danke, ich kenne den Weg zur Modestgasse, Numero Sechzehn, das ist gleich neben dem Tor.
Als er um die Ecke bog, lief er fast gegen den Keiler, schrak vor der Masse des dunkelgrauen Tieres zurück und wäre fast an Roberts Haus vorbeigegangen; hier war die Erinnerung nicht in Gefahr: nur einmal war er hier gewesen; Modestgasse 8; er blieb vor dem blanken Messingschild stehen, las: ›Dr. Robert Fähmel, Büro für statische Berechnungen, nachmittags geschlossen‹; er zitterte, als er auf den Klingelknopf drückte: wovon er nicht Zeuge gewesen, was nicht mit Requisiten gespielt worden war, die er kannte, traf ihn heftiger: hinter dieser Tür war Edith gestorben, in diesem Haus waren ihre Kinder geboren, wohnte Robert; am Geräusch der drinnen ertönenden Klingel erkannte er schon, daß niemand öffnen würde, das Geräusch der Klingel drinnen mischte sich mit dem des Telefons, der Boy im Hotel Prinz Heinrich hat sein Wort gehalten; ich werde ihm ein gutes Trinkgeld geben, wenn wir dort Billard spielen.
Nur vier Häuser weiter die Pension Modern. Endlich daheim; zum Glück kein Essensgeruch in der winzigen Diele. Frische Bettwäsche für ein müdes Haupt. »Ja, danke, ich finde es schon.« »Im zweiten Stock die dritte Tür links, Vorsicht beim Treppensteigen, der Herr, die Teppichstangen sind an einigen Stellen lose; es gibt so wüste Gäste; Sie wollen nicht geweckt werden? Und noch eine Kleinigkeit, bitte; würden Sie im voraus zahlen, oder kommt noch Gepäck? Nein? Also bitte, achtmarkundfünf, einschließlich Bedienung; leider bin ich zu solchen Vorsichtsmaßregeln gezwungen, mein Herr, Sie glauben gar nicht, wieviel Gesindel es auf der Welt gibt; anständigen Menschen muß man dann mißtrauisch kommen, so geht es; und manche bringen es fertig, sich noch die Bettwäsche um den Leib zu binden, sich aus den Kopfkissenbezügen Taschentücher zurechtzuschneiden; wenn Sie wüßten, was man so alles erlebt; keine Quittung? Desto besser, die Steuer frißt einem sowieso die Haare vom Kopf. Sie erwarten doch sicher Besuch, Ihre Frau, nicht wahr; ich werde sie nach oben schicken, keine Sorge...«

Seine Angst war unbegründet gewesen: Erinnerung wurde nicht Gefühl, blieb Formel, rann nicht in Seligkeit oder Trauer auseinander und machte das Herz nicht bang; das Herz war nicht beteiligt: Dort hatte er im Abenddämmer gestanden, zwischen dem Gästehaus und der Abtei, wo jetzt der Haufen violetter, scharf gebrannter Ziegel lag; neben ihm General Otto Kösters, dem sich Schwachsinn in einer einzigen Formel eingeprägt hatte: Schußfeld; Hauptmann Fähmel, Oberleutnant Schrit und die beiden Fähnriche Kanders und Hochbret; mit todernstem Gesicht hatten sie Schußfeld-Otto die Notwendigkeit eingeredet, selbst vor solch ehrwürdigen Gebäuden nicht inkonsequent zu werden; legten andere Offiziere Proteste ein, warfen sich tränenselige Mörder ins Zeug für die Kultur, die hier zu retten sei, sprach einer das böse Wort aus: Hochverrat; aber keiner wußte so scharf, so fließend und logisch zu argumentieren wie Schrit, der in eindringlichen Worten dem zögernden General die Notwendigkeit der Sprengung suggerierte: ›Und wäre es nur, um ein Beispiel zu geben, daß wir noch an den Sieg glauben, Herr General, ein solch schmerzliches Opfer würde der Bevölkerung und den Soldaten klarmachen, daß wir noch an den Sieg glauben‹, und schon kam das geflügelte Wort: ›Meine Entscheidung ist gefallen; sprengen Sie, meine Herren. Wenn es um den Sieg geht, dürfen wir selbst unsere geheiligten Kulturgüter nicht schonen; ans Werk denn, meine Herren‹; Hände an die Mützen, strammgestanden, Hacken zusammen.
War er je neunundzwanzig gewesen, je Hauptmann, hatte je mit Schußfeld-Otto an dieser Stelle gestanden, wo der neue Abt lächelnd den Vater begrüßte:
»Wir sind sehr glücklich, Herr Geheimrat, daß Sie uns wieder einmal die Freude eines Besuchs machen; sehr erfreut, Ihren Sohn kennenzulernen; Joseph ist ja schon fast wie ein Freund für uns, nicht wahr, Joseph? Eng ist das Schicksal unserer Abtei mit dem Schicksal der Familie Fähmel verwachsen – und Joseph ist sogar, wenn ich mir gestatten darf, solche privaten Dinge zu erwähnen, Joseph ist hier sogar von Amors Pfeil getroffen worden; sehen Sie, Herr Doktor Fähmel, die jungen Leute werden heutzutage nicht einmal rot, wenn man in solchen Sachen spricht; Fräulein Ruth und Fräulein Marianne, leider muß ich Sie vom Rundgang ausschließen.«
Die Mädchen kicherten; hatten nicht Mutter, Josephine, sogar Edith an dieser Stelle gekichert, wenn sie vom Männerbund ausgeschlossen wurden? Man brauchte im Fotoalbum nur die Köpfe und die Moden auszuwechseln.
»Ja, die Klausur ist schon bezogen«, sagte der Abt, »hier unser Aug-

apfel, die Bibliothek – bitte hier herum, die Krankenzelle, zum Glück im Augenblick unbewohnt...«
Nie war er hier mit Kreide von Punkt zu Punkt gegangen, hatte seine geheimen Mischungen aus xyz an die Wände geschrieben, den Code des Nichts, den nur Schrit, Hochbret und Kanders zu entziffern verstanden; Mörtelgeruch, Geruch frischer Farbe, frisch gehobelten Holzes.
»Ja, das wurde dank der Aufmerksamkeit Ihres Enkels – Ihres Sohnes vor der Zerstörung bewahrt; das Abendmahlbild hier im Refektorium; wir wissen wohl, daß es keine kunstgeschichtliche Rarität ist – Sie verzeihen mir diese Bemerkung, Herr Geheimrat –, aber selbst die Produkte dieser Malerschulen beginnen selten zu werden, und wir haben uns immer der Tradition verpflichtet gefühlt; ich muß gestehen, daß mich die Detailtreue dieser Maler heute noch entzückt – Sehen Sie hier, mit welch einer liebevollen Sorgfalt gemalt, Sankt Johannes und Sankt Peters Füße, die Füße eines älteren und eines jüngeren Mannes; Treue im Detail.«
Nein, hier hatte niemand *Es zittern die morschen Knochen* gesungen; keine Sonnwendfeuer; nur Traum. Distinguierter Herr, Anfang Vierzig, Sohn eines distinguierten Vaters, Vater eines frischen, sehr intelligenten Sohnes, der lächelnd dem Rundgang beiwohnte, obwohl ihn das Unternehmen sehr zu langweilen schien; jedesmal, wenn er sich Joseph zuwandte, sah er nur ein freundliches, etwas müdes Lächeln auf dessen Gesicht.
»Wie Sie wissen, waren nicht einmal die Wirtschaftsgebäude verschont geblieben; wir haben sie als erste wieder aufgebaut, weil sie uns die materielle Vorbedingung für einen glücklichen neuen Start zu gewährleisten schienen; hier der Kuhstall, natürlich melken wir elektrisch; Sie lächeln – ich bin sicher, unser heiliger Vater Benedikt hätte nichts gegen elektrisches Melken einzuwenden gehabt. Darf ich Ihnen hier einen bescheidenen Imbiß servieren lassen? – einen Willkommensgruß, unser berühmtes Brot, unsere berühmte Butter und den Honig; Sie wissen nicht, daß jeder sterbende oder resignierende Abt seinem Nachfolger eine Botschaft hinterläßt: Familie Fähmel nicht vergessen; Sie gehören ja wirklich zu unserer Klosterfamilie – ach, da sind ja die jungen Damen schon; natürlich, hier sind sie wieder zugelassen.«
Brot und Butter, Wein und Honig an schlichten hölzernen Tischplatten; Joseph hatte den einen Arm um seine Schwester, den anderen um Marianne gelegt; Blond zwischen zwei schwarzen Mädchenköpfen.
»Sie werden uns doch die Ehre antun, zur Einweihung zu kommen? Kanzler und Kabinett haben ihr Erscheinen zugesagt, einige ausländische Fürstlichkeiten werden da sein, und es wäre uns eine große Freude, die ganze Familie Fähmel hier als unsere Gäste zu begrüßen; meine Festansprache wird nicht im Zeichen der Anklage stehen, son-

dern im Zeichen der Versöhnung, Versöhnung auch mit jenen Kräften, die in blindem Eifer unsere Heimstatt zerstört haben, keine Versöhnung allerdings mit jenen zerstörerischen Kräften, die unsere Kultur aufs neue bedrohen; darf ich also hier die Einladung aussprechen und die herzliche Bitte, daß Sie uns die Ehre erweisen?«

›Ich werde nicht zur Einweihung kommen‹, dachte Robert, ›weil ich nicht versöhnt bin, nicht versöhnt mit den Kräften, die Ferdis Tod verschuldeten und nicht mit denen, die Ediths Tod verschuldeten und Sankt Severin schonten; ich bin nicht versöhnt, nicht versöhnt mit mir und nicht mit dem Geist der Versöhnung, den Sie bei Ihrer Festansprache verkünden werden; es war nicht blinder Eifer, der Ihre Heimstatt zerstörte, sondern Haß, der nicht blind war und dem noch keine Reue erwachsen ist. Soll ich bekennen, daß ich es gewesen bin? Ich muß meinem Vater Schmerz zufügen, obwohl er nicht schuldig ist, und vielleicht meinem Sohn, obwohl auch er nicht schuldig ist, und Ihnen, ehrwürdiger Vater, obwohl auch Sie nicht schuldig sind; wer ist schon schuldig? Ich bin nicht versöhnt mit der Welt, in der eine Handbewegung und ein mißverstandenes Wort das Leben kostet.‹ Und er sagte: »Herzlichen Dank, ehrwürdiger Vater, es wird mir eine Freude sein, an Ihrem Fest teilzunehmen.«

›Ich werde nicht kommen, ehrwürdiger Vater‹, dachte der Alte, ›denn ich würde hier stehen nur als ein Denkmal meiner selbst, nicht als der, der ich bin: ein alter Mann, der seiner Sekretärin heute morgen den Auftrag gab, sein Denkmal zu bespucken; erschrecken Sie nicht, ehrwürdiger Vater; ich bin nicht versöhnt mit meinem Sohn Otto, der nicht mehr mein Sohn war, sondern nur die Hülle meines Sohnes, und mit Gebäuden, auch wenn ich sie selbst erbaute, kann ich keine Versöhnung feiern. Man wird uns bei den Feierlichkeiten nicht vermissen; Kanzler, Kabinett, ausländische Fürstlichkeiten und hohe kirchliche Würdenträger werden gewiß die Lücke würdig ausfüllen. Bist du es gewesen, Robert, und hast dich gefürchtet, es mir zu sagen? Dein Blick, deine Bewegungen beim Rundgang haben es mir verraten, nun: es trifft mich nicht – vielleicht hast du dabei an den Jungen gedacht, dessen Namen ich nie erfuhr: der deine Zettelchen in unseren Briefkasten warf – und an den Kellner, der Groll hieß, an die Lämmer, die niemand geweidet hat, auch wir nicht; feiern wir also nicht Versöhnung: sorry, ehrwürdiger Vater, Sie werden es ertragen, Sie werden uns nicht vermissen; lassen Sie eine Tafel aufhängen: ›Erbaut von Heinrich Fähmel im Jahre 1908, in seinem neunundzwanzigsten Lebensjahr, zerstört von Robert Fähmel, im Jahre 1945, in seinem neunundzwanzigsten Jahr‹ – was wirst du tun, Joseph, wenn du dreißig bist? Wirst du deines Vaters Büro für statische Berechnungen übernehmen: bauen oder zerstören, Formeln sind wirksamer als Mörtel.

Stärken Sie Ihr Herz mit Choral, ehrwürdiger Vater, überlegen Sie sich gut, ob Sie wirklich mit dem Geist, der das Kloster zerstörte, versöhnt sind.‹

»Herzlichen Dank, ehrwürdiger Vater, es wird uns eine Freude sein, an Ihrem Fest teilzunehmen«, sagte der Alte.

Kühle stieg schon aus Wiesen und Niederungen, trockene Rübenblätter wurden feucht, dunkel, versprachen Reichtum; links vor dem Steuer Josephs blonder Kopf, rechts die beiden schwarzen Mädchenköpfe; leise glitt das Auto auf die Stadt zu; sang dort jemand: ›Wir haben das Korn geschnitten?‹ Es konnte nicht wahr sein, so wenig wie der schlanke Turm von Sankt Severin am Horizont; Marianne sprach als erste wieder:

»Du fährst nicht über Dodringen?«

»Nein, Großvater wollte über Denklingen fahren.«

»Ich denke, wir fahren auf dem kürzesten Weg in die Stadt?«

»Wenn wir um sechs in der Stadt sind, ist es früh genug«, sagte Ruth, »zum Umziehen brauchen wir nicht mehr als eine Stunde.«

Das Gespräch der Kinder klang leise wie Geflüster aus dunklen Erdschächten, wo Verschüttete einander Hoffnung zusprechen; ich sehe Licht; du täuschst dich: aber ich sehe wirklich Licht; wo; hörst du denn nicht das Klopfen der Rettungsmannschaft; ich höre nichts; hatten wir denn im Gästezimmer laut gesprochen?

Es ist nicht gut, Formeln aus ihrer Erstarrung zu lösen, Geheimnisse in Worte zu fassen, Erinnerung in Gefühle umzusetzen, Gefühl kann sogar so gute und strenge Dinge wie Liebe und Haß töten; gab es wirklich einmal den Hauptmann, der Robert Fähmel hieß, der sich im Kasinojargon so gut auskannte, Gepflogenheiten so präzis exerzierte, pflichtgemäß die Frau des rangältesten Offiziers zum Tanz aufforderte, mit knapper Stimme Toaste auszubringen verstand; auf die Ehre unseres geliebten deutschen Volkes; Sekt, Ordonnanz; Billardspiel; rot über grün, weiß über grün; weiß über grün; und eines Abends stand ihm einer gegenüber, hielt den Billardstock in der Hand, lächelte und sagte: ›Schrit, Leutnant, wie Sie sehen, Sprengspezialist wie Sie, Herr Hauptmann, verteidige mit Dynamit die abendländische Kultur.‹ Der trug keine gemischte Seele in der Brust, der konnte warten und sparen, brauchte nicht immer wieder Herz und Gefühl zu mobilisieren, betrank sich nicht an Tragik, hatte den Schwur geleistet, *nur* deutsche Brücken, *nur* deutsche Häuser zu sprengen, an keiner russischen Kate auch nur eine Fensterscheibe zu zerstören; warten, Billard spielen, kein Wort zuviel – und endlich lag sie in der Frühlingssonne, unsere große Beute, auf die wir so lange hatten warten müssen: Sankt Anton, am Horizont die Beute, die uns entgehen sollte: Sankt Severin.

»Fahr nicht so schnell«, sagte Marianne leise.
»Entschuldige«, sagte Joseph.
»Sag, was wollen wir hier in Denklingen?«
»Großvater will dorthin«, sagte Joseph.
»Nein, Joseph«, sagte Ruth, »fahr nicht mit dem Auto in die Allee, siehst du nicht das Schild: ›Nur für Anlieger‹? Zählst du dich etwa dazu?«
Die große Abordnung: Gatte, Sohn, Enkel und zukünftige Schwiegertochter stiegen ins verwunschene Schloß hinunter.

»Nein, nein«, sagte Ruth, » ich warte hier draußen. Bitte, laßt mich.«
Abends, wenn ich mit Vater im Wohnzimmer sitze, könnte Großmutter dabeisein; ich lese, er trinkt Wein, kramt in seinen Karteikästen, legt die postkartengroßen Fotokopien wie eine Patience vor sich aus; immer korrekt, nie die Krawatte gelockert, nie die Weste geöffnet, nie zu väterlicher Gemütlichkeit sich aufgelöst; zurückhaltend und besorgt: ›Brauchst du Bücher, Kleider, Geld für die Reise; langweilst du dich nicht, Kind? Möchtest du lieber ausgehen? Ins Theater, ins Kino, zum Tanzen; ich werde dich gern begleiten; oder möchtest du deinen Schulfreundinnen noch einmal einen Kaffee oben auf dem Dachgarten geben, jetzt, wo das Wetter so schön ist?‹ Abendspaziergang vorm Zubettgehen, rund um den Häuserblock, Modestgasse bis zum Tor; dann die Bahnhofstraße hinunter bis zum Bahnhof; ›Riechst du die Ferne, Kind?‹; durch die Unterführung, an Sankt Severin, am Hotel Prinz Heinrich vorüber; ›Gretz hat vergessen, die Blutflecken vom Trottoir abzuwaschen‹; Keilerblut war hart und schwarz geworden; ›Kind, es ist halb zehn, jetzt gehst du besser schlafen; gute Nacht‹; Kuß auf die Stirn; immer freundlich, immer korrekt; ›möchtest du lieber, daß wir eine Haushälterin nehmen, oder bist du das Wirtshausessen noch nicht leid?‹; offen gestanden, ich mag nicht gern fremde Personen im Hause‹; Frühstück, Tee, Brötchen, Mich; Kuß auf die Stirn; und manchmal ganz leise: ›Kind, Kind‹ – ›was ist denn, Vater?‹ ›Komm, wir fahren weg.‹ ›Jetzt, hier, sofort?‹ ›Ja. Laß die Schule für heute und morgen, wir fahren nicht weit; nur bis Amsterdam; herrliche Stadt, Kind, stille, sehr freundliche Menschen – man muß sie nur kennen. Kennst du sie?‹ ›Ja, ich kenne sie. Schön, die Spaziergänge abends an den Grachten entlang.‹ ›Glas. Glas. Still. Hörst du, wie still die Menschen hier sind? Nirgendwo sind sie so laut wie bei uns, immer brüllen, schreien, wichtigtun. Langweilt es dich, wenn ich noch zum Billard gehe; geh mit, wenn es dir Spraß macht.‹
Ich verstand nie die Faszination, mit der ihm alte und junge Männer beim Spiel zusahen, wenn er da stand, im Zigarrenrauch, das Bierglas neben sich auf dem Bord, und Billard spielte, Billard; duzten sie ihn

wirklich, oder war es nur eine Eigenart der holländischen Sprache, daß es wie Du klang, wenn sie ihn anredeten; sie kannten seinen Vornamen: Robert; rollten das R von Robert, wie ein hartes Bonbon im Gaumen. Still. Soviel Glas an den Grachten. Ruth heiß ich, Halbwaise bin ich, meine Mutter war vierundzwanzig, als sie starb; ich war drei; und wenn ich an sie denke, denke ich siebzehn oder zweitausend Jahre, vierundzwanzig ist eine Zahl, die nicht zu ihr paßt; irgend etwas unter achtzehn oder über achtzig; mir kam sie immer vor wie Großmutters Schwester; ich kenne das große, wohlbehütete Geheimnis, daß Großmutter verrückt ist, und ich will sie nicht sehen, solange sie verrückt ist; ihre Verrücktheit ist Lüge, Trauer hinter dicken Mauern, ich kenne das, betrinke mich auch oft daran und schwimme in Lüge dahin: Hinterhaus, Modestgasse 8, von Gespenstern bewohnt. *Kabale und Liebe*, Großvater hat das Kloster gebaut, Vater hat es gesprengt, Joseph hat's neu errichtet. Meinetwegen; ihr werdet enttäuscht sein, wie wenig mich das erschüttert; ich habe gesehen, wie sie die Toten aus den Kellern holten und Joseph versuchte, mir einzureden, sie wären krank und würden nur ins Krankenhaus gebracht, aber warf man Kranke so wie Säcke einfach auf den Lastwagen? Und ich habe gesehen, wie der Lehrer Krott heimlich in der Pause in die Klasse ging und Konrad Gretz das Butterbrot aus dem Ranzen stahl, ich habe Krotts Gesicht gesehen und litt Todesängste, und betete zu Gott: ›Bitte, laß nicht zu, daß er mich hier entdeckt, bitte, bitte‹, denn ich wußte, er würde mich ermorden, wenn er mich entdeckte; ich stand hinter der Tafel, suchte meine Haarspange, und er hätte meine Beine sehen können, aber Gott hatte Erbarmen mit mir: Krott entdeckte mich nicht; ich sah sein Gesicht und sah noch, wie er ins Brot biß, dann hinausging; wer in solche Gesichter gesehen hat, den regen gesprengte Abteien nicht mehr auf; und das Theater nachher, als Konrad Gretz den Verlust entdeckte und Krott uns alle zur Aufrichtigkeit ermahnte: ›Kinder, seid doch ehrlich, ich gebe euch eine Viertelstunde Zeit; dann muß sich der Schuldige gemeldet haben, sonst‹ – noch acht Minuten, noch sieben Minuten, sechs –, und ich sah ihn an, er fing meinen Blick auf, stürzte auf mich zu: ›Ruth, Ruth‹, schrie er, ›du? Bist du es gewesen?‹ Ich schüttelte den Kopf, fing an zu weinen, denn ich litt wieder Todesangst – und er sagte: ›Mein Gott, Ruth, sei ehrlich.‹ Ich hätte gern ja gesagt, aber dann hätte er gemerkt, daß ich wußte; und ich schüttelte den Kopf unter Tränen; noch vier Minuten, drei, zwei, eine, aus; ›ihr verdammte Diebesbande, ihr Lügenbande, jetzt schreibt ihr zur Strafe zweihundertmal: Ich darf nicht stehlen.‹ Ihr mit euren Abteien; ich habe schrecklichere Geheimnisse hüten müssen, habe Todesangst ausgestanden; wie Säcke warfen sie sie auf den Wagen.

Warum mußten sie den netten Abt so kühl behandeln? Was hat er getan, hat er jemand umgebracht, hat er jemand ein Butterbrot gestohlen? Konrad Gretz hatte genug zu essen, Leberpastete und Kräuterbutter auf Weißbrot; welcher Teufel wohnte plötzlich im Gesicht des milden, vernünftigen Lehrers? Mord hockte zwischen Nase und Augen, Nase und Mund, zwischen den Ohren; wie Säcke warfen sie die Leichen auf den Lastwagen, und ich hatte Spaß, wenn Vater den Bürgermeister vor der großen Wandkarte verhöhnte; wenn er seine schwarzen Zeichen malte und sagte: ›Weg damit, sprengen‹; ich liebe ihn, liebe ihn nicht weniger, jetzt, wo ich's weiß; hat Josph wenigstens seine Zigaretten im Auto gelassen; ich hab doch gesehen, wie der Mann seinen Trauring für zwei Zigaretten hergab – wieviel hätte er für seine Tochter haben wollen, wieviel für seine Frau? In seinem Gesicht die Preistafel: zehn, zwanzig, er hätte mit sich reden lassen; sie lassen alle mit sich reden; tut mir leid, Vater, aber der Honig und das Brot und die Butter schmeckten mir auch noch, nachdem ich wußte, wer das getan hatte. Wir wollen weiter Vater und Tochter spielen; genau abgezirkelt, wie ein Turniertanz; nach dem Imbiß wäre eigentlich der Spaziergang auf den Kosakenhügel hinauf fällig gewesen: Joseph mit Marianne und mir vorneweg, Großvater hinterher, wie jeden Samstag.

›Kommst du mit, Großvater?‹
›Danke, es geht schon.‹
›Gehn wir nicht zu schnell?‹
›Nein, laßt nur, Kinder. Ob ich mich ein wenig setzen kann, oder glaubt ihr, es ist zu feucht?‹
›Der Sand ist pulvertrocken, Großvater, und noch ganz warm, du kannst dich ruhig setzen; komm, gib mir deinen Arm.‹
›Natürlich, Großvater, steck dir ruhig eine Zigarre an, wir werden schon achtgeben, daß nichts passiert.‹

Zum Glück hat Joseph die Zigaretten im Wagen gelassen, und der Anzünder funktioniert; Großvater hat mir so schöne Kleider geschenkt und Pullover, viel schönere als Vater, der einen altmodischen Geschmack hat; man merkt, daß Großvater von Mädchen und von Frauen was versteht; ich will Großmutter nicht verstehen, ich will nicht, ihre Verrücktheit ist Lüge, sie hat uns nichts zu essen gegeben, und ich war froh, als sie weg war und wir was bekamen; mag sein, daß du recht hast, daß sie groß war und groß ist, aber ich will nichts von Größe wissen; ein Butterbrot mit Leberpastete, Weißbrot und Kräuterbutter, hätte mich fast das Leben gekostet; mag sie wiederkommen und abends bei uns sitzen, aber gebt ihr nicht den Schlüssel zur Küche, bitte nicht; ich habe den Hunger auf dem Gesicht des Lehrers gesehen und habe Angst davor; gib ihnen immer zu essen, lieber Gott, immer, damit das Schreckliche nicht wieder auf ihren Gesichtern erscheint; das ist ein harmloser Herr Krott, der sonntags ins Kleinauto stieg, um mit seiner Familie nach Sankt Anton zu fahren und dort dem Hochamt beizuwohnen; den wievielten Sonntag nach Pfingsten haben wir heute, den wievielten Sonntag nach Epiphanie, nach Ostern? – ein lieber Mensch, mit einer lieben Frau und zwei lieben Kinderchen: ›Sieh mal, Ruth, ist unser Fränzchen nicht gewachsen?‹ ›Ja, Herr Krott, ihr Fränzchen ist gewachsen‹, und ich denke nicht mehr daran, daß mein Leben an einem Haar hing; nein; ich hab auch zweihundertmal ganz brav geschrieben: ›Du sollst nicht stehlen‹; und natürlich sag ich nicht nein, wenn Konrad Gretz eine Party gibt; da gibt's herrliche Gänseleberpastete mit Kräuterbutter auf Weißbrot, und wenn man jemand auf den Fuß tritt oder jemand das Weinglas umstößt, sagt man nicht: ›Entschuldigen Sie bitte‹, sagt auch nicht, ›pardon‹, sondern: ›sorry‹.

Warm ist das Gras am Straßengraben, würzig ist Josephs Zigarette, und mir schmeckte das Honigbrot noch, als ich erfuhr, daß es Vater war, der die Abtei in die Luft gejagt hat; herrlich, Denklingen dort hinten in der Abendsonne; sie müssen sich beeilen, zum Umziehen brauchen wir mindestens eine halbe Stunde.

11

»Kommen Sie nur her, General. Sie brauchen sich nicht zu schämen; alle Neulinge werden zuerst mir vorgestellt, denn ich bin am längsten in diesem hübschen Haus hier; warum schlagen Sie mit Ihrem Spazierstock Kerben in die unschuldige Gartenerde, schütteln dauernd den Kopf, vor jeder Mauer, vor der Kapelle, am Gewächshaus und murmeln: ›Schußfeld‹? Übrigens ein hübsches Wort: ›Schußfeld‹; freie Bahn den Kugeln und Geschossen; Otto, wie? Kösters? Nein, keine Intimitäten, keine Namen nennen, und der Name Otto ist außerdem besetzt; darf ich Sie also ›Schußfeld‹ nennen? Ich sehe es Ihnen an, höre es aus Ihrer Stimme heraus, rieche es an Ihrem Atem: Sie haben vom *Sakrament des Büffels* nicht nur gekostet, sondern davon gelebt; konsequente Diät gehalten; nun hören Sie einmal zu, Neuer, sind Sie katholisch? Natürlich, das Gegenteil hätte mich überrascht; können Sie ministrieren; natürlich, Sie sind von katholischen Patres erzogen; verzeihen Sie, daß ich lache; wir suchen hier schon seit drei Wochen einen neuen Ministranten; den Ballosch haben sie als geheilt entlassen; wie wär's, wenn Sie sich hier ein bißchen nützlich machten? Du bist doch ein harmloser Irrer, nicht gewalttätig, hast nur den einen und einzigen Tick, bei jeder passenden und unpassenden Gelegenheit ›Schußfeld‹ zu murmeln; du wirst doch das Meßbuch von der rechten auf die linke, von der linken auf die rechte Altarseite tragen können; wirst vorm

Tabernakel eine Kniebeuge machen können, wie? Du bist doch kerngesund, das gehört zu deinem Beruf, du kannst das *mea culpa, mea culpa, mea maxima culpa* an die Brust schlagen, *kyrie eleison* sagen; na, siehst du, wozu ein gebildeter, bei katholischen Patres erzogener General noch zu gebrauchen ist; ich werde Sie dem Anstaltspfarrer als unseren neuen Ministranten vorschlagen; du bist doch einverstanden, nicht?

Danke; man spürt doch gleich, was ein Kavalier ist; nein, bitte hier herum, zum Gewächshaus, ich will Ihnen mal was zeigen, was zu Ihrem Handwerk gehört, und bitte, keine unangebrachten Galanterien, keine Tanzstundenkomplexe an mir auslassen, bitte; ich bin siebzig, Sie dreiundsiebzig, keine Handküsse, keine Greisenpoussagen; lassen Sie doch den Unsinn; hör mir mal zu: siehst du, was da hinter der hellgrünen Glasscheibe zu sehen ist; ja, das sind Waffen, das ist unseres guten Obergärtners Arsenal: damit werden Hasen und Rebhühner, Krähen und Rehe geschossen, denn unser Obergärtner ist ein leidenschaftlicher Jäger, und da zwischen den Gewehren liegt so ein hübscher, handlicher schwarzer Gegenstand, eine Pistole; nun pack mal aus, was du als Fähnrich oder als Leutnant gelernt hast und sag mir: ist so ein Ding wirklich lebensgefährlich, kann man damit jemanden umbringen? Nun werd mir nicht blaß, alter Haudegen, hast zentnerweise vom *Sakrament des Büffels* gegessen und wirst mir hier schwach, wenn ich dir ein paar einfache Fragen stelle; fang doch nicht an zu zittern, ich bin zwar ein bißchen verrückt, aber ich werde dir nicht die Pistole auf deine dreiundsiebzigjährige Brust drücken und dem Staat die Pension ersparen; ich denke gar nicht dran, dem Staat was zu ersparen; gib mir auf klare militärische Fragen eine militärische Antwort: Kann man mit dem Ding jemand umbringen? Ja? Gut. Auf wieviel Meter Entfernung hat man die größte Treffsicherheit? Zehn, zwölf, allerhöchstens fünfundzwanzig.

Mein Gott, nun regen Sie sich doch nicht auf! Wie bange so ein alter General sein kann; melden? Da gibt es nichts zu melden; euch haben sie das Melden wohl so eingetrichtert, daß ihr's nicht lassen könnt, was? Küssen Sie mir meinetwegen die Hand, aber halten Sie nur den Mund, und morgen früh wird ministriert, verstanden? So 'nen hübschen weißhaarigen, gut gewachsenen Ministranten haben die hier noch nie gehabt; kannst du denn keinen Spaß verstehen? Ich interessiere mich nun mal für Waffen, so wie du dich für Schußfeld interessierst; willst du denn nicht begreifen, daß es zu den ungeschriebenen Gesetzen dieses trauten Heimes hier gehört, daß jeder jedem sein Pläsierchen läßt; du hast eben deinen Schußfeld-Tick; Diskretion, Schußfeld, denk an deine gute Erziehung – *vorwärts mit Hurra und Hindenburg;* siehst du wohl, das gefällt dir, man muß nur die richtigen Worte wählen – hier geht es 'rum, an der Kapelle vorbei, willst du nicht eintreten und dir die Stätte deines künftigen Wirkens einmal anschauen? Friedlich, Alter, das weißt du also noch: Hut abnehmen, den rechten Finger ins Weihwasserbecken, jetzt ein Kreuzzeichen, so ist's brav; jetzt hinknien, auf's Ewige Licht blicken, ein Ave Maria und ein Vaterunser beten – schön still; es geht doch nichts über eine katholische Erziehung; aufstehen, Finger ins Weihwasserbecken, Kreuzzeichen, der Dame den Vortritt lassen, Hut aufsetzen; so ist's lieb, da sind wir wieder: Sommerabend, herrliche Bäume in herrlichem Park, eine Bank; *vorwärts mit Hurra und Hindenburg*, das gefällt dir, was? Wie gefällt dir das andere: *muß haben ein Gewehr, muß haben ein Gewehr*; das gefällt dir auch, wie? Laß doch die Scherze; *nach* Verdun war es eigentlich mit diesen Scherzen vorbei; da sind die letzten Kavaliere – gefallen, zu viele Kavaliere, zu viele Liebhaber auf einmal – zu viele junge guterzogene Leute; hast du dir einmal ausgerechnet, wieviel Pädagogenschweiß da innerhalb von ein paar Monaten verschwendet worden ist; umsonst; warum seid ihr nie auf die Idee gekommen, gleich nach der Gehilfenprüfung oder nach der Abiturientenprüfung ein Maschinengewehr auf dem Flur der Handwerks- oder Handelskammer, auf dem Flur des Gymnasiums aufzustellen und die jungen Männer, mit dem strahlenden Bestanden im Gesicht, totzuschießen; du findest das übertrieben? Nun, dann laß dir sagen, daß Wahrheit reine Übertreibung ist; ich hab mit der Abiturientia 1905, 1906, 1907 noch getanzt und Kommers gefeiert mit diesen Mützenträgern und Biertrinkern – aber von den drei Jahrgängen ist mehr als die Hälfte bei Verdun gefallen. Was denkst du wohl, was von der Abiturientia 1935, 1936, 1937 übriggeblieben ist; oder 1941, 1942 – such dir einen Jahrgang aus; und fang doch nicht wieder an zu zittern, ich wußte ja gar nicht, wie bange so ein alter General sein kann. Laß das doch sein: Hände auf meine Hände legen – wie ich heiße? Merk dir: nach sowas fragt man hier nicht, hier hat man keine Visitenkarte, hier trinkt man nicht Schmollis miteinander, hier duzt man sich ungefragt, hier weiß man, daß alle Menschen Brüder sind, wenn auch feindliche Brüder; die einen haben vom Sakrament des Lammes gegessen, wenige nur, Alter, die anderen vom Sakrament des Büffels, und mein Name ist: *muß haben ein Gewehr, muß haben ein Gewehr*, Zuname: *vorwärts mit Hurra und Hindenburg*; leg alle deine bürgerlichen Vorurteile, deine Commentvorstellungen endgültig ab, hier herrscht die klassenlose Gesellschaft; und beklage dich nicht über den verlorenen Krieg. Mein Gott, habt ihr ihn tatsächlich verloren, zwei schon hintereinander? Einem wie dir hätte ich sieben verlorene Kriege gewünscht? Nun, hör mit dem Flennen auf, mir ist's wurscht, wieviel Kriege du verloren hast, verlorene Kinder, das ist schlimmer als verlorene Kriege; du kannst hier im Denklinger Sanatorium ministrieren, eine höchst ehrenvolle Beschäftigung, und rede mir nicht von der deutschen Zukunft; ich hab in der Zeitung gelesen: die deutsche Zukunft ist genau abgesteckt. Wenn du schon weinen mußt, dann weine nicht so weinerlich; Unrecht haben sie dir auch getan? Deine Ehre angetastet, was nützt einem schließlich die Ehre, wenn jeder Fremdling dran kratzen kann, nicht wahr? Aber nun sei zufrieden, in dieser Klapsmühle hier bist du gut untergebracht, hier wird auf jedes Seelenwehwehchen eingegangen, hier werden alle Komplexe respektiert; das ist nur eine Preisfrage: wenn du arm wärst, gäbe es Senge und kaltes Wasser, aber hier wird jedes Spielchen mitgespielt, du hast sogar Ausgang, kannst in Denklingen ein Bier trinken gehen; du brauchst nur ›Schußfeld‹ zu rufen, Schußfeld für die zweite, Schußfeld für die dritte Armee, und irgend jemand wird dir ›Jawohl, Herr General‹, antworten; Zeit wird nicht als Ganzes, nur im Detail verstanden, sie darf hier nie zu Geschichte werden; verstehst du? Ich will dir ja gern glauben, daß du meine Augen schon gesehen hast, bei jemand, der eine rote Narbe überm Nasenbein trug, ich will dir glauben, aber solche Angaben und solche Zusammenhänge sind hier unerlaubt; hier ist immer *heute*, heute ist Verdun, heute ist Heinrich gestorben, Otto gefallen, heute ist der 31. Mai 1942, heute flüsterte Heinrich mir ins Ohr: ›Vorwärts mit Hurra und Hindenburg‹; du hast ihn gekannt, hast ihm die Hand gedrückt, oder vielmehr er dir; schön, aber nun wollen wir mal hübsch ein bißchen arbeiten; ich weiß noch, welches Gebet für die Ministranten am schwersten zu lernen war, ich hab's mit meinem Sohn Otto gelernt, hab's ihm abhören müssen: ›Suscipiat Dominus sacrificium de manibus tuis ad laudem et gloriam nominis sui‹ – jetzt kommt das Schwerste, Alter – ›ad utilitatem quoque nostram, totiusque Ecclesiae suae sanctae‹ – sprich's nach, Alter – nein, ›ad utilitatem‹, nicht ›utilatem‹ – den Fehler machen sie alle – ich schreib's dir auf einen Zettel, wenn du willst, oder lies es in deinem Gebetbuch nach – und nun, adieu, Abendbrotzeit, Schußfeld; daß dir's schmecken ...«

Über die breiten schwarzen Wege an der Kapelle vorbei zum Gewächshaus zurück; nur Mauern waren Zeugen, als sie die Tür mit dem Schlüssel öffnete, an leeren Blumentöpfen, modrig riechenden Beeten vorbei leise in das Büro des Obergärtners ging; sie nahm die Pistole vom Ständer; öffnete die weiche schwarze Handtasche, das Leder schloß sich um die Pistole, leicht ließ sich der Verschluß zuknipsen, lächelnd, leere Blumentöpfe streichelnd, verließ sie das Gewächshaus, schloß hinter sich die Tür wieder zu; nur die dunklen Mauern waren Zeugen, als sie den Schlüssel abzog, langsam ging sie über die breiten schwarzen Wege zum Haus zurück.

Huperts deckte den Abendbrottisch in ihrem Zimmer; Tee, Brot, Butter, Käse und Schinken; er blickte lächelnd auf, sagte: »Sie sehen blendend aus, gnädige Frau.«
»So«, sagte sie, legte ihre Handtasche auf die Kommode, nahm den Hut vom dunklen Haar, fragte lächelnd: »Ob der Obergärtner mir wohl ein paar Blumen bringen könnte?«
»Der ist aus«, sagte Huperts, »hat Ausgang bis morgen abend.«
»Und niemand außer ihm darf ins Gewächshaus?«
»Nein, gnädige Frau, darin ist er schrecklich eigen.«
»Dann muß ich wohl bis morgen abend warten, oder ich besorg mir welche in Denklingen oder Dodringen.«
»Sie wollen ausgehen, gnädige Frau?«
»Ja, wahrscheinlich, es ist ein so schöner Abend, ich darf doch, nicht wahr.«
»Natürlich, natürlich – sie dürfen – oder soll ich den Herrn Rat anrufen, oder den Herrn Doktor?«
»Das werde ich selbst tun, Huperts, bitte würden Sie mir das Telefon auf Amt stellen, aber für lange, bitte – ja?«
»Selbstverständlich, gnädige Frau.«

Als Huperts gegangen war, öffnete sie das Fenster, warf den Schlüssel zur Gärtnerei in den Komposthaufen, schloß das Fenster, goß sich Tee und Milch in eine Tasse, setzte sich, zog das Telefon zu sich heran; »komm, komm«, sagte sie leise, versuchte mit der linken Hand die zitternde Rechte zu beschwichtigen, die nach dem Hörer griff, »komm, komm«, sagte sie, »ich bin bereit, mit dem Tod in der Handtasche ins Leben zurückzukehren; sie haben es alle nicht gewußt, daß diese Berührung mit dem kühlen Metall genügen würde, haben Gewehr zu wörtlich verstanden; ich brauch ja kein Gewehr, eine Pistole tut's auch, komm, komm, sag mir, wie spät es ist, komm, sag's sanfte Stimme, bist du immer noch die gleiche und immer noch unter der gleichen Nummer erreichbar?« Sie nahm den Hörer in die linke, lauschte dem amtlichen Tuten: »Huperts braucht nur auf ein Knöpfchen zu drücken, und sie ist da: die Zeit, die Welt, die Gegenwart, die deutsche Zukunft: Ich bin gespannt, wie sie aussieht, wenn ich aus dem verwunschenen Schloß herauskomme.« Sie wählte mit der rechten Hand: eins, eins, eins und hörte die sanfte Stimme sagen: »Beim Zeitzeichen ist es siebenzehnuhrachtundfünfzig und dreißig Sekunden« – beklemmende Stille, ein Gongschlag – die sanfte Stimme: »Beim Zeitzeichen ist es siebenzehnuhrachtundfünfzig und vierzig Sekunden.« Die Zeit strömte in ihr Gesicht, füllte es mit tödlicher Weiße, während die Stimme sagte: Siebenzehnuhrneunundfünfzig – zehn – zwanzig – dreißig – vierzig – fünfzig Sekunden«, ein harter Gongschlag: »achtzehn Uhr, am 6. Sep-

183

tember 1958« – sagte die sanfte Stimme – Heinrich wäre achtundvierzig, Johanna neunundvierzig und Otto einundvierzig, Joseph war zweiundzwanzig, Ruth neunzehn – und die Stimme sagte: »Beim Zeitzeichen ist es achtzehn Uhr und eine Minute« – Vorsicht, sonst werde ich wirklich verrückt, wird das Spiel ernst, und ich falle in das ewige Heute endgültig zurück, finde die Schwelle nicht mehr, renne um die bewachsenen Mauern herum, ohne den Eingang zu finden; die Visitenkarte der Zeit wie eine Forderung zum Duell – nicht anzunehmen: 6. September 1958 – achtzehn Uhr und eine Minute und vierzig Sekunden; die Faust voll Rache hat meinen Taschenspiegel zerbrochen, nur zwei Scherben sind übriggeblieben, die mir die tödliche Blässe meines Gesichts zeigen; ich hab's doch gehört, das stundenlange Dröhnen der Sprengung, ich hab's doch gehört, das empörte Geflüster der Leute: ›sie haben unsere Abtei in die Luft gejagt‹ – Wärter und Pförtner, Gärtner und Bäckerjungen kolportierten die schreckliche Nachricht, die ich so schrecklich nicht finde; Schußfeld; rote Narbe überm Nasenbein; tiefblaue Augen; wer kann das schon sein; war er's? Wer? Ich würde sämtliche Abteien der Welt in die Luft jagen, wenn ich Heinrich wiederbekommen, wenn ich Johanna von den Toten erwecken könnte, Ferdi und den Kellner, der Groll hieß; Edith – und wenn ich erfahren dürfte, *wer* Otto war; gefallen bei Kiew; es klingt so dumm und riecht nach Geschichte; komm, Alter, wir wollen nicht mehr Blindekuh spielen, ich halte dir die Augen nicht mehr zu: du wirst heute achtzig, ich bin einundsiebzig, und auf zehn, zwölf Meter hat man eine ziemliche Treffsicherheit; kommt auf mich zu, ihr Jahre, ihr Wochen und Tage, ihr Stunden und Minuten, welche Sekunde – »achtzehn Uhr zwei Minuten und zwanzig Sekunden«; ich verlasse mein Papierschiffchen und stürze mich in den Ozean; Totenblässe; vielleicht werd ich es überstehen; »achtzehn Uhr zwei Minuten und dreißig Sekunden« – das klingt so dringlich: komm, ich habe keine Zeit zu verlieren, keine Sekunde zu verschenken, schnell Fräulein, Fräulein, warum antworten Sie mir nicht – Fräulein, Fräulein – ich brauche ein Taxi, sofort, sehr dringend, helfen Sie mir doch; Schallplatten antworten nicht, das hätte ich wissen müssen; Hörer auflegen, Hörer abnehmen, wählen: eins, eins, zwei – bekam man auch die Taxis immer noch unter der gleichen Nummer? »Und können Sie«, sagte die sanfte Stimme, »in den Denklinger Lichtspielen den Heimatfilm ›Die Brüder vom Moorhof‹ sehen; Anfangszeiten achtzehn Uhr und zwanzig Uhr fünfzehn – das Dodringer Lichtspielhaus bietet Ihnen den ausgezeichneten Film: ›Was Liebe vermag‹« – still, still, mein Boot ist zerstört, aber hab ich nicht Schwimmen gelernt, im Blücherbad 1905, trug einen schwarzen Badeanzug mit Krausen und Schürzen, Kopfsprung vom Einmeterbrett; faß dich, Atem holen, du hast Schwimmen gelernt – was haben sie unter eins,

eins, drei zu bieten: sanfte Stimme du – »und falls Sie für den Abend Gäste erwarten, schlagen wir Ihnen ein ebenso schmackhaftes wie preiswertes Menü vor: erster Gang; Toast mit Käse und Schinken überbacken, dann grüne Erbsen mit saurer Sahne, dazu einen lockeren Kartoffelpudding, ein Schnitzel, frisch gegrillt« – »Fräulein-Fräulein« – »Schallplatten antworten nicht« – »werden Ihre Gäste Sie als vorzügliche Hausfrau zu preisen wissen«; die Gabel gedrückt, eins, eins, vier – sanfte Stimme: »– also die Campingausrüstung gepackt, Picknick vorbereitet, und vergessen Sie nicht, falls Sie an abschüssigen Stellen zu parken gedenken, die Handbremse zu ziehen, und nun: Einen fröhlichen Sonntag im Kreis der Familie.«

Ich werde es nicht schaffen; zuviel Zeit aufzuholen, immer mehr Blässe steigt in mein Gesicht, löst sich mein steinernes Gesicht nicht zu Tränen, bleibt die verleugnete, geschwänzte Zeit wie eine harte Lüge in mir zurück; Spieglein, Spieglein, Scherbenstück – sind meine Haare wirklich weiß geworden in den Folterkammern der sanften Stimmen; eins, eins, fünf – eine schläfrige Stimme: »Ja bitte, hier Amt Denklingen« – »Hören Sie mich, Fräulein? Hören Sie mich?« – »Ja, ich höre« – Lachen – »Ich brauche dringend eine Verbindung mit dem Büro des Architekten Fähmel, Modestgasse 7 oder 8, beide Adressen sind unter Fähmel zu finden, Kind, Sie nehmen es mir nicht übel, wenn ich Sie Kind nenne?«

»Nein, aber nein, gnädige Frau.«

»Es ist sehr dringend.«

Blätter wurden umgedreht.

»Ich habe hier Herrn Heinrich Fähmel – und Herrn Dr. Robert Fähmel – welche Verbindung wünschen Sie, gnädige Frau?«

»Mit Heinrich Fähmel.«

»Bitte, bleiben Sie am Apparat.«

Ob das Telefon immer noch auf der Fensterbank stand, so daß er beim Telefonieren auf die Straße blicken konnte und aufs Haus Modestgasse acht, wo seine Kinder auf dem Dach spielten; hinunter auf Gretzens Laden, wo der Keiler vor der Tür hing; ob es wirklich jetzt dort klingelt? Sie hörte das Rufzeichen sehr fern – die Pausen dazwischen kamen ihr unendlich lang vor.

»Bedaure, gnädige Frau, dort meldet sich niemand.«

»Bitte, versuchen Sie es mit der anderen Nummer.«

»Gern, gnädige Frau.« Nichts, nichts, keine Antwort.

»Dann besorgen Sie mir bitte ein Taxi, Kind, ja?«

»Gern. Wohin?«

»In die Heilanstalt Denklingen.«

»Sofort, gnädige Frau.«

»Ja, Huperts, nehmen Sie den Tee weg, auch das Brot und den Auf-

schnitt. Und bitte, lassen Sie mich allein; ich sehe das Taxi schon, wenn es die Allee heraufkommt; nein, danke, ich brauche nichts mehr; Sie sind wirklich keine Schallplatte? Ach, ich wollte Sie nicht kränken – es war nur ein Scherz; danke.«
Ihr war kalt; sie spürte, wie ihr Gesicht zusammenschrumpfte, Großmuttergesicht, zerknittert, müde, in der Fensterscheibe war es zu sehen; keine Tränen; kroch sie wirklich silbern ins schwarze Haar, die Zeit? Ich hab Schwimmen gelernt, aber nicht gewußt, wie kalt das Wasser ist; sanfte Stimmen peinigten mich, schlugen die Gegenwart in mich hinein; Großmutter mit Silberhaar, Zorn in Weisheit verwandelt, Rachegedanken in Verzeihen; Haß mit Weisheit kandiert; alte Finger klammerten sich um die Handtasche; Gold, aus dem verwunschenen Schloß mitgebracht, das Lösegeld.
Hol mich ab, Liebster, ich kehre zurück. Ich werde deine weißhaarige, liebe alte Frau sein, eine gute Mutter und eine liebenswürdige Großmutter, die man seinen Freunden und Freundinnen als besonders nett schildern kann; war krank, unsere Großmutter, lange Jahre, aber sie ist gesund geworden, bringt eine ganze Handtasche voll Gold mit.
Was werden wir heute abend im Café Kroner essen? Toast, mit Käse und Schinken überbacken, Erbsen mit saurer Sahne, ein Schnitzel dazu – und werden wir rufen: ›Hosianna der Braut Davids, die aus dem verwunschenen Schloß heimgekehrt ist?‹ Gretz wird seine Aufwartung machen; der Mörder seiner Mutter; die Stimme des Blutes sprach nicht zu ihm, sprach nicht aus Otto; wenn der Turnlehrer auf dem Schimmel am Haus vorüberkommt, werde ich schießen. Von der Pergola bis zur Straße sind es nicht mehr als zehn Meter – die diagonale Linie kann nicht viel länger als dreizehn Meter sein; ich werde Robert bitten, es mir genau auszurechnen; jedenfalls liegt es innerhalb der Grenzen der höchsten Treffsicherheit; Schußfeld hat es mir erklärt, er muß es wissen, unser weißhaariger Ministrant; morgen früh wird er seinen Dienst antreten; ob er bis dahin wissen wird, daß es nicht ›utilatem‹, sondern ›utilitatem‹ heißen muß? Rote Narbe überm Nasenbein – und ist also doch Hauptmann geworden; so lange hat der Krieg gedauert; die Fensterscheiben klirrten, wenn wieder eine Sprengladung explodierte, und morgens lag Staub auf der Fensterbank: ich schrieb mit meinem Finger in die Staubschicht: ›Edith, Edith‹ – ich liebte dich mehr, als die Stimme des Blutes mir hätte befehlen können; woher kamst du, Edith, sprich?
Immer weiter schrumpfe ich; er wird mich auf den Händen tragen können, vom Taxi ins Café Kroner; ich werde pünktlich sein; es ist höchstens achtzehn Uhr sechsunddreißig Sekunden; mein Lippenstift ist von der schwarzen Faust voll Rache zerquetscht worden, und es zittern meine morschen Knochen, ich habe Angst, wie werden sie aussehen, meine Zeitgenossen; werden sie dieselben sein wie damals oder nur die

gleichen? – und wie steht es mit der goldenen Hochzeit, Alter, im September 1908 – weißt du nicht mehr, am 13. September – wie gedenkst du die goldene Hochzeit zu richten? Silberhaarig die Jubelbraut, silberhaarig der Jubelbräutigam, ringsum die unermeßliche Enkelschar, verzeih, daß ich lache, David – du warst nicht Abraham, aber ich spüre ein wenig von Rachels Lachen in mir; nur ein wenig, viel hat in mir nicht Platz, nur eine Nußschale voll Lachen bringe ich mit und eine Handtasche voll Gold; doch mein Lachen mag klein sein, es birgt gewaltige Energien, mehr als Roberts Dynamit...
Feierlich, feierlich, viel zu langsam kommt ihr die Allee herunter. Ediths Sohn vorneweg, aber das ist nicht Ruth an seiner Seite: sie war drei, als ich wegging, aber ich würde sie erkennen, wenn ich sie als Achtzigjährige wiedersehen würde; das ist nicht Ruth; Handbewegungen verlernt man nicht; in der Nußschale ist der Baum enthalten; wie oft habe ich Ruths Handbewegung an meiner Mutter gesehen, wenn sie sich das Haar aus der Stirn strich; wo ist Ruth, sie soll mir verzeihen – dies ist eine fremde, eine hübsche; ach, es ist der Schoß, der dir Urenkel gebären wird, Alter; werden es sieben sein, siebenmal sieben? Verzeih, daß ich lache; ihr kommt wie Herolde, langsam, viel zu feierlich; wollt ihr die Jubelbraut holen? Hier bin ich, bereit, geschrumpft wie ein uralter Apfel, du kannst mich auf den Händen ins Taxi tragen, Alter, aber rasch: ich habe keine Sekunde mehr zu verlieren; ja, das Taxi ist schon da: ihr seht, wie gut ich koordinieren kann; jedenfalls, das hab ich als Architektenfrau gelernt – macht dem Taxi nur Platz – rechts stehen Robert und die hübsche Fremde Spalier – links der Alte mit seinem Enkel; Robert, Robert, ist dies die Stelle, wo du jemand die Hand auf die Schulter legen mußt? Brauchst du Hilfe, Stütze? Komm, Alter, tritt ein, bring Glück herein – wir wollen feiern und lustig sein! Die Zeit ist reif!

12

Der Portier blickte unruhig auf die Uhr: schon sechs vorüber, Jochen war nicht zur Ablösung erschienen, und der Herr auf Zimmer elf schlief nun einundzwanzig Stunden, hatte das Schild *Bitte nicht stören* an die Türklinke gehängt, und doch hatte bisher noch niemand hinter der geschlossenen Tür die Stille des Todes gespürt; kein Geflüster, kein Zimmermädchenschrei; Abendessenzeit, dunkle Anzüge, helle Kleider, viel Silber, Kerzenschein, Musik; zum Hummercocktail Mozart, zum Fleischgang Wagner, zum Nachtisch Hot.
Unheil lag in der Luft; voller Angst blickte der Portier auf die Uhr, die viel zu langsam ihre Sekunden dem Punkte zuschob, wo das Unheil

offenbar werden würde; immer wieder das Telefon: Menü 1 auf Zimmer 12, Menü 3 auf Zimmer 218, Sekt auf Zimmer 14; Weekend-Ehebrecher verlangten die nötigen Stimulantia; fünf Globetrotter lümmelten sich in der Halle, warteten auf den Bus, der sie zum Nachtflugzeug bringen würde; ja, gnädige Frau, erste links, zweite rechts, dritte links – die römischen Kindergräber sind abends beleuchtet, Fotografieren ist erlaubt. Oma Blessiek trank hinten in der Ecke ihren Portwein, hatte endlich Hugo erwischt, der ihr aus der Lokalzeitung vorlas: ›Handtaschenräuber ohne Erfolg. Gestern versuchte am Ehrenfeldgürtel ein junger Mann einer älteren Frau die Handtasche zu entreißen, doch gelang es der tapferen Oma... Außenminister Dulles.‹ – »Unsinn, Unsinn«, sagte Oma Blessiek, »nichts Politisches, nichts Internationales, das einzig Interessante ist das Lokale«, und Hugo las: ›Stadtoberhaupt ehrt verdienten Boxer...‹

Höhnisch schob die Zeit den Ausbruch des Unheils hinaus, während Gläser leise klirrten, Silberplatten auf Tische gestellt, Porzellanteller zu erhabener Musik in Schwingung versetzt wurden; mit mahnend und warnend erhobenen Händen stand der Fahrer der Fluggesellschaft in der Tür, die sanft in ihre Filzfugen zurückpendelte; nervös blickte der Portier auf seinen Notizblock: ›ab 18.30 Zimmer-Straßenseite für Herrn M. reservieren; 18.30 Doppelzimmer für Geheimrat Fähmel und Frau, unbedingt Straßenseite; 19.00 Hund Kässi von Zimmer 114 zum Spaziergang abholen‹; gerade wurden die Spezialspiegeleier für diesen Köter gebracht, Dotter hart, Eiweiß weich, scharf gebratene Wurstscheiben, und wie immer würde das Mistvieh mäklig das Mahl verweigern; der Herr auf Zimmer elf schlief nun einundzwanzig Stunden und achtzehn Minuten.

Ja, gnädige Frau, das Feuerwerk beginnt eine halbe Stunde nach Sonnenuntergang, also gegen neunzehn Uhr dreißig; der Aufmarsch der Kämpfer gegen neunzehn Uhr fünfzehn; bedaure, ich bin nicht in der Lage, Ihnen Auskunft darüber zu geben, ob der Herr Minister zugegen sein wird; Hugo las mit seiner Schulentlassenenstimme: ›Und überreichten die Stadtväter dem verdienten Boxer nicht nur die Ehrenbürgerurkunde, auch die goldene Marsilius-Plakette, die nur für besonders hohe kulturelle Verdienste verliehen wird. Ein Festbankett schloß die würdige Feier ab.‹ Endlich verließen die Globetrotter die Halle; ja, meine Herren, das Festbankett für die linke Opposition im blauen Zimmer – nein, für die rechte Opposition im gelben Zimmer; der Weg ist mit Schildern markiert, der Herr; wer gehörte zur Linken, wer zur Rechten; es war ihnen nicht anzusehen; für solche Sachen wäre Jochen besser gewesen, dessen Instinkt war untrüglich, wenn es galt, jemand einzustufen; der erkannte im schäbigen Anzug den wirklichen Herrn, erkannte im allerbesten Anzug den Proleten; der würde die linke von

der rechten Opposition zu unterscheiden wissen; nicht einmal die Menus unterschieden sich voneinander – ach, da war noch irgendein Bankett: Aufsichtsrat der ›Gemeinnützigsten der Gemeinnützigen‹; roter Saal, mein Herr; alle trugen die gleichen Gesichter, und alle würden Hummercocktail als Vorspeise essen, die Linke und die Rechte und der Aufsichtsrat; Mozart zur Vorspeise, Wagner zum Hauptgang, wenn sie die schweren Soßen kosteten, Hot zum Nachtisch; ja, im roten Saal, der Herr: Jochens Instinkt war untrüglich, wenn es nur ums Soziale ging, versagte aber, wenn es um mehr ging. Als die Schafpriesterin zum ersten Mal auftauchte, war es Jochen gewesen, der flüsterte: ›Vorsicht, das ist allererste Klasse‹, und als dann die kleine Blasse kam, mit dem langen wirren Haar, nur mit 'ner Handtasche und 'nem Taschenbuch unterm Arm, flüsterte Jochen: ›Nutte‹, und ich sagte: ›Die tut's mit jedem, *nimmt aber nichts dafür*, also keine Nutte‹, Jochen sagte: Die tut's mit jedem, und *nimmt was dafür*‹ – und Jochen hatte recht. Für Unheil aber hatte Jochen keinen Instinkt; als dann die andere kam, die Blonde, Strahlende mit ihren dreizehn Koffern, sagte ich ihm, als sie in den Aufzug stieg: ›Wetten, daß wir die nie lebend wiedersehen?‹ Und Jochen sagte: ›Unsinn, die ist nur mal für ein paar Tage ihrem Mann durchgegangen‹; und wer hat recht gehabt? Ich! Schlaftabletten und das Schild *Bitte nicht stören* an der Tür; die schlief vierundzwanzig Stunden, dann ging das Geflüster los: ›Tod, Tod auf Zimmer 118‹; herrliche Sache, wenn nachmittags gegen drei die Mordkommission kommt und wenn um fünf 'ne Leiche aus dem Hotel 'rausgeschleppt wird, herrlich.
Puh, was ist das für eine Büffelvisage. Kleiderschrank mit Diplomatenair, zwei Zentner, Dackelgang und ein Anzug! Das roch nach Bedeutsamkeit, hielt sich im Hintergrund, während zwei weniger Bedeutungsvolle an die Theke traten: Zimmer für Herrn M. bitte. Ach ja, Zimmer 211, Hugo, komm, bring die Herren hinauf; da glitten sechs Zentner, in englisches Tuch gehüllt, lautlos nach oben.
»Jochen, Jochen, mein Gott, wo bist du denn so lange gewesen?«
»Entschuldige«, sagte Jochen, »du weißt, daß ich fast nie unpünktlich bin; besonders, wo deine Frau und die Kinder auf dich warten, wär ich gern pünktlich gewesen, aber wenn's um meine Tauben geht, da schwankt mein Herz zwischen Freundespflicht und Taubenzüchterpflicht, und wenn ich sechs auf die Reise schicke, will ich auch sechse zurückhaben, aber es kamen nur fünf pünktlich, verstehst du, die sechste zehn Minuten verspätet und völlig erschöpft, das arme Tier; nun geh schon, wenn ihr zum Feuerwerk noch 'nen guten Platz erwischen wollt, wird es Zeit; ja, ich sehe schon, linke Opposition im blauen Zimmer, rechte Opposition im gelben Zimmer, Aufsichtsrat der ›Gemeinnützigsten der Gemeinnützigen‹ im roten Zimmer; nu ja, das

geht fürs Wochenende; das ist ja viel weniger aufregend, als wenn die Briefmarkensammler sich treffen oder die Bierspitzenorganisation; keine Angst, mit denen werd ich schon fertig, ich werd meine Gefühle mäßigen, obwohl ich der linken Opposition am liebsten den Hintern versohlen, der rechten und den Gemeinnützigsten aller Gemeinnützigen am liebsten in die Vorspeise spucken würde; nu, reg dich nicht auf, die Fahne des Hauses wird schon hochgehalten; und um deine Selbstmordkandidaten kümmere ich mich schon; ja, gnädige Frau, Hugo um neun Uhr zum Kartenspiel aufs Zimmer, jawohl; so, der Herr M. ist schon da? – gefällt mir nicht, der Herr M., ohne ihn gesehen zu haben, sprech ich ihm mein Mißtrauen aus; jawohl, der Herr, Sekt auf Zimmer 211 und drei Partagas Eminentes; an ihrem Zigarrenaroma sollt ihr sie erkennen! Mein Gott, da kommt ja die ganze Sippe Fähmel.«

Mädchen, Mädchen, was ist aus dir geworden! Als ich dich zum ersten Mal sah, das war bei der Kaiserparade 1908, da schlug mein Herz höher, obwohl ich wußte, daß Blümchen wie du nicht für unsereins wachsen; ich brachte den Rotwein aufs Zimmer, wo du mit Papa und Mama gesessen hast; Kind, Kind – wer hätte gedacht, daß aus dir mal eine waschechte Oma werden würde, Silberhaar und ganz verschrumpelt, dich könnte ich ja auf einer Hand ins Zimmer hinauftragen, und ich würde es tun, wenn es mir gestattet würde; wird aber nicht gestattet, altes Mädchen, schade, du bist immer noch hübsch.
»Herr Geheimrat, wir hatten Zimmer 212 für Sie und Ihre Gattin, pardon, für Ihre Gattin und Sie reserviert; Gepäck am Bahnhof? Nein? In der Wohnung was abzuholen? Auch nicht? Ach, nur für zwei Stunden, solange das Feuerwerk dauert, und um den Aufmarsch der Kämpfer zu sehen. Selbstverständlich ist im Zimmer Platz für sechs Personen, ein großer Balkon, und wenn Sie wünschen, lassen wir die Betten zusammenrücken. Nicht nötig? Hugo, Hugo, bring die Herrschaften auf Zimmer 212 und nimm eine Weinkarte mit, ich werde die jungen Herrschaften auf Ihr Zimmer weisen; selbstverständlich, Herr Doktor, das Billardzimmer ist für Sie und Herrn Schrella reserviert, ich werde Hugo für Sie loseisen; ja, er ist ein braver Junge, der hat den halben Nachmittag am Telefon gehangen, immer wieder gewählt; ich glaube, der vergißt Ihre Telefonnummer und die von der Pension Modern im Leben nicht mehr; warum der Kampfbund heute marschiert? Geburtstag irgendeines Marschalls – ich glaube des Helden vom Husenwald; wir werden das herrliche Lied zu hören bekommen: ›Vaterland, es knirscht in deinem Gebälk‹; na, lassen wir's knirschen, Herr Doktor. Wie? Immer geknirscht? Wenn Sie mir gestatten wollen, hier eine persönliche politische Meinung zu äußern, so würde ich sagen: Vorsicht, wenn's wieder knirscht; Vorsicht!«

»Hier hab ich schon einmal gestanden«, sagte sie leise, »hab dir zugeschaut, wie du unten vorbeimarschiert bist, bei der Kaiserparade im Januar 1908; Kaiserwetter, Liebster, klirrender Frost – so nennt man's, glaube ich, in Gedichten; ich habe gezittert, ob du die letzte, schwerste aller Proben bestehen würdest: die Uniformprobe; nebenan auf dem Balkon stand der General und prostete Papa, Mama und mir zu; du hast die Probe damals bestanden, Alter; sieh mich nicht so lauernd an – ja, lauernd, so hast du mich noch nie angesehen, leg deinen Kopf in meinen Schoß, rauch deine Zigarre und verzeih mir, wenn ich zittere: ich habe Angst; hast du das Gesicht des Jungen gesehen; könnte er nicht Ediths Bruder sein? Ich habe Angst, und da mußt du verstehen, daß ich noch nicht in unsere Wohnung zurückgehen kann, vielleicht nie mehr; ich kann nicht wieder in den Zirkel treten – ich habe Angst, viel mehr als damals; ihr habt euch offenbar an die Gesichter schon gewöhnt, aber ich fange an, mich nach meinen harmlosen Irren zurückzusehnen; seid ihr denn blind? So leicht zu täuschen? Die werden euch für weniger als eine Handbewegung, für weniger als ein Butterbrot umbringen? Du brauchst nicht einmal mehr dunkelhaarig oder blond zu sein, brauchst nicht mehr den Taufschein deiner Urgroßmutter – die werden euch umbringen, wenn ihnen eure Gesichter nicht gefallen; hast du denn nicht die Plakate an den Wänden gelesen? Seid ihr denn blind? Da weißt du ja einfach nicht mehr, wo du bist; ich sag, Liebster, die haben doch alle vom *Sakrament des Büffels* gegessen; dumm wie Erde, taub wie ein Baum, und so schrecklich harmlos wie die letzte Inkarnation des Büffels; anständig, anständig; ich habe Angst, Alter – nicht einmal 1935 und nicht 1942 habe ich mich so fremd unter den Menschen gefühlt; mag sein, daß ich Zeit brauche, aber da werden Jahrhunderte nicht ausreichen, mich an die Gesichter zu gewöhnen; anständig, anständig und keine Spur von Trauer im Gesicht; was ist ein Mensch ohne Trauer? Gib mir noch ein Glas Wein und schau nicht mißtrauisch auf meine Handtasche; ihr habt die Medizin gekannt, aber anwenden muß ich sie selber; du hast ein reines Herz und ahnst nicht, wie böse die Welt ist, und ich verlange heute noch ein großes Opfer von dir: sag die Feier im Café Kroner ab, zerstör die Legende, fordere nicht deine Enkel auf, dein Denkmal zu bespucken, sondern verhindere, daß du eins bekommst; Paprikakäse hat dir doch nie geschmeckt – sollen die Kellner und Küchenmädchen sich an die Festtafel setzen und dein Geburtstagsmahl verzehren; wir bleiben hier auf diesem Balkon, genießen den Sommerabend im Kreis der Familie, trinken Wein, schauen dem Feuerwerk zu und sehen uns den Aufmarsch der Kämpfenden an; wogegen kämpfen sie? Soll ich ans Telefon gehen und im Kroner absagen?«
Schon sammelten sich am Portal von Sankt Severin blau Uniformierte,

standen rauchend in Gruppen, trugen blaurote Fahnen mit einem großen schwarzen K darauf; schon probte das Blasorchester das Lied: ›Vaterland, es knirscht in deinem Gebälk‹; Weingläser klirrten leise auf den Balkonen, Sektkübel tönten metallisch, Pfropfen knallten ins abendlich dunkle Blau des Himmels; die Glocken von Sankt Severin läuteten Viertel vor sieben; drei dunkel gekleidete Herren traten auf den Balkon von Zimmer 212.
»Glauben Sie wirklich, daß sie uns nützen können?« fragte M.
»Ich bin sicher«, sagte der eine.
»Kein Zweifel«, sagte der andere.
»Aber werden wir nicht mehr Wähler verärgern, als wir durch eine solche Sympathiebezeigung gewinnen?« fragte Herr M.
»Der Kampfbund ist als nicht radikal bekannt«, sagte der eine.
»Verlieren können Sie gar nichts«, sagte der andere, »nur gewinnen.«
»Wieviel Stimmen sind es? Optimal und im ungünstigsten Falle?«
»Optimal an die achtzigtausend, im ungünstigsten Fall an die fünfzigtausend. Entschließen Sie sich.«
»Ich bin noch nicht entschlossen«, sagte M., »ich warte noch auf Weisung von K. Glauben Sie, daß es uns bisher gelungen ist, der Aufmerksamkeit der Presse zu entgehen?«
»Ist gelungen, Herr M.«, sagte der eine.
»Und das Hotelpersonal?«
»Absolut diskret, Herr M.«, sagte der andere. »Die Weisung von Herrn K. müßte bald kommen.«
»Ich mag diese Burschen nicht«, sagte Herr M., »sie *glauben* an etwas.«
»Achtzigtausend Stimmen dürfen getrost an etwas glauben, Herr M.«, sagte der eine.
Lachen. Gläserklirren. Telefon.
»Ja, hier M. Habe ich recht verstanden? Sympathie bezeigen? Gut.«
»Herr K. hat sich positiv entschieden, meine Herren, stellen wir unsere Stühle und den Tisch auf den Balkon hinaus.«
»Was werden die Ausländer denken?«
»Sie denken sowieso das Falsche.« – Lachen, Gläserklirren.
»Ich werde hinuntergehen und die Aufmerksamkeit des Umzugsleiters auf Ihren Balkon lenken«, sagte der eine.

»Nein, nein«, sagte der Alte, »ich will nicht in deinem Schoß liegen, nicht in den blauen Himmel hineinsehen; hast du denen im Café Kroner gesagt, daß man Leonore hierher schickt? Sie wird enttäuscht sein; du kennst sie nicht; Roberts Büroangestellte; ein liebes Kind, sie soll nicht um ihr Fest kommen; ich hab kein reines Herz und weiß genau, wie böse die Welt ist; ich fühle mich fremd, fremder als damals, wenn

wir in den Anker am oberen Hafen gingen und dem Kellner, der Groll hieß, das Geld brachten; da unten formieren sie sich zum Aufmarsch – warmer Sommerabend, Dämmerung, Lachen klingt herauf – soll ich dir helfen, Liebste? Du weißt wohl nicht, daß du im Taxi die Handtasche auf meinen Schoß gelegt hast; schwer ist sie, aber nicht schwer genug – was willst du eigentlich mit dem Ding?«
»Ich will den Dicken da auf dem Schimmel erschießen. Siehst du ihn, kennst du ihn noch?«
»Glaubst du, ich würde ihn je vergessen? Er hat das Lachen in mir getötet, hat die verborgene Feder im verborgenen Uhrwerk zerbrochen; er hat den blonden Bengel hinrichten lassen, Ediths Vater verschleppt, Groll und den Jungen, dessen Namen wir nie erfahren haben; er hat mich gelehrt, daß eine Handbewegung das Leben kostet; er hat aus Otto den gemacht, der nur noch Ottos Hülle war – und trotzdem: ihn würde ich nicht erschießen. Ich habe mich oft gefragt, warum ich in diese Stadt gekommen bin; um reich zu werden? Nein, du weißt es; weil ich dich liebte? Nein – denn ich kannte dich noch nicht und konnte dich noch nicht lieben? Aus Ehrgeiz? Nein. Ich glaube, ich wollte nur über sie lachen, wollte ihnen am Ende zurufen: es war doch nicht ernst; wollte ich Kinder haben? Ja. Ich hatte sie: zwei starben jung, einer fiel, fremd war er mir, noch fremder als die jungen Herren, die da unten jetzt ihre Fahnen hochnehmen; und der andere Sohn? Wie geht es dir, Vater? Gut, und dir? Gut, danke, Vater. Kann ich etwas für dich tun? Nein, danke, ich habe alles. Abtei Sankt Anton? Verzeih, daß ich lache, Liebste; Staub; erregt nicht einmal Sentimentalität, viel weniger noch Gefühle; willst du noch Wein?« – »Ja, bitte.«
Ich verlaß mich auf den Paragraphen einundfünfzig, Liebster; dehnbar sind die Gesetze – sieh da unten, unser alter Freund Nettlinger; klug genug, nicht in Uniform zu erscheinen, aber doch da, um Hände zu drücken, Schultern zu klopfen, Fahnen zu betasten; wenn schon, dann würde ich lieber diesen Nettlinger erschießen – aber vielleicht überlege ich es mir und schieße nicht in das Museum da unten; der Mörder meines Enkels sitzt nebenan auf dem Balkon – siehst du ihn: dunkel gekleidet, anständig, anständig; der denkt anders, handelt anders, plant anders; der hat was gelernt; spricht fließend Französisch, Englisch, kann Latein und Griechisch und hat schon das Lesezeichen für morgen in seinem Schott zurechtgelegt: fünfzehnter Sonntag nach Pfingsten; ›welche Präfation?‹ hat er ins Schlafzimmer seiner Frau hinübergerufen? Ich erschieß nicht den Dicksack da auf dem Schimmel; ich schieß nicht ins Museum – nur eine kleine Wendung, und höchstens sechs Meter Entfernung, eine vorzügliche Treffsicherheit; wozu soll mein siebzigjähriges Leben sonst noch nütze sein; nicht Tyrannenmord, sondern Anständigenmord – der Tod wird das große Staunen in

sein Gesicht zurückbringen, komm, zittere nicht, Liebster, ich will das
Lösegeld zahlen; das macht mir Spaß, ruhig atmen, ins Ziel gehen,
Druckpunkt nehmen – du brauchst dir nicht die Ohren zuzuhalten,
Liebster, das knallt nicht lauter, als wenn ein Luftballon platzt; Vigil
des fünfzehnten Sonntags nach Pfingsten ...

13

Die eine war blond, die andere braun, beide waren schlank, beide
lächelnd, und beiden war rotbrauner Tweed zu kleidsamer Tracht an-
gemessen worden, beiden wuchs aus schneeweißem Kragen der hübsche
Hals wie der Schaft einer Blume hervor; sie sprachen es fließend und
akzentfrei: französisch und englisch, flämisch und dänisch und sprachen fließend und akzentfrei auch ihre Muttersprache: deutsch; hübsche
Nonnen des Nichts, auch des Lateinischen mächtig, warteten sie im
Personalraum hinter der Kasse, bis die Besucher zu Gruppen von zwölf
sich an der Barriere gesammelt hatten; sie drückten mit spitzem Absatz
ihre Zigarettenkippen aus, erneuerten mit gekonntem Schwung ihr
Lippenrot, bevor sie nach draußen traten, die Nationalität der Führungssüchtigen zu ermitteln; lächelnd die Frage nach Herkunftsland
und Muttersprache, akzentfrei, und die Führungssüchtigen taten es mit
erhobenem Finger kund: sieben sprachen englisch, zwei flämisch, drei
deutsch; dann noch die fröhlich gestellte Frage, wer des Lateinischen
mächtig sei; zögernd hob Ruth ihren Finger; nur einer? Sanft nur erschien auf dem hübschen Gesicht ein Schimmer von Trauer über die
geringe Ausbeute an humanistisch Geschulten, nur eine konnte die
metrische Exaktheit würdigen, mit der sie den Grabspruch zitieren
würde? Lächelnd, die Stablampe wie einen Degen gesenkt, stieg sie als
erste die Treppe hinab; es roch nach Beton und Mörtel, roch gruftig,
obwohl ein leichtes Surren vom Vorhandensein einer Klimaanlage
kündete; akzentfrei erklang es: englisch, flämisch und deutsch; das
Ausmaß grauer Quadern wurde bekanntgegeben, die Breite der römischen Straße – dort eine Treppe aus dem zweiten Jahrhundert – ein
Thermalbad aus dem vierten – sehen Sie, dort haben gelangweilte
Wachtposten sich ein Mühlespiel in einen Sandsteinquader geritzt –
(wie hatte der Kursleiter gesagt? – ›immer das Menschliche betonen‹) –
hier haben römische Kinder Murmeln gespielt, beachten Sie bitte die
makellose Verfugung der Pflastersteine; eine Abflußrinne: römisches
Waschwasser, römisches Spülwasser war diese graue Rinne hinab-
geflossen; die Reste eines kleinen, privaten Venustempels, den der Herr
Statthalter sich errichten ließ; im Neonlicht das Grinsen der Geführten,
flämisches, englisches Grinsen – grinsten die drei jungen Deutschen

tatsächlich nicht? Woher die Tiefe der Fundamente zu erklären sei?
Nun, der Boden war zur Bauzeit mit ziemlicher Sicherheit noch sumpfig,
Grundwasser des Stroms gurgelten grün um graues Gestein. Hören Sie
das Fluchen germanischer Sklaven? Schweiß floß über blonde Brauen in
helle Gesichter, von dort in blonde Bärte; barbarische Münder formten
im Stabreim den Fluch: ›Rache den ruchlosen Römern wird Wotan aus
Wunden erwachsen lassen, wehe, wehe, wehe‹; »Geduld, meine Damen
und Herren, nur noch wenige Schritte, hier noch die Überreste eines
Gerichtsgebäudes, und da sind sie: *Die römischen Kindergräber.*«
(›Hier, hatte der Kursleiter gesagt, treten Sie als erste schweigend ins
Rund und warten, bevor sie mit den Erklärungen beginnen, die erste
Welle der Ergriffenheit ab; es ist reine Instinktsache, meine Damen,
wie *lange* Ihr ergriffenes Schweigen hier dauern muß, hängt wohl auch
von der Zusammensetzung der Gruppe ab; lassen Sie sich keinesfalls
auf eine Diskussion über die Tatsache ein, daß es sich ja nicht um römi-
sche Kindergräber, sondern nur um Grabsteine handelt, die nicht einmal an dieser Stelle gefunden wurden.‹)
Im Halbrund waren die Grabplatten an graue Mauern gelehnt; überrascht, nachdem die erste Ergriffenheit abgeklungen war, blickten die
Besucher nach oben: dunkelblauer Abendhimmel war oberhalb der
Neonlampen zu sehen; funkelte da nicht sogar ein früher Stern, oder
war es nur das Blinken eines vergoldeten, versilberten Knopfs vom
Geländer, das sich durch den runden Lichtschacht in fünf Windungen
sanft nach oben schraubte?
»Dort, wo die erste Windung beginnt – Sie sehen den weißen Querstrich im Beton? –, lag ungefähr das Straßenniveau zur römischen Zeit
– bei der zweiten Windung – Sie sehen auch dort den weißen Querstrich im Beton, nicht wahr – das mittelalterliche und schließlich am
Beginn der dritten Windung – ich kann mir den Hinweis auf den weißen Querstrich wohl ersparen – das heutige Straßenniveau – und nun,
meine Damen und Herren, zu den Inschriften.«
Ihr Gesicht wurde steinern wie das einer Göttin, leicht winkelte sie den
Arm hoch, hielt die Stablampe wie einen Fackelstumpf nach oben

DURA QUIDEM FRANGIT PARVORUM MORTE PARENTES
CONDICIO RAPIDO PRAECIPITATU GRADU
SPES AETERNA TAMEN TRIBUET SOLACIA LUCTUS . . .

Ein Lächeln zu Ruth hin, der einzigen, die die Ursprache zu würdigen
wußte; eine winzige Bewegung zum Kragen der Tweedjacke, den sie
zurechtzupfte; die Stablampe ein wenig gesenkt, bevor sie die Über-
setzung rezitierte:

Zwar trifft ein hartes Geschick die Eltern
mit dem raschen, überstürzt eintretenden Tod der Kleinen,
doch in der Trauer über das zarte Alter,
das nun dem Paradiese gehört,
gibt Trost die ewige Hoffnung.
Sechs Jahre und neun Monate alt birgt dieser Grabhügel dich,
Desideratus.

Siebzehn Jahrhunderte alte Trauer fiel in die Gesichter, fiel in die Herzen, lähmte sogar die Kaumuskeln des flämischen Herrn in mittleren Jahren, er ließ den Unterkiefer hängen, während die Zunge rasch den Kaugummi in einen stillen Winkel beförderte; Marianne brach in Tränen aus, Joseph drückte ihren Arm. Ruth legte ihr die Hand auf die Schultern, noch immer steinernen Gesichts zitierte die Fremdenführerin: *Hard a fate meets with the parents...*

Gefährlich der Augenblick, wenn man aus dunklen Grüften wieder nach oben stieg, ans Licht, in die Luft, den sommerlichen Abend; wenn uralter Todesschmerz, tief in die Herzen gesenkt, sich mit der Ahnung von Venusmysterien mischte, wenn einsame Touristen den Kaugummi vor den Kassenschalter spuckten und in gebrochenem Deutsch ein Rendezvous zu verabreden versuchten; Tanz im Hotel Prinz Heinrich; Spaziergang, Abendessen – a lonely feeling, Fräulein; da war man gezwungen, vestalisch zu werden, keinen Flirt anzulegen und jegliche Einladung strikt abzulehnen; nicht anfassen, bitte, nur ansehen; no, Sir, no, no – und spürte doch selbst den Hauch der Verwesung, spürte Mitleid mit traurigen Ausländern, die kopfschüttelnd ihren Liebeshunger in jene Gefilde trugen, wo Venus noch herrschte und, des Wechselkurses kundig, ihren Tarif in Dollars und Pfunden, in Gulden, Franken und Mark zu verkünden sich nicht schämte.

Da riß der Kassierer die Eintrittskarten von der Rolle, als führte die schmale Eingangspforte ins Kino, da blieb einem kaum Zeit, im Personalzimmer rasch ein paar Züge zu tun, einen Bissen ins belegte Brot, einen Schluck aus der Thermosflasche, und immer wieder die schwierige Entscheidung, ob es sich lohne, den Zigarettenstummel aufzubewahren, oder ob es angebracht sei, ihn mit spitzem Absatz zu töten; noch einen Zug, noch einen, während die linke Hand den Lippenstift schon aus der Handtasche angelte, während das Herz sich trotzig entschloß, den vestalischen Schwur zu brechen, während der Kassierer den Kopf in die Tür steckte: »Kind, Kind, zwei Gruppen warten schon, beeil dich – die *römischen Kindergräber* sind ja fast ein Kassenschlager«; lächelnd an die Barriere getreten, die Frage nach Nationalität und Muttersprache: vier sprachen englisch, einer französisch, eine holländisch

und diesmal sechs Deutsche; die Stablampe gesenkt wie einen Degen stieg sie in die dunkle Gruft hinab, von uraltem Liebeskult zu künden, uralten Todesschmerz zu entziffern.
Marianne weinte noch, als sie an der Schlange der Wartenden vorbei nach draußen gingen; beschämt wandten wartende Deutsche, Engländer und Holländer sich von dem Mädchengesicht ab; welch schmerzliches Geheimnis bargen die dunklen Keller dort unten? Wo hatte man je gelesen, daß Kulturdenkmäler Tränen hervorrufen konnten? Für sechzig Pfennige solch tiefe Bewegung, wie man sie im Kino nur nach sehr schlechten und nach sehr guten Filmen auf einzelnen Gesichtern bemerkte? Konnten Steine tatsächlich den einen zu Tränen rühren, während andere kaltblütig frischen Kaugummi in ihre Münder schoben, gierig Zigaretten anzündeten, in ihren Blitzlichtkameras den nächsten Film knipsbereit drehten, das Auge schon spähend aufs nächste Objekt gerichtet: Giebel eines bürgerlichen Wohnhauses aus dem fünfzehnten Jahrhundert, gleich dem Eingang gegenüber; knips, schon war der Giebel auf chemischer Basis verewigt...
»Langsam, langsam, meine Herrschaften«, rief der Kassierer von drinnen, »infolge des außerordentlichen Andrangs haben wir uns entschlossen, an einem Rundgang anstatt zwölf fünfzehn Besucher teilnehmen zu lassen, ich darf die nächsten drei Herrschaften bitten – sechzig der Eintritt, einszwanzig der Katalog.«
Immer noch an der Schlange der Wartenden vorbei; die sich an der Hausmauer entlang bis zur Straßenecke hin aufgestellt hatte; immer noch zeigte Mariannes Gesicht die Tränen, mit einem Lächeln erwiderte sie den heftigen Druck von Josephs Arm, dankte mit einem zweiten Lächeln für Ruths Hand auf ihrer Schulter.
»Wir müssen uns beeilen«, sagte Ruth, »es sind nur noch zehn Minuten bis sieben, wir dürfen sie nicht warten lassen.«
»In zwei Minuten sind wir da«, sagte Joseph, »wir kommen schon pünktlich; Mörtel – der Geruch soll mir wohl auch heute nicht erspart bleiben – und Beton; wißt ihr übrigens, daß sie diese Entdeckung da unten Vaters Sprengeifer verdanken; als sie die alte Wache wegsprengten, brach unten ein Gewölbe durch und öffnete ihnen den Weg zu den alten Klamotten; es lebe das Dynamit – wie findest du übrigens unseren neuen Onkel, Ruth, spricht die Stimme des Blutes zu dir, wenn du ihn siehst?«
»Nein«, sagte Ruth, »die Stimme des Blutes spricht nicht zu mir, aber ich finde ihn nett; etwas trocken, etwas hilflos – wird er bei uns wohnen?«
»Wahrscheinlich«, sagte Joseph, »werden wir auch dort wohnen, Marianne?«
»Du willst in die Stadt ziehen?«

»Ja«, sagte Joseph, »ich will Statik studieren und in das ehrenwerte Geschäft meines Vaters eintreten, gefällt dir das nicht?«
Sie überquerten eine belebte Straße, gingen in einer stilleren weiter, Marianne blieb vor einem Schaufenster stehen, löste sich aus Josephs Arm, schüttelte Ruths Hand ab und betupfte ihr Gesicht mit einem Taschentuch; Ruth strich sich übers Haar, zupfte ihren Pullover zurecht.
»Ob wir elegant genug sind?« fragte sie. »Ich möchte Großvater nicht kränken.«
»Ihr seid elegant genug«, sagte Joseph. »Wie gefällt dir mein Plan, Marianne?«
»Es ist mir nicht gleichgültig, was du tust«, sagte sie, »Statik zu studieren ist sicher gut, fragt sich, was du mit deinen Kenntnissen anfangen willst.«
»Bauen oder sprengen, ich weiß es noch nicht«, sagte Joseph.
»Dynamit ist doch sicher veraltet«, sagte Ruth, »es gibt bestimmt bessere Mittel; weißt du noch, wie lustig Vater war, als er noch sprengen durfte? So ernst ist er eigentlich erst, seitdem es nichts mehr zu sprengen gibt... wie findest du ihn, Marianne? Magst du ihn?«
»Ja«, sagte Marianne, »ich mag ihn sehr; ich hatte ihn mir schlimmer vorgestellt, kälter, und ich hatte fast Angst vor ihm, bevor ich ihn kannte, aber ich glaube, Angst ist das, was man am wenigsten vor ihm zu haben braucht; ihr werdet lachen, aber ich fühle mich geschützt in seiner Nähe.«
Joseph und Ruth lachten nicht; sie nahmen Marianne in die Mitte und gingen weiter; vor der Tür zum Café Kroner hielten sie an, die beiden Mädchen betrachteten sich noch einmal im Spiegelglas der Tür, die innen mit grüner Seide bespannt war, strichen sich noch einmal übers Haar, bevor Joseph ihnen lächelnd die Tür aufhielt.
»Mein Gott«, sagte Ruth, »habe ich einen Hunger, sicher hat Großvater uns was Gutes bestellt.«
Frau Kroner kam mit erhobenen Armen auf sie zu, an grüngedeckten Tischen vorbei, über den grünen Läufer; ihr silbriges Haar war in Unordnung, der Ausdruck ihres Gesichts kündigte Unheil an, ihre wäßrigen Augen schimmerten feucht, ihre Stimme zitterte in ungespielter Erregung.
»Sie wissen es also noch nicht?« fragte sie.
»Nein«, sagte Joseph, »was?«
»Es muß etwas Schreckliches passiert sein; Ihre Großmutter hat die Feier abgesagt – vor wenigen Minuten rief sie an; Sie möchten ins Prinz Heinrich 'rüberkommen, auf Zimmer 212. Ich bin nicht nur tief beunruhigt, sondern auch sehr enttäuscht, Herr Fähmel, ich würde sagen beleidigt, wenn ich nicht annehmen müßte, daß gewichtige

Gründe vorliegen; für einen Kunden, der fünfzig, einundfünfzig Jahre Stammgast ist, hat man natürlich eine Überraschung bereitet, ein Werk – nun, ich werde es Ihnen zeigen; und was soll ich der Presse sagen und dem Rundfunk, die gegen neun hier erscheinen wollen, nach der intimen Feier – was soll ich sagen?«
»Hat Ihnen meine Großmutter den Grund nicht genau gesagt?«
»Unpäßlichkeit – muß ich annehmen, daß es die – die chronische, eh – Unpäßlichkeit Ihrer Großmutter ist?«
»Wir wissen von nichts«, sagte Joseph. »Bitte, würden Sie die Geschenke und Blumen hinüberbringen lassen?«
»Ja, gern, aber wollen nicht Sie sich wenigstens meine Überraschung ansehen?«
Marianne stieß ihn an, Ruth lächelte, und Joseph sagte: »Ja gern, Frau Kroner.«
»Ich war ja noch ein junges Ding«, sagte Frau Kroner, »als Ihr Großvater in die Stadt kam, gerade vierzehn, und tat damals Dienst hier vorn am Kuchenbüfett; später hab ich servieren gelernt, und was glauben Sie, wie oft ich ihm morgens den Frühstückstisch gedeckt habe – wie oft ich den Eierbecher wegnahm und ihm die Marmelade hinschob, und wenn ich mich dann vorbeugte, um den Käseteller wegzunehmen, warf ich einen Blick auf den Zeichenblock; mein Gott, man nimmt doch Anteil am Leben seiner Kunden, glauben Sie nicht, daß wir Geschäftsleute so gefühllos sind – und denken Sie, ich hätte vergessen, wie er damals über Nacht berühmt geworden ist und den großen Auftrag bekam; vielleicht denken die Kunden: man geht ins Café Kroner, bestellt sich was, zahlt und geht; aber glauben Sie doch nicht, daß so ein Schicksal spurlos an einem vorübergeht...«
»Ja, natürlich«, sagte Joseph.
»Oh, ich weiß, was Sie denken: die Alte soll uns doch verschonen, aber ist es zuviel verlangt, wenn ich Sie bitte, sich meine Überraschung einmal anzusehen und Ihrem Großvater auszurichten, daß ich mich freuen würde, wenn er käme und es sich ansähe? Für die Zeitung ist es schon fotografiert worden.«
Sie gingen langsam hinter Frau Kroner her, über den grünen Läufer zwischen den grüngedeckten Tischen dahin, blieben stehen, als Frau Kroner stehenblieb, und verteilten sich unwillkürlich um den großen viereckigen Tisch, der mit einem Leinentuch bedeckt war; das Tuch verhüllte etwas, das von ungleichmäßiger Höhe zu sein schien.
»Es trifft sich gut«, sagte Frau Kroner, »daß wir zu vieren sind; darf ich Sie bitten, je eine Ecke des Tuchs in die Hand zu nehmen und wenn ich ›hoch‹ sage, es gleichmäßig hochzuheben.«
Marianne schob Ruth auf die noch unbesetzte linke Ecke zu; sie nahmen jeder ein Ende des Tuchs in die Hand. »Hoch«, sagte Frau Kroner,

und sie hoben das Tuch hoch; die beiden Mädchen kamen herüber, legten die Ecken übereinander, und Frau Kroner faltete das Tuch sorgfältig zusammen.
»Mein Gott«, sagte Marianne, »das ist ja ein naturgetreues Modell von Sankt Anton.«
»Nicht wahr?« sagte Frau Kroner. »Sehen Sie hier: nicht einmal das Mosaik über dem Haupteingang haben wir vergessen – und da der Weingarten.«
Das Modell war nicht nur maßstab-, es war auch farbgerecht: dunkel die Kirche, hell die Wirtschaftsgebäude, rot das Dach des Pilgerhauses, bunt die Fenster des Refektoriums.
»Und das Ganze«, sagte Frau Kroner, »ist nicht Zuckerwerk oder Marzipan, sondern Kuchen; unser Geburtstagsgeschenk für den Herrn Geheimrat – das ist feinster Baumkuchenteig. Glauben Sie nicht, daß Ihr Großvater eben herüberkommen und es sich anschauen könnte, bevor wir es ihm ins Atelier bringen?«
»Bestimmt«, sagte Joseph, »er wird herüberkommen und es sich anschauen; darf ich Ihnen zunächst in seinem Namen danken; es müssen ernste Gründe sein, die ihn veranlaßt haben, die Feier abzusagen, und Sie werden verstehen...«
»Ich verstehe durchaus, daß Sie jetzt gehen müssen – nein, bitte, breiten Sie das Tuch nicht wieder drüber, Fräulein – das Fernsehen hat sich angesagt.«

»Eins möchte ich jetzt können«, sagte Joseph, als sie über den Platz vor Sankt Severin gingen, »lachen oder weinen, aber ich kann beides nicht.«
»Ich weiß nur, was ich eher könnte: weinen«, sagte Ruth, »aber ich tu's nicht. Was sind das für Leute? Was ist das für ein Trubel – was machen sie mit den Fackeln?«
Lärm herrschte, Pferdegetrappel, Wiehern ertönte, kommandogewohnte Stimmen forderten zum Sammeln auf, Blasinstrumente gaben letzte Probetöne ab; ein nicht sehr lautes, sprödes kleines Geräusch brach in den Lärm wie etwas sehr Fremdes ein.
»Mein Gott«, sagte Marianne ängstlich, »was war das?«
»Das war ein Schuß«, sagte Joseph.

Sie erschrak, als sie durchs Stadttor in die Modestgasse kam; die Gasse war leer; keine Lehrjungen, keine Nonnen, keine Lastwagen, kein Leben auf der Straße; nur der weiße Kittel von Frau Gretz da hinten vor dem Laden, rosige Arme schoben mit dem Schrubber Seifenschaum vor sich her; fest verschlossen war das Druckereitor, als würde in alle Ewigkeit nie mehr Erbauliches auf weißes Papier gedruckt; mit

gespreizten Läufen, die Wunde in der Flanke schwarz verkrustet, lag der Keiler auf der Treppe, wurde langsam ins Innere des Ladens gezogen; Gretzens rotes Gesicht zeigte an, wie schwer das Tier war; nur eine von drei Klingeln hatte geantwortet, nicht im Haus Numero sieben, nicht im Haus Numero acht, nur im Café Kroner. »Dringend Herr Dr. Fähmel?« »Nicht anwesend. Die Feier ist abgesagt. Fräulein Leonore? Man erwartet Sie im Hotel Prinz Heinrich.«
Heftig hatte der Eilbote bei ihr geklingelt, während sie im Bad saß; das wilde Geräusch verhieß nichts Gutes, sie stieg aus dem Bad, warf den Bademantel über, wickelte sich ein Handtuch ums nasse Haar, ging zur Tür und nahm den Eilbrief in Empfang; mit seinem gelben Stift hatte Schrit die Adresse geschrieben, den Umschlag rot überkreuzt, und gewiß war seine achtzehnjährige Tochter mit dem Fahrrad zur Post gehetzt worden; dringend.
›Liebes Fräulein Leonore, versuchen Sie sofort Herrn Fähmel zu erreichen; die gesamten statischen Berechnungen für das Bauvorhaben x 5 sind falsch; Herr Kanders, mit dem ich soeben telefonierte, hat außerdem noch die – falschen – Unterlagen direkt an den Auftraggeber gesandt im Gegensatz zu unseren üblichen Usancen; die Sache ist so dringend, daß ich heute abend noch mit dem D-Zug herunterkomme, falls ich bis 20 Uhr nicht Bescheid von Ihnen habe, daß in der Angelegenheit etwas unternommen worden ist; wie umfangreich und wichtig das Bauvorhaben x 5 ist, brauche ich Ihnen gewiß nicht mitteilen. Herzlich Ihr Schrit.‹

Zweimal schon war sie am Hotel Prinz Heinrich vorbei, wieder zurückgegangen, bis kurz vor Gretzens Laden in die Modestgasse hinein, war wieder umgekehrt; sie hatte Angst vor dem Krach, den es geben würde; der Samstag war ihm heilig, er duldete Störungen nur, wenn es um etwas Privates ging, aber Geschäftliches duldete er am Samstag nicht; noch klang ihr das ›Dumme Stück‹ im Ohr; noch war es nicht sieben und Schrit in wenigen Minuten telefonisch erreichbar; es war gut, daß der Alte die Feier abgesagt hatte; Robert Fähmel essen oder trinken zu sehen, wäre ihr wie eine Entweihung vorgekommen; ängstlich dachte sie an das Bauvorhaben x 5; das war nichts Privates, war auch nicht ›Haus für einen Verleger am Waldrand‹, nicht ›Haus für einen Lehrer am Flußufer‹; x 5 – sie wagte kaum, es zu denken, so geheim war's, lag tief im Stahlschrank; ihr stockte der Atem, hatte er nicht sogar mit Kanders fast eine Viertelstunde deswegen telefoniert? Sie hatte Angst.
Immer noch zerrte Gretz an dem Keiler herum, bekam das gewaltige Tier nur ruckweise über die Treppe; ein Bote mit einem riesigen Blumenkorb klingelte am Druckereitor, der Pförtner erschien, nahm den

Blumenkorb in Empfang, schloß das Tor wieder; enttäuscht blickte der Bote auf das Trinkgeld in seiner flachen Hand; ›ich werde es ihm sagen‹, dachte sie, ›dem netten Alten, daß man seiner Anweisung, jedem Boten zwei Mark Trinkgeld zu geben, offenbar nicht folgt; es glänzte nicht von Silber in des Boten Hand, nur von mattem Kupfer.‹
Mut, Leonore, Mut, die Zähne zusammengebissen, überwinde deine Angst und gehe ins Hotel. Sie drückte sich noch einmal um die Ecke, ein Mädchen mit einem Freßkorb trat ins Druckereitor; gleichfalls blickte es auf seine flache Hand; ›verfluchter Schuft von Portier‹, dachte Leonore, ›das werd ich Herrn Fähmel aber sagen.‹ Noch zehn Minuten bis sieben; ins Café Kroner eingeladen, aber zum Hotel Prinz Heinrich bestellt, und sie würde mit geschäftlichen Botschaften kommen, die er am heiligen Samstag haßte; würde x 5 ihn veranlassen, ausnahmsweise anders zu reagieren? Sie schüttelte den Kopf, als sie mit blindem Mut endlich die Tür aufstieß, erschrocken spürte, daß die Tür von innen aufgehalten wurde.
Kind, Kind, auch bei dir werde ich mir eine private Bemerkung gestatten; komm nur näher, hoffentlich ist die Ursache deiner Schüchternheit nicht im Zweck, sondern nur in der Tatsache deines Hierseins zu suchen; ich hab schon viele junge Mädchen hier 'reinkommen sehen, aber so was wie dich noch nicht; du gehörst nicht hierher, es gibt gegenwärtig nur einen einzigen Kunden im Haus, zu dem ich dich lassen werde, ohne mir eine private Bemerkung zu gestatten: den Fähmel; ich könnte dein Großvater sein, und du wirst mir eine private Bemerkung nicht übelnehmen: was suchst du in dieser Räuberhöhle; streu Brotbrocken aus, damit du den Rückweg findest; Kind, du hast dich verirrt: wer beruflich hier zu tun hat, sieht anders aus als du, und wer privat hier zu tun hat, erst recht; tritt nur näher. »Dr. Fähmel? Ja, Sekretärin? Dringend – warten Sie, Fräulein, ich laß ihn ans Telefon rufen... Hoffentlich wird Sie der Lärm da draußen nicht stören.«
»Leonore? Ich freue mich, daß mein Vater Sie eingeladen hat, und entschuldigen Sie bitte, was ich heute morgen gesagt habe, Leonore, ja? Mein Vater erwartet Sie auf Zimmer 212. Ein Brief von Herrn Schrit? Alle Unterlagen für x 5 falsch errechnet? Ja, ich werde mich drum kümmern, Schrit anrufen. Jedenfalls, danke, Leonore, und bis nachher.«
Sie legte den Hörer auf, ging auf den Portier zu, öffnete schon den Mund, um nach dem Weg zu Fähmels Zimmer zu fragen, als ein fremdes, nicht sehr lautes, sprödes Geräusch sie erschreckte.
»Mein Gott«, sagte sie, »was war das?«
»Das war ein Pistolenschuß, mein Kind«, sagte Jochen.

Rot über grün, weiß über grün; Hugo stand an die weißlackierte Türfüllung gelehnt, hatte die Hände auf dem Rücken gekreuzt; die Figuren erschienen ihm weniger präzis, der Rhythmus der Kugeln gestört; waren es nicht dieselben Kugeln, derselbe Tisch, bestes Fabrikat, ständig aufs beste gepflegt? Und war Schrellas Hand nicht noch leichter geworden, seine Stöße nicht noch genauer, wenn er eine Figur aus dem grünen Nichts schlug? Und doch erschien es Hugo, als wäre der Rhythmus der Kugeln gestört, die Präzision der Figuren geringer; war es Schrella, der die ständige Gegenwärtigkeit der Zeit mitgebracht, den Zauber gelöst hatte: das war hier, das war heute, war achtzehnuhrvierundvierzig, am Samstag, dem sechsten September 1958; da wurde man nicht dreißig Jahre zurück, vier vor, wieder vierzig zurück und dann in die Gegenwart geworfen; das war ständige Gegenwart, die der Sekundenzeiger vor sich herschob: hier, heute, jetzt, während die Unruhe aus dem Speisesaal herüberdrang: Zahlen, Ober, zahlen; alles drängte zum Aufbruch, zum Feuerwerk, an die Fenster, den Aufmarsch zu sehen; drängte zu den römischen Kindergräbern; sind die Blitzlichter wirklich in Ordnung? Wußten Sie nicht, daß M Minister bedeutet? Schick, nicht wahr? Zahlen, Ober, zahlen.

Uhren schlugen nicht vergebens, Zeiger bewegten sich nicht vergebens: sie häuften Minute auf Minute, addierten sie zu viertel und halben Stunden und würden auf Jahr und Stunde und Sekunde genau abrechnen, klang nicht im Rhythmus der Kugeln die Frage: ›Robert, wo bist du, Robert, wo warst du, Robert, wo bist du gewesen?‹ Und gab Robert nicht mit seinen Stößen die Frage zurück: ›Schrella, wo bist du, Schrella, wo warst du, Schrella, wo bist du gewesen?‹ War dieses Spiel nicht eine Art Gebetsmühle, eine mit Stöcken und Kugeln über grünem Filz geschlagene Litanei? *Wozuwozuwozu* und *Erbarme dich unser! Erbarme dich unser!* Schrella lächelte jedesmal, schüttelte den Kopf, wenn er vom Rand zurücktrat und Robert die von den Kugeln gebildete Figur überließ. Unwillkürlich schüttelte Hugo nach jedem Stoß den Kopf: verflogen der Zauber, geringer die Präzision, gestört der Rhythmus, während die Uhr so genau das *Wann?* beantwortete: achtzehnuhreinundfünfzig am 6. September 1958.

»Ach«, sagte Robert, »lassen wir's doch, wir sind nicht mehr in Amsterdam.«

»Ja«, sagte Schrella, »lassen wir's, du hast recht. Brauchen wir den Jungen noch?«

»Ja«, sagte Robert, »ich brauche ihn noch, oder möchtest du lieber gehen, Hugo? Nein? Bitte bleib, stell die Stöcke in den Ständer, schließ die Kugeln weg und hol uns was zu trinken – nein, bleib, mein Sohn; ich wollte dir noch was zeigen: sieh hier, ein ganzes Paket von Papieren, durch Stempeln und Unterschriften sind sie zu Dokumenten

geworden, nur eins fehlt noch, Hugo: deine Unterschrift unter dieses Papier – wenn du sie druntersetzt, wirst du mein Sohn sein! Hast du dir meine Mutter und meinen Vater oben angesehen, als du ihnen den Wein brachtest; sie werden deine Großeltern sein, Schrella dein Onkel, Ruth und Marianne Schwestern und Joseph dein Bruder; du wirst der Sohn, den Edith mir nicht mehr schenken konnte; was wird der Alte sagen, wenn ich ihm zum Geburtstag einen neuen Enkel vorstelle, der Ediths Lächeln auf dem Gesicht trägt?... Ob ich den Jungen noch brauche, Schrella? Wir brauchen ihn und wären froh, wenn er uns brauchte; besser noch: er fehlt uns... hörst du, Hugo, du fehlst uns. Du kannst nicht Ferdis Sohn sein und bist doch von seinem Geiste... Sei still, Junge, weine nicht, geh auf dein Zimmer und lies dir das durch; sei vorsichtig, wenn du durch die Flure gehst, Vorsicht, mein Sohn!«
Schrella zog den Vorhang auf, blickte auf den Platz draußen; Robert hielt ihm die Zigarettenschachtel hin, Schrella gab Feuer; sie rauchten beide.
»Hast du das Hotelzimmer noch nicht geräumt?« – »Nein.«
»Willst du nicht bei uns wohnen?«
»Ich weiß noch nicht«, sagte Schrella, »ich habe Angst vor Häusern, in denen man sich einrichtet und sich von der banalen Tatsache überzeugen läßt, daß das Leben weitergeht und die Zeit einen versöhnt; Ferdi würde nur eine Erinnerung sein, mein Vater nur ein Traum, und doch haben sie Ferdi hier getötet, und mein Vater ist von hier spurlos verschwunden; die Erinnerung an die beiden ist nicht einmal in den Listen irgendeiner politischen Gruppe enthalten, denn sie trieben keine Politik; nicht einmal in den Trauergesängen der jüdischen Gemeinden wird ihrer gedacht, sie waren keine Juden; vielleicht lebt Ferdi wenigstens in den Gerichtsakten; nur wir beide denken an ihn, Robert, deine Eltern, und dieser alte Portier da unten – deine Kinder schon nicht mehr; ich kann in dieser Stadt nicht leben, weil sie mir nicht fremd genug ist, ich bin hier geboren, bin zur Schule gegangen; ich wollte die Gruffelstraße aus ihrem Bann erlösen, ich trug das Wort in mir, das ich nie aussprach, Robert, auch im Gespräch mit dir noch nie, das einzige, von dem ich mir für diese Welt etwas verspreche – ich werde es auch jetzt nicht aussprechen; vielleicht werde ich es dir am Bahnhof sagen können, wenn du mich an den Zug bringst.«
»Du willst heute noch fahren?« fragte Robert.
»Nein, nein, nicht heute, das Hotelzimmer ist genau das richtige: wenn ich die Tür hinter mir schließe, ist diese Stadt mir so fremd wie alle anderen. Ich kann mir dort denken, daß ich bald aufbrechen muß, um irgendwo meinen Sprachunterricht zu geben, in einer Schulklasse, wo ich Rechenaufgaben von der Tafel abwische, um mit Kreide daran zu

schreiben: ›Ich binde, ich band, ich habe gebunden, ich werde binden, ich hatte gebunden – du bindest, du bandest‹; ich liebe die Grammatik, wie ich die Gedichte liebe. Vielleicht glaubst du, ich möchte nicht hier leben, weil ich keine politische Chance für dieses Land sehe, ich glaube eher, daß ich hier nicht leben könnte, weil ich immer vollkommen unpolitisch war und es noch bin« – er deutete auf den Platz draußen und lachte – »es sind nicht die da unten, die mich abschrecken; ja, ja, ich weiß alles und ich seh sie da unten, Robert, Nettlinger, Wakiera, ich habe nicht Angst, weil es die da unten gibt, sondern weil es die anderen nicht gibt; welche? Die, die das Wort manchmal denken, meinetwegen nur flüstern; ich hab's mal von einem alten Mann in Hyde Park gehört, Robert: ›Wenn ihr an ihn glaubt, warum tut ihr nicht, was er befohlen hat?‹ Dumm, nicht wahr, unrealistisch, Robert? Weide meine Lämmer, Robert – aber sie züchten nur Wölfe. Was habt ihr aus dem Krieg mit nach Hause gebracht, Robert? Dynamit? Ein herrliches Zeug zum Spielen, ich verstehe deine Leidenschaft gut, Haß auf die Welt, in der für Ferdi und Edith kein Platz war, kein Platz für meinen Vater und für Groll und für den Jungen, dessen Namen wir nie erfahren haben, nicht für den Polen, der gegen Vacano die Hand erhob. Du sammelst also statische Unterlagen, wie andere Barockmadonnen sammeln, schaffst dir eine Kartei aus Formeln, und auch mein Neffe, Ediths Sohn, ist des Mörtelgeruchs überdrüssig, sucht die Formel für die Zukunft anderswo als im geflickten Gemäuer von Sankt Anton. Was wird er finden? Wirst du ihm die Formel geben können? Wird er sie im Gesicht seines neuen Bruders finden, dessen Vater du werden willst? Du hast recht, Robert, man *ist* nicht Vater, sondern *wird* es; die Stimme des Blutes ist erlogen, einzig die andere ist wahr – das ist der Grund, weshalb ich nicht geheiratet habe, ich hatte nicht den Mut, darauf zu vertrauen, daß ich Vater werden würde, ich hätte es nicht ertragen können, wenn meine Kinder mir so fremd geworden wären, wie Otto deinen Eltern war; nicht einmal der Gedanke an meine Mutter und meinen Vater gab mir genug Mut, und du weißt noch nicht, was Joseph und Ruth einmal werden, von welchem Sakrament sie kosten – nicht einmal bei Kindern von Edith und dir bist du sicher; nein, nein, Robert, du wirst verstehen, daß ich nicht mein Hotelzimmer räume und mich ansiedele in dem Haus, in dem Otto gelebt hat und Edith gestorben ist, ich könnte es nicht ertragen, jeden Tag den Briefkasten zu sehen, in den der Junge deine Zettelchen geworfen hat – ist es noch der alte Briefkasten?«

»Nein«, sagte Robert, »die ganze Tür ist erneuert worden, sie war von Bombensplittern durchsiebt – nur das Pflaster ist das alte – seine Füße haben es berührt.«

»Du denkst daran, wenn du darüber gehst?«

»Ja«, sagte Robert, ich denke daran, und vielleicht ist es einer der

205

Gründe, weshalb ich statische Formeln sammele – warum bist du nicht früher zurückgekommen?«
»Weil ich Angst hatte, die Stadt könnte mir nicht fremd genug sein; zweiundzwanzig Jahre bilden ein gutes Polster, und was wir uns zu sagen haben, Robert, findet es nicht auf Postkarten Platz? Ich würde gern in deiner Nähe sein, aber nicht hier; ich habe Angst, und die Menschen, die ich vorfinde – täusche ich mich, wenn ich sie weniger schlimm finde, als die, die ich damals verließ?«
»Wahrscheinlich täuschst du dich nicht.«
»Was ist aus so Leuten wie Enders geworden? Erinnerst du dich an ihn, den Rothaarigen; er war nett, sicher kein Gewaltmensch. Was haben Leute wie er im Krieg gemacht, und was machen sie heute?«
»Vielleicht unterschätzt du Enders; er war nicht nur nett, er war – nun, er hat nie vom Sakrament des Büffels gekostet, warum es nicht so einfach sagen, wie Edith es sagte? Enders ist Priester geworden, er hat nach dem Krieg ein paar Predigten gehalten, die mir unvergeßlich sind; es würde schlecht klingen, wenn ich seine Worte wiederholte, aber wenn er sie sagte, klang es gut.«
»Was macht er jetzt?«
»Sie haben ihn in ein Dorf gesteckt, das nicht einmal Bahnanschluß hat; da predigt er über die Köpfe der Bauern, die Köpfe der Schulkinder hinweg; sie hassen ihn nicht, verstehen ihn einfach nicht, verehren ihn sogar auf ihre Weise wie einen liebenswürdigen Narren; sagt er ihnen wirklich, daß alle Menschen Brüder sind? Sie wissen es besser und denken wohl heimlich: ›Ist er nicht doch ein Kommunist?‹ Mehr fällt ihnen dann nicht ein; die Anzahl der Schablonen hat sich verringert, Schrella; niemand wäre auf die Idee gekommen, deinen Vater für einen Kommunisten zu halten, nicht einmal Nettlinger war so dumm – heute würden sie deinen Vater nicht anders einordnen können. Enders würde die Lämmer weiden, aber man gibt ihm nur Böcke; er ist verdächtig, weil er die Bergpredigt so oft zum Gegenstand seiner Predigten macht; vielleicht wird man eines Tages entdecken, daß sie ein Einschiebsel ist, und wird sie streichen – wir wollen Enders besuchen, Schrella, und wenn wir mit dem Abendbus zur Bahnstation zurückfahren, werden wir mehr Verzweiflung als Trost mit zurücknehmen; der Mond ist mir vertrauter als dieses Dorf – wir werden ihn besuchen, Barmherzigkeit üben; man soll die Gefangenen besuchen – wie kamst du gerade auf Enders?«
»Ich dachte darüber nach, wen ich wohl wiedersehen möchte, du vergißt, daß ich von der Schule weg verschwinden mußte, aber ich habe Angst vor Begegnungen, seitdem ich Ferdis Schwester gesehen habe.«
– »Du hast Ferdis Schwester gesehen?«
»Ja, sie hat die Limonadenbude an der Endstation der Elf. Bist du nie dort gewesen?«

»Nein, ich habe Angst, die Gruffelstraße könnte mir fremd sein.«
»Sie war für mich fremder als alle Straßen in der Welt – geh nicht hin, Robert. Sind Trischlers wirklich tot?«
»Ja«, sagte Robert, »auch Alois; sie sind mit der ›Anna Katharina‹ gesunken, Trischlers wohnten schon lange nicht mehr am Hafen; als die Brücke gebaut wurde, mußten sie dort weg, und die Mietwohnung in der Stadt war nichts für die beiden, sie brauchten Wasser und Schiffe; Alois wollte sie auf der ›Anna Katharina‹ zu Freunden nach Holland bringen – der Kahn wurde bombardiert, Alois wollte seine Eltern aus den Kojen holen, aber es war zu spät – das Wasser schlug schon von oben 'rein, und sie kamen nicht mehr 'raus; es hat lange gedauert, bis ich ihre Spur gefunden habe.«
»Wo hast du's erfahren?«
»Im Anker, ich bin jeden Tag dorthin gegangen und habe alle Schiffer gefragt – bis ich einen fand, der wußte, was mit der ›Anna Katharina‹ passiert ist.«
Schrella zog den Vorhang zu, ging zum Tisch und drückte seine Zigarette im Aschenbecher aus. Robert folgte ihm.
»Ich glaube«, sagte er, »wir müssen jetzt zu meinen Eltern 'rauf – oder möchtest du lieber nicht zur Feier?«
»Nein«, sagte Schrella, »ich geh mit, aber wollen wir nicht auf den Jungen warten? Was macht eigentlich so einer wie Schweugel?«
»Interessiert es dich wirklich?«
»Ja, warum fragst du, ob es mich wirklich interessiert?«
»Hast du in deinen Hotelzimmern und Pensionen an Enders und Schweugel gedacht?«
»Ja, und an Grewe und Holten – sie waren die einzigen, die nicht mitmachten, wenn sie mich auf dem Heimweg überfielen – auch Drischka machte nicht mit ... was machen sie, leben sie noch?«
»Holten ist tot, gefallen«, sagte Robert, »aber Schweugel lebt noch; er ist Schriftsteller, und ich lasse mich von Ruth verleugnen, wenn er mal abends anruft oder an der Haustür klingelt; ich finde ihn so unerträglich wie unergiebig; ich langweile mich einfach mit ihm; er redet immer von bürgerlich und nichtbürgerlich, und wahrscheinlich hält er sich für das letztere – was soll's? Es interessiert mich einfach nicht; er hat mich auch schon mal nach dir gefragt.«
»Ach, und was ist aus Grewe geworden?«
»Er ist Parteimensch, aber frag mich nicht, in welcher Partei; es ist auch unwichtig, das zu wissen. Und Drischka fabriziert ›Drischkas Autolöwen‹, einen Markenartikel, der ihm sehr viel Geld einbringt. Du weißt noch nicht, was ein Autolöwe ist? Nun, wenn du ein paar Tage bleibst, wirst du es wissen; wer etwas auf sich hält, hat einen von Drischkas Löwen hinten im Auto auf der Fensterbank liegen – und du

wirst in diesem Lande kaum jemand finden, der nichts auf sich hält...
Das wird ihnen schon eingebläut, was auf sich zu halten; sie haben aus
dem Krieg manches mitgebracht, die Erinnerung an Schmerz und
Opfer, aber heute halten sie was auf sich – hast du nicht die Leute da
unten in der Halle gesehen? Sie gingen zu drei verschiedenen Banketten: zu einem Bankett der linken Opposition, zu einem Bankett der
›Gemeinnützigsten aller Gemeinnützigen‹ und zu einem Bankett der
rechten Opposition – aber du müßtest schon ein Genie sein, wenn du
herausfinden wolltest, wer von ihnen zu welchem Bankett geht.«
»Ja«, sagte Schrella, »ich habe dort unten gesessen und auf dich gewartet, da sammelten sich gerade die ersten Teilnehmer, und ich hörte was
von Opposition; als erstes kamen die Harmlosen, das Fußvolk der
Demokratie, Geschäftlhuber von der Sorte, die man *gar nicht so übel*
nennt; sie sprachen über Automarken und Wochenendhäuser und teilten einander mit, daß die französische Riviera anfange, modern zu werden, gerade weil sie so überlaufen sei, und daß es – allen entgegengesetzten Prognosen zum Trotz – jetzt anfange bei Intellektuellen Mode
zu werden, mit Reisegesellschaften zu fahren. Nennt man das hierzulande reziproken Snobismus oder Dialektik? Du mußt mich über solche
Dinge aufklären; ein englischer Snob würde dir sagen: ›Wenn Sie mir
zehn Zigaretten geben, verkaufe ich Ihnen meine Großmutter‹ – die
hier würden dir tatsächlich für nur fünf Zigaretten ihre Großmutter
verkaufen; sie nehmen nämlich auch ihren Snobismus ernst; später
sprachen sie über Schulen, die einen waren fürs Humanistische, die
anderen waren dagegen; na, schön. Ich lauschte, weil ich so gern etwas
von wirklichen Sorgen erfahren hätte; immer wieder flüsterten sie einander ehrfürchtig den Namen des Stars zu, den sie an diesem Abend
erwarteten. Kretz – hast du den Namen schon mal gehört?«
»Kretz«, sagte Robert, »ist sozusagen ein Star der Opposition.«
»Das Wort ›Opposition‹ hörte ich immer wieder, aber aus ihrem
Gespräch wurde mir nicht klar, wem die Opposition gilt.«
»Wenn sie auf Kretz warteten, müssen sie von der Linken gewesen
sein.«
»Ich habe wohl recht gehört: dieser Kretz ist eine Art Berühmtheit, das,
was man eine Hoffnung nennt?«
»Ja«, sagte Robert, »sie versprechen sich viel von ihm.«
»Ich habe ihn gesehen«, sagte Schrella, »er kam als letzter; wenn der
eine Hoffnung ist, möchte ich wissen, was eine Verzweiflung sein
könnte...; ich glaube, wenn ich mal jemand umbringen würde, dann
ihn. Seid ihr denn alle blind? Der ist natürlich klug und gebildet, zitiert
dir den Herodot im Original, und das klingt in den Ohren dieses Fußvolkes, das seinen Bildungsfimmel nie los wird, natürlich wie göttliche
Musik; aber ich hoffe, Robert, du würdest deine Tochter oder deinen

Sohn nicht eine Minute mit diesem Kretz allein lassen; der weiß vor
Snobismus ja gar nicht mehr, welches Geschlecht er hat. Die spielen
Untergang, Robert, aber sie spielen ihn nicht gut, da fehlt nur das
Largo, und du hast ein Begräbnis dritter Klasse...«
Das Klingeln des Telefons unterbrach Schrella, er folgte Robert, der in
die Ecke ging und den Hörer abnahm.
»Leonore?« sagte Robert. »Ich freue mich, daß mein Vater Sie eingeladen hat, und entschuldigen Sie bitte, was ich heute morgen gesagt habe,
Leonore, ja? Mein Vater erwartet Sie auf Zimmer 212. Ein Brief von
Herrn Schrit? Alle Unterlagen für x 5 falsch errechnet? Ja, ich werde
mich darum kümmern, Schrit anrufen. Jedenfalls danke, Leonore, und
bis nachher.«
Robert legte den Hörer auf und wandte sich wieder Schrella zu: »Ich
glaube«, sagte er, aber ein fremdes, nicht sehr lautes, sprödes Geräusch
unterbrach ihn.
»Mein Gott«, sagte Schrella, »das war ein Schuß.«
»Ja«, sagte Robert, »das war ein Schuß. Ich glaube, wir müssen jetzt
nach oben gehen.«
Hugo las: ›Verzichterklärung: Ich erkläre mich damit einverstanden,
daß mein Sohn Hugo‹ – gewichtige Stempel darunter, Unterschriften,
aber die Stimme, vor der er sich gefürchtet hatte, meldete sich nicht;
welche Stimme war es gewesen, die ihm befohlen hatte, Mutters Blöße
zu bedecken, wenn sie von ihren Streifzügen heimkehrte, auf dem Bett
liegend die tödliche Litanei des *Wozuwozuwozu* murmelte, Mitleid
hatte er gespürt, ihre Blöße bedeckt, ihr zu trinken gebracht, hatte sich,
auf die Gefahr hin, von ihnen überfallen, geprügelt und *Lamm Gottes*
gerufen zu werden, in den Laden geschlichen und zwei Zigaretten
erbettelt; welche Stimme war es gewesen, die ihm befahl, mit *Sowas
sollte nicht geboren werden* Canasta zu spielen; die ihn warnte, das
Zimmer der Schafspriesterin zu betreten; die ihm jetzt eingab, das
Wort vor sich hinzumurmeln: ›Vater‹.
Um die Furcht, die ihn befiel, zu verringern, warf er andere Worte
hinterher: Dynamik und Dynamit, Billard und korrekt, Narben auf
dem Rücken, Cognac und Zigaretten, rot über grün, weiß über grün,
aber die Furcht wurde nicht geringer; vielleicht würden Handlungen
sie mildern: das Fenster geöffnet, hinunter geblickt auf die murmelnde
Menschenmenge; war es ein drohendes oder freundliches Murmeln?
Feuerwerk am dunkelblauen Himmel; Donnerschläge, aus denen riesige
Blumen hervorbrachen; orangefarbene Garben, die wie greifende
Hände waren; Fenster geschlossen; über die violette Uniform gestrichen, die am Kleiderbügel vor der Tür hing; Flurtür geöffnet: Erregung war bis hier oben zu spüren: Ein Schwerverletzter auf Zimmer
211! Stimmengebrodel, Schritte hin, Schritte her, 'rauf und 'runter und

immer wieder die eine durchdringende Polizeistimme: ›Weg da! Weg da!‹

Weg hier! Weg! Hugo hatte Angst, und er flüsterte das Wort: ›Vater.‹ Der Direktor hatte gesagt: Du wirst uns fehlen, muß das sein? So plötzlich, und er hatte es nicht ausgesprochen, nur gedacht: Es muß sein, so plötzlich, die Zeit ist reif, und als Jochen die Meldung von dem Anschlag überbrachte, war des Direktors Erstaunen über seine Kündigung vergessen; der Direktor hatte Jochens Meldung nicht mit Entsetzen, sondern mit Entzücken entgegengenommen, nicht traurig den Kopf geschüttelt – sich die Hände gerieben. »Ihr habt ja alle keine Ahnung. So ein Skandal kann ein Hotel mit einem Mal hochreißen. Da wird es Schlagzeilen nur so prasseln. Mord ist nicht Selbstmord, Jochen – und politischer Mord nicht irgendeiner. Wenn er nicht tot ist, werden wir so tun, als ob er sterben müßte. Ihr habt keine Ahnung, da muß mindestens die Zeile 'rein: ›Schwebt in Lebensgefahr‹; alle Telefongespräche sofort hier auf meine Leitung, daß mir ja kein Unsinn passiert. Mein Gott, macht doch nicht alle so belämmerte Gesichter. Kühl bleiben, zartes Bedauern ins Gesicht, wie jemand, der zwar einen Todesfall zu beklagen hat, aber durch die zu erwartende Erbschaft getröstet wird. Los, Kinder, an die Arbeit. Es wird telegrafische Zimmerbestellungen regnen. Ausgerechnet M. Ihr habt ja keine Ahnung, was das bedeutet. Wenn uns jetzt nur kein Selbstmord dazwischenkommt. Ruf sofort den Herrn auf Zimmer elf an; soll er meinetwegen wütend werden und abreisen – verflucht, das Feuerwerk hätte ihn doch wecken müssen. Los, Kinder, an die Gewehre.«

›Vater‹, dachte Hugo, ›du mußt mich hier abholen, sie lassen mich nicht auf Zimmer 212‹; Blitzlichter zuckten im grauen Schatten des Treppenhauses, das Lichtviereck des Aufzugs erschien, brachte die Gäste für die Zimmer 213–226, die der Absperrung wegen bis zum dritten Stock hinauffahren und über die Bediententreppe hinuntersteigen mußten; heftiges Gemurmel brach aus der Aufzugstür; dunkle Anzüge, helle Kleider, verstörte Gesichter, Lippen, die sich zu ›Zumutung‹ und ›skandalös‹ verzogen; zu spät zog Hugo seine Tür zu: sie hatte ihn entdeckt, kam schon über den Flur auf sein Zimmer zugelaufen; er hatte gerade den Schlüssel von innen umgedreht, da zuckte die Klinke schon heftig.

»Mach auf, Hugo, mach doch auf«, sagte sie.

»Nein.«

»Ich befehle es dir.«

»Ich bin seit einer Viertelstunde nicht mehr im Dienst des Hotels, gnädige Frau.«

»Du gehst weg?«

»Ja.«

»Wohin?«

210

»Ich gehe zu meinem Vater.«
»Mach auf, Hugo, mach auf, ich werde dir nicht weh tun und dich nicht mehr erschrecken; du kannst nicht weggehen; ich weiß, daß du keinen Vater hast, ich weiß es genau; ich brauche dich, Hugo – du bist es, auf den sie warten, Hugo, und du weißt es; du wirst die ganze Welt sehen, und sie werden dir in den schönsten Hotels zu Füßen liegen; du brauchst nichts zu sagen, nur da zu sein; dein Gesicht, Hugo – komm, mach auf, du kannst nicht weggehen.«
Das Zucken der Klinke unterbrach ihre Worte, zeichnete Kommata in den flehenden Fluß ihrer Stimme.
»...es ist wirklich nicht meinetwegen, Hugo, vergiß, was ich gesagt und getan habe; es war Verzweiflung – komm jetzt, ihretwegen – sie warten auf dich, du bist unser Lamm...«
Einmal noch zuckte die Klinke.
»Was suchen Sie hier«, fragte sie.
»Ich suche meinen Sohn.«
»Hugo ist ihr Sohn?«
»Ja, mach auf, Hugo.«
Zum ersten Mal kein Bitte, dachte Hugo, er drehte den Schlüssel um und öffnete.
»Komm, Junge, wir gehen.«
»Ja, Vater, ich komme.«
»Mehr Gepäck hast du nicht?«
»Nein.«
»Komm.«
Hugo nahm seinen Koffer auf und war froh, daß der Rücken seines Vaters ihr Gesicht verdeckte. Er hörte ihr Weinen noch, als er die Personaltreppe hinunterstieg.

»Weint doch nicht, Kinder«, sagte der Alte; »sie wird ja wiederkommen und bei uns bleiben; sie wäre sehr traurig, wenn sie erfahren müßte, daß wir den Wein sauer werden lassen; er ist ja nicht lebensgefährlich verletzt worden, und ich hoffe, das große Staunen wird nicht wieder von seinem Gesicht verschwinden; die halten sich alle für unsterblich – so ein sprödes kleines Geräusch kann Wunder wirken. Bitte, ihr Mädchen, kümmert euch um die Geschenke und die Blumen; Leonore übernimmt die Blumen, Ruth die Glückwunschkarten, Marianne die Geschenke. Ordnung ist das halbe Leben – woraus mag die andere Hälfte bestehen? Ich kann mir nicht helfen, Kinder, ich kann nicht traurig sein. Der Tag ist groß, er hat mir meine Frau wiedergegeben und einen Sohn geschenkt – darf ich Sie so nennen, Schrella? Ediths Bruder – sogar einen Enkel hab ich bekommen, wie, Hugo? – ich kann mich noch nicht entscheiden, dich wirklich Enkel zu nennen, du bist zwar der Sohn meines Sohnes, aber doch nicht mein Enkel, ich kann es nicht erklären, welche Stimme befiehlt mir, dich nicht Enkel zu nennen.

Setzt euch, die Mädchen werden uns belegte Brote machen, plündert die Freßkörbe, Kinder, und werft mir nicht Leonores ordentliche Stapel durcheinander; am besten setzt sich jeder auf einen Jahrgang: nehmen Sie den Stapel A, Schrella, das ist der höchste, darf ich dir 1910 anbieten, Robert, den nächsthöheren? Joseph, du suchst dir vielleicht einen aus, 1921 ist nicht schlecht. So ist es recht, laßt euch nieder: trinken wir den ersten Schluck auf Herrn M., daß das Staunen in seinem Gesicht sich verlieren möge – den zweiten Schluck auf meine Frau: möge Gott ihr Gedächtnis segnen. Bitte, Schrella, würden Sie einmal nachschauen, wer da an die Tür klopft?«

Ein gewisser Herr Gretz wünscht mir seine Aufwartung zu machen. Ich hoffe, er schleppt nicht den Keiler auf dem Rücken an? Nein? Gott sei Dank. Bitte, sagen Sie ihm, lieber Schrella, daß ich nicht für ihn zu sprechen bin; oder würdest du meinen, Robert, dies wäre der Tag und die Stunde, einen gewissen Herrn Gretz zu empfangen? Nein, nicht wahr? Danke, Schrella. Es ist der Tag und die Stunde, falschen Nachbarschaftsgefühlen zu entsagen; zwei Worte können das Leben kosten: ›Ist Sünde und Schande‹ hat die alte Frau Gretz gesagt; eine Handbewegung kann das Leben kosten, ein falsch verstandenes Augenzwinkern; ja, Hugo, bitte, gieß du Wein nach – ich hoffe, es kränkt dich nicht, wenn wir hier im Familienkreis deine erworbenen Fähigkeiten zu schätzen wissen und uns ihrer bedienen.

Stell die großen Buketts getrost vor die Ansicht von Sankt Anton, die kleineren rechts und links daneben, auf den Bord für die Zeichenrollen; nimm die Rollen herunter und wirf sie weg; sie sind alle leer und dienen nur der Dekoration – oder ist vielleicht einer unter uns, der das kostbare Papier noch zu nutzen gedenkt? Du vielleicht, Joseph! Warum sitzt du so unbequem, du hast dir den Jahrgang 1941 ausgesucht, einen mageren Jahrgang, Junge. 1945 wäre besser gewesen, da regnete es Aufträge, fast wie im Jahre 1909, aber ich hab's drangegeben, Junge. Das Sorry verdarb mir die Lust am Bauen. Ruth, stapele du die Glückwunschadressen auf meinen Zeichentisch, ich werde Danksagungen drucken lassen, und du wirst mir helfen, die Adressen zu schreiben, ich kauf dir was Schönes dafür, bei Helene Horuschka; wie müßte der Text der Danksagung lauten: ›Für die anläßlich meines achtzigsten Geburtstages erwiesenen Aufmerksamkeiten spreche ich hiermit meinen innigsten Dank aus.‹ Vielleicht werde ich jeder Danksagung eine Handzeichnung beilegen, was hältst du davon, Joseph? Einen Pelikan oder eine Schlange – wie wär's mit einem Büffel – bitte, Joseph, jetzt geh du einmal an die Tür, schau nach, wer so spät noch kommt.

Vier Angestellte des Café Kroner? Bringen ein Geschenk, von dem du glaubst, daß ich es nicht abweisen sollte? Gut, dann herein mit ihnen.«
Sie trugen es vorsichtig zur Tür herein, zwei Kellner und die beiden Mädchen vom Küchenbüfett, ein viereckiges Brett, viel länger als breit, mit einem schneeweißen Leintuch bedeckt; der Alte erschrak: brachten sie eine Leiche? War das, was da spitz wie ein Stock das weiße Tuch straffte, die Nase; vorsichtig trugen sie es, als wäre der Leichnam ein kostbarer; vollkommene Stille herrschte; Leonores Hände erstarrten im Arrangieren eines Buketts, Ruth hielt eine goldumränderte Glückwunschkarte, Marianne setzte den leeren Korb nicht ab.
»Nein, nein«, sagte der Alte leise, »bitte stellen Sie es nicht auf die Erde; Kinder, gebt ihnen zwei Zeichenböcke.«
Hugo und Joseph holten zwei Zeichenböcke aus der Ecke, stellten sie in die Mitte des Ateliers über die Jahrgänge 1936 bis 1939; Stille trat wieder ein, als die beiden Kellner und die beiden Mädchen das Brett auf die Böcke legten, sich an die vier Ecken verteilten, jeder einen Zipfel des Leintuchs nahm und auf ein kurzes, scharfes ›Hoch‹, das der ältere der Kellner aussprach, das Tuch hoben.
Der Alte lief rot an, er sprang auf das Kuchenmodell zu, hob seine Fäuste wie ein Trommler, der zu zornigem Takt seine Kräfte sammelt, und einen Augenblick schien es, als würde er das gezuckerte Backwerk zermalmen, aber er ließ seine erhobenen Fäuste wieder sinken, schlaff hingen die Hände zu seinen Seiten herab; er lachte leise, verbeugte sich gegen die Mädchen, dann gegen die beiden Kellner, richtete sich wieder auf, nahm seine Brieftasche aus dem Rock und gab jedem der vier einen Geldschein als Trinkgeld. »Bitte«, sagte er ruhig, »richten Sie Frau Kroner meinen aufrichtigen Dank aus und sagen Sie ihr, daß wichtige Ereignisse mich leider zwingen, mein Frühstück zu kündigen – wichtige Ereignisse, ab morgen kein Frühstück mehr.«
Er wartet, bis die Kellner und Mädchen hinausgegangen waren, und rief: »Los, Kinder, gebt mir ein großes Messer und einen Kuchenteller.«
Er schnitt als erstes den Turmhelm der Abteikirche ab und reichte den Teller Robert hinüber.

Knaur-Taschenbücher
Vollständige
Textausgaben

253 ··	Erich von Däniken	Erinnerungen an die Zukunft. *Mit 26 Abbildungen*
254 ··	Klaus Harpprecht	Willy Brandt. *Porträt u. Selbstporträt*
255	Walter R. Fuchs	Knaurs Buch der modernen Physik. *Mit 300 meist farbigen Abb.* DM 7,80
257 ··	Gerhard Zwerenz	Erbarmen mit den Männern. *Roman*
258 ::	Helen MacInnes	Das Spiegelbild. *Roman*
259 ··	Henry Jaeger	Der Club. *Roman*
260 ::	Verner Arpe	Knaurs Schauspielführer
261 :·:	Masters/Houston	Psychedelische Kunst. *Mit 140 teils farbigen Abbildungen*
262 :·:	Johannes Mario Simmel	Alle Menschen werden Brüder. *Roman*
263 ::	John O'Hara	Lunch am Samstag. *Novellen*
264 ··	Fritz Zwicky	Entdecken, Erfinden, Forschen. *Mit 34 Abbildungen und Diagrammen*
265 ::	Peter Bamm	Alexander der Große. Ein königliches Leben. *Mit 250 Abbildungen*
266 ···	William Styron	Die Bekenntnisse des Nat Turner. *Roman*
267	Walter R. Fuchs	Knaurs Buch der modernen Mathematik. *Mit 200 meist farbigen Abbildungen* DM 7,80
268 ::	Peter F. Drucker	Die Zukunft bewältigen. *Aufgaben und Chancen im Zeitalter der Ungewißheit*
269 ::	Charlotte Bühler	Psychologie im Leben unserer Zeit. *Mit 116 Abbildungen*
270 ··	Reinisch/Hoffman (Hrsg.)	Führer und Verführer
271	Neil Sheehan (Hrsg.)	Die Pentagon-Papiere DM 9,80
272 ·	Peter Bamm	Adam und der Affe. *Essay*
273 ::	Clay Blair	Die Aufsichtsratssitzung. *Roman*
274	Vance Packard	Die sexuelle Verwirrung. DM 7,80
275 ···	Jürgen Thorwald	Das Jahrhundert der Chirurgen
276 ···	Charlotte Bühler	Wenn das Leben gelingen soll. *Psychologische Studien über Lebenserwartungen und Lebensergebnisse*
277 ::	Hans Habe	Das Netz. *Roman*
278 ···	Michael Crichton	»Andromeda«. *Roman*
279	Hans-Joachim Bogen	Knaurs Buch der modernen Biologie. *Mit 166 meist farbigen Abb.* DM 9,80

·	Einfachband	DM 2,80
··	Zweifachband	DM 3,80
···	Dreifachband	DM 4,80
::	Vierfachband	DM 5,80
:·:	Fünffachband	DM 6,80

Knaur-Taschenbücher
Vollständige
Textausgaben

280 ···	Martin Beheim-Schwarzbach	Knaurs Schachbuch
281 ::	Jürgen Thorwald	Das Weltreich der Chirurgen
282 ···	Ernst Augustin	Mamma. *Roman*
283 ··	Håkan Hedberg	Die japanische Herausforderung
284 ···	Ernst von Khuon (Hrsg.)	Waren die Götter Astronauten? *Wissenschaftler diskutieren die Thesen Erich v. Dänikens*
285 ·	Jerzy Kosinski	Aus den Feuern. *Roman*
286 ··	John O'Hara	Danke für gar nichts. *Roman*
287 ::	Fletcher Knebel	Von der Nacht verschlungen. *Roman*
288 ···	John Galsworthy	Jenseits. *Roman*
289 ··	Stephen W. Meader	Alle Achtung, kleiner Bud *Mit 31 Zeichnungen*
290 ··	Erich von Däniken	Zurück zu den Sternen. Argumente für das Unmögliche. *Mit 74 Abb.*
291 ···	Wolfgang Wickler	Sind wir Sünder? Naturgesetze der Ehe. *Mit 72 Zeichnungen*
292	Hellmuth Bögel	Knaurs Mineralienbuch. Das Haus- und Handbuch für Freunde und Sammler von Mineralien *Mit 48 Farbtafeln.* DM 7,80
293 ::	MacKinlay Kantor	Schönes Biest. *Roman*
294 ··	Mary McCarthy	Ein Blitz aus heiterem Himmel. *Essays*
295	Walter R. Fuchs	Knaurs Buch der Denkmaschinen. *Mit 70 meist farbigen Abbildungen von Klaus Bürgle.* DM 9,80
296 ···	Desmond Morris	Der Menschen-Zoo
297	Vogt/Wermuth	Knaurs Aquarien- und Terrarienbuch. Das Haus- und Handbuch der Vivaristik. *Mit 48 Farbtafeln.* DM 7,80
298 ··	Norman Mailer	...am Beispiel einer Bärenjagd. *Roman*
299	Angus Wilson	Kein Grund zum Lachen. *Roman* DM 7,80
300 ::	Reinhard Gehlen	Der Dienst. Erinnerungen 1942–1971 *Mit 26 Abbildungen*
301 ··	Johannes Lehmann	Jesus-Report. Protokoll einer Verfälschung
302 ···	Robert Charroux	Unbekannt – Geheimnisvoll – Phantastisch. Auf den Spuren des Unerklärlichen. *Mit 21 Abbildungen*

·	Einfachband	DM 2,80
··	Zweifachband	DM 3,80
···	Dreifachband	DM 4,80
::	Vierfachband	DM 5,80
::·	Fünffachband	DM 6,80

Knaur-Taschenbücher
Vollständige
Textausgaben

303	Bodo W. Jaxtheimer	Knaurs Mal- und Zeichenbuch *Mit 310 meist farbigen Abbildungen* DM 7,80
	Als weitere Bände erscheinen:	
304 : :	Helen MacInnes	In Salzburg stirbt nur Jedermann *Roman*
305 ··	G. K. Chesterton	Das Paradies der Diebe. *Roman*
306 : :	Ulrich Klever	Knaurs Hundebuch
307 ···	Albert Rosenfeld	Die zweite Schöpfung. *Neue Aspekte des menschlichen Lebens*
308 ··	Robert Townsend	Hoch lebe die Organisation. *Aus der Trickkiste eines Erfolgsmanagers*
309 ···	Jean-François Revel	Uns hilft kein Jesus und kein Marx *Mit einem ausführlichen Nachwort von Mary McCarthy*
310 ··	Pearl S. Buck	Wo die Sonne aufgeht. *Roman*
311 ·	Mary Stewart	Wind von den kleinen Inseln. *Roman*
312 : :	Linus Zeitlmayr	Knaurs Pilzbuch. *Mit 70 farbigen Abb.*
313	Walter R. Fuchs	Knaurs Buch vom neuen Lernen *Mit 90 meist farb. Abb.* DM 9,80
314 : :	David Reuben	Alles, was Sie schon immer über Sex wissen wollten ... *aber bisher nicht zu fragen wagten*
315 · ·	James Oliver Curwood	Neewa, das Bärenkind
316	Irving Wallace	Die sieben Minuten. *Roman.* DM 7,80
317 ···	Mario Szenessy	Lauter falsche Pässe oder Die Erinnerungen des Roman Skorzeny. *Roman*
318 : :	Prof. Dr. Hans Bürger-Prinz	Ein Psychiater berichtet
319 : :	Hoimar v. Ditfurth	Kinder des Weltalls. *Der Roman unserer Existenz*
320 ·	Elisabeth Flickenschildt	Kind mit roten Haaren. *Ein Leben wie ein Traum*
321 : · :	Gerald Leach	Medizin ohne Gewissen? *Macht und Ohnmacht der Ärzte*

·	Einfachband	DM 2,80
··	Zweifachband	DM 3,80
···	Dreifachband	DM 4,80
: :	Vierfachband	DM 5,80
: · :	Fünffachband	DM 6,80